野猪渡河

MINISTRY OF CULTURE, TAIWAN

This book was published with a publication grant from the Ministry of Culture of Taiwan.

이 책은 대만 문화부의 번역출판지원기금을 받아 출판했습니다.

* 책 속에 나오는 각주는 원주이고 역자 주는 본문에 괄호로 처리했습니다.

강을 건너는 멧돼지

1

장구이싱 지음

박희선 옮김

목차

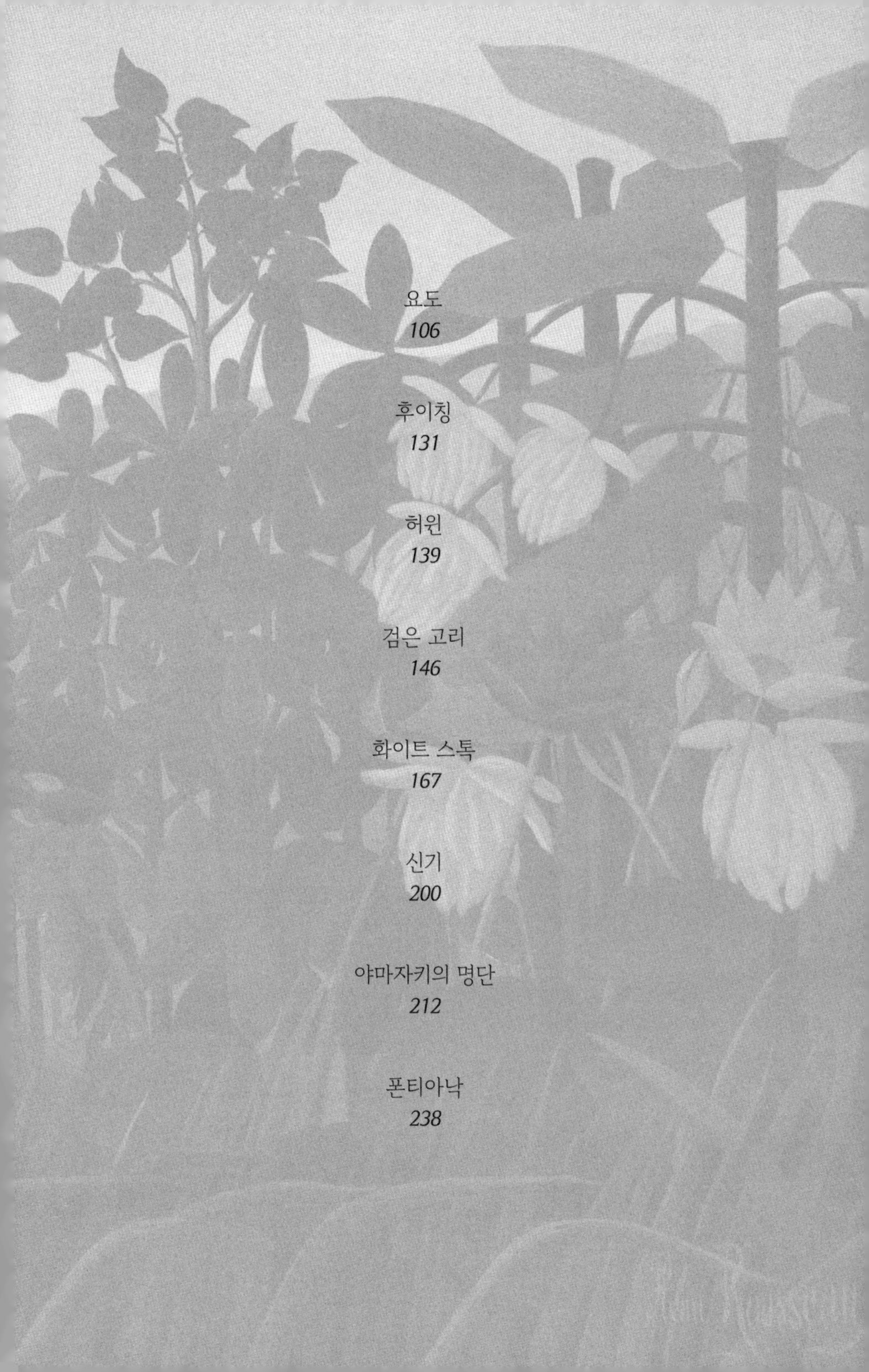

한국어판 서문

학살 후에는 시를 쓰기에 알맞다

장구이싱

제2차 세계대전 시기에 보르네오의 영국 식민지에서는 두 번의 항일운동이 일어났다. 첫 번째는 1943년에 일어난, 외지에서 온 중국계 청년들이 보르네오 북부(사바, Sabah)에서 조직한 선산神山 유격대의 항일 봉기였고, 두 번째는 전쟁 말기에 연합군과 사라왁의 여러 부족이 함께 조직한 개미 작전Operation Semut, 혹은 Z 특수부대Z Special Unit라 불리는 작전이다. 두 운동 중 하나는 실패하고 하나는 성공했다. 『강을 건너는 멧돼지』는 1941년 12월에 일본군이 내 고향 미리Miri를 점령한 때부터 시작해 전쟁이 끝난 후에 이야기가 마무리된다. 태평양전쟁이 발발한 후, 석유가 대량으로 생산되던 미리는 일본군이 보르네오를 공격해 점령하는 교두보가 되었다. 일본군에게 잡혀가서 '위안부'가 되지 않기 위해서, 아직 결혼하지 않은 미리의 여자들은 급하게, 그리고 조금 경솔하게 시집을 갔다. 당시에 내 어머니는 소학교 6학년, 아버지는 중학교 3학년이었다. 일본군이 상륙하지 않았다면 두 분은 학업을 중단하고 중매를 통해 결혼하지 않고, 분명히 소학교와 중학교 학업을 마쳤을 것이다. 가끔 친구와 얘기하다가 농담 삼아서, 일본인이 안 왔다면 아마 나는 세상에 없었을 거라고 말하곤 했다. 소설의 배경은 미리 근처에 있는 마을인 주바 마을(珠巴村, Krokop)이다. 1940년대 전후에 이곳에 거주했던 주민들은 다들 돼지를 치거나 아니면 채소밭을 일궜다. 소설 속의 사건들은 허구와 진실이 반쯤 섞여 있다.

한국어판의 역자는 이 책을 아주 꼼꼼하고 전문적으로 번역해 주었고, 내 부주의로 생긴 몇 가지 오류를 찾아내 주기도 했다.

나는 이 소설을 2017년 2월부터 쓰기 시작해 다음 해 4월 말에 탈고했다. 탈고 다음 날인 5월 1일에 타이베이의 다안삼림공원大安森林公园에 갔다. 20여 년 전에는 민둥민둥했던 공원에 초목이 무성했고, 생태 호수 안의 섬에는 왜가릿과의 새들이 앉아 있어 아주 평화로웠다. 소설 속에 가득하던 피비린내 나는 잔혹함과 전쟁 속의 화약 연기가 별안간 안개처럼 흩어졌다. 학살 후에는 시를 쓰기에 알맞다.

2024년 5월 20일, 타이베이에서

간체자판 서문

1941년 12월, 일본인들은 대동아공영권을 확장해 남하해서 천연자원을 수탈했다. 아버지와 어머니의 고향은 보르네오 서북쪽의, 석유가 나는 어느 작은 마을이었는데, 이곳은 일본인들이 세계에서 세 번째로 큰 이 섬을 공격하는 교두보가 된 곳이었다. 학교가 문을 닫자, 스무 살에 중학교 3학년에 다니던 아버지와 열여섯 살에 소학교 6학년에 다니던 어머니는 학업을 그만뒀다. 어머니를 비롯한 결혼하지 않은 여자들은 일본인들에게 강제 징용되어 위안부가 되고 싶지 않았기 때문에 결혼 붐이 일었다. 7월의 건기에 아버지는 찻집에서 맞선을 봤다. 상대는 젊고 꽤 예뻤는데, 검은 머리로 얼굴의 반을 가리고 있었다. 중매쟁이가 살살 부추겨서 아버지는 이미 상대의 포로가 되어 버렸다. 창밖에서 강렬한 서남풍이 불어와 여자의 긴 머리를 흩어 버리자, 머리카락에 가려져 있던 왼쪽 뺨에 검푸른 색의 커다란 반점이 드러났다. 아버지는 실망한 나머지 잠시도 쉬지 않고 계속해서 맞선 여정에 올랐다. 급하게 시집을 가려는 여자들이 너무 많아서 아버지 같은 청장년 남자들은 이리저리 여자들을 골랐는데, 아버지는 결국 어머니로 결정했다. 얼굴에 반점이 있는 그 여자는 아버지와 맞선을 보기 전에도 분명히 적지 않은 남자들에게 '차였을' 것이다. 그녀가 나중에 결혼을 했는지, 아니면 일본인에게 잡혀가 위안부가 되었는지는 수수께끼로 남았다. 아버지는 침착하고 내성적인 성격에 돌처럼 말이 없었지만, 몇 번이나 무거운 입을 열어 이 옛날이야기를 했다.

『강을 건너는 멧돼지』에는 얼굴에 반점이 있는 위안부가 나오는데, 이 인물이 바로 아버지와 맞선을 보다가 괴상한 서남풍 때문에 산통이 깨져 버린 신비한 여자를 모델로 한 것이다. 반점은 환생할 때 염라대왕이 찍어 주는 도장이라고 한다. 삼신할매가 아이의 엉덩이를 때리면 자국이 남으며, 임종 전에 배우자가 증표로 삼아 전생의 인연을 다시 잇기 위해 흘린 눈물과 피가 점이 된다고 한다. 명과학命課學에 따르면 엉덩이 아래와 배꼽 가운데 점이 있으면 부귀할 운명이고, 허벅지 안쪽의 점은 고생할 운명이며, 꼬리뼈 위에 난 점은 학문과 예술 분야에 타고난 재능이 남들보다 한 수 위라는 뜻이라고 한다. 목 뒤에 점이 있으면 애정운이 좋지 않고, 심장 근처에 점이 있으면 심보가 흉악하고 잔인하며, 발뒤꿈치에 점이 있으면 평생 쇠약하고, 쇄골과 팔에 점이 있으면 재물 보기를 돌같이 한다. 오른쪽 팔꿈치에 점이 있으면 홀로 외로이 늙게 되고, 유방에 점이 있으면 좋은 인연이 있고, 등 가운데 점이 있으면 귀인이 지지해 준다. 얼굴에 난 반점도 이런 점처럼 제각각 길흉화복이 있다. 점이 불러온 이런 연상과 미신만 해도 평생 동안 소설을 쓸 소재로 충분하다.

그 여자의 얼굴에 난 반점이 소설의 소재를 응집해 핵폭발을 일으켜, 내 소설의 세계에 버섯구름이 피어올랐다. 그 여자가, 그 반점이 없었다면 이 『강을 건너는 멧돼지』라는 책도 없었을 것이다. 서로의 수많은 속임수를 간파해 내지만 이런저런 양념을 더칠 수 있는 이 맞선 이야기는 너무나 기이해서, 진짜인지 의심하는 사람이 있는 것도 무리가 아니다. 나는 그저 아버지를 믿는다는 말밖에는 할 수 없다.

『강을 건너는 멧돼지』는 결점이 아주 많은 소설이다. 마치 얼굴에 커다란 반점이 있는 여인과 같다. 책이 출판된 후, 나는 인간관계에서 오는 압박과 이런저런 상황 때문에 벌거벗은 온몸을 드러내고 인터뷰와 강연과 좌담에서 하고 싶지 않은 말들을 적잖이 했다. 소설을 끝내고 나면, 반점이라는 결점이 있는 여자가 됐든, 대단한 미녀가 됐든, 작가는 입을 다물고 소설이 벌거벗겨진 채 사람들 마음대로 유린당하고, 검증되고, 백일하에 드러나게 해야 한다.

중국 독자들의 독서 습관을 고려해, 간체자판에서는 전체적인 구조와 정서에 영향이 가지 않는 선에서 미세한 조정을 더했다.

2020.10.30. 타이베이에서

아버지의 발

관야펑關亞鳳이 잭프루트 나무에 목을 매 죽은 해질녘에, 띠풀 숲에는 큰 들불이 나서 가래 같은 연기가 들판에 어지러이 번져 주바 마을豬芭村의 반 이상을 뒤덮고 있었다. 석양은 열기와 연기 탓에 갈라진 채 황금빛 잉어 떼처럼 옅은 붉은색을 띠고 떠다니고 있었다. 하늘로 치솟는 화염에 비쳐 깃털이 붉은 재처럼 보이는 참매는 낮게 선회하며 불바다 속에서 도망쳐 나온 사냥감을 뒤쫓았다. 관목 숲에서는 수십 가지 산새들의 울음소리가 울려 퍼졌는데, 그중에서 큰까치의 울음소리가 가장 우렁차고도 비통했다. 새들은 나무 꼭대기에 앉거나 들판을 선회하면서, 막 부화했거나 혹은 나는 법을 배우는 중인 새끼들이 불타는 것을 지켜보았다.

주바 마을 사람들은 채소밭과 과수원, 닭장과 오리 우리를 바삐 들락거리느라 처참하게 아우성치는 들불에는 신경 쓸 겨를도 없었다. 하지만 때때로 서남품이 마을로 몰고 온 연기는 농작물과 수백 채의 고각옥高腳屋(해충이나 맹독성 동물들의 공격에 방어하기 위해 목재 강관 등으로 기둥을 만든 뒤 1층은 집을 짓지 않고 2층에만 집을 짓는 형태의 가옥)을 그물처럼 뒤덮게 해서 사람들이 허겁지겁 도망치게 하고, 가축들의 몸 색깔을 바꿔 버리고, 저녁 밥상에까지 그을린 냄새가 배게 만들었다. 마을의 어린아이들만 제일 신이 났다. 아이들은 한 손에는 돌멩이를 장전한 탄환 싸개를 움켜쥐고, 한 손에는 새의 피가 묻어 있는 새총을 쥐고서 고무줄을 당겨 연기와 불꽃 속에서 도망쳐 나오는 들새, 그리고 오만한 태도로 낮게 나는 과일박쥐와 참매를 향해 새총을 쐈다. 새총에 맞아 날개를 관통당한 과일박쥐는 아이들의 발밑에 떨어져, 털이 수북이 난 여우 같은 붉은 얼굴과 커다란 귀를 움츠리고 아이들을 향해 흉악하게 울부짖었다.

아이들이 쏜 돌멩이 중 일부는 고각옥의 함석지붕 위에 떨어져서 함석이 긁히는 낭랑하면서도 귀에 거슬리는 소리를 냈다. 주바 마을 사람들은 이렇게 하늘에서 떨어져 집을 내리치는 탄환은 재난을 불러올 천벌이라고 굳게 믿었다. 하지만 그들의 꾸짖음은 아이들의 장난기와 살기를 어찌하지 못했다.

관야평의 집 뜰을 뒤덮고 있던 연기가 조금씩 흩어졌을 때, 아이들은 울타리 틈새로 잭프루트 나무 아래 매달린 야평의 시체를 보았다.

"바이양柏洋," 목덜미에 물총새와 까치의 시체를 매단 아이가 말했다. "너희 아빠가 목을 맸어!"

바이양은 람부탄 나무의 가지 위에 걸터앉아 띠풀 숲에서 야생마처럼 날뛰는 불길을 바라보고 있었다. 연기가 연달아 그를 향해 덮쳐왔지만, 그는 눈을 감고 코를 싸쥐고 기침을 하느라 눈물이 줄줄 흐르면서도 나무 아래로 내려가려 하지 않았다. 큰까치가 나뭇가지를 물어다 둥지를 짓고 벌레를 잡아 와 새끼를 키우는 걸 그는 벌써 나무 위에서 열흘이 넘게 지켜봐 왔다. 큰까치 둥지는 풀밭 비탈 위의 관목 덤불 속에 숨겨져 있었다. 이 비탈 위엔 군계일학으로 돋보이는 감람나무 한 그루가 서 있었는데, 큰까치는 사냥감을 물고 와서 둥지로 돌아가기 전에 반드시 감람나무에 앉아 일부러 여유를 부리듯이 어정거리곤 했다. 아버지는 큰까치는 원래 의심이 많아서, 누군가 자기 둥지를 노리는 걸 눈치채면 이미 알을 낳아 새끼가 태어났다 하더라도 반드시 둥지를 옮긴다고 말했다. 들불은 이미 풀밭 비탈에까지 퍼졌다. 바이양은 큰까치가 감람나무와 관목 덤불 사이를 쉴 새 없이 오가며 처량한 소리로 우는 걸 보았다.

이때 그는 목덜미에 물총새와 까치의 시체를 매단 아이가 그를 향해 손을 흔드는 걸 보았다. 물총새의 깃털은 알록달록 빛났고, 까치는 검고 흰 색이 분명하게 보였다. 아직 숨이 다하지 않은 물총새는 있는 힘을 다해 날개를 퍼덕거리면서 큰까치처럼 처량한 울음소리를 냈다.

바이양이 아이들과 함께 잭프루트 나무 아래에 도착했을 때, 아버지는 이미 사람들에 의해 내려져 땅 위에 누워 있었다. 헝클어진 머리카락엔 그을음이 묻어 있었고, 목에는 불에 덴 것 같은 목맨 자국이 나 있었다. 잭프루트 나무에 매달린 삼밧줄은 뜨거운 서남풍에 흔들리고 있었는데, 끝부분에 돛대에 매는 것처럼 매듭이 묶여 있었다. 삼밧줄은 1년쯤 전에 바이양이 나무에 묶은 것으로, 타이어를 그네처럼 매달기 위해 묶은 것이었다. 림에서 벗겨낸 타이어는 표면의 무늬가 흐릿했다. 바이양이 작은 엉덩이를 타이어 비드 부분에 붙이고 앉아 양손으로 타이어의 양옆을 잡고 흔들거리고 있으면 아버지는 가끔씩 한 발을 뻗어서 타이어를 공중으로 힘껏 밀어 줬다. 아버지는 손이 없었기 때문이다. 바이양이 직접 나무에 매달아 둔 타이어 그네만 없었다면, 어쩌면 아버지는 잭프루트 나무에 목을 매달지 않았을지도 모른다. 아버지의 목에 난 자국은 교살용(絞殺榕, 무화과나무속의 식물로 다른 나무를 휘감고 기생한다)이 기생하면서 남긴, 다시는 원래대로 회복할 수 없는 자국처럼 목을 지나 귀 뒤쪽으로 뻗어 있어, 얼굴 위에 성채처럼 우뚝 솟아 있는 이목구비를 수호하는 참호처럼 보였다.

아버지는 손이 없었지만, 어느 누구도 그 사인에 관해 의심하지 않았다. 관야펑은 잭프루트 나무에 기어올라 가지를 타고 올라가서 발가락으로 밧줄에 묶인 타이어를 풀어 버리고, 돛대에 맬 때 쓰는 매듭을 묶고, 그 매듭 안으로 목을 뻗었을 것이다. 이 모든 것을 그는 두 발로 해냈을 것이다.

아버지인 관야펑이 21세에 두 팔을 잃었을 때 바이양은 아직 강보에 싸여 있었다. 바이양이 아장아장 걸을 때 아버지는 이미 발을 자유자재로 쓰고 있었다. 바이양의 첫 번째 새총이 바로 아버지의 걸작이었다. 아버지는 들판에 앉아 오른발 엄지와 검지 발가락으로 조그만 파랑parang 칼을 붙잡고 왜목 덤불에서 V자 모양의 가지를 잘라서, 이 나뭇가지를 두 갈래 창 모양으로 깎아냈다.

그리고는 버려진 자전거의 타이어 튜브를 잘라 고무 끈을 두 개 만들고, 해진 가죽신을 잘라 탄환 싸개를 만든 다음, 바이양에게서 고무 밴드 네 개를 받아다가 엄청난 살상력을 가진 새총을 빠르게 완성했다. 아버지는 탄환 싸개에 돌멩이를 하나 넣은 다음, 오른발 엄지와 검지 발가락으로 새총 틀을 단단히 쥐고, 왼발의 엄지와 검지 발가락으로 탄환 싸개를 움켜쥐고 있다가 고무 끈을 놓았다. 탄환이 슝 하고 날아가 들판의 모래와 돌을 이리저리 튕겨 냈다. 바이양의 첫 번째 연도 마찬가지로 아버지의 걸작이었다. 아버지는 서양 담배에 불을 붙여 둔 다음, 빗자루 손잡이에서 가느다란 대오리 두 개를 잘라내 실로 묶어서 마름모꼴의 틀을 만들고, 그 틀을 꾀꼬리가 그려진 셀로판지에 붙이고 연실을 달았다. 아버지는 바이양에게 연 날리는 법을 가르쳐줄 때가 돼서야 처음으로 발을 뻗어 담뱃재를 툭 쳐서 털어냈다. 바이양이 7살 때 아버지는 베란다 계단에 앉아 왼발 엄지와 검지 발가락으로 더블 배럴 산탄총의 보호판을 지탱하고, 개머리판을 가랑이에 끼우고는 오른발 중지 발가락을 방아쇠에 걸고 총을 쐈다. 두 발의 총탄은 백주대낮에 카사바(열대지방에서 주로 구황식물로 이용하는 작물) 밭을 파헤치고 집 안으로 침입하던 멧돼지 두 마리를 쏘아 맞혀 배가 터지고 창자가 흘러나오게 만들었다. 바이양은 창가에 기대어 멧돼지 피가 해질녘의 노을처럼 카사바 밭을 반 넘게 붉게 물들이는 걸 바라보았다.

바이양은 자전거 짐받이 위에 앉아, 물 흐르듯 자연스럽게 자전거를 모는 아버지의 기술을 느끼기를 좋아했다. 동이 트자마자 아버지는 자전거 안장에 올라타서 발바닥으로 페달을 밟고, 허리를 깃대처럼 곧게 펴고서 앞을 똑바로 바라보며 갖가지 장애물을 피하고, 이따금씩 발로 핸들을 조절해 가면서 주바 마을의 경윈耕雲 잡화점으로 갔다. 양손으로 안장에 달린 용수철을 붙잡고 앉아, 비석 같은 아버지의 뒷모습과 바람을 맞아 펄럭펄럭 소리를 내는 옷소매를 보노라면 즐거우면서도 슬픈 감정이 어린 마음을 적셨다. 주바 강변에서 주바 마을의 판잣집 가게 거리까지 이어진 황토 진흙길 위를 자전거는 바람처럼 달렸다. 바퀴살은 노인의 흰 수염처럼 반짝거렸고, 바퀴 테는 무거운 이슬에 흠뻑 젖었다. 체인은 가래가 끓는 노인의 기관지처럼 시끄러운 소리를 내며 움직였다. 아버지는 잡화점에 거의 도착했을 때만 한 발을 허공으로 뻗어 브레이크를 잡았다.

아버지의 영국산 라레이Raleigh 상표의 자전거는 모터가 고장났고, 헤드라이트는 켜지지 않았으며, 차체는 구부러졌고, 페달은 절름거리고, 바퀴살도 한 개 끊어졌다. 여기에 더해 체인 덮개와 흙받이에는 구멍이 숭숭 나 있었고, 안장은 갈라져서 용수철이 드러나 보였다. 하지만 아버지는 시간만 나면 이 낡아빠진 자전거에 바이양을 태우고 마을의 거리와 잡초가 무성한 들판, 주바 강변, 그리고 띠풀 숲 사이에 난 오솔길을 쏘다녔다.

관야펑이 처음으로 아들과 함께 언덕에 올라갔던 건 바이양이 5살 때였다. 언덕 위에는 노란색과 하얀색의 작은 꽃이 가득 피어 있었고, 사방에 왜목 덤불, 연못과 웅덩이, 포탄 구덩이, 상록교목들이 어지럽게 흩어져 있었다. 그리고 사람과 짐승 뼈가 묻혀 있는 땅 위로 띠풀 숲이 끝없이 펼쳐져 있었다. 낮에는 아득하고 적막했고, 밤에는 도깨비불이 휙휙 날아다녔다. 아버지와 바이양은 언덕 꼭대기에서 걸음을 멈췄다. 아버지는 입술을 쭉 내밀고 언덕 뒤쪽에 있는, 양치식물과 덩굴, 그리고 방어를 위해 쳐 놓은 나뭇가지들로 덮여 있는 돼지 굴을 턱으로 가리키면서, 11년 전에 이곳에서 바이양의 어머니와 함께 어미돼지 한 마리와 새끼돼지 여섯 마리를 죽였고, 6년 전에도 또 이곳에서 주바 마을에서 횡포를 부려 악명이 자자하던 일본놈 한 명을 죽였다고 말했다. 아버지는 바이양에게 눈을 감고 풀과 나무의 소리와 벌레와 짐승의 소리, 그리고 천지 만물의 목소리를 잘 들어 보라고 했다. 바이양은 히죽거리는 얼굴로 순순히 아버지 말에 따라 눈을 감고, 여름의 서남풍 혹은 우기의 동북풍을 마주하고 언덕 위에 5분 동안 서 있었다. 눈을 뜨자 아버지가 말했다. "뭘 봤니?" 바이양은 고개를 저었다. 아버지는 그에게 다시 눈을 감으라고 했다. 5분 후에 아버지가 말했다. "뭘 들었니?" 바이양은 저 멀리 마을의 개 짖는 소리와 닭 우는 소리, 석유 굴착 기술자가 호객을 하는 소리, 참매와 산새의 울음소리, 띠풀 숲이 규칙적으로 내는 파도소리 같은 바람소리, 풀숲에서 울리는 총소리, 그리고 아버지가 방귀 뀌는 소리를 들었다. 아버지는 입술을 내밀고 턱으로 갈대와 야생 호접란이 빼곡히 들어찬 연못을 가리키면서, 어린아이 하나가 갈대숲

속에 쪼그리고 앉아 메뚜기를 미끼로 삼아 나뭇가지를 꺾어 만든 낚싯대로 납작전어*를 낚고 있는데, 그 아이의 엉덩이 뒤에 놓인 등나무 바구니 속엔 아직도 퍼덕거리는 납작전어 한 마리가 들어 있다고 말했다. 아버지는 어느 아프리카 소태나무를 바라보며 그 나무 꼭대기에 독수리 한 마리가 앉아서 물도마뱀이 출몰하는 먼 곳의 늪지를 감시하고 있다고 말했다. 그리고 오른발을 뻗어 작은 왜목 숲을 가리키며, 이 숲 뒤쪽에 2차 대전 때 연합군이 남긴 포탄 구덩이가 하나 있는데, 거기서 수컷 호저 한 마리가 겨울잠을 자고 있다고 했다. 아버지는 들판을 둘러보더니 언덕 주위에 큰까치 세 마리가 둥지를 짓고 있고, 보르네오수염돼지** 두 마리가 다 말라 가는 시냇가에서 지렁이와 벌레의 번데기를 찾아서 먹고 있다고 했다. 바이양은 눈썹을 찌푸리고 턱을 치켜들고 보루처럼 굳세고 우람한 아버지의 얼굴을 바라보면서, 아버지가 허리에 찬 파랑 칼의 칼집이 아버지의 손이라도 되는 것처럼 당기며 말했다.
"그걸 어떻게 알아요?"

아버지는 무릎이 자신의 손인 양, 무릎으로 바이양의 어깨를 두드리며 말했다. 바이양, 네가 아직 어려서 그래. 언젠가 너도 알게 될 거다.

* 납작전어(Tenualosa). 사라왁 왕국에서 보물로 여기는 물고기로 부화한 첫해에는 수컷(Empirit), 다음해에는 암수 구분이 없다가 그 후에는 죽을 때까지 암컷(Terubok)으로 살아간다. 알을 소금에 절인 음식이 매우 비싸다. 경제적 가치가 높아 남획되어 이미 멸종 위기에 처해 있다.

** 보르네오수염돼지(Bornean bearded pig). 보르네오의 멧돼지로 입 주변에 수염이 많이 나 있으며 수마트라, 보르네오, 말레이시아 반도와 술루 제도에 주로 분포한다.

1952년 6월이었다. 마을에 두리안이 익는 향기가 퍼져 멧돼지를 끌어들였다. 바이양은 아이들과 함께 나무 꼭대기나 다른 높은 곳에 올라가 새총으로 멧돼지를 쐈다. 이리저리 날아가는 탄알과 멧돼지의 울음소리가 관야펑의 고각옥 단열층에 둥지를 짓고 알을 낳아 기르던 목점박이비둘기와 산비둘기들을 놀라게 했다. 수백 마리의 새들이 단열층 속에서 나와 관목 숲과 상록교목 사이로 사라져 버렸다. 바이양과 아이들은 두리안을 몇 개 먹은 다음 단열층 입구를 열어젖혔는데, 그 안에서 노끈으로 묶여 있는, 소의 배만 한 커다란 나무상자를 발견했다. 상자를 열어 보니 그 안에는 요괴 가면과 장난감들이 흩어져 있었다. 아이들은 잭프루트 나무 아래서 비둘기 새끼를 구워 먹었다. 얼굴엔 다들 요괴 가면을 썼는데, 돼지 코에 새 부리가 달린 것, 외눈박이에 혀가 긴 것, 송곳니가 길고 머리털이 붉은 것, 빨간 얼굴에 들창코인 것, 여우 눈에 입술이 앵두같이 예쁜 것, 곱게 웃는 얼굴인 것, 흉악하고 못생긴 얼굴인 것들이 있었다. 아이들은 가면을 쓰고 공기 대포, 동물 모양 피리, 나무 블럭 같은 것들을 가지고 놀았다. 땅바닥엔 용수철이 달린 매미나 닭, 북 치는 토끼, 공을 가지고 노는 코끼리, 눈 치우는 스페인 사람 등등 여러 가지 인형들이 빽빽거리는 소리를 내며 이리저리로 뛰어다니거나 휘청거리고 있었다.

아이들은 시간 가는 줄 모르고 점심때부터 해질녘까지 놀았다. 먼 곳의 들불이 하늘을 가리고, 열기가 몰려오고, 연기가 여름 하늘을 온통 뒤덮어 천지 만물의 모양을 전부 바꾸어 놓았다. 타오르던 석양은 거의 다 타들어가는 붉은 양초처럼 녹초가 되어 지평선 위에 주저앉았다. 구름엔 흰색만 빼고 여러 가지 색이 칠해졌다. 참매 수십 마리가 마치 날개와 깃털이 자라난 구렁이처럼 하늘 위를 선회하면서 불길 같은 혀를 날름거렸다. 하늘을 찌르고 선 상록교목들은 공중에 거꾸로 매달려, 메마르고 검게 탄 하늘이 그 뿌리에 갈라졌다. 햇빛을 좇아가는 게들처럼 스러져 가는 석양을 향해 모여 있는 수백 채의 고각옥들은 마치 석양에 장작을 더해 불꽃을 키우려는 것 같았다. 수없이 많은 반딧불이가 검은 주바 강 위에 불을 밝혀 넓고 거대한 반딧불 주머니를 만들었다.

아이들이 마른 나뭇가지를 모아 잭프루트 나무 아래의 모닥불에 던져 넣고 있을 때, 관야평이 울타리 문을 발로 차 열고 소리 없이 잭프루트 나무 아래로 걸어왔다. 아이들은 줄곧 두 손을 잃은 이 잡화점 주인아저씨를 무서워했기 때문에, 공포와 비슷한 감정에 휩쓸려 함부로 행동하지 못했다. 모닥불 불빛 아래 관야평의 얼굴은 북면처럼 팽팽히 당겨졌다가, 봉홧불이 흔들리고 있는 성채처럼 고요해졌다가, 또 잿빛으로 질렸다가 했다. 관야평의 시선이 아이들 한 명 한 명에게 차례로 머무르자, 손에 용수철이 달린 사슴 인형을 들고 있던 여자아이가 으앙 하고 울음을 터뜨렸다. 관야평은 갑자기 요괴 가면을 쓴 어느 아이 앞으로 다가가더니 온몸의 힘을 다해 고함을 질렀다.

"가면 벗어! 꺼져! 꺼져! 꺼져 버려!"

아이들은 가면을 벗어던지고 허겁지겁 도망쳤다. 그 후로 관야평이 죽을 때까지 남은 반년 남짓 되는 시간 동안, 바이양의 어린 시절 친구들은 다시는 그의 집에 들어오지 않았다. 그 반년 동안, 바이양이 보기에 아버지는 낯선 사람이 되어 버린 것만 같았다. 아버지는 아침에 자전거를 타고 곧장 경원 잡화점으로 가서는, 움직일 일이 거의 없는 경비원처럼 가게 문을 닫을 때까지 계산대 앞에만 앉아 있었다. 마을 사람들은 그의 두 눈이 전쟁이 끝난 후에도 사라지지 않는 살기 같은 서늘한 빛을 내뿜는다고 말했다. 해가 지고 나면 그는 고각옥의 베란다에 앉아 서양 담배를 백 개비도 넘게 피우면서 소리 없이 고요한 풀숲을 응시하며 한밤중까지, 심지어 동이 틀 때까지 그대로 앉아 있었다. 열흘 후, 그는 잭프루트 나무 아래에 불을 크게 피우더니 바이양에게 상자 안에 든 가면과 장난감들을 전부 태워 버리라고 했다. 관야평이 죽은 후에 바이양과 아이들은 잭프루트 나무 아래로 돌아와 타고 남은 장작과 잿더미 속에서 양철로 만든 스페인 인형의 잔해를 찾아냈다. 아이들을 기쁘게 한 일은, 그들이 찾아낸 양철 인형 중에서 반 이상이 다시 용수철을 달아 주자 예전처럼 빽빽거리며 꼭 장난꾸러기 유령들처럼 이리저리 휘청거리고 뛰어다니게 되었다는 것이었다.

어디서 난 건지 모를 장난감과 가면들을 불태워 버린 후, 아버지는 몇 번이나 한밤중에 바이양을 깨워서는 집의 창문을 전부 열어젖히고 손전등으로 사방팔방을 비추며 살펴보았다. 아빠, 뭐가 보여요? 바이양이 물었다. 관야평은 한참 동안 머뭇거리더니 말했다. 머리 없는 남자가 잭프루트 나무 주위를 빙빙 돌면서, 불타서 새까매진 하모니카로 일본 동요를 연주하는 게 보인다. 백발의 노파가 커다란 낫을 휘두르면서 몸뚱이가 없는, 하늘을 나는 사람 머리를 쫓아가는 게 보인다. 일본 군인들이 자전거를 타고 어린아이들의 시체를 밟고 지나가는데, 바퀴살과 바퀴 테에 아이들의 창자와 사지가 엉켜 있는 게 보인다. 바이양은 손전등으로 캄캄한 집 주위를 몇 번이나 비춰 보다가 밤에 돌아다니던 개떼가 미친 듯이 짖게 만들고 말았다.

아버지는 잭프루트 나무에 목을 매 죽기 사흘 전에 마지막으로 바이양을 데리고 언덕에 올라갔다. 그는 사방을 둘러보다가 갑자기 발로 바이양을 툭 치더니 말했다. 손에 군도를 쥐고, 머리가 헝클어지고 얼굴엔 때가 낀 일본 낭인이 갈대숲을 가로질러 언덕을 향해 한 발 한 발 다가오는 게 보인다. 아프리카 소태나무 가지 위에 얼굴이 창백한 남자가 하나 앉아 있는데, 허리에 파랑 칼과 독화살이 든 통을 차고, 어깨엔 창처럼 생긴 바람총(대나무 통에 화살을 넣어 입으로 불어서 화살을 쏘는 총)을 메고 있는데, 바람총 끝에 꽂힌 총검에선 섬뜩한 한기가 흐르고, 손에는 귀뚤귀뚤 하고 귀뚜라미 소리를 흉내 내는 철제 모형을 쥐고 있는 게 보인다. 팔뚝에 등나무 고리를 건 여자가 손에 파랑 칼을 들고 포탄 구덩이에 뛰어들어 새끼를 밴 어미돼지를 찔러 죽이는데, 사지가 꼭 연기 같은 검은 개와 머리가 없는 수탉과 긴꼬리원숭이가 여자의 등 뒤를 맴도는 게 보인다.

바이양은 조용히 주위를 둘러보았다. 곳곳에서 피어오르는 들불의 연기, 허공을 선회하는 큰까치와 참매, 불에 타서 드러난 상록교목의 어지러이 뻗은 가지들, 또 들불이 자신을 집어삼키는 걸 유순하게, 그리고 슬프게 기다리고 있는 무성한 띠풀 숲만 보일 뿐이었다.

바이양은 성채처럼 음울한 아버지의 얼굴을 바라보고, 고개를 숙이고 그의 커다란 발을 내려다보았다.

아버지의 발에는 짧고 거친 검은 털이 나 있었고 핏줄이 튀어나와 있었으며, 발뒤꿈치가 두껍고 발바닥 가운데는 거북이 등껍질처럼 움푹 파여 있었다. 왼쪽 엄지발가락에는 죽은 생선 눈알처럼 생긴 티눈이 하나 나 있었고, 열 발가락 중 반절은 조리 슬리퍼 밖으로 뻗어 나와 있어 정상인의 발가락보다 훨씬 길었다.

바이양은 밤이 되면 아버지가 램프 불빛을 등지고서, 손가락 대신 발가락으로 갈라진 누런 판자벽 위에서 보여줬던 그림자 연극을 잊을 수 없었다.

아버지는 양발을 들어 올려 그림자 연극을 했다. 열 발가락은 동굴 속에서 튀어나온 열 마리 뱀처럼 공중에서 춤을 추면서, 판자벽 위에 수십 가지 날짐승과 들짐승의 모습을 흉내 냈다. 졸음이 점점 더 짙어져 몽롱하게 꿈속으로 빠져들 때, 바이양은 아버지의 선혈이 낭자한 몸에서 뼈만 남은 손 두 개가 자라나더니 판자벽 위에 포탄 연기가 자욱하고, 칼날이 번뜩이고, 여기저기에 백골이 널려 있는 밀림에서의 전투를 그려내는 걸 보았다.

가면

1941년, 중화민국 30년 12월 16일, 신사년辛巳年 시월 스무여드레, 쇼와昭和 16년, 아편전쟁 발발 100년 후, 백인 독재자 제임스 브룩 왕조*가 사라왁을 통치한 지 100년 후, 그리고 일본이 진주만으로 돌격한 지 9일 후에, 일본군 1만 명이 구축함 3척, 순양함 4척, 잠수함 1척, 소해정 2척과 정찰기 2기를 타고 남중국해를 통해 보르네오 서북부의, 하루에 원유 1만 5천 통을 생산하는 작은 항구인 주바 마을에 상륙했다. 새벽 4시, 동북 계절풍이 호우와 번개를 불러와 하늘의 오래된 갈라진 틈새를 비췄다.

벼락이 줄사다리 위에 있던 이등병 두 명을 불태웠고, 큰 파도가 바닥이 평평한 상륙정 세 척을 집어삼켰다. 폭풍이 일본놈들을 가득 싣고 있는 고무보트 한 척을 해적이 활개 치는 술루 해 쪽으로 밀어 버렸고, 바위가 92식 기관총이 든 상자 두 개와 열 문

* 브룩 왕조(Brooke Dynasty, 1841—1946). 영국인 제임스 브룩(James Brooke)이 브루나이 술탄을 도와 원주민 항쟁을 평정한 일로 보르네오 서북부의 영토 약 7,800평방킬로미터를 수여받아 1841년에 사라왁 왕국(Kingdom of Sarawak)을 건립하였다. 브룩은 계속해서 무력으로 술탄을 위협해 사라왁 왕국의 영토를 급속히 확장시켜 그 면적이 124,400평방킬로미터에 달했다. 2차 대전 시기에 일본이 잠시 점령했던 시기를 제외하면 브룩 가문이 사라왁 왕국을 약 100년간 통치하였다.

이 넘는 박격포를 부숴 버렸다. 지휘관 가와구치 기요타케川口清健 장군은 툭 튀어나온 조그만 두 눈으로 길잡이인 이토 다케시伊藤雄 이등병을 2초쯤 노려보더니 그의 뺨을 후려쳐 차갑고 축축한 모래사장에 쓰러뜨린 후, 오른손으로 손차양을 하고서 아침 햇살에 붉게 물든 주바 마을의 척박한 땅을 바라보았다. 스즈키사의 리드 16개짜리 블루스 하모니카가 이토의 99식 배낭에서 굴러 나왔다. 회색을 띤 덮개가 발가락 부분이 갈라진 이토의 군화를 깨물어, 담뱃진이 잔뜩 낀 리드가 삑삑 소리를 냈다. 이토는 일어서면서 하모니카를 주워 들어 속칭 문어 가방이라고 불리는 99식 배낭 속에 쑤셔 넣었다. 배낭의 문어 촉수가 휘날리다가 방수 천 사이로 하모니카를 어루만져 하모니카가 미소를 띠고 잠들게 했다. 강력한 동북 계절풍이 철사처럼 문어 가방 속으로 파고들어가 하모니카 금속 리드를 건드릴 때마다, 간간이 송아지 울음소리 같은 소리를 냈다.

날이 밝은 후, 일본놈들이 바위 위에 널어놓은 시체들은 천 마리는 족히 될 솔부엉이, 솔개, 독수리, 꿩매, 까마귀, 갈매기 떼에 뒤덮였다. 매 떼가 일본놈들의 내장과 살점을 물고 밀림으로 돌아갈 때 손바닥만 한 살덩이 한 개가 중라오과이鍾老怪의 집 베란다에 떨어졌다. 막 아편을 한 덩이 피운 참인 중라오과이는 집 안의 벽에 걸어 둔 존슨 앤 존슨사의 엽총 총구에서 검은 연기가 피어오르고, 총열 위에선 가늘고 길게 뻗은 은하수가 찬란하게 빛나고, 끝이 뾰족한 모제르 총탄 열 개가 유성처럼 날아가는 걸 보았다.

중라오과이는 베란다로 나가 한참 동안 살덩이의 냄새를 맡고 핥아 봤지만 도대체 어디서 온 건지 알 수 없었다. 살덩이에 주먹을 한 방 먹이자 살덩이는 사지가 온전한 난쟁이로 변하더니 일본말로 두어 마디 소리를 지르고는 띠풀 숲속으로 뛰어들었다. 3년 8개월 후, 중라오과이는 밀림 속으로 들어가 일본놈들을 추격했다. 어깨에 멘 존슨 앤 존슨사의 엽총은 격렬하게 떨렸고, 총구가 다시 검은 연기를 뿜어내면서 오직 중라오과이만이 느낄 수 있는 망령의 주파수를 보냈다. 중라오과이는 앞쪽에서 일본놈들이 도망치고 있다는 걸 알았다. 일본놈들의 방귀와 딸꾹질에서는 화약 연기 냄새가 났고, 길을 따라 흩어져 있는 똥오줌에서는 놈들이 즐겨 먹는 우유 사탕과 양갱 냄새, 그리고 놈들이 즐겨 피우는 영국산 쓰리 캐슬 상표의 담배 냄새가 났기 때문에 중라오과이의 후각 세포로부터 도망칠 수 없었다. 일본놈 시체 십여 구가 주바 강 하구까지 떠내려왔다. 바다악어들이 죽어 나자빠진 광경을 보고 마을 사람들은 놀라고 불안해 했다. 배가 불룩한 바다악어 한 마리가 자라 대왕 친秦씨의 고각옥 아래에서 죽었는데, 친씨는 악어 배 속에서 청회색의 90식 철모를 하나 찾아냈다. 그는 철모를 강물에 깨끗이 씻어 대왕 주朱씨에게 가져가 아편 몇 덩이와 바꾸려 했다. 벌써 이틀 동안이나 아편을 못 피웠기 때문이다. 아홉 살짜리 아들이 펜치로 악어의 조생치를 비틀어 열고, 고개를 들어 친씨를 쳐다보더니, 아버지가 들고 있던 철모를 가져가 머리에 썼다. 그는 철모가 아들의 머리 위에서 두개골처럼 굳어지고, 아들이 그가 알아들을 수 없는 일본말을 하는 것을 보았다.

상륙지점이 열악했던 탓에 일본군에게 상륙 노선을 안내한, 보르네오에서 18년 동안 방랑생활을 해 온 이토 다케시는 지휘관의 총에 맞아 죽을 뻔했다. 12일 후에 이토는 30여 명의 일본 군인과 함께 자전거를 타고 돌아다니며 '조국 난민 구제 계획 위원회'의 구성원을 수색해 체포하러 다녔다. 야펑과 골목대장 차오다즈曹大志는 두리안 대왕 황완푸黃萬福의 과수원에서 잡초를 베고 있었다. 일본놈들은 황완푸가 가져다 바친 람부탄 열매를 먹고 있었고, 이토는 야자나무 아래 앉아 하모니카를 불었다. 그는 〈군함행진곡軍艦進行曲〉을 연주하더니 그 다음엔 〈발도대 행진곡拔刀進行曲〉을, 이어서 또 〈달밤의 사막月夜的沙漠〉, 〈하늘 가득한 저녁놀滿天晚霞〉, 〈고추잠자리赤蜻蜓〉를 연주했다. 그의 연주가 끝난 후, 야펑은 하모니카를 부는 사람이 바로 일본놈들이 상륙하기 전에 마을에서 잡화 노점상을 하던 고바야시 지로小林二郎라는 걸 알아보고 깜짝 놀랐다. 이등병 이토는 황토색 전투모를 쓰고 황토색 전투복을 입고, 어깨엔 99식 보병총을 메고, 허리엔 남부 14년식 권총집과 말가죽으로 된 탄약통을 차고 있었다. 반면에 노점상 고바야시 지로는 기름때로 얼룩덜룩한 러닝셔츠와 반바지 차림에 나막신을 신고, 상고머리에는 작두 자국이 잔뜩 남아 있고, 수염은 길이가 들쭉날쭉했고, 어깨엔 굵기가 손목만 한 대나무 장대를 메고 다녔다. 길이가 5.5미터 정도 되는 장대에는 열여덟 개의 홈을 파서 새끼줄 열여덟 개를 묶어 뒀는데, 그 새끼줄엔 옷, 팔찌와 머리핀, 귀걸이, 목걸이 등의 장신구, 등나무 모자와 바구니, 수건과 손수건 같은 천 조각, 뒤집개 같은 조리도구, 사탕, 장난감, 요괴 가면 등등 백 가지가 넘는 잡화가 매달려 있었다. 그는 오른손에 리드 16개짜리 트레몰로 하모니카를 쥐고 명랑하거나 슬픈 일본 동요와 가요를 연주하고 다녀서 아이들과 남양 아가씨(유괴되어 남양 군도로 보내져 매춘을 했던 일본 여성을 가리킴)들의 큰 환영을 받았다. 고바야시는 영리하고 손재주가 좋아서 종종 등나무 줄기를 엮어 곤충이나 동물 모양 장난감을 만들어서 아이들에게 나눠주었다. 그는 천진난만한 동심을 간직하고 있어서, 여러 가지 플라스틱 가면을 즐겨 썼다. 정수리는 오목하고 새 부리가 달린 갓파(일본 민담에 등장하는, 물속에 산다는 어린아이 모양을 한 상상의 동물), 외눈박이에 혀가 긴 카라카사(낡은 우산이 변한 일본 요괴), 붉은 얼굴에 코가 큰 텐구(일본 전설에 나오는 요괴로, 코가 매우 크고 얼굴이 붉으며 날개가 있음), 얼굴이 족제비나 노루를 닮은 바케다누키(일본의 너구리 요괴), 웃는 얼굴이 아주 예쁜 구미호 등 갖가지 가면을 쓰고 아이들을 쫓아다니며 놀래 주었다. 고바야시는 선한 인상에 마음이 착했다. 자기가 파는 물건들이 값싼 것들이라는 걸 알았기 때문에 그는 마을 사람들과 물물교환을 하는 걸 반겼다. 그래서 올 때는 장대 가득 잡화를 매달고 왔다가, 돌아갈 때는 여주, 산대나무, 생선과 멧돼지 고기 따위를 잔뜩 매달고 돌아갔다. 여남은 명의 아이들이 서로의 어깨나 허리를 붙잡고, 스무 개가 넘는 작은 발이 노래기나 지네처럼 땅을 어지러이 밟으면서 점점 더 빨라졌다. 줄은 길어졌다가 짧아졌다가, 속도가 빨라졌다가 느려졌다가, 구불거리다가 곧게 펴졌다가 하면서 고바야시의 뒤꽁무니를 따라 골목골목을 누볐다. 그 모습은 마치 인도 사람이 피리를 불어 뱀을 길들이는 모습, 혹은 피리 부는 사나이가 쥐를 유인하는 모습처럼 보였다. 저녁이 되면 고바야시는 주바 강가의 판자로 지은 홍등가로 갔다. 그는 물속으로 들어간 총탄처럼 걸음이 느려지고, 꽃밭에 날아든 꿀벌처럼 낭만적인 심정이 되어서는, 남양 아가씨들이 반드시 듣고 싶어 하는 〈비 내리는 밤의 꽃雨夜花〉을 화려하고도 처량한 음색으로 불었다. 그러면 걸상에 앉아 있던 수십 명의 남양 아가씨는 기모노 옷자락을 걷어 올리고, 그물에 딸려 가듯이 고바야시와 그의 장대 앞으로 모여들었다. 그러기 전에 그들은 손님에게 허리를 숙이며 사과를 했다. "죄송합니다. 고바야시 군이 왔네요. 조금만 기다려 주세요."

고바야시는 모모코, 교코, 다카코, 나오코, 가나코 하고 남양 아가씨들의 예명을 하나하나 불러 주었다. 그에게는 립스틱, 비누, 귀걸이, 머리핀, 머리빗, 주전자, 컵, 밥그릇, 접시, 숟가락 젓가락, 크고 작고 오목하고 튀어나온 것, 흐리고 맑고 둥글고 이지러진 것 등 있어야 할 것은 빠짐없이 있었다. 장사가 끝나면 그는 하모니카로 일본 가요를 불면서 마지막 일과를 끝냈다.

야평은 어릴 때 야생 두리안 한 개를 고바야시가 파는 구슬 세 개와 플라스틱으로 된 요괴 가면 두 개로 맞바꾼 적이 있었다. 그는 야자나무 아래 앉은 고바야시와 몇 번이나 눈이 마주쳤다. 이등병 이토 다케시 혹은 노점상 고바야시 지로는 야평의 두 눈을 마주보면서, 손을 뒤로 뻗어 99식 배낭에서 붉은 얼굴에 코가 큰 텐구 가면을 꺼내 얼굴에 썼다. 가면은 먼지가 되어 사라졌다가 이토의 얼굴 위로 모여들었다. 이토는 핏발이 선 두 눈을 부릅뜨고 야펑을 노려보면서 하모니카를 물고 〈새장 속의 새籠中鳥〉(일본의 전통놀이를 할 때 부르는 '카고메 카고메'라는 동요)를 연주했다. 야펑은 속으로 비웃었다. '고바야시, 아닌 척 하지 마요. 난 불타서 재가 되더라도 표면이 새까만 그 하모니카랑, 매 발톱처럼 생긴 아저씨 손이랑, 하모니카를 부는 그 거북이 같은 자세를 알아볼 수 있다고요.' 이토 다케시 혹은 고바야시 지로는 계속 하모니카를 불었다. 그는 두 눈을 번뜩이며 배낭에 손을 집어넣어 뒤적거리다가 얼굴을 문질렀다. 그러자 외눈박이에 혀가 긴 카라카사가 나타났고, 그는 〈보내 주세요請通過〉를 연주했다. 야펑은 속으로 욕을 했다. '고바야시, 숨을 생각 마요. 재가 되더라도 나는 그 주사위처럼 고른 이랑, 홍학 같은 다리랑, 하모니카를 부는 어정쩡한 자세를 알아볼 수 있어요.' 고바야시가 〈보내 주세요〉를 반쯤 연주했을 때 일본놈들의 대오 전체가 그곳을 떠났다. 이토는 대오에 섞여들어 배낭 속에서 갓파 가면을 꺼내 뒤통수를 가렸다. 그는 아마도 야펑만 자신을 알아본 게 아니라, 골목대장 차오다즈와 농부 황완푸도 손가락질하며 비웃고 있다는 걸 알아차렸을 것이다. 야펑은 차오다즈와 황완푸에게 말했다. "고바야시는 여전하네. 불타서 재가 되더라도 저 원숭이한테 반쯤 물어뜯긴 귀랑, 오래된 야자나무처럼 구부러진 등이랑, 곰처럼 걸어다니는 자세를 난 금방 알아볼 수 있다고." 고바야시가 말도 없이 떠나 버리기 두 달 전에, 젊은 중국인 광부가 그에게 긴꼬리원숭이 한 마리를 주고 솥 한 개와 러닝셔츠 한 장으로 맞바꿨다. 고바야시는 원숭이 목에 밧줄을 걸어 장대를 메지 않은 어깨 위에 태웠다. 원숭이는 마음껏 돌아다니지 못하고 그저 대나무 장대의 꽁무니와 머리 사이를 왔다 갔다 했다. 아이들은 그 모습을 보고 웃었다. 장대가 고개를 쳐들었다 뒤꽁무니를 쳐들었다 하는 바람에 옷이며 장난감이며 뒤집개 같은 것들이 전부 땅에 떨어졌다. 고바야시가 원숭이의 뺨을 한 대 때리자 화가 난 원숭이는 고바야시의 왼쪽 귀를 콱 물었다. 한참이 걸려 원숭이를 떼어내고 보니 귀 반쪽이 뜯겨 나가 있었다. 고바야시는 어쩔 도리가 없어 원숭이에게 캐러멜을 한 개 주고 풀어 주었다. 새 삶을 얻은 원숭이는 주바 마을의 긴꼬리원숭이 무리에 들어가려 했지만 받아들여지지 않자, 대나무 장대에 걸린 여자 요괴 가면을 하나 훔쳐서 가 버렸다.

'조국 난민 구제 계획 위원회'의 발기인 중 한 명이자 영국, 미국, 호주, 뉴질랜드가 조직한 고원 항일 유격대에서 큰 공을 세운 말라깽이 선沈씨는 이틀 후에, 고바야시 지로가 이토 다케시로 개명했으며, 일본놈들이 보르네오에 상륙하기 전에 이곳에서 살다가 갑자기 실종된 일본인들 중에 그도 끼어 있었다는 소문을 들었다. 고바야시가 사라지고 며칠 후에 대왕 주씨, 바오성寶生 금은방 주인 다진뉴打金牛(금송아지를 만든다는 뜻의 별명), 목수 가오리高梨, 두리안 대왕 황완푸, 악어 대왕 샤오진小金, 엽총 대왕 중라오과이, 뱀과 자라 대왕 친씨, 그리고 야펑이 나라에서 운영하는 아편관 혹은 집에서 납작코 저우周씨가 밀수한 지린내가 풀풀 풍기는 아편을 피우고 있을 때, 창밖으로 그 5.5미터짜리 대나무 장대가 공중으로 날아오르면서 바케다누키, 카라카사, 텐구, 갓파, 구미호가 끌려가고, 남양 아가씨들이 알몸으로 그 뒤를 쫓아가는 게 보였다. 고바야시는 나중에 독화살에 맞아 죽었는데 머리는 어디로 갔는지 알 수가 없었다. 그의 머리 없는 시체가 주바 마을에 출몰했는데, 트레몰로 하모니카가 그의 목 위에 둥둥 떠다니며 이따금씩 느릿한 소리를 냈다. 차오다즈는 어깨에 3미터짜리 강향나무 장대를 메고서 아이들을 이끌고 가메다 구노龜田久野의 약방으로 가서 고바야시를 찾아봤지만, 약방 문은 굳게 닫혀 있었고 가게 안에는 아무도 없었다. 차오다즈는 뺨을 긁적이며 무게가 1킬로그램쯤 되는 강향나무 여의봉을 바닥에 아무렇게나 내려놓고는 아이들을 데리고 캐나다 산* 아래로 샤오蕭 선생님을 찾아갔다. 일본군이 12월 7일에 진주만으로 돌격한 후로, 마을 사람들은 이미 빠르면 7일, 늦어도 15일 후에는 일본놈들의 대군이 언제라도 남하해 보르네오로 석유를 빼앗으러 올 거라는 소문을 들었다. 그때 샤오 선생은 『봉신방封神榜』 제87회 「토행손 부부가 전사하다土行孫夫妻陣亡」와 『서유기西遊記』 제59회 「삼장은 화염산에서 길이 막히고, 오공은 파초선을 훔치다唐三藏路阻火焰山孫行者一調芭蕉扇」 부분을

* 일본군이 침략한 후 캐나다 국적의 기술자 여섯 명이 이 산으로 피난해 캐나다 산(Canada Hill)이라는 이름이 붙었다.

해설하고 있었다. 아이들이 이야기에 정신이 팔려 있는데 샤오 선생은 갑자기 수업을 멈추더니, 일본놈들이 오면 지식인은 봉변을 당하게 될 거라고 하면서, 아이들에게 자신을 샤오 선생님이라고 부르지 말고 샤오 할아버지, 샤오 아저씨, 샤오 삼촌, 샤오 영감이라고 부르라고 신신당부했다. 샤오 할아버지는 글을 거의 모르고, 공부를 한 적도 없어 묘비에 쓰인 글도 알아보지 못한다고 말하라고 했다. 그는 샤오 할아버지는 신세가 기구해 밭 몇 뙈기를 일구고 생선 몇 마리를 잡아서 먹고 사니 일본놈들이 샤오 할아버지 손바닥을 만져 보면 꽃잎처럼 곱고 부드러울 것인데, 그러면 가볍다 해도 총에 맞아 죽을 것이고, 혹 무거우면 가혹한 형벌을 받을 테니, 이제부터 얼른 풀을 베고 장작을 패서 손바닥에 딱지가 앉게 할 거라고 말했다. 일본놈들은 음란하고 사악하니 반드시 강태공이 하늘을 대신해 정의를 행할 것이고, 제천대성이 위세를 떨쳐 그놈들을 소탕할 테니, 일본놈들을 없애고 나면 그때 다시 서유기와 봉신방을 설명해 주겠다고 했다.

차오다즈는 서른 명 남짓 되는 아이들을 데리고 캐나다 산으로 가던 도중에 샤오 선생님이 주인 없는 들판에 서서 손에 작은 파랑 칼을 들고 풀을 베는 걸 보았다. 선생님의 수염이 바람에 휘날리고 있었는데, 아이들은 파랑 칼이 수염을 베어 버릴까 봐 걱정이 되었다. 풀숲이 샤오 선생님의 장딴지를 가리고 있었는데, 선생님은 풍채가 신선이나 도사 같아 꼭 신선이 구름 위에 타고 있는 것 같았다. 아이들은 샤오 선생님이 궂은일을 하는 걸 본 적이 없어서 그의 이마에 맺힌 게 땀이 아니라 뇌에서 나온 진귀한 즙이라고 생각했다. 샤오 선생님은 손오공이 천궁에서 소란을 피운 것도 알고, 강태공이 주왕을 토벌한 것도 아니까 분명히 잡화 장수 고바야시와 장작을 파는 오하다大信田, 약방 주인인 가메다, 치과 의사 와타나베渡邊, 사진사 스즈키鈴木가 어디로 갔는지도 알 것이다. 샤오 선생님은 물집이 잡힌 손바닥과 가시나무에 찔려 피가 난 손가락을 보더니 파랑 칼을 휘두르며 아이들을 집으로 돌려보냈다. 샤오 선생님이 말을 하지 않아 아이들도 감히 이것저것 물어보지 못했다. 자기가 나타哪吒(도교에서 추앙하는 신으로 『서유기』와 『봉신연의封神演義』 등에도 등장함)의 환생이라고 우기는, 나이가 제일 어린 홍마오후이紅毛輝는 참지 못하고 샤오 선생님이 풀을 베는 걸 도우려고 했다. 차오다즈와 골목대장 자리를 놓고 다투는 가오자오창高腳強(자오창腳強은 발힘이 세다는 뜻으로 붙은 별명)은 이마에 크레용으로 개 보지같이 생긴 선안仙眼을 그려 놓고는 자기가 양이랑楊二郎(도교에서 추앙하는 신인 이랑신二郎神이자 『서유기』에 등장하는 이랑진군을 말함)이라고 우겼는데, 그는 샤오 선생님에게 괭이나 갈퀴를 들고 일을 해 보라고 건의했다. 괭이와 갈퀴는 무거워서 손에 딱지나 굳은살이 생기기 쉽다는 것이었다.

1909년에 한 무리의 일본인들이 사라왁으로 이주해 와서 고무나무 농장을 세웠다. 1911년에 청나라가 멸망한 후, 기업가 시마모토 이시이嶋本石井가 사라왁 왕국의 브룩 왕조로부터 7제곱킬로미터쯤 되는 땅을 빌려 고무나무를 심었다. 시마모토 기업은 사라와 왕국의 사마라한*에 정착해 행정구역을 설치하고 상점, 소학교, 약국, 의료소를 세웠다. 1929년, 일본은 국력과 군비 확충을 위해 비밀리에 해외부를 설립하고 해외의 천연 자원을 흡수했다. 고생을 잘 견디는 오키나와 사람들이 보르네오로 이주해 가게와 노점을 열었다. 야펑은 어릴 때 허리에 작은 파랑 칼을 차고서, 허리에 큰 파랑 칼을 차고 등에 등나무 바구니를 멘 아버지와 함께 마을을 한가로이 돌아다닐 때, 아버지와 마을 사람들이 일본인의 가게 앞에서 걸음을 멈추고 손짓 발짓을 하며 신발이나 옷감, 자전거, 재봉틀 따위의 값을 흥정하는 걸 구경하기를 좋아했다. 그는 그러면서 어눌한 일본말 몇 마디를 배웠다. 아버지 붉은 얼굴 관關씨는 일본인의 잡화점에 처음 갔던 날 후지 상표의 자전거에 한눈에 반해 핸들과 전조등, 경적 덮개와 안장을 어루만지며 소곤소곤 말을 걸었다. 후지 자전거에 반한 사람은 아버지뿐만이 아니었다. 원주민, 광부, 자바인 쿨리도 그 자전거를 아주 좋아해서, 기름때가 묻고 굳은살이 잔뜩 박인 두 손으로 안장을 툭툭 치거나 핸들을 쥐어 보거나 하면서 아버지가 자전거를 독차지하지 못하게 했다. 온몸에서 비린내가 풀풀 풍기는 푸줏간 주인 배불뚝이 리李씨는 앞바퀴의 모터를 만질 때 마치 비밀스러운 곳이라도 만지는 것처럼 굴었다. 아버지는 화가 나서 이를 악물고 창칭長青 합판공장 주인인 린완칭林萬青에게 돈을 빌려, 노예

* 사마라한(Samarahan). 사라왁 왕국의 성省으로 면적은 약 5,000평방킬로미터이다.

를 해방시켜 주기라도 하는 듯한 신성한 마음으로 그 자전거를 샀다. 자전거를 산 날, 아버지는 아까워서 차마 타고 가지 못하고 야펑을 짐받이에 앉히고 자전거를 밀면서, 신부라도 맞이하는 것처럼 휘파람을 불며 집으로 돌아갔다. 침술사이자 약사인 오자와 가메다小澤龜田는 아버지가 야펑을 자전거에 태우고 감기를 치료하러 자기 가게에 오자 허리를 숙여 고맙다고 인사를 하면서 돈을 한 푼도 받지 않았다. 사진관을 운영하는 스즈키는 길을 가던 관씨 부자를 막아서더니 아코디언처럼 생긴 카메라 케이스를 열고 찰칵찰칵하며 사진을 찍어 줘서, 야펑과 아버지가 기쁘면서도 불안해지게 만들었다. 들리는 얘기에 따르면 일본놈들이 주바 마을에 상륙했을 때, 그들의 은륜 부대銀輪部隊(제2차 세계대전 때 일본의 자전거 부대를 가리킴)의 리더가 바로 자전거 준위인 스즈키였다고 한다. 치과 의사 와타나베는 아버지의 자전거를 빌려 타고 마을을 한 바퀴 돌았다. 사륜 리어카를 끌고 장작을 팔러 다니는 오하다는 팔뚝이 구렁이처럼 굵고, 발을 한 번 구르면 삼판선(중국식의 바닥이 평평하고 갑판이 없는 작은 거룻배)을 눌러 가라앉힐 만큼 힘이 셌다. 그는 말수가 적었지만 객가어(중국의 광둥廣東, 광시廣西, 푸젠福建, 장시江西 등의 지역에서 사용하는 방언을 말함)를 할 줄 알았는데, 후지 자전거를 가리키며 자기도 돈이 있으면 자전거를 한 대 사서 타고 다니면서 장작을 팔 거라고 했다. 고바야시 지로는 자전거를 보고 증기기관차라도 본 것처럼 칙칙폭폭 하고 기차 소리를 흉내 내더니 하모니카로 〈기차와 군인火車阿兵哥〉을 연주했다.

붉은 얼굴 관씨는 야평을 자전거에 태우고 마을을 돌아다니다가 주바 강가 홍등가의 일본 기방을 지나갔다. 남양 아가씨들은 서로 어깨와 엉덩이를 맞대고 눈을 가늘게 뜨고 입을 삐죽 내밀고서 앉은뱅이 걸상이나 등나무 의자에 앉아 있었다. 그들은 햇볕을 쬐는 악어 떼처럼 남자가 다가가면 무리에 소란이 일면서, 모든 남양 아가씨가 남자를 물고 들어가려 했다. 야평은 아버지가 자전거를 타고 홍등가의 '악어 강'을 지나갈 때 자전거가 평소보다 흔들리는 걸 느꼈다. 차오다즈는 야평에게, 밤에 기방 옆의 아프리카 소태나무 밑에 후지 자전거가 세워져 있는 걸 봤다고 말해 주었다. 차오다즈의 온 얼굴엔 부러움만 가득했고, 경멸하거나 비웃는 기색은 없었다. 건장하고 잘생긴 영국 백인들도 지프차를 기방 바깥에 세워 놓고, 거나하게 취해 〈God Save the King〉을 부르며 남양 아가씨들에게 물려 가서 악어 강 속에서 즐겁게 굴러다니곤 했다. 아이들이 기방을 악어 강이라고 부르고, 남양 아가씨들을 악어 떼에 비유하게 된 건 악어 대왕 샤오진의 영향 탓이었다. 악어 대왕 샤오진은 악어 고기를 좋아해서 바다악어를 37마리나 잡았기 때문에 그의 집에는 37장의 악어가죽과 37개의 악어 두개골이 있었다. 2년 전 어느 날 아침, 샤오진은 주바 강가를 산책하다가 바다악어 한 마리가 일본인 세탁부의 왼손을 물어뜯는 걸 보았다. 샤오진이 파랑 칼을 뽑으려는 찰나, 머리를 감고 있던 남양 아가씨가 그보다 한발 먼저 강으로 뛰어들어 손에 든 금속제 비녀로 악어의 눈을 찌르고 세탁부의 목숨을 구했다. 한 달 반이 지난 후에 샤오진은 그 바다악어를 다시 마주쳤는데, 악어 눈에는 여전히 비녀가 꽂혀 있었다. 샤오진은 악어 머리에 총 두 발을 쏴 죽이고, 가죽을 벗기고 고기를 삶아서 마을 사람들에게 나눠주었다. 그런 다음 해진 천으로 비녀를 잘 싸서는 용감하게 악어와 싸웠던 그 몸집이 큰 남양 아가씨를 찾아가서 그녀와 자고, 그녀의 윤기가 흐르는 검은 머리에 직접 비녀를 다시 꽂아 주었다. 샤오진과 대왕 주씨, 자라 대왕 친씨, 가오리, 황완푸, 중라오과이, 납작코 저우씨는 다들 기억력이 고바야시만 못해서 기모노를 입고 짙은 화장에 쪽을 진 남양 아가씨들을 키와 체격으로만 구분할 뿐, 그들 중 누가 가와노川野인지, 고이즈미小泉인지, 고다香田인지, 아니면 기쿠치菊池인지 구분하지 못했다. 그래서 샤오진은 서양인들이 악어를 분류하는 방법을 흉내내어 체격에 따라 남양 아가씨들을 구분했다. 새끼 악어는 나이가 한 살에 몸길이가 60~120센티미터다. 여기에 해당하는 남양 아가씨는 세 명으로, 키가 150센티미터가 채 되지 않았다. 성장기 악어는 몸길이가 120~180센티미터로, 여기에 해당하는 열세 명의 남양 아가씨는 키가 150센티미터 조금 넘었다. 성체 악어는 몸길이가 180센티미터 이상인데, 남양 아가씨 여덟 명이 여기에 해당해 키가 160센티미터 좀 넘었다. 대형 악어는 몸길이를 추정하기 힘든데, 단 한 명의 남양 아가씨가 키가 170센티미터가 넘었다. 이제 막 부화해 몸길이가 60센티미터도 되지 않는 악어는 20년 전에 딱 한 명 있었는데, 키가 130센티미터 조금 넘었다. 새끼 악어와 성장기 악어, 성체 악어는 그 수가 늘었다가 줄었다가 했는데, 제일 많을 때는 서른 마리가 넘었다. 이들은 다들 몸매가 비슷했고, 눈살을 찌푸리거나 미소를 짓는 모습도, 성격도 전부 같은 틀에서 찍어낸 듯했다. 그래서 기모노를 입고 짙은 화장을 하고 나면 서로 구분하기가 힘들었고, 발가벗은 후에도 가오리가 대패질해 만든 앉은뱅이 걸상처럼 서로 흉터와 꼭지 개수까지 똑같았다. 대형 악어와 갓 부화한 악어는 처음부터 끝까지 한 명씩만 있었는데, 대형 악어는 샤오진과, 갓 부화한 악어*는 고바야시와 한바탕 로맨스를 찍었다.

대형 악어의 머리에 직접 비녀를 꽂아 준 샤오진은 그녀의 얼굴 위로 뜨거운 눈물 두 줄기가 흐르는 걸 보았다. 그는 갓난아이가 젖을 빨듯이 그 두 줄기 눈물을 핥았다. 대형 악어는 갑자기 샤오진의 가슴팍으로 뛰어들었다. 넘쳐흐르는 눈물이 샤오진의 가슴털을 타고 흘러내려 그의 가랑이를 적셨다. 이 후로 샤오진은 기방을 찾아갈 때마다 항상 절인 돼지고기 두 덩이, 과일 통조림과 날계란, 과일 몇 송이, 그리고 사신탕四神湯(네 가지 약재를 넣고 끓인 중국의 보양식)이나 뱀탕 한 그릇을 가져가 대형 악어의 침상 머리맡에 조용히 내려놓고, 정사가 끝나면 조용히 그곳을 떠났다. 그는 일본 놈들이 주바 마을을 점령할 때까지 계속 그렇게 했다. 대형 악어는 손님을 받을 때 소리를 전혀 내지 않았지만 샤오진에게만은 예

* 새끼 악어(yearling), 성장기 악어(subadult), 성체 악어(adult), 대형 악어(eyesonly), 갓 부화한 악어(hatchling).

외였다. 말이 통하지 않고 서로의 이름도 몰랐지만, 샤오진의 신음 소리와 대형 악어의 교성은 태속에서 기형아가 자라듯이 그들의 정신과 육체를 자라게 했다.

20년 전에 갓 부화한 악어가 처음 주바 마을에 온 후로 고바야시가 연주하는 〈비 내리는 밤의 꽃〉은 더욱 화려하고 처량해졌다. 갓 부화한 악어의 이름은 하나바타 나미花畑奈美로, 얼굴이 예쁘고 몸매가 가냘파서 꼭 열 살짜리 소학생 같았다. 그녀는 남양 아가씨들의 근거지인 산다칸Sandakan(말레이시아 사바 주, 보르네오 동북쪽에 위치한 도시)에서 왔는데, 고집이 세고 거만해서 서양인과 중국인 손님만 받았고, 말레이시아 사람이나 자바인, 원주민들을 상대로는 장사를 하지 않았다. 고바야시는 제일 좋은 옷감과 장신구와 화장품을 하나바타의 몫으로 남겨 두었다. 그는 그 5.5미터짜리 장대를 기방 복도에 걸어 두고 앉은뱅이 걸상에 앉아서, 양손으로 하모니카를 쥐고 남양 아가씨들이 오매불망 그리워하는 〈도쿄 야곡東京夜曲〉, 〈밤안개의 마차夜霧的馬車〉, 〈지나의 밤支那之夜〉 같은 일본 가요들을 연주해서 남양 아가씨들의 애간장이 끊어지게 만들었다. 동틀 무렵에 남양 아가씨들이 주바 강가에 모여 수다를 떨면서 빨래를 하거나 멱을 감을 때면, 고바야시는 주바 강가의 두 그루 야자나무 아래에 앉아 재잘거리며 이야기하는 남양 아가씨들과 유유히 서북쪽으로 흐르는 주바 강을 바라보면서, 하모니카를 쥐고 고향의 흰 구름과 산봉우리와 들판을 불러오기라도 하는 듯 〈봄바람과 뇌우春風雷雨〉, 〈태호선의 꿈太湖船之夢〉, 〈황성의 달荒城之月〉

같은 일본 가요들을 잇따라 연주해서 남양 아가씨들이 생각에 잠겨 낮은 소리로 따라 부르게 했다. 하나바타는 고바야시 옆에 앉아 이따금씩 고바야시를 바라보거나 주바 강을 바라보면서, 이마를 어루만지며 탄식하면서 하모니카 선율을 따라 콧노래를 흥얼거렸다. 그녀의 노랫소리는 삼판선과 긴배(삼판선과 마찬가지로 바닥이 평평하며, 삼판선에 비해 길이가 길고 폭이 좁은 배)를 타고 지나가던 마을 사람들이 노를 멈추고 귀를 기울일 정도였다. 다들 고바야시의 연주도 좋지만 하나바타의 노래가 더 좋다고 말했다. 어느 날 점심때쯤 하나바타와 두 명의 남양 아가씨가 말라깽이 선씨의 지샹吉祥 잡화점 앞을 지나갈 때, 팔뚝에 장미 문신을 한 자바인 청년 두 명이 그들의 엉덩이를 두어 번 움켜쥐었다. 고바야시는 가메다의 약방으로 돌아온 후, 잡화가 걸려 있는 장대를 내려놓고 역시나 길이가 5.5미터쯤 되는 청록색 대나무 장대를 들고 말라깽이 선씨의 잡화점으로 갔다. 그는 잡화점 입구에 두꺼비처럼 쪼그리고 앉아 장대를 짚어 몸을 지탱하고, 서남풍이 무덤 위에 난 시든 잡초를 불어 날리듯이 작두 자국이 잔뜩 남아 있는 머리를 마구 긁으면서, 놀라고 불안한 작은 두 눈을 부릅뜨고 오가는 행인들을 노려보았다. 30분 후에 고바야시는 장대를 메고 왁자지껄한 다방을 몇 군데 지나치다가, 뉴유마牛油媽의 다방 노천 좌석에 팔뚝에 장미 문신을 한 그 자바인들이 앉아 있는 걸 발견하고 장대를 들어 내리쳤다. 머리를 얻어맞고 혼비백산한 자바인 청년들은 나무 걸상과 철제 의자를 들고 반격하려 했다. 그러자 고바야시는 장대를 내던지고 나는 듯이 도망쳐서, 인적이 드문 거리를 몇 군데나 지나서 주바 거리로 사라져 버렸다. 다음 날 동이 트기도 전에 고바야시는 하나바타를 데리고 주바 마을을 떠났고, 그 후로는 모습을 볼 수 없었다. 누군가는 두 사람이 사랑의 도피를 했다고 말했고, 또 누군가는 고바야시가 하나바타를 기적에서 빼 준 거라고 했다. 1년 반이 지난 후에 마을에 콜레라가 크게 번져 200명이 넘게 죽었는데, 그때 고바야시는 대나무 장대에 하나바타의 시체를 매달고 돌아와 캐나다 산 중턱에 묻었다. 고바야시는 그 대나무 장대에 홈을 열여덟 개 파고 백 가지가 넘는 잡화를 매달은 뒤, 다시 하모니카를 불면서 마을을 돌아다녔다.

1880년, 남양 아가씨들이 동남아에 흩어져 매춘을 한 돈으로 러일전쟁에 위대한 공헌을 했다. 1911년, 주바 마을에서 석유가 생산되기 시작하자 남양 아가씨들이 서서히 모여들었다. 샤오진과 대왕 주씨 같은 기방 손님들이 새끼 악어와 성체 악어에게 쓴 식민지 지폐, 야펑의 아버지가 후지 자전거를 사기 위해 빌린 돈, 차오다즈와 같은 아이들이 요괴 가면과 장난감을 사는 데 쓴 잔돈들이 모두 일본군이 동남아를 침략하는 포화를 더 강력하게 만드는 데 쓰였다. 침술 전문가 가메다와 치과 의사 와타나베는 부두에서 낚시를 즐겨 하면서 주바 마을의 낚시꾼들, 어부들과 함께 어획량에 관해 얘기하고 항구의 수심을 측량해, 일본의 함정이 정박하는 데 필요한 정보를 제공했다. 사진사 스즈키는 산으로 바다로 돌아다니면서 늠름한 들짐승 날짐승과 아리따운 여인들의 모습을 사진으로 찍었다. 그는 공들여 찍은 흑백사진들을 사진관의 유리 진열창 안에 붙여 마을 사람들이 감상할 수 있도록 하는 한편, 주바 마을의 모습과 지형을 도쿄의 총사령부로 보냈다. 노점상 오하다와 고바야시는 골목골목을 돌아다녀 번지수와 인구수를 집배원보다도 더 잘 외웠고, 집집마다 기르는 돼지와 양, 닭, 오리의 숫자를 구렁이보다도 더 잘 알았다. 1941년 12월 16일에 일본군이 상륙하기 전에 일본인들과 남양 아가씨들은 급히 해외로 철수했다. 그로부터 3년 8개월 후, 샤오 선생은 유파스 나무* 아래에서 마지막 수업을 했다. 주왕이 임신부들의 배를 가르는 대목과 저팔계가 메기로 변신해 거미 요괴를 희롱하는 대목에 이르렀을 때, 일본놈들의 음탕하고 잔혹한 행위, 가메다와 와타나베의 거짓 자비심, 오하다와 고바야시의 거짓 겸손, 그리고 학생들의 절반이 참혹하게 죽은 일이 생각난 그는 격분하며 피를 토해 아이들을 놀래켰다. 두 시간 후, 그는 갑자기 세상을 떠났다.

일본군이 상륙한 지 3개월 후에 고바야시 지로와 일본놈들이 중라오과이의 집에 인두세 6위안을 독촉하러 왔다. 중라오과이는 소문을 듣고 도망쳐 버렸다. 일본놈들은 베란다에 앉아 수탈한 영국산 담배를 피웠고, 고바야시는 히비스커스와 유홍초 덩굴 아래 쪼그리고 앉아 하모니카를 불었다. 두 곡을 연주한 후, 그는

* 유파스 나무(upas tree). 속칭 견혈봉후見血封喉 나무라고도 한다. 뽕나무속의 상록교목으로 열대 아프리카, 보르네오, 인도, 말레이 반도에 분포해 있다. 보르네오 원주민들은 유파스 나무의 진을 추출해 가열하여 액체 상태로 만들어 화살 끝에 발라서, 이 화살을 바람총으로 쏘아 사냥을 한다. 나무의 진은 가열하면 여러 가지 독성 물질을 함유하여 근육 이완, 혈액 응고, 심정지 등을 유발한다.

갑자기 털썩 쓰러져 다리를 하늘로 뻗은 채 사지가 뻣뻣하게 굳어 버렸다. 목에는 독화살 한 개가 박혀 있었고, 자세는 하모니카를 불던 그대로였다. 일본놈들은 92식 기관총을 난사하다가 황급히 떠나 버렸다. 그들이 다시 돌아왔을 때 고바야시의 머리는 칼에 잘려 사라져 있었고, 하모니카도 온데간데없었다.

장난감

진주만 공습 9일 후에 일본군은 총알 단 두 발만으로 해안의 항해등 관리원을 쏴 죽이고 주바 마을을 함락시키고, 사라왁을 점령했다. 사라왁 왕국의 통치자인 3대째의 백인 라자 바이너 브룩*은 일본놈들의 군대가 온 것을 보자마자 백성을 내버리고, 영국인과 유럽인 관리들과 처자식을 데리고 호주로 도망쳐 버렸다. 사라왁에서는 의용군을 모집해 야전부대, 해안 방위대, 경찰부대, 소방대, 여자아이 같은 목소리로 구령을 외치는 보이스카우트를 그러모으고, 라이플과 모제르 총과 사제 엽총, 긴 창과 나무 방패와 파랑 칼을 징수해 외국의 침략을 막아낼 준비를 했다. 일본군이 상륙하자 이들은 군복과 무기를 내던지고 밀림 속으로 도망쳤다. 무기들은 깡패 조직, 무기 수집가, 사라왁 공산당**, 그리

* 라자(rajah). 통치자, 왕자, 족장, 군벌 등을 뜻한다. 바이너 브룩(Vyner Brooke). 영국인으로 사라왁 왕국의 제3대 통치자이다.

** 사라왁 공산당. 마르크스레닌주의와 모택동 사상을 이론적인 기초로 삼는 사라왁의 정치 및 군사조직을 두루 가리킨다. 1937년에 우찬伍禪(1904-1988. 화교 교육 및 항일운동을 전개한 인물로 1942년에 비밀리에 서보르네오반일동맹을 조직해 주석을 지냈음) 등의 인물이 사라왁으로 남하해 공산주의를 전파한 것을 계기로 형성되었다. 1953년에 최초의 공산조직(사라왁 해방동맹)을 조직한 이후로 1990년까지 37년간, 사라왁 공산당은 식민정부 및 독립 후의 말레이시아를 상대로 정치 및 무장투쟁을 전개했다. 사라왁 공산당의 조직은 복잡하고 엄격하며 신비에 싸여 있는데, 사라왁 해방동맹, 사라왁 선진청년회, 북칼리만탄 공산당, 사라왁 인민유격대, 북칼

고 대왕 주씨 등이 조직한 항일 유격대의 손에 들어갔다. 1945년에 호주, 뉴질랜드, 영국, 미국 연합군과 유격대가 일본의 대군을 격퇴한 후 바이너는 사라왁 왕국의 통치권을 포기하고 해외를 유랑한 오디세우스처럼 고향으로 돌아갔다. 그는 매일 저녁 런던의 아파트 벽난로 옆에 앉아, 두 뺨에 원숭이 엉덩이 같은 건강한 홍조를 반짝이며 네덜란드령 동인도 군도와 말레이 군도의 불량배들의 사적을 추억했다. 그럴 때면 그는 자신이 두리안 나무로 변하고, 나무 위에선 원숭이 떼가 교미하고 나무 아래에선 멧돼지 떼가 흙을 파헤치며 원숭이도 멧돼지도 시끄럽게 떠들어 대는 아름다운 꿈을 끊임없이 꿨다. 바이너의 모험가 혈통은 제2대 라자인 그의 아버지 찰스 브룩*으로부터 물려받은 것이고, 찰스의 모험가 혈통은 제1대 라자인 그의 외삼촌 제임스 브룩으로부터 물려받은 것이다.

제임스는 1803년에 인도에서 태어났다. 그의 아버지는 동인도 회사의 고등법원 법관이었다. 그는 유년기에는 인도를 유랑하다가 12세 때 아버지를 따라 영국으로 돌아가 여우와 고래를 사냥하고, 말을 타고 술을 마시고 시를 쓰며 지냈다. 동방을 열렬히 사랑했고, 공부하기를 싫어했으며, 항해를 동경했다. 16세에 군에 입대해 18세에 해군 중위로 진급했다. 1824년에 미얀마가 인도

리만탄 인민군, 화염산 부대, 동북돌격대, 북칼리만탄 인민유격대, 보르네오 공산당 등을 포함하고 있다. 보르네오 공산당을 제외한 모든 조직은 사라왁 해방동맹의 파생조직에 속한다.

* 찰스 브룩(Charles Brooke). 영국인으로 사라왁 왕국의 제2대 통치자이다.

의 아삼 지방을 침략했을 때, 제임스는 벵골 군대를 이끌고 적과 싸우다가 왼쪽 폐에 총을 맞아 영국으로 돌아와 치료를 받았다. 우울한 전쟁 영웅은 병상에 누워 1년 넘게 치료를 받으면서, 자신이 총에 맞은 후에 통나무배에 누워 사흘 동안 브라마푸트라 강을 따라 떠다닌 때를 떠올렸다. 캘커타에 도착하기 전에 사병들이 그에게 아편 여덟 덩이를 피우게 해서 통증을 견디게 해 주었다. 강 양쪽의 수풀이 진흙처럼 흘러내렸고, 작은 벌레 떼가 끈질기게 따라오며 통나무배 주위에서 윙윙거리며 날아다녔는데, 벌레 떼가 너무 커서 마치 들소 떼가 그를 에워싸고 달리는 듯했다. 강 위에 떨어진 군모가 물 위에 둥둥 떠서 그를 향해 미끄러져 오다가 두 마리의 거북이로 변했다. 바닥을 기는 두 개의 손에 달린 손가락은 거북이 발처럼 축축했고, 손바닥은 거북이 등딱지처럼 딱딱했으며, 중지 손가락은 거북이 머리처럼 늘어났다가 줄어들었다가 했다. 그는 가랑이 밑으로 손을 뻗어 열 손가락을 엮었다. 거북이 두 마리가 짝짓기를 했다. 물총새가 날아와 그의 가슴에 앉더니 폐에 박힌 총알을 부리로 물어 빼냈다. 그러자 슝 하고 총알이 한 발 더 날아와 폐에 박혔고, 물총새는 고개를 숙이고 그의 가슴을 쪼았다. 물총새가 가 버리자 공작새 한 마리가 날아와 폐에 박혀 있던 총알을 빼냈다. 다시 슝 하고 총알이 날아왔고, 공작새는 고개를 숙여 그의 가슴을 쪼았다. 공작새가 날아간 다음엔 코끼리 한 마리가 물을 건너오더니 기다란 코로 그의 폐에 박힌 총알을 파냈다. 다시 총알이 날아왔고, 그의 폐는 긴 코에 파헤쳐졌다. 코끼리가 가 버리자 나무 위에서 벵갈 호랑이 한 마리가 뛰어내려오더니 그의 갈비뼈를 이빨로 물어 부숴 버리고 혀로 핥아 총알을 빼냈다. 슝 하고 총알이 한 발 더 날아오자, 호랑이는 그의 흉근을 뜯어 먹고 총알이 가루가 되도록 이빨로 씹었다. 상처에서 핏빛 안개가 흘러나와 강 양쪽의 수풀을 붉게 물들였다. 물총새와 공작새와 코끼리와 호랑이가 뽑아 간 총알들이 안개가 자욱한 급류의 소용돌이 속에서 슝슝 소리를 내며 날아다녔다. 제임스의 어머니는 스코틀랜드 여자로 납작코에 푸른 눈을 가지고 있었고, 체격이 가냘팠다. 그녀는 총알을 유리로 된 계란만 한 함에 넣어 금줄을 달아서는 가슴털이 무성하게 난 제임스의 목 아래에 걸어 주었다. 마치 제인 오스틴 소설의 등장인물 같은 그의 네 명의 누나는 제임스가 통나무배에 누워 정신이 혼미해져 끊임없이 잠꼬대를 하고, 아편 여덟 덩이를 피우고, 자위를 두 번 해서 격통을 견뎠다는 얘기를 듣고 경외해 마지않았다. 제임스는 매일 새벽에 잠에서 깰 때마다 폐를 칼로 베인 듯이 아파 아편을 피우다가 중독되어 버렸다. 그의 큰누나는 동생이 다시 열대 지방으로 모험을 떠나지 못하게 하려고, 유리 함 속에 담긴 총알을 가리키며 “이 총알은 네가 쏴 죽인 여우 머릿속에서 빼낸 거야. 네 폐에 박힌 총알은 출혈이 너무 클까 봐 의사가 빼낼 엄두를 내지 못했어”라고 농담을 했다. 제임스는 가슴이 칼로 후비는 듯이 아플 때마다 아편을 한 덩이 피우고 나면, 몸에 탄두가 박힌 말거머리가 피를 배불리 빨아먹어 몸집이 열 배로 커져서 새까맣고 조그만 폐엽 위에서 달게 잠을 자는 모습과, 원한이 가득한 얼굴을 한 여우 한 마리가 이마에 피가 뚝뚝 흐르는 총알구멍이 나 있는 모습을 보았다. 큰누나의 말과 총알은 그를 평생 고통스럽게 했으며, 그가 천연두나 말라리아처럼 계속 고열이 나는 열대의 질병에 걸려 죽었다가 다시 살아나게 만들었다. 부상을 치료하는 동안 제임스는 토머스 스탬퍼드 래플스 경과 토머스 드 퀸시의 작품을 탐독하면서 이 두 사람을 우상으로 삼게 되었다. 래플스는 1823년에 싱가폴을 점령한 후 인도에서 아편을 수입해 가공해서 보관했다가 동남아와 중국에 아편을 팔아서 아편전쟁을 일으켰다. 드 퀸시는 『어느 영국인 아편 중독자의 고백』에서 중국의 아편쟁이들을 음란하면서도 퇴폐적인 모습으로 묘사해서, 제임스가 자기와 같은 아편 중독자들에 대해 뿌리 깊은 애증을 가지게 하고, 또 그 감정이 평생 사라지지 않게 만들었다. 그 총알은 그가 다시 동방을 정복하겠다는 야심에, 그리고 그와 중국계 광부들 사이의 작은 아편전쟁에 불을 붙였다.

1835년에 아버지가 세상을 떠난 후, 제임스는 거액의 유산으로 쌍돛대 범선 한 척을 샀다. 범선은 무게가 142톤에 2.7킬로그램짜리 포탄을 쓰는 대포 여섯 문과 선회포 네 문이 달려 있었다. 그는 각종 무기를 사고 선원 열아홉 명을 고용해 1838년에 말레이 군도를 향해 떠났다. 그는 영국 해협 식민지 해군의 장점에 기대어 브루나이 술탄을 도와 내란을 평정했고, 1841년에 사라왁 왕국의 제1대 라자로 봉해져 보르네오 서북부의 조그만 나라를 통치하게 되었다. 제임스는 왕이 된 후 해적 소탕이라는 명분을 내걸고 각 부락의 자유 투사들을 토벌하고, 자신의 우상인 래플스를 본받아 매춘부와 도박과 아편을 합법화했다. 그는 영토를 급격히 확장시켜 그로부터 백 년간 사라왁 왕국을 통치한 브룩 왕조를 수립했고, 왕조는 1941년에 일본군이 상륙할 때까지 지속되었다.

1830년에 한 무리의 중국계 광부들이 칼리만탄에서 국경을 넘어 사라왁으로 와서 스룽먼石隆門*이라는 황야의 작은 마을에서 금맥을 찾아내고, 제임스 정부에 금 채굴에 대한 세금을 납부했다. 사방팔방에서 몰려든 중국계 광부들은 재능이 출중한 청년 류산방劉善邦을 지도자로 추대해 '12회사十二公司'를 설립하고 광석 채굴을 총괄했다. 류산방은 광둥廣東성 루펑陸豊시 출신의 객가인客家人('외지에서 온 사람들' 또는 '타향에 사는 사람들'이라는 뜻으로 삼묘족의 후예. 중국 각지와 동남아, 대만, 미주 등에 거주한다)으로 배포가 크고 대담하며 당랑권螳螂拳과 미종권迷蹤拳, 나한권羅漢拳에 정통했다. 그는 20세 때 바다를 건너 남쪽으로 내려와 칼리만탄의 폰티아낙(보르네오의 서쪽에 있는 서칼리만탄주의 주도이자 최대 도시)으로 와서 광석을 채굴하다가 네덜란드 동인도회사에 의해 쫓겨나, 중국계 광부들을 이끌고 북쪽의 스룽먼으로 왔다. '12회사'는 매년 제임스 정부에 인두세와 금 채굴에 대한 세금을 납부했다. 이들은 자신들의 화폐를 제정하고 군대를 훈련

* 스룽먼(Bau). 보르네오 서북부의 지명으로 19세기에 금광과 구리 광산이 많이 발견된 것으로 유명하다.

시켰는데 모든 주민이 병사였다. 인구가 약 4천 명인 중국계 주민들은 자급자족이 가능하며 제임스 정부의 통치를 받지 않는 작은 나라를 형성했다. 제임스가 반란을 일으킨 부락과 해적을 토벌할 때 류산방은 30명으로 구성된 중국계 주민 부대를 파견해 참전했는데, 이들의 부대는 규율이 엄격하고 병사와 말이 모두 아주 건장해 몇 번이나 뛰어난 공을 세웠다. 제임스는 부러움과 시기심이 뒤섞인 마음으로 법의 제재를 받지 않는 이 자유로운 나라에 대해 경계하고 두려워하게 되었다. 1857년 1월, 제임스는 류산방과 그의 부하를 자신의 궁전으로 불러 접견했다. 류산방은 웃는 얼굴로 그를 대하며 인도의 수라트 지방에서 생산된 화려한 비단, 무늬가 들어간 비로드, 주홍색 옷감, 중국에서 생산된 구슬 모양으로 가공된 찻잎, 과자와 사탕, 대추, 과즙, 시럽, 소금에 절인 생강, 스코틀랜드 위스키 36병, 중국과 서양의 장난감으로 가득 찬 커다란 상자 두 개 등 첫 대면 선물을 가져왔다. 제임스는 흰 셔츠에 영국 해군 소위가 입는 짧은 재킷, 통이 좁은 긴 바지와 보기 좋은 나비넥타이로 이뤄진 황가의 함정 중대 제복을 걸치고 꼿꼿이 서서 왼쪽 무릎을 약간 굽히고 있었다. 전형적인 오만한 정복자의 모습이었다.

"류 선생, 1848년에 귀사의 인구는 몇 명이었소?"

그는 통역사를 통해 류산방에게 첫 번째 질문을 했다.

"약 600명이었습니다." 류산방도 통역사를 통해 대답했다.

"정확한 수는 돌아가서 조사해 봐야 알 수 있습니다."

"그 해에 아편세는 얼마를 납부했소?"

"황금 60냥입니다." 류산방이 말했다. "제가 폐하에게서 생 아편 60덩이를 구매했지요. 한 덩이가 1.6킬로그램이었고, 총 96킬로그램이었습니다."

"현재 귀사의 인구는 몇 명이오?"

"4,113명입니다."

"인구가 늘었군. 하지만 당신은 작년에 생 아편을 30덩이만 구매하고 세금으로 황금 30냥만을 냈소. 늘어나지 않고 오히려 줄어들었는데, 어떻게 된 일이오?"

"아이고, 서양 담배와 양주를 사고, 도박하고 계집질하는 데 돈을 다 써 버려서 그렇지요." 류산방은 두 손을 펴서 들어 보였다. "사람들이 피우지 않는데 저한테 무슨 방법이 있겠습니까?"

"나는 당신이 싱가포르에서 아편을 밀수한다고 의심하고 있소." 제임스는 궁전 밖의 종려나무와 목마황을 바라보았다. 하늘을 날며 먹이를 찾는 솔부엉이 한 마리가 그의 주의를 끌었다. 솔부엉이는 뜨거운 기류 위에 우아하고 여유롭게 엎드려 마치 잠든 것처럼 보였다. 그는 얼마 전에 런던에서 프랜시스 그랜트 경이 그의 초상화를 그려 줄 때, 바로 지금처럼 입 꼬리에 옅은 미소를 띠고 두 눈은 어딘지 모를 먼 곳을 응시하면서 온몸에 매력적이고 낭만적인 영웅의 기질이 넘쳐흐르는 모습이었던 것을 기억했다. 그는 그 초상화가 아주 만족스러웠다. 제임스가 죽은 후에도 그 초상화는 런던의 국립 초상화 미술관에 걸려 사람들이 영원히

우러러보게 될 것이다. "나는 또한 당신이 싱가포르에서 무기와 담배와 술을 밀수한다고 의심하고 있소."

"폐하, 유언비어를 믿지……."

"당신이 납부할 금 채굴 세금과 인두세, 아편세를 인상할 것이오." 제임스는 말을 마치고, 굽히고 있던 무릎을 펴고 류산방에게서 등을 돌렸다. "정확한 금액은 며칠 후에 통지하겠소. 돌아가시오."

"폐하, 회사 사람들이 전부터 우리가 내는 세금이 적지 않다고……."

"돌아가시오."

이튿날, 제임스는 류산방에게 사람을 보내 금 채굴 세금과 인두세는 그대로 두되, 아편세는 매년 황금 60냥을 유지해야 하고, 12회사에서 황금을 수출하는 것을 엄격히 금하며, 아편을 밀수한 것에 대해 150파운드의 벌금을 징수하겠다고 전했다. 2월 17일, 류산방은 600명의 중국계 광부들로 구성된 무장 부대를 이끌고 군함을 타고 와서 모제르 총, 엽총, 긴 창과 큰 칼을 들고 밤중에 제임스의 궁전을 습격해 영국 관원 몇 명을 죽이고 사라왁의 주도 쿠칭을 3일 동안 점령했다. 제임스는 말레이시아인과 엽두족獵頭族 만 명으로 구성된 군대를 이끌고 반격했다. 류산방은 전사했고, 중국계 병사들은 뿔뿔이 도망쳤다. 제임스는 12회사의 중국인 노약자와 여자와 어린이 2600명을 학살했다. 반란을 평정한 지 한 달이 지나서야 제임스는 류산방이 가져온 선물을 살펴볼 시간이 났다. 양주는 그가 마셨고 다른 것들은 부하들에게 나눠주었다. 장난감이 담긴 두 개의 큰 상자는 크기가 관과 비슷했는데, 동판과 삼밧줄로 꽁꽁 묶여 있었다. 한참 애를 쓴 끝에 상자를 비틀어 열어 보니 두 개의 상자 가운데 한 개에는 중국과 서양의 장난감이 들어 있었고, 다른 한 개에는 황금과 아편만 들어 있었다. 황금은 100냥, 아편은 100킬로그램이었다.

"드 퀸시 말이 옳아. 중국인들은 숨어서 못된 짓만 꾸미고, 말을 빙빙 돌려 하고, 뒤로 손을 쓰고, 큰소리만 치고, 간사하고 음란하고 저질이군." 제임스는 욕을 퍼부었다. "류산방, 찢어진 돼지 눈에 돼지꼬리를 끌고 다니는 이 건달 놈아. 하루 세 끼 쥐, 고양이, 개, 달팽이, 지네만 먹는 야만인아. 입에서 암을 유발하는 탁한 기운을 뱉는 요괴 놈아. 말을 확실히 했으면 아무 일 없었을 게 아니냐!"

파랑 칼

파랑parang 칼은 말레이 군도의 원주민들이 자주 사용하는 초승달 모양의 큰 칼로 속칭 번도番刀라고도 하는데, 인디언의 마체테machete, 필리핀인의 골록golok, 인도네시아인의 볼로bolo, 술루 해적의 카밀란kamilan, 타이완 원주민의 고산도高山刀와 비슷하다. 길이가 다양해 짧은 것은 30센티미터, 긴 것은 1미터 혹은 그보다 더 길기도 하다. 칼 몸은 세 부분으로 나뉘는데, 뾰족한 끝부분은 날이 얇아 껍질을 벗기기에 알맞고, 가운데 부분은 날이 두껍고 모양이 도끼와 비슷해 장작을 패거나 뼈를 자르기에 적합하며, 뿌리 부분은 가늘어 조각을 하기에 좋다. 칼 몸은 모양이 활과 비슷해서 칼등이 움푹 들어가 있고, 칼끝이 뿌리보다 넓고 두꺼워서 휘두를 때 힘이 칼끝에 집중되어 칼날이 몸통이나 나무에 잘 파고들고 또한 쉽게 뽑힌다. 칼자루와 칼 몸과 줄기 부분이 하나로 이어져 있고, 칼집은 나무로 되어 있으며 손잡이 부분은 각질 혹은 단단한 나무로 만든다. 파랑 칼은 보르네오 원주민들이 일상생활에서 쓰는 기본적인 공구이자, 백인 식민 통치자와 일본 침략자에 대항하는 신성한 무기였다.

야펑은 16살 때 손에는 큰 파랑 칼을 쥐고, 허리엔 짙은 보라색의 작은 파랑 칼 두 자루를 차고서 대왕 주씨의 돼지 사냥대에 참가 신청을 할 준비를 했다. 까마귀 한 마리가 실이 끊어진 연처럼 하늘가로 추락했다. 그는 까마귀의 부리와 발톱에서 풍기는 시체 냄새를 맡았다.

야펑은 방금 막 생애 최초로 보르네오수염돼지 한 마리를 죽였다. 어느 무더운 오후의 일이었다. 돼지 떼의 발굽 소리가 황무지에 가득 울려 퍼졌고, 돼지들이 시내를 밟고 지나가 첨벙첨벙 하는 물소리가 들렸다. 아버지는 그에게 만 열여덟 살이 되면 큰 파랑 칼과 싱글 배럴 산탄총을 선물해 주고, 멧돼지들이 강을 건널 때 매복해 있다가 잡을 수 있게 해 주겠다고 말했다. 아버지는 마을의 일류 낚시꾼이었다. 어느 날 마을 사람들과 함께 옛날식으로 그물을 끌어당겨 고기를 잡는데, 그물을 지키고 있던 아버지는 갑자기 튀어 나온 큰 물고기에게 배를 얻어맞고, 그물 위로 튀어 오른 물고기에게 뺨을 얻어맞아 입술에 시퍼렇게 멍이 들고 양 뺨은 볼연지를 칠한 것처럼 붉어졌다. 그는 이 일로 '붉은 얼굴 관씨'라는 별명을 얻었다. 어떤 사람들은 아버지를 관공 혹은 관운장이라고 불렀다. 아버지는 물고기는 잘 잡았지만 돼지 사냥은 잘 하지 못했기 때문에 야펑은 아버지의 말을 반신반의했다. 그는 더 기다릴 수가 없었다. 대왕 주씨는 돼지 사냥대의 대원을 벌써 아홉 명이나 모았는데, 나이는 다들 스물 안팎에 말수가 적지만 간결하고, 코 고는 소리가 꼭 포탄 터지는 소리 같고, 몸에는 들짐승이나 창칼에 맞은 흉터나 상처가 한 개 이상 있었다. 작년 이맘때 다진뉴가 여섯 냥짜리 금목걸이를 만들어 주면서 대왕 주씨에게 열다섯 살짜리 자기 아들을 사냥대에 넣어 달라고 했다. 주씨와 대원들은 멧돼지들에게 가슴팍을 전부 파 먹힌 시체를 메고 돌아왔고, 그 후로 다시는 열여덟 살이 안 된 대원은 받지 않았다. 야평은 대왕 주씨의 눈에 들려면 금목걸이보다 진짜 실력이 중요하다는 걸 알고 있었다.

그는 허리에 큰 파랑 칼 한 자루와 작은 파랑 칼 두 자루를 차고 황완푸의 과수원 밖에서 사흘 동안 매복을 했다. 7월의 사나운 열기가 이리처럼 흉포하게 으르렁거렸다. 황완푸의 과수원은 아주 넓었는데, 여덟 구역으로 나눠서 울타리를 빙 둘러 쳐 두고 각각의 구역에 서로 다른 채소나 과일을 심어서 황완푸와 음험하고 게으른 잡종 개 여덟 마리가 감시했다. 야평은 왜목 숲속에 바람이 불어오는 쪽으로 숨어서 울타리 틈새의 바깥쪽에서 지켜보고 있었다. 틈 안팎의 진흙땅에는 멧돼지의 발자국이 남아 있었다. 아버지는, 멧돼지는 의심이 많고 교활하며 후각이 개보다도 뛰어나서 1주일 전에 사람의 피부가 닿았던 풀잎과 나뭇잎도 알아낼 수 있고, 체취로 갑을병정, 남녀노소, 처음 보는 사람과 익숙한 사람을 구별할 수 있다고 말했다.

아버지는 또, 멧돼지는 굴에서 땅내음을 들이마시고, 산봉우리에서 해와 달의 정수를 취하고, 진흙 구덩이에서 구르고, 야생 버섯과 고사리, 야생 올리브, 야생 두리안, 갑각과 벌레의 번데기 같은 것들을 먹어 오래 전부터 황폐한 산과 넓은 들, 푸른 언덕, 깊은 연못과 일체가 된 데다가 넓고 황폐한 들판이 최고의 엄폐물과 보루가 되어 주기 때문에 엽총과 파랑 칼만으로는 멧돼지에게 대항할 수 없다고 말했다. 인류가 반드시 초목과 벌레와 짐승과 정신적으로 감응해 핏줄 하나하나를 들판에 풀어 놓아 서, 자신의 피와 살이 천지에 흐르고, 자기 자신이 멧돼지와 한 몸이 되게 해야만 멧돼지가 숨을 곳이 없어질 거라고 했다. 아버지는 아주 오묘하고 신비로운 이야기를 했지만, 야평은 아무리 오묘하고 신비로워 봤자 결국 자기가 멧돼지가 됐다고 상상하라는 뜻이 아니냐고 생각했다.

아버지는 아홉 살짜리 야평을 데리고 띠풀 숲을 향해 가면서 물웅덩이와 시내, 관목 덤불과 과일나무가 흩어져 있는 들판을 가리키며 입술을 우물거렸다. 아버지는 "새가 짹짹거리는 소리를 들으면 그쪽에서 새가 날아다니고 있다는 걸 알 수 있어야 한다. 알기만 해서 되는 게 아니야. 먹이를 사냥하는 건지, 둥지를 짓는 건지, 아니면 짝을 찾는 건지 동태를 파악해야 해. 잘 익은 과일의 진한 향이나 썩은 내를 맡으면 저 나무에 달린 과일이 다 익었고, 나무에 원숭이가 몇 마리나 행패를 부리고 있는지 알 수 있어야 한다. 땅이 떨리는 걸 느끼면 멧돼지가 몇 마리나 달려가고 있는지 셀 수 있어야 하고, 놈들의 수와 크기와 몸무게도 추측할 수 있어야 해. 공기 중의 지린내와 피비린내를 맛보면 이 둥지의 악어 알과 저 둥지의 큰까치 알이 부화했다는 걸 알아야 한다"라고 말하는 것 같았다. 아버지는 아주 신비롭게 웃으며 말했다. "오랫동안 연마하고 경험을 많이 쌓으면 이런 건 그냥 보잘것없는 재주에 지나지 않게 된다." 그는 다시 들판을 가리키며 큰 소리로 말했다. "추측해 봐라. 시내와 관목 덤불 속에서 무슨 일이 일어났지?" 야펑은 숨을 고르게 쉬면서 눈을 감았다. 큰까치와 참매의 울음소리, 서남풍이 띠풀 숲을 지나가는 발자국 소리, 멀리 주바 마을의 개와 닭의 울음소리, 네덜란드 석유회사의 트럭이 시추 기술자를 가득 싣고 가면서 포효하는 소리가 들렸다. 이 소리들을 빼면 들판은 쥐 죽은 듯이 고요했다. 그는 한동안 더 들어 보려 노력하다가 눈을 뜨고 아버지를 보며 고개를 저었다. 아버지는 야펑과 함께 그 들판을 향해 걸어가면서 말했다. "관목 덤불에서 호저 한 쌍이 짝짓기를 하고 있고, 반쯤 마른 시내에서 애들 두 명이 구덩이를 파고 바람 가물치*를 잡고 있구나." "아빠, 그걸 어떻게 알아요?" 야펑이 말했다. "수컷 호저는 암컷한테 올라타기 전에 암컷의 몸에 오줌을 싸는데, 그 독특한 오줌 냄새가 났거든. 아이들 둘이 아주 크게 소리를 쳤는데, 너는 그걸 왜 못 들었니?" 야펑이 관목 덤불로 가 보니 정말로 찰싹 달라붙은 호저 한 쌍이 거기서 희고 검은 고리 무늬가 난 가시를 떨면서 쏴쏴 하고 큰 소리를 내고 있었다. 러닝셔츠에 반바지 차림인 아이 두 명이 진흙 구덩이 속에 무턱대고 손을 넣어 바람 가물치를 한 마리, 또 한 마

* 바람 가물치(Baram snakehead). 보르네오의 바람 강(Baram River)에 서식하는 어종이다.

리 붙잡아서 엉덩이 뒤에 놓인 돼지 배만 한 대나무 광주리에 던져 넣고 있었다. 갑자기 관목 덤불에서 웬 중년인이 튀어나오더니 호저를 향해 고기 그물을 던졌다. 호저 두 마리는 야평 부자가 왔을 때 이미 짝짓기가 끝난 후라서, 중년인이 그물을 던졌을 때는 이미 사라져 버렸다. 중년인은 아버지와 야평을 무섭게 노려보더니 허리에 찬 파랑 칼을 뽑아 수풀을 헤치면서 호저를 쫓아갔다.

"아빠." 야평이 말했다.

"저 사람은 못 봤어요?"

멧돼지가 아프리카 소태나무 그늘 아래에서 도망쳤다. 아름다운 나뭇가지가 갑자기 흉악해졌다.

야평은 물동이처럼 무거운 큰 파랑 칼을 받쳐 들고, 작은 파랑 칼 두 자루를 툭툭 쳤다. 그는 칼자루를 움켜쥐었다. 칼은 뽑혀 나오자마자 불쾌한 듯이 칼날에서 흉악한 빛을 뿜었다. 칼 몸은 물고기처럼 급류 속에서 유동하는 상태가 되었다. 띠풀 숲속에는 멧돼지 다섯 마리가 숨어 있었는데, 엄니가 유약처럼 번쩍거리며 빛을 내고 있을 뿐 모습이 아주 흐릿하게 보였다. 달리는 멧돼지들은 마치 액체가 흐르는 것처럼, 진흙이 섞인 더러운 물을 사방팔방으로 튀겨 야평의 시야를 흐릿하게 긁고 지나갔다. 멧돼지 다섯 마리가 왜목 숲속으로 모습을 감춘 후에 띠풀 숲에서 갑자기 여섯 번째 멧돼지가 뛰쳐나왔다. 멧돼지는 야평을 보고 발을 멈췄지만 관성 때문에 코가 진흙 구덩이에 푹 박혔다. 하지만 놈은 곧바로 방어 태세를 취했다. 야평을 하늘가와 바다 끝까지 밀어 버리려는 듯했다. 놈의 눈은 메추리알 같았고, 엄니는 팽팽히 당긴 활 같았으며, 대가리는 납작한 것이 자전거 안장 같았다. 놈은 꼭 도깨비불처럼 괴이하게 번쩍거렸다.

"종려나무 줄무늬 보호색을 막 벗은 새끼돼지네." 야평은 파랑 칼의 칼등을 툭툭 치면서, 새끼 멧돼지의 동의를 구하기라도 하듯이 말했다.

"사로잡을까?"

새끼돼지는 달려가려 했지만 행동이 굼떴다. 뒷다리에 상처가 나서 피가 덮여 있었다. 야평은 큰 파랑 칼을 칼집에 집어넣고 무릎을 꿇었다가, 열 손가락이 풍족한 상태로 새끼돼지를 향해 뛰어들었다. 사지가 곤궁한 새끼돼지는 발굽으로 야평의 열 손가락을 걷어차고 빠져나갔다. 손가락뼈가 부러질 듯 아팠다. 야평은 큰 파랑 칼을 뽑아 들고 크게 두 걸음 걸어 새끼돼지를 따라잡았다. 새끼돼지는 몸을 돌려 야평을 공격했고, 야평은 칼등으로 돼지의 등을 내리쳤다. 새끼돼지는 구슬프게 울부짖더니 꼿꼿한 채로 죽어 버렸다. 파랑 칼은 황당해 하는 기색을 내비쳤다. 야평은 첫 살육을 하면서 파랑 칼과의 상호 작용이 순탄치 못했다는 걸 깨달았다. 그는 아쉬워하며 죽어 버린 새끼돼지의 뒷다리를 들어 올려 돼지의 몸을 눈앞까지 끌어와서는, 펄떡거리는 원기를 되돌리려는 듯이 위로 들어 올렸다가 아래로 떨어뜨려 보았다.

새끼돼지는 확실히 죽었다.

메뚜기가 허공에 금빛 포물선을 그렸다. 야평은 아까 그 멧돼지 다섯 마리가 시냇가 진흙 밭에 모여 더러운 물이 조금 고인 곳을 발굽과 코로 파헤치는 걸 보았다. 멧돼지들이 파헤치자 그곳은 점점 물웅덩이로 변해 갔다. 띠풀 숲에는 이런 웅덩이가 마치 새끼 돼지의 코에 난 혹처럼 여기저기에 잔뜩 흩어져 있었다.

에밀리가 피가 뚝뚝 떨어지는 파랑 칼을 들고 띠풀 숲에서 걸어 나왔다.

"야펑, 새끼돼지 죽었어?"

"죽었어."

야펑은 새끼돼지를 가슴 앞으로 들어 보였다.

에밀리의 파랑 칼은 물웅덩이를 핥아 칼날에 묻은 핏자국을 씻었다. 그녀는 끝부분의 올이 풀린 통 넓은 청바지에 낙타색 반팔 웃옷을 입고 모자챙이 온통 뒤집혀진 밀짚모자를 쓰고 있었다. 모자챙의 끝부분은 밀짚이 빠져서 짜임새가 어지러웠고, 모자챙 위에는 황갈색의 작은 메뚜기 한 마리가 앉아 있었다. 유리구슬 목걸이에는 멧돼지 엄니 두 개가 끼워져 있었다. 노처럼 널찍한 박달나무 칼집은 등나무 줄기로 만든 허리띠에 걸려 있었고, 사이프러스 나무로 된 칼자루는 그녀의 손에 쥐어져 있었다. 두리안 꽃잎 한 장이 황완푸의 과수원에서 에밀리가 손에 든 파랑 칼 쪽으로 날아와 칼날 위에 잠시 머물렀다가 두 쪽으로 갈라졌다. 팔뚝과 손목에는 등나무 덩굴로 만든 검은색 팔찌를 열 개 넘게 차고 있어서, 그녀가 양손을 흔들며 띠풀 숲을 지나가면 누런 풀숲에 몸을 숨기고 걸어가는 호랑이 꼬리에 난 검은 고리 무늬와 꼭

닮아 보였다. 이때는 야펑이 검은 고리 무늬가 난 꼬리 두 개를 세 번째로 본 때였다.

검은 고리 무늬의 꼬리 두 개를 처음 본 때는 1939년 1월이었다. 야펑은 왜목 덤불 아래에 한 시간 넘게 쪼그리고 앉아 있었다. 가랑이 사이로 자꾸 파고드는 짧은 바지는 압박에 못 이겨 문을 열었고, 열기 때문에 부풀어 오른 음낭이 두 개의 고환을 추하게 감싼 채 바짓가랑이 밖으로 늘어져 동북풍에 흔들리고 있었다. 불길이 핥고 지나간 들판의 참억새가 긁어 주어 간질거리면서도 편안했다. 그는 몇 번이나 음낭을 안으로 쑤셔 넣느라 손에 지린내가 진동했고, 바짓가랑이 속의 음양이 뒤바뀌어 버렸다. 생식기가 머리를 밖으로 내밀었지만 그는 전혀 신경 쓰지 않았다. 영리한 큰까치는 사람이 자기 새끼를 노리는 걸 알고 있어서, 둥지를 지을 때 일부러 술수를 써서 사람이 둥지를 찾지 못하게 만든다고 한다. 야펑은 예의 같은 것의 구속을 받지 않는 음낭을 한 번 긁고, 두 눈을 깜박이지도 않고 큰까치를 노려보았다. 그는 큰까치도 그를 감시하는 게 아닌가 하는 의심이 들었다.

연기가 피어오르고 쏴쏴 소리가 나는 띠풀 숲속에서 검은 고리 무늬가 난 꼬리 두 개가 돌아다니고 있었다. 에밀리가 왜목 덤불 앞에 서서 눈을 들어 사방을 둘러보더니, 갑자기 쪼그리고 앉아 흰 캔버스 천으로 된 반바지를 내리고 물웅덩이에 오줌을 누는 게 보였다. 오줌이 물웅덩이에 떨어져 졸졸 소리가 났다. 야펑은 물웅덩이의 물빛이 오리가 물 위를 지나가듯이 에밀리의 얼굴 위를 떠다니는 걸 보았다. 그의 아직 성년이 되지 않은 생식기가 목을 길게 뺐고, 귀두가 복사뼈 아래에 나 있는 슬모초 덤불에 닿았다. 동북풍이 사납게 불어왔고, 띠풀 숲은 유순하게 몸을 눕혔다. 오줌 누는 소리는 가늘어졌다가 굵어졌다가, 가까워졌다가 멀어졌다가 했다. 튀어 오른 물보라가 거의 귀두를 적실 뻔했다. 오줌 누는 소리가 그치고, 에밀리가 바지 단추를 잠그고 일어서더니 다시 눈을 들어 사방을 둘러보고 왔던 방향으로 걸어가는 소리가 들렸다.

야평은 일어서서 검은 고리가 사라진 쪽을 한참 동안 살펴보다가 왜목 덤불을 빙 돌아서 닭 둥지만 한 웅덩이 앞으로 갔다. 오줌이 일으킨 물거품이 터지면서 물빛이 찬란하게 반짝거리는 것이 환하고 아름다워 꼭 세월이 흘러가는 것 같았다. 그는 웅덩이 앞에 쪼그리고 앉아 검지로 물을 찍어 코앞에 대고 냄새를 맡고, 혀를 내밀어 핥았다. 절박한 요의가 작은 칼처럼 생식기를 찔러와, 그는 바지춤을 풀어헤치고 웅덩이에 뜨거운 오줌을 뿌렸다.

더 오래 전에, 야평은 띠풀 숲속의 어느 연못에서 고기를 낚았다. 띠풀 숲에는 크지도 작지도 않은 이런 연못이 잔뜩 있었는데, 자연적으로 생긴 것도 있었고 사람이 판 것도 있었으며 나중에 일본군과 연합군의 포탄이 떨어져 생긴 것도 있었다. 주바 마을 사람들은 돼지를 키웠고, 집집마다 연못을 파서 개구리밥과 수련과 야생 물고기를 기르면서 연못이 큰 행운을 가져다주기를 바랐다. 건기에는 들풀에 불이 붙기 쉬운데, 연못이 있으면 불의 기세를 줄일 수도 있고 불을 끌 수도 있었다. 야펑은 메뚜기 한 마리를 미끼삼고 나뭇가지로 낚싯대를 삼았다. 메뚜기가 물에 채 닿기도 전에 벌써 삼보빙어* 한 마리가 물 위로 뛰어올라 메뚜기를 물었다. 야펑은 물고기의 지느러미에 독이 있다는 걸 잊고 맨손으로 물고기를 움켜쥐었다. 그때 등 뒤에서 누군가가 큰 소리로 "조심해!"라고 외치는 소리가 들렸다. 커다란 도마뱀 한 마리가 그의 사타구니 아래로 지나가면서 엄지발가락을 물고는 연못 속으로 들어갔다. 야펑은 너무 아파서 삼보빙어를 놓아 버렸다.

에밀리가 띠풀 숲에서 검은 개 한 마리를 끌고 걸어 나왔다. 그녀는 챙이 없는 등나무 모자를 쓰고 있었는데, 등나무 줄기가 이리저리 뻗어 있어 꼭 게의 발처럼 보였다. 에밀리는 객가인들이 입는 검은색의 통이 큰 긴 바지에 소매를 잘라 반소매로 만든, 옷깃이 겹치지 않게 매듭단추로 잠그는 방식의 웃옷을 입고 있었고, 팔뚝에는 등나무 팔찌를, 목에는 유리구슬 목걸이를 걸고 있었다. 허리엔 큰 파랑 칼을 차고 있었는데, 칼집 위에서 빨갛고 커다란 메뚜기 한 마리가 이리저리 배회하고 있었다. 검은 개는 가벼운 발걸음으로 소리 없이 걸어다니면서 커다란 검은 벌처럼 에밀리의 엉덩이 뒤쪽에서 빙빙 돌고 있었다.

"야펑, 도망가게 놔뒀어? 그 도마뱀이 내 수탉을 채 갔단 말이야!"

* 삼보빙어三保公魚. 보르네오에서 흔히 보이는 물고기로 등에 다섯 개의 검은색 줄무늬가 있는데, 전설에 의하면 삼보태감三保太監(명나라의 항해가이자 환관인 정화鄭和를 가리킴)이 붙잡았다가 놓아 준 후로 손가락 자국이 남은 것이라고 전해진다. '삼보빙어'는 보르네오의 중국계 주민들이 부르는 속칭으로 학명은 알려져 있지 않다.

야펑은 낚싯대를 내려놓고 쪼그리고 앉아 손바닥과 발가락을 살펴보았다. 삼보빙어는 이미 연못으로 뛰어 들어가 버렸다.

"너 다쳤어?" 에밀리도 쪼그리고 앉았다.

"삼보빙어 가시에 찔리고, 도마뱀한테도 물렸어."

에밀리는 야펑의 손바닥을 붙잡고, 발가락을 벌려 보았다. "독이 있는데! 괜찮아, 죽진 않을 거야."

야펑은 욱해서 주저앉았다. "도마뱀만 아니었더라도, 그 삼보빙어가 아무리 사나워도 난 안 놓쳤을 거야."

에밀리는 개의 머리를 토닥였다. "야펑, 도마뱀 침은 근육을 녹이고 독을 남기고, 개의 침은 독을 없애 주고 근육이 생기게 한대. 얘보고 좀 핥으라고 하자."

개는 에밀리의 등 뒤에서 돌아 나와 야펑의 발가락 냄새를 맡았다.

"아빠가 그러는데 상처에 오줌을 뿌리면 괜찮아진대." 야펑은 발가락이 저리고 손바닥이 심하게 아팠다. 그는 띠풀 숲속으로 들어가서 에밀리에게 등을 돌리고서 바지춤을 풀고 손바닥에 오줌을 뿌리고, 다른 손에 오줌을 받아서 발가락에 뿌렸다.

에밀리는 야펑의 낚싯대로 아까 그 놈보다 더 큰 삼보빙어를 한 마리 낚아서 파랑 칼로 지느러미를 제거한 다음 밀짚에 꿰어 야펑에게 건네주었다. 야펑은 그녀의 얼굴 위를 지나가던 물빛을 떠올렸다.

"오줌 한번 누는 데 오래도 걸린다!"

야펑은 대답하지 않았다. 걸을 때 발이 땅에 닿지도 않는 듯한 검은 개는 꼭 연기 같았는데, 에밀리의 발치에 엎드려 있을 때는 고철 같았다. 거센 서남풍이 불어와 연못가의 물을 떠풀 숲에 철썩거리며 흩뿌렸지만, 연못 한가운데의 물은 돌벽처럼 차분했다. 곳곳에 흩어진 수많은 움푹 팬 땅에 크고 작은 소용돌이가 생겼다가 사라졌다가 하면서 한숨 쉬는 소리 같은 이상한 소리를 냈다.

“고기 한 마리를 빚졌네.”

야펑은 오줌 묻은 손으로 물고기를 받았다.

에밀리는 파랑 칼의 칼끝으로 새끼돼지를 눌러 보았다.

“죽었네. 아깝다. 막 젖을 뗀 것 같은데.”

“상처는 네가 냈고, 때려죽인 건 난데.” 야펑은 돼지를 붙잡은 손을 늘어뜨렸다. 몸에 크고 작은 파랑 칼을 차고 있으니 새끼돼지의 무게가 전혀 느껴지지 않았다. 그는 다시 새끼돼지를 힘주어 툭 떨어뜨렸다. “그럼 누구 거지?”

“너 필요하면 줄게.” 에밀리는 손을 허리에 얹고 야펑을 바라보았다. “너 큰 파랑 칼도 휘두를 수 있구나. 몇 살이야?”

“열여섯 살.” 야펑은 사람의 체취를 희석시키기 위해 몸에 돼지똥을 발랐다. 에밀리가 막 나타났을 때, 그는 황완푸의 과수원 쪽에서 서남풍을 타고 날아온 갖가지 과일 향기와 닭똥 냄새를 맡았다. 그 후로 1년이 지나서야 그는 그 닭똥 냄새가 에밀리의 몸에서 난 거라는 걸 알았다. “이 돼지를 가져가서 대왕 주씨 할아버지한테 보여주고 돼지 사냥대에 넣어 달라고 할 거야.”

“이 새끼돼지 가지고?” 에밀리는 중지를 뻗어 돼지 등을 툭툭 털었다. “주씨 할아버지가 뭐라고? 너희 아버지한테 데려가 달라고 해.”

“아빠는 내가 열여덟 살이 될 때까지 기다려야 한댔어.”

“이 새끼돼지는 주씨 할아버지 눈에 안 찰 거야. 큰 돼지를 잡아야지. 내가 도와줄까?”

“그러기엔 늦었어.” 야펑은 새끼돼지를 들고 마을을 향해 걸었다. “할아버지는 이틀 후에 바로 출발한대.”

띠풀 숲에는 돼지를 기르는 축사가 가로로 뻗어 있어, 꼭 네모난 배가 망망대해를 항해하는 것처럼 보였다. 야펑은 새끼돼지를 등에 멘 등나무 바구니에 던져 넣고 뱀의 길과 거북이의 길, 돼지 길, 악어 길, 꿩의 길, 도마뱀 길을 지나고, 다 말라 가는 시내를 건너고, 왜목 덤불 몇 개를 돌아서 야생 올리브 나무 아래에 서서 멀리 띠풀 숲을 바라보았다.

땡볕이 이글거려 야생 올리브 나무는 나무 꼭대기를 늘어뜨린 채 나무 아래의 조그만 그늘을 지키고 있었다. 나무 아래에 까맣고 반들반들한 올리브 열매 여남은 개가 떨어져 있는 것이 꼭 요정의 눈 같았다. 야펑은 열흘쯤 전에 나막신쟁이 난南씨의 나막신 가게 앞을 지나가다가, 대왕 주씨가 난씨에게 그가 만든 나막신을 신은 후로 발가락에 티눈이 생겼다고 원망하는 소리를 들었다. 나막신쟁이 난씨는 주바 마을에 하나뿐인 나막신 만드는 기술자로, 전쟁 후에 일본식 슬리퍼가 유행하게 되자 신발 수선공으로 직업을 바꿨다. 야펑은 성질이 급한 나막신쟁이 난씨가 작은 도끼로 장방형의 젤루통* 목재를 두드리며 욕을 퍼붓는 소리를 들었다. "온 마을에서 내 나막신을 신고 티눈이 생겼다는 사람은 자네밖에 없어! 좆이 생긴 것도 아닌데 무슨 걱정이야?" 두 사람은 좆이 기니 짧으니 하면서 낄낄 웃으며 욕을 해 댔다. 야펑이 열 살 때 아버지도 발가락에 티눈이 생긴 적이 있었는데, 올리브 열매를 한 달 넘게 먹었더니 신기하게도 티눈이 사라졌다. 티눈을 치료하는 이 묘방은 마을 사람들이라면 다들 알고 있었다. 야펑은 올리브 열매를 주워서 바지 주머니에 가득 쑤셔 넣고 계속 마을을 향해 걸었다. 주바 강을 지나는데 악어 대왕 샤오진이 엽총과 파랑 칼을 메고 긴배를 저어 푸줏간 주인인 배불뚝이 리씨의 집을 지나가는 게 보였다. 리씨의 부인은 잔교 위에서 빨래를 하고 있었다. 강 근처에 사는 마을 사람들은 강가에 잔교를 세워서 집의 뒷문과 바로 통하게 해 놓고, 다리에 삼판선과 긴배를 매 놓았다. 잔교 위의 널빤지는 평평하지 않고 울퉁불퉁했는데, 일광욕을 하는 새끼 악어와 큰 도마뱀이 곧잘 거기에 숨어 있었다. 잔교 위에는 널판지와 함석으로 지은 초라한 변소가 있었고, 강에 면한 벽에는 붉은 페인트로 아라비아 숫자가 적혀 있어 문패를 대신했다.

리 부인은 막 계란을 낳은 암탉처럼 시끄러웠다. "샤오진, 오늘 여복이 따라서 악어 엄마가 데릴사위를 보길 빈다!"

* 젤루통(jelutong). 협죽도아과夾竹桃亞科의 나무로 말레이 반도, 보르네오, 수마트라와 태국의 우림 저지대에 분포해 있다. 섬세한 무늬가 있어 조각을 하기에 적합하다.

샤오진은 독살스럽게 웃었다. "리씨 아줌마, 그렇게 강가에서 빨래를 하면, 수컷 악어가 아줌마를 보고 욕보인 다음에 잡아먹을 걸요!"

리 부인은 욕을 하면서 잔교에서 썩은 나무를 떼어내 샤오진을 향해 던졌다.

골목대장 차오다즈는 양이랑 가오자오창과 나타 훙마오후이, 홍해아(『서유기』의 등장인물 중 하나) 첸바오차이錢寶財 등등 아이들을 데리고 버려진 축사 위에서 손오공이 천궁에서 소란을 피우는 이야기를 연극으로 공연했다. 아이들은 석가여래가 손오공을 굴복시키고, 손오공이 기이한 방법으로 곤경에서 벗어나서 나타를 흠씬 패주고, 양이랑과 지혜를 다투고, 천병신장을 소탕한 다음, 불경을 구하기 위해 서천으로 기약 없이 떠난다는 연극을 보았다. 훙마오후이의 형인 열네 살의 바이하이白孩는 바람총을 받쳐 들고 강물에 돌을 날려 물 위에 기이하고 눈부신 줄무늬를 남겼는데, 마치 물속에 사는 신비한 요괴와 싸우는 듯했다. 야펑은 주바 마을에서 제일 떠들썩한, 판자로 지은 가게 열 곳이 나란히 늘어서 있는 거리로 들어가면서, 샤오 선생이 바오성寶生 중약방 앞에 대필 노점을 차려 놓고 앉아서 어느 인력거꾼이 탕산唐山의 고향집에 보내는 편지를 대필해 주는 걸 보았다. 대왕 주씨의 뉴유지牛油記(뉴유牛油는 버터라는 뜻) 다방은 바로 중약방 맞은편에 있었는데, 다방 주인인 대왕 주씨의 부인 뉴유마牛油媽(버터 엄마라는 뜻)가 계산대 앞에서 크레이븐 상표의 담배를 피우면서 야펑을 쳐다보았다. 불꽃 두 개가 전기가 통한 필라멘트처럼 흩날렸다.

뉴유지는 주바 마을에서 유일하게 하이난海南 사람이 아닌 주인이 경영하는 다방이었다. 온몸에서 땀내와 시골 냄새를 풍기는 마을 남자들은 하루 온종일 40여 개의 조각 장식이 된 폴란드산 의자에 앉아, 하이난다오海南島에서 수입한 여덟 개의 대리석 원탁을 둘러싸고 연유를 넣은 커피나 연유를 넣지 않은 블랙커피를 마셨다. 커피는 한 잔에 5펀(10펀分이 1자오角[마오毛라고도 함], 10자오가 1위안元)이었는데, 중국산 도자기 커피잔은 보온이 잘 되어 30분이 지나도 커피가 따뜻한 온도를 유지했다. 뉴유지에서는 커피 말고도 홍차, 오발틴Ovaltine 코코아, 맥주, 차시우바오叉燒包(양념해서 구운 돼지고기를 넣은 찐빵), 케이크, 빵과 달콤한 간식을 팔았는데, 전부 주 부인이 직접 만들었다. 주 부인은 원두를 볶다가 80% 정도 익었을 때 싱가포르에서 수입한 골든 천Golden Churn 버터를 넣어서, 커피가 향기롭고 혀끝이 짜릿하게 맛있었다. 버터 빵도 풍미가 독특했는데, 이 빵 때문에 그녀는 뉴유마라는 별명을 얻었다. 대왕 주씨는 나이가 예순이 넘었는데, 7년 전에 열세 살이었던 뉴유마와 결혼해서 귀가 크고 코가 납작하고 찢어진 눈에 입술이 소처럼 두툼한 돼지 같은 아들 둘을 낳았다. 큰아들은 다른 아이들과 함께 도랑에서 구피와 붕어를 잡았고, 작은 아들은 걸상 위에 올라서서 엄마에게 기대어 젖을 빨았다. 아이의 입에서 넘쳐 흘러나온 젖이 뉴유마가 입은 객가식의 매듭단추 웃옷에 주먹만 한 얼룩 두 개를 만들었다. 뉴유마는 젖을 다 물린 다음 아이를 계산대 위에 앉히고 케이크를 주고, 큰 사발 두 개를 엎어 놓은 것 같은 엉덩이를 치켜들고 손으로 턱을 괴고서 야펑을 곁눈질했다. 손에는 땀을 닦는 작은 손수건을 쥐고 있었다. 다방 안의 마을 남자들은 『봉신방』에 나오는, 눈에서 손이 자라났다는 양임楊任처럼 시선이 온통 뉴유마에게 달라붙었다.

대왕 주씨는 중라오과이, 자라 대왕 친씨, 납작코 저우씨 등의 사냥꾼 친구들과 함께 원탁에 둘러앉아 한 달 남짓 전에 주바 강 상류에서 죽인 커다란 멧돼지에 관해 얘기하고 있었다. 대왕 주씨만이 야펑이 다방 안으로 들어와 벽 가까이에 놓인 폴란드 의자에 앉아 등나무 바구니를 발치에 내려놓고, 연유를 넣은 커피 한 잔과 차시우바오 두 개를 주문하는 걸 눈치챘다.

뉴유마는 손수건을 옷섶에 집어넣고 커다란 엉덩이를 들면서 야펑을 두어 번 흘끔거렸다. 그녀는 몽롱한 추파를 희미하게 드러내며, 눈가에 눈물이 조금 고인 채로 계산대에서 나와 주방으로 들어갔다.

주바 강가에서 3킬로미터쯤 올라간 상류에 한 달 남짓 전에 커다란 멧돼지 한 마리가 나타나 열 개가 넘는 닭장과 오리 우리를 부숴 버리고, 채소 농사를 짓는 농민 두 명을 물어서 다치게 했다. 대왕 주씨 일행이 잡으러 갔을 때 놈은 이미 개 두 마리를 엄니로 찔러 죽이고, 그중 한 마리의 목을 물어뜯어 개 대가리를 뽑아 입에 물고 있었다. 멧돼지의 머리에는 새둥지 같은 갈기가 잔뜩 나 있었다. 놈은 귀까지 올라오는 가지런한 두 개의 엄니와 시뻘건 콧구멍을 드러내고서 자신의 앞을 막고 공격하는 십여 마리의 개를 향해 포효했다. 개들이 이미 놈의 온몸을 물어뜯었지만 놈은 전혀 상처를 입지 않고 이따금씩 입에 문 개 대가리로 개들을 공격해서, 얻어맞은 개들이 서글피 울었다. 중라오과이의 존슨 앤 존슨사 엽총과 납작코 저우씨의 더블 배럴 산탄총은 이미 장전돼 있었지만, 주씨는 놈을 사로잡을 생각을 했다. 그들은 개들을 엇갈리게 몰아서 멧돼지를 연못으로 몰려고 했다. 그런데 멧돼지는 앞발이 물에 닿자마자 갑자기 뒤로 돌아서더니 자라 대왕 친씨를 들이받아 나자빠지게 만들고, 물고 있던 개 대가리를 버리고 살아 있는 개의 머리를 물었다. 개들에게 포위당하고 사람들이 눈을 부릅뜨고 지켜보는 가운데, 놈은 개의 목을 찢어 버리고 새로운 개 대가리를 입에 물고 하늘을 향해 큰 소리로 포효했다. 자라 대왕 친씨는 납작코 저우씨의 산탄총을 빼앗아 멧돼지 대가리에 두 발을 쐈다. 멧돼지가 친씨를 들이받았을 때 엄니가 바짓가랑이 속으로 뚫고 들어와 그의 네덜란드인과 중국인의 잡종인 성기를 터뜨려 버렸는데, 다 나은 후엔 여주 같은 모양이 되었다. 자라 대왕 친씨의 부인은 이미 죽었기 때문에 남양 아가씨만 그의 고충을 이해해 주었다.

대왕 주씨 일행은 그의 성기에 관해 농담을 하고 있었다.

뉴유마는 김이 피어오르는 블랙커피 한 잔을 들고 와서 야펑의 탁자 앞에 내려놓고, 연유를 붓고 직접 찻숟가락으로 저어 준 다음 계산대로 돌아갔다.

"야펑." 대왕 주씨는 크레이븐 담배를 피우며 도넛 모양의 담배

연기를 토해내고, 고개를 기울여 야펑을 보면서 말했다. “네 등나무 바구니에 든 거, 죽은 돼지 맞지? 네가 들어오자마자 돼지 피 냄새랑 돼지 오줌 냄새가 나더구나.”

다방 안의 남자들의 시선은 뉴유마에게서 야펑으로 옮겨갔다. 왠지 모르게 야펑은 뉴유마를 흘끗 보았다. 뉴유마의 얼굴에 흥분의 빛이 한 줄기 스쳐 지나갔다. 그녀는 아들의 기름기가 반질반질하고 통통한 뺨을 한 번 꼬집었다.

자라 대왕 친씨는 이쑤시개로 이빨에 낀 아편 담뱃진을 긁어내면서 굳은살이 잔뜩 박인 커다란 손을 야펑의 바구니 속으로 뻗었다. 야펑은 친씨의 손목을 붙잡고 그의 가랑이를 쳐다보았다. “돼지가 아직 살아 있을지도 모르니까, 가랑이 조심하세요!”

자라 대왕 친씨는 손을 거두고, 놀란 척을 하면서 등나무 바구니를 툭 쳤다. 올리브 열매 두 개가 야펑의 바지주머니에서 땅으로 떨어져서, 그중 한 개가 굴러가다가 대왕 주씨의 돼지 같은 아들의 발치에서 멈췄다. 아이는 올리브를 주워 입에 넣고 씹었지만 한참이 지나도 제대로 씹지 못했다. 아이는 주씨에게 머리를 한 대 맞고는 울면서 뉴유마를 찾았다.

“야펑, 너희 아버지 티눈이 아직도 안 나았냐?” 대왕 주씨는 대나무 장대처럼 곧게 뻗은 연기 기둥을 내뿜었다. 그는 왼발 엄지발가락 바깥쪽에 난 가래 모양의 티눈을 가리키며 말했다. “봐라, 나도 티눈이 났어!”

야펑의 가슴에서 끓던 뜨거운 피는 개 대가리를 물고 날뛰던 커다란 멧돼지 때문에 식어 버렸다. 그는 허둥지둥 커피를 마시고, 뉴유마가 주방에서 커피를 끓이는 틈을 타서 등나무 바구니를 메고 차시우바오를 한 손에 하나씩 들고 뉴유지 다방을 나와 걸으면서 차시우바오를 베어 먹었다. 뉴유마가 주방으로 들어갈 때 그녀의 두 눈가에 맺혀 있던 눈물이 흩어졌다. 야펑은 다진뉴의 바오성寶生 금은방을 지나가다가 말라깽이 선씨의 지샹 잡화점과 납작코 저우씨의 허싱和興 잡화점 앞에 멈춰 섰다. 두 잡화점은 나란히 서 있었는데 수출용 고무, 후추, 석고, 젤루통 등의 특산품과 수입한 백미, 담배와 술, 식용유, 통조림, 밀가루 같은 것들을 팔았다. 두 가게가 서로 다른 점은 지샹 잡화점에서는 엽총의 총알을 합법적으로 혹은 불법으로 판매하고, 허싱 잡화점에서는 아편을 합법적으로 혹은 불법으로 판매한다는 것이었다. 허싱 잡화점은 계산대 앞에 커다란 철제 새장을 매달아 놓고 긴꼬리코뿔새를 한 마리 길렀는데, 새소리가 꼭 아프리카의 하이에나 울음소리 같았다. 야펑은 게으름뱅이 자오焦씨를 대신해 허싱 잡화점에서 밀수한 아편을 외상으로 두 봉지 산 다음 가게가 늘어선 거리를 떠났다.

야펑은 주바 강가 쪽으로 걸어가다가, 가오리가 담뱃대를 물고 땀을 비 오듯이 흘리면서 사포와 대패로 작은 걸상을 열 개 넘게 다듬고 있는 걸 보았다. 고바야시는 어깨에 장대를 멘 채 하모니카를 불고 있었는데, 아이들이 그 뒤를 따라가고 있었다. 과수 농부 린구이량林桂良의 딸 후이칭惠晴이 주바 강가의 멀바우 나무* 아래서 여자아이 몇 명과 함께 사방치기를 하고 있었는데, 웃음소리가 마치 작은 뱀이 고구마밭 이랑을 따라 기어가는 것처럼 멀고도 신비하게 들려 야펑의 마음도 고구마 잎처럼 부르르 떨렸다. 오하다의 평판 리어카 네 대가 서로 단단히 묶인 채 작은 산비탈을 넘어갔다. 긴꼬리원숭이 떼가 버려진 원두막 위에 앉아 이를 잡고 있어 원두막 지붕 위엔 빨간 엉덩이가, 지붕 아래엔 덩굴 같은 꼬리가 보였다. 허수아비의 옷소매에서는 바람을 향해 경주하듯 펄럭펄럭 소리가 났다. 네덜란드 석유회사에서 방목하는 홀스타인 젖소들이 나란히 붙어 서서 풀을 뜯어 먹고 있었는데, 검고 흰 얼룩무늬가 서로 뒤섞여 몇 마리인지 알아볼 수가 없었다.

야펑은 울타리 문을 밀어 열었다. 게으름뱅이 자오씨의 머리 없는 닭이 코브라아비스(고사리과의 식물)와 버들참빗(고사리목 면마과의 식물)이 잔뜩 자란 말뚝 위에 서서 엉덩이에 솟은 꼬리 깃털을 까딱거리며 야펑을 '쳐다보았다'. 말뚝 아래의 나이든 누런 개는 계속 유순하게 졸고 있었다. 게으름뱅이 자오씨가 집에 없어서 야펑은 아편을 판잣집 창틀 위에 올려두고, 연못을 빙 돌아 낮은 울타리를 뛰어넘어서 집으로 돌아왔다.

날이 점점 저물었다. 도끼 같은 달이 끝없이 넓은 들판을 가르며 캐나다 산 위로 얼굴을 내밀었다. 하늘은 차갑고 준엄했다.

* 멀바우 나무(Intsia bijuga). 태평양철목이라고도 하며 열대 우림에서 자라는 양질의 수목이다.

야평은 파랑 칼과 대나무 바구니를 풀어 내려놓고, 우물가에서 몸을 씻고 짧은 바지와 러닝셔츠를 입은 다음 장작더미 위에 걸터앉았다. 오래된 우물과 검은 흙, 고인 물과 나른한 풀. 닭장은 무너지고 기억은 황폐해졌다. 흰 웃옷에 검은 바지를 입은 여자가 크고 작은 파랑 칼 다섯 자루를 어깨에 메고 자유로운 발걸음으로 야평과 붉은 얼굴 관씨를 향해 걸어왔다.

강 우레

보르네오는 강폭이 좁고 기슭이 가파르고, 바위가 많고 물살이 빠르며, 강가에 숲이 무성하고 강 수면에는 나뭇가지가 이리저리 얽혀 있어 햇볕이 들지 않는다. 시일이 오래되면 큰 나무가 죽어 쓰러져서, 좁은 강기슭이나 바위에 눌려 물속에 오래 잠겨 있다가 강바닥이 깊이 파이게 해 강의 생태계에 영향을 미친다. 혹은 물살에 떠내려가던 죽은 나무가 폭포 근처에 떠 있다가 마른 등나무나 쪼개진 대나무, 부러진 대들보나 유목이 떠내려가지 못하고 막혀서 천연 제방을 형성하기도 한다. 큰 비가 오면 엄청난 수량과 강한 압력으로 인해 결국 제방이 무너져 큰물이 곧장 하류로 흘러간다. 거목과 등나무 덩굴이 떠내려가다 간혹 쾅 하는 큰 소리를 내기도 하는데, 우레 소리나 포격 소리, 혹은 수많은 멧돼지가 달려가는 소리처럼 들린다. 그렇지 않을 때는 소리 없이 강가를 침수시켜 수위가 폭발적으로 상승하는데, 수십 킬로미터에 달하는 거리가 물에 잠기기도 한다. 강 우레river thunder는 보르네오 하천 생태계와 대자연의 살인마로, 해마다 수십 명의 사람과 셀 수 없이 많은 동물의 목숨을 빼앗는다.

관야펑의 어머니인 예샤오어葉小娥는 붉은 얼굴 관씨를 처음 만났을 때 크고 작은 파랑 칼 다섯 자루를 지니고 있었다. 제일 큰 두 자루 중 한 자루는 남편인 관씨에게 주었고, 나머지 한 자루는 집의 벽 위에 걸어 두었는데 십 년이 넘도록 칼집에서 뽑은 적이 없었다.

붉은 얼굴 관씨는 서른 살 생일에 산거머리를 미끼로 삼아 삼판선을 타고 주바 강 위에서 낚시를 했는데, 10킬로그램짜리 황강어黃羌魚*를 한 마리 잡았다. 물결 위로 수증기가 모락모락 피어올라 강 표면에서 버둥대는 물고기의 머리와 꼬리를 뒤덮고 물속 세계의 음험함을 속삭이고 있었다. 관씨는 사냥한 짐승을 열흘 넘도록 먹고, 거기다 전날 사냥한 어우허鷗合 꿩** 두 마리까지 먹었더니 몸에 열이 올라, 밤에 따뜻한 물에 아편을 개어 먹고 잠들었다가 아침 일찍 일어났다. 독수리 한 마리가 물고기를 사로잡아 강가로 올라오더니 머리가 희고 얼굴이 붉은 신선으로 변해, 낚싯대와 살아서 펄떡거리는 물고기를 메고 대나무숲 속으로 사라졌다. 붉은 얼굴 관씨는 낚시를 계속해서 황강어를 한 마리 낚고, 또 한 마리 더 낚았다. 고개를 들어 보니 야생 두리안 나무 아래서 보르네오수염돼지 두 마리가 서로 희롱하고, 물도마뱀 두 마리가 기

* 황강어. 보르네오 하천에 분포하는 몸집이 큰 포식자 어류로 짝을 지어 다닌다. 학명은 알려져 있지 않다.

** 어우허. 보르네오에 서식하는 꿩의 종류로 몸집은 꿩보다 조금 크고 깃털에는 알록달록한 무늬가 있으며 "어우-허-어우-허-"하는 소리로 운다. 짝을 지어 다니는데, 성격이 충성스러워 한 마리가 위험에 처하면 다른 한 마리가 대신 목숨을 내놓는다. 짝짓기를 할 때는 공작처럼 꼬리깃을 펼치기 때문에 '숲속의 공작'이라는 별명이 있다.

슭에서 짝짓기를 하고, 백로 한 쌍이 띠풀 숲속에서 서로 목을 비비는 게 보였다. 그는 '이상하군'이라고 생각했다.

산등성이가 피를 줄줄 흘리는 태양에 한입 파먹혔다. 올챙이구름이 태양을 향해 헤엄쳐 가는 모습이 마치 수정되지 않은 난자를 향해 헤엄쳐 가는 것처럼 보였다. 들새가 강 상류 쪽에서 날아와 그의 머리 위를 지나갔다. 보르네오수염돼지와 물도마뱀은 달아났고, 백로는 어디로 갔는지 보이지 않았다. 황강어 두 마리가 죽었다가 다시 살아나 뱃전을 뛰어넘어 강 속으로 돌아갔다. 붉은 얼굴 관씨는 계단 모양의 파도가 미쳐 날뛰는 코끼리 떼처럼 상류 쪽에서부터 그를 향해 덮쳐오는 걸 보았다. 그는 속으로 생각했다. 강 우레구나! 관씨는 노를 저어 강가로 가서 강변 쪽으로 뻗은 망천수望天樹(중국 서남부에 자생하는 희귀 수종으로 줄기가 곧고 굵으며 높이는 40~60미터이다) 가지를 단단히 붙잡았다. 물로 된 벽이 한 번, 또 한 번 연달아 그를 향해 무너져 왔다. 바짓가랑이 속에서 강물이 시계방향으로 반시계방향으로 빙빙 돌았다. 홍수는 빨리 온 만큼 빨리 물러갔다. 관씨가 물속에서 몇 분쯤 버티고 나니 수위가 점점 내려갔다. 그가 붙잡고 있는 나뭇가지가 수면 위로 드러났을 때, 웬 말레이곰의 시체가 그와 어깨를 나란히 하고 나뭇가지 위에 누워 있었다. 곰의 발톱이 작은 갈퀴처럼 그의 눈앞에서 흔들리다가 그의 이마에 닭이 발톱으로 할퀸 것처럼 세 줄로 할퀸 상처를 남겼다. 관씨는 나뭇가지 위에 계속 엎드려서, 굽은 채로 죽어 버린 갖가지 짐승들과 뭐라 형언할 수 없는 물건들이 가랑이 사이로 순식간에 흘러가는 걸 보았다. 30분이 지나자 강변이 모습을 드러냈다. 그는 땅 위로 뛰어내려 망천수를 빙 돌아 걸어가다가 나무 아래에 대나무 뗏목 한 척이 걸려 있고, 그 위에 흰 윗옷에 검은 바지를 입고 두 눈을 감은 여자가 기다란 보따리를 안고 누워 있는 걸 보았다. 여자의 가슴팍이 오르내리고 있어 숨이 붙어 있다는 걸 알 수 있었다.

붉은 얼굴 관씨는 서른 살까지 살아오면서 지금껏 여자와 단둘이 있어 본 적이 없었다. 그는 여자 앞에 쪼그리고 앉아, 사냥꾼이 새로 난 멧돼지 발자국과 막 싸놓은 똥을 관찰하듯이 여자의 내력을 알아보려 했다. 강물에 젖어 불어 있는 이 여자는 가슴이 높이 솟아올라 쇄골이 거의 파묻혀 있었다. 엉덩이까지 오는 땋은 머리가 가슴 앞으로 늘어뜨려져, 그걸 바라보는 관씨의 두 눈에 급류와 소용돌이가 잔뜩 이는 듯했다. 그는 손을 뻗어 여자의 어깨 위에서 잠깐 머뭇거리다가 다시 거두었다. 그녀를 깨워야 할지, 아니면 깨어날 때까지 기다려야 할지 알 수 없었다. 그녀의 얼굴엔 여드름이 나 있었고, 입술은 유난히 붉고 도톰했으며, 왼쪽 뺨에는 머리가 크고 배가 둥그런 개미 모양의 점이 있었다. 1년 남짓 후에 여자가 죽을 때까지도 붉은 얼굴 관씨는 그 점의 정확한 위치를 기억하지 못했다. 관씨는 나중에 야평에게, 그 순간에 그는 이미 눈도 뜨지 않은 이 여자를 사랑하게 되었다고 말해 주었다.

붉은 얼굴 관씨는 일어섰다가 다시 쪼그려 앉고, 앉았다가 다시 일어서고 하면서, 오르락내리락 하는 가슴팍을 쳐다보고, 고른 숨소리를 들어보고, 사방을 둘러보다가 하늘을 올려다보다가 했다. 여자가 갑자기 눈을 떴고, 푸른색의 핏줄이 두드러져 보였다. 그녀는 관씨를 보며 작은 소리로 말했다. "오빠, 먹을 것 좀 있어요?" 관씨가 말했다. "야생 과일도 괜찮아요?" 여자는 고개를 끄덕였다. 관씨는 웃옷을 벗어서는 십 분도 안 되어 프타이콩*, 타마린드**, 산감자***, 판투****나무 줄기와 이름 모를 등나무 열매 몇 가지를 따서 옷에 담아 왔다. 여자는 나무 그루터기에 기대앉아 열매를 집어 곧장 씹어먹었다. 씹는 소리는 낭랑했고, 식사량은 놀라울 정도였다. 관씨가 그녀에게 품은 애정과 연민이 또 한 단계 높아졌다. 여자는 남아 있는 일고여덟 개의 등나무 열매를 보더니 말했다. "오빠, 좀 먹어요." 관씨가 말했다. "난 배 안 고프니까 다 먹어요. 하류에 가서 삼판선을 찾을 수 있나 좀 볼게요. 한 시간 뒤에 올게요." 붉은 얼굴 관씨가 다시 돌아와 보니 여자는 하반신을 강물 속에 담그고 있었고, 기다란 보따리는 강가에 놓여 있었다. 여자는 몸을 다 씻고 강가로 올라와 보따리를 겨드랑이에 끼

* 프타이(petai)콩. 매운맛이 나며 원숭이와 멧돼지가 즐겨 먹는다.

** 타마린드(tamarind). 교목 식물로 과실이 나뭇가지 끝에 열리며 맛이 매우 시다. 생선을 삶거나 찔 때 가장 좋은 양념으로 쓰인다.

*** 산감자. 야생식물의 열매로 모양이 감자와 비슷하다. 정식 명칭은 알려져 있지 않다.

**** 판투(pantu). 종려과의 식물로 꽃망울이 나무 꼭대기에 맺혀 마치 샹들리에처럼 보인다. 어린 나무줄기(upak)는 날로 먹거나 혹은 볶거나 삶아서 먹을 수 있다. 판투의 줄기나 뿌리줄기에서는 대량의 전분을 얻을 수 있어 사람과 가축에게 열량을 제공해 준다. 이반족(사라왁 남부의 저지대에 거주하는 민족)의 영웅 렌탑(Rentap)과 아순(Asun)이 사라왁 공산당과 함께 오랫동안 반식민 전쟁을 벌였을 때 이 나무가 큰 도움이 되어 '숲속의 곡물 창고', '숲속의 보물', '전투의 나무', '자유의 나무' 등의 별명을 얻었다.

고 뗏목 쪽으로 걸어갔다. 땋은 머리를 풀어서 검은 머리칼이 얼굴 반쪽을 가리고 있었다. "난 하구에 있는 마을로 갈 거예요. 오빠는요?" "마침 잘됐네. 내가 바로 그 하구에 있는 마을에 살아요." 붉은 얼굴 관씨는 주바 마을을 말한 것이었다. 당시에 주바 마을에는 멧돼지가 멋대로 돌아다녀서 반쯤만 개간된 상태였다. "오빠, 삼판선이 없어졌으면 내 뗏목을 타고 마을로 돌아가요. 그러는 길에 삼판선도 찾아보고요."

붉은 얼굴 관씨는 기쁨을 억누르며 여자와 함께 뗏목을 타고 하류를 향했다. 하늘이 가랑비를 뿌리면서 아침 내내 침을 뱉었다. 점심때가 지나고 비가 그치자 참매가 출몰했는데, 하늘의 틈새에 둥지를 짓는 것 같았다. 해는 베였다가 낫지 않은 상처처럼 어두컴컴했다. 강물의 흐름이 빨라졌다가 느려졌다가 해서 뗏목이 가다가 서다가 했다. 하늘은 점점 어두워졌다. 주바 마을까지 아직 반이 남았을 때 관씨는 뗏목을 강가에 대고 여자와 함께 등나무 열매를 따서 요기를 하고, 바지 주머니에서 끈적끈적한 아편 덩어리를 하나 꺼내 통째로 삼켰다. 그는 나뭇가지로 강가에 간단히 차양을 치고 바닥에 마른 풀과 나뭇잎을 깔았다. 여자는 눕자마자 잠들어 버렸다. 귀신의 말소리와 짐승의 울음소리가 밤새 시끄러웠다. 관씨는 그런 것엔 이미 익숙해져 있었지만 젊은 여자의 체온과 코 고는 소리에는 익숙하지 않아서, 사지가 피곤하고 의식이 마구 내달렸다. 날이 희미하게 밝아 오자 두 사람은 일어나서 또 등나무 열매를 조금 먹고, 뗏목에 올라 강을 타고 내려가 밤이 되기 전에 마을에 도착했다.

그 당시 주바 마을은 이름 없는 마을이었다. 개간할 당시엔 말라리아가 퍼져 있었고, 벌레와 뱀은 거대했고, 도둑들도 돌아다녔다. 하지만 땅이 비옥하고 장작으로 쓸 나무가 많았으며 사냥과 낚시를 손쉽게 할 수 있었기 때문에 중국인 광부들과 칼리만탄의 사금쟁이들이 이곳을 개간해 정착했다.

몇 달 동안 분투한 후에 마을 사람들은 들판 곳곳에 돼지 굴이 있고, 온 땅에 돼지 똥이 널려 있고, 돼지 발자국이 수없이 찍혀 있고, 돼지 울음소리가 그치지 않는다는 걸 발견했다. 이곳에는 갈기가 무성한 늙은 돼지도 있고, 엄니가 우뚝 솟은 청장년 돼지도 있고, 배가 불룩한 어미돼지도, 갈색 줄무늬 보호색이 아직 벗겨지지 않은 새끼돼지도 있었으며, 편안하고 즐겁게 살아가는 토박이 돼지도, 방탕하게 살아가는 타향살이 돼지도 있었다. 마을 사람들이 놈들의 땅을 점령하자 돼지 떼가 반격을 시작해 떼를 지어 순시하기도 했다. 또 너덧 마리가 유격전을 하면서 농지를 짓밟고, 축사와 오두막을 부수고, 마을 사람들을 공격했다. 1911년에 주바 마을에서 석유가 발견된 후로 수많은 중국인 기술자와 이주민들이 유입되어, 판자로 지은 가게가 줄줄이 들어서면서 멧돼지 서식지를 크게 침범했다. 그러자 돼지 떼가 술렁거려, 체구가 소만 한 대왕 돼지가 우두머리가 되어 빈번히, 그리고 계획적으로 사람들을 쫓아내기 시작했다. 반년 동안 놈들은 무수한 농지를 망쳐 버렸고, 어린아이 세 명과 여자 두 명, 그리고 노파 한 명의 생명을 빼앗았다. 죽은 이들은 놈들의 발굽에 짓밟혀 피떡이 된 게 아니라 통째로 집어삼켜져 먹혀 버렸다. 마을 사람들은 돼지 사냥대를 조직했지만 대왕 주씨, 중라오과이, 샤오진, 자라 대왕 친씨 등의 사냥꾼들이 주바 마을에 정착하기 전까지는 뚜렷한 효과가 없었다.

줄담배를 피우는 대왕 주씨는 코 밑에 팔자수염을 길렀다. 그는 20년이 넘는 사냥 경력을 가지고 있었고, 매복해 있다가 강을 건너는 멧돼지들을 공격한 적이 스무 번이 넘었다. 그는 코뿔새의 투구 돌기(코뿔새의 머리에 난 투구 모양의 돌기)와 호저 대추(호저의 몸속에 존재하는 결석과 비슷한 물질로 약재로 쓰임), 구름표범 가죽을 판 돈으로 주바 마을에 뉴유지라는 다방을 차렸다. 그는 20대 때 멧돼지를 사냥하다가 어미돼지에게 머리 가죽을 반쯤 물어뜯긴 후로 챙이 아래로 늘어진 밀짚모자를 써서 머리에 난 흉터를 가리고 다녔다. 그의 오른쪽 팔뚝에는 멧돼지 모양 문신이, 왼쪽 팔뚝에는 양날에 물결 모양의 말레이 단검 모양 문신이 있었다. 중라오과이는 한쪽 눈이 멀었고 얼굴에 수염이 가득하고 등이 약간 굽었는데, 사냥에 중독되어 총을 목숨처럼 여겼다. 피부가 까무잡잡하고 키가 작은 샤오진은 악어 사냥의 명수였다. 자라 대왕 친씨는 키가 190센티미터가 넘고 장발에 어깨가 떡 벌어졌는데 네덜란드 혈통이 섞여 있었다. 그는 뱀고기와 뱀탕, 뱀 쓸개와 뱀 피를 팔았다. 대왕 주씨는 나이가 쉰 정도였고 나머지 세 사람은 서른 남짓이었다. 이들은 청장년 서른 명을 모았다. 온 마을 사람들이 돈을 모아 총알과 엽총을 샀고, 파랑 칼은 각자 준비했다. 사냥대는 네 조로 나뉘었는데, 중라오과이와 샤오진이 이끄는 조는 주바 강의 양쪽 기슭에 매복했고, 대왕 주씨와 자라 대왕 친씨가 이끄는 조는 띠풀 숲과 왜목 숲을 수색했다. 사람과 돼지의 전쟁은 열흘 넘게 계속됐는데, 날마다 죽이거나 사로잡은 크고 작은 보르네오수염돼지가 백 마리 가까이 되어 돼지 피가 연못과 우물을 붉게 물들였고, 띠풀 숲에 맺힌 아침 이슬에까지도 돼지 피가 섞여 흘러내렸다. 마을 사람들은 달구지나 인력거로 사냥한 돼지를 실어 날랐다. 산 돼지는 우리에 가두어 길렀고, 죽은 돼지는 말리거나 굽거나 훈제를 하거나 소금에 절이거나 해서 요리를 했다. 그러는 동안 남양 아가씨들까지도 날마다 각자 고기를 한 접시씩 얻어먹어 야위었던 뺨에 복스러운 기운이 돌았다. 이 시기에 누린내 섞인 멧돼지 고기를 먹었던 기억을 마을 사람들은 평생 잊지 못했다.

멧돼지들은 주바 마을 사람들에게 잔혹하게 학살당한 후, 눈물을 뿌리며 보금자리를 버리고 내륙과 강 상류로 이주했다. 청장년 돼지들은 떠돌아다니며 무리를 지었고, 늙은 돼지들은 산림 속으로 모습을 감췄다. 하지만 놈들은 주바 마을의 과수원과 채소밭을 잊지 못해, 유혹을 견디지 못할 때는 소규모로 마을에 들어와 먹이를 찾았다. 대왕 주씨는 돼지 사냥대를 해산한 다음, 열 개가 넘는 3인조로 재편성해 날마다 정해진 시간에 구역을 나눠 순찰하게 했다. 대왕 돼지가 나타나지 않았기 때문에 전투는 아직 끝난 게 아니었다. 멧돼지 무리마다 반드시 어깨에 무거운 짐을 진

우두머리가 있어, 전략에 정통하고 공격과 수비에 모두 능해 수하를 이끌고 영토를 넓히며 땅을 지켰기 때문에, 드넓은 삼림도 이 무적 군단을 막을 수 없었다. 주씨와 마을 사람들은 열흘이 넘게 돼지를 잡아 죽였지만 대왕 돼지는 기회만 엿보면서 움직이지 않았다. 도대체 무슨 꿍꿍이속인지 알 수가 없었다.

붉은 얼굴 관씨는 숲에 20일 넘게 들어가 있느라 사람과 돼지 사이의 첫 번째 전투를 놓쳤다. 그가 여자를 데리고 주바 마을로 돌아왔을 때, 대왕 주씨는 대왕 돼지가 봉기를 일으키기를 기다리고 있었다. 뗏목이 관씨 집 앞의 잔교에 도착하자 여자는 기다란 보따리를 등에 메고 올라가 잔교 위에 서서 관씨에게 물었다.

"오빠, 난 예샤오어라고 해요. 오빠는요?"

붉은 얼굴 관씨는 뗏목을 계선주에 비끄러맸다. "내 이름은 관경윈關耕雲인데, 다들 붉은 얼굴 관씨라고 불러요."

"관 오빠. 괜찮으면 오빠 집에 며칠만 묵을게요."

관씨는 다시 한 번 기쁨을 억눌렀다. 두 사람이 관씨네 고각옥에 도착한 후, 게으름뱅이 자오씨가 절인 돼지고기 한 접시를 가지고 찾아왔다. "라오관老關(중국에서 연배가 자신과 비슷하거나 높은 사람에게는 성 앞에 라오老를, 젊은 사람에게는 샤오小를 붙여 부르는 습관이 있음) 오늘도 안 돌아오면 이 고기는 그냥 개밥으로 주려고 했어!" 붉은 얼굴 관씨와 예샤오어는 요 이틀간 등나무 열매만 가지고 끼니를 때우느라 배 속이 헛헛해서 곧바로 돼지고기를 먹기 시작했다. 두 사람은 먹으면서 등나무 열매가 발효되면서 만들어낸 구린 방귀를 뀌었다.

자오씨는 흰 쌀밥도 한 통 들고 와서 고기에 곁들였다. 배불리 먹고 씻은 다음 샤오어는 게으름뱅이 자오씨에게서 빌린 객가식 매듭단추 웃옷과 검은 바지를 입고, 기다란 보따리를 풀어 그 안에서 큰 파랑 칼 두 자루와 작은 파랑 칼 세 자루, 그리고 녹이 잔뜩 슬어 벌집처럼 보이는 철제 상자를 꺼냈다. 샤오어가 상자를 열자 그 속엔 식민 정부에서 발행한 1위안, 5위안, 10위안짜리 지폐와 1펀, 5펀, 10펀짜리 동전들이 가득했다. "오빠, 나 대신 이 돈 좀 보관해 줘요. 어제 우리가 강가에서 잘 때 오빠가 날 껴안고, 내 몸을 만졌죠. 난 이제 오빠의 사람이에요."

기름 귀신

기름 귀신orang minyak은 말레이시아의 흑마술로 남양 군도에서 성행했다. 이 흑마술에 숙달되면 반은 인간, 반은 귀신이 되어 낮에는 그대로 사람이지만 밤이 되면 온몸이 칠흑처럼 검어지고 기름 찌꺼기와 진흙으로 뒤덮여 몸을 숨기기 쉬워진다. 도깨비처럼 처마와 담을 나는 듯이 타넘고, 벽을 뚫고 다닌다.

기름 귀신은 두 종류로 나뉜다. 한 가지는 도둑으로 밤이 되면 민가에 침입해 재물을 훔치며, 다른 한 가지는 강간범으로 처녀를 욕보이기를 좋아한다. 강간한 처녀의 숫자가 일정한 수에 달하면 금강불괴가 되어 칼과 총알로도 꿰뚫을 수 없다.

대왕 주씨는 저녁때 풀숲을 순찰하다가 커다란 돼지 똥덩어리를 발견했다. 기상이 웅장하고 구린내가 길게 남는 것이 보통 멧돼지가 만들어낸 것 같지는 않고, 대왕 돼지가 근거지를 되찾기 위해 선전포고를 한 게 아닌가 싶었다. 다음 날 동이 트기 전에 주씨는 엽총과 파랑 칼을 메고 띠풀 숲으로 가면서 두리안 대왕 황완푸의 집을 지났다. 과수원을 둘러싼 울타리의 문은 활짝 열려 있었고, 벼슬이 붉은 커다란 수탉이 수문장처럼 입구를 막고 있었다. 나무에는 크고 새빨간 람부탄이 매달려 있었고, 옥수수밭의 옥수수 알들이 안락하고 풍요로운 소리로 코를 골았다. 대왕 주씨는 들판으로 가던 중에 뒤를 돌아보았다가 새벽 일찍 일어난 예샤오어가 오래된 우물에서 찬물 두 통을 길어서 나무 사다리를 올라 욕실로 들어가는 걸 보았다. 그녀가 허리를 숙이고 물을 길을 때, 달빛이 높이 치켜든 그녀의 엉덩이와 길고 곧은 두 다리를 비췄다. 세상이 아직 어둑어둑해서, 주씨는 밀짚모자를 벗고 머리털이 듬성듬성한, 멧돼지에게 가죽을 반쯤 뜯어 먹힌 머리를 긁적이며 고목 위에 앉아 날이 밝기를 기다렸다. 하늘가에서 희미한 아침 햇살이 흘러나왔다. 대왕 주씨는 일어나서 아편을 한 대 피우고 왔기 때문에 기침 소리에도 생기가 넘쳤고, 방귀를 뀌어도 신선 같은 기운이 사방에 흘렀다. 20여 년 전에 그는 아편 한 대를 덜 피워서, 피 속에 납이 가득 찬 것 같고 머릿속에도 물이 스며든 것 같아서 어미 멧돼지에게 머리 가죽 반쪽을 뜯어 먹혔다. 동료 사냥꾼이 그를 구해 주지 않았다면 목숨까지 잃었을지도 모른다. 주씨는 희미한 햇빛에 의지해 좁다란 오솔길을 오가며 새것이거나 혹은 오래된 멧돼지 발자국과 똥을 조사했다. 그는 약 30마리의 청장년 멧돼지가 요 이틀 사이에 마을 바깥쪽을 배회하고 있다고 추측했다. 먹이를 찾기 위해서도, 짝을 찾기 위해서도 아니었다. 놈들의 똥은 놈들이 요 며칠 동안 마을 안의 채소와 과일이 아니라 숲속의 등나무 열매나 야생 콩, 버섯, 벌레의 번데기를 먹었다는 걸 분명히 보여주었다. 그리고 놈들의 발자국은 열흘쯤 전에 멧돼지 떼가 마을 사람들에게 사냥을 당할 때처럼 어지럽지 않고 아주 가지런했다. 풀숲 속으로 깊이 들어갈수록 새로 찍힌 발자국은 더 빽빽하고 질서정연해졌다. 숲이 무성한 넓은 곳에는 나무가 부러지고 진흙 구덩이가 생겨, 멧돼지 일고여덟 마리가 나란히 지나갈 수 있는 큰 길이 생겨 있었다.

오후가 되자 가랑비가 내리기 시작했다. 대왕 주씨는 입에 서양 담배를 한 대 물고, 머리엔 챙이 넓은 새 등나무 모자를 쓰고, 소매통이 아주 넓은 긴소매 윗옷과 허리띠가 오징어 촉수처럼 생긴 검은색 바지 차림으로 샤오진, 자라 대왕 친씨, 중라오과이 등과 함께 황완푸의 달구지 위에 서서 채소 시장 앞에 모인 수백 명의 마을 사람들을 바라보고 있었다. "멧돼지 떼는 벌써 며칠 전부터 숲속에 집결해 있습니다. 그 숫자도 놀라워서, 적어도 칠팔백 마리, 많으면 이삼천 마리, 심지어 만 마리에 가까운 돼지 떼가 언제고 우리 마을을 공격할 겁니다. 여러분, 만 마리에 가까운 멧돼지들이 일치단결해 하나의 목표를 포위하고 토벌하려 하면 아마 군대도 막지 못할 텐데, 엽총 서른 몇 자루 가지고 되겠습니까! 샤오진, 자라 대왕 친씨, 중라오과이와 저는 이미 대책을 세웠습니다. 말라깽이 선씨가 바로 얼마 전에 수입한 엽총과 총알을 이미 사심 없이 제공했습니다. 사냥대가 더 강대해지기 위해, 집에 젊은 남자가 있다면, 총 한 번 만져 본 적이 없어도 총을 들 수만 있다면 가입을 환영합니다. 명사수 중라오과이의 지도를 받으면 하루 안에 백발백중의 사수가 될 수 있습니다! 그러면 사냥대는 60명으로 늘어날 수 있을 겁니다. 여러분, 멧돼지들의 반란은 홍수 같은 것이라, 방어를 하지 않으면 총이 600자루가 있어도 소용없습니다. 우리는 마을과 숲 사이에 울타리를 쳐서 충격을 완화하고, 멧돼지 떼를 분산시켜 대형을 파괴해야 합니다. 멧돼지 떼의 대오가 흐트러지고 우두머리를 잃어 저들끼리 짓밟으며 고립무원이 되면 우리의 이 예순 자루의 총이 가장 큰 살상력을 발휘할 수 있습니다. 창칭 합판공장의 린완칭 사장님이 200개가 넘는 원목을 기부해 주셨습니다. 이 원목은 일본과 유럽과 미국에 수출하는 것으로, 큰 것은 직경이 소나 코끼리의 배만 하고, 작은 것은 멧돼지 머리만 합니다. 이 원목으로 울타리를 만들어서 멧돼지를 막아야 합니다. 만에 하나라도 실수를 하거나 귀중한 재료를 헛되이 써서는 안 됩니다. 린 사장님은 목재뿐만 아니라 사람도 지원해 주셨습니다. 공장에서 벌목공을 100명 넘게 선발해 우리가 방어 공사를 최대한 빨리 완성할 수 있게 이끌어 주기로 하셨습니다. 다들 호미와 삽을 듭시다. 시간이 촉박하니 지금부터 시작합시다."

사흘 안에 들판에 높이는 7미터가 넘고 길이는 750미터가 넘는 울타리가 주바 강을 가로질러 쳐져서 마을과 숲 사이를 갈라놓았다. 난간 사이 틈이 10센티미터쯤 되어 총을 쏘기에 편리했고, 30미터마다 멧돼지가 한 마리씩만 들어올 수 있는 틈을 내어 돼지를 마을 안으로 유인해 한 마리씩 죽일 수 있게 했다. 대왕 주씨의 말을 빌리면 '흩어 놓기는 좋지만 쉽게 막히지 않는다'는 것이었다. 목수 가오리가 양쪽 강기슭에 감시대를 네 개 세워서, 숲을 바라보며 감시하고 총지휘본부로도 쓸 수 있도록 해서 밤낮으로 사람이 올라가 지켰다. 연말이 다 되었을 때, 납작코 저우씨는 잡화점을 개업하자마자 싱가포르에서 수입한 연발 폭죽과 로켓 모양 폭죽 열 상자를 기부했다. "폭죽은 멧돼지에게 전혀 상처를 입힐 수는 없지만, 성동격서의 전술에 써서 놈들의 사기를 흐트러뜨리고, 기세를 돋워서 우리의 용기를 북돋우고 사기를 높일 수 있습니다." 100년 전에 스룽먼의 중국인 광부들이 백인 정부에 대항할 때 연발 폭죽과 로켓 모양 폭죽이 기습의 효과를 발휘했다고 한다. 아이들은 새총의 고무줄을 새것으로 바꾸고, 다들 탄알로 쓸 돌멩이를 큰 통에 가득 채워 멧돼지 떼를 쏘아 맞출 준비를 했다.

그 후로 열흘 남짓 동안 거리는 평안했고, 농사는 풍작이었다. 들판에는 여전히 멧돼지 발자국과 똥이 가득했지만 멧돼지는 그림자도 보이지 않았다. 마을 주민들은 편안히 잠을 잤고, 대왕 주씨와 동료들도 긴장이 풀렸다. 붉은 얼굴 관씨는 예샤오어가 저축한 돈으로 판자로 지은 가게를 한 칸 사서 특산품 장사를 하기로 했는데, 음력설이 지나고 나면 영업을 시작하기로 했다. 샤오어는 바오성 중약방에서 잡일을 하면서, 한가할 때는 가게 밖에 있는 샤오 선생의 대필 노점을 구경하면서 글자를 몇 자 익혔다. 서기 1920년 2월 19일, 음력 기미년 선달 서른날, 그러니까 그믐날 전야였다. 구름 한 점 없는 하늘에 별들이 난간처럼 둘러쳐져 있었다. 붉은 얼굴 관씨는 술을 좀 마시고 아편을 먹고, 예샤오어와 함께 집 뒤쪽 베란다에 자리를 깔고 앉아 서북쪽을 향해 유유히 흐르는 주바 강을 바라보았다. 한번 가면 다시 오지 않는 강물은 강 양쪽 기슭의 용맹한 망령들을 데려갔다. 사람의 마음은 파도와 같고, 세상살이는 곡절이 많았다. 그는 샤오어를 바라보며 말했다. "설 쇠고 나면 날을 정해서 결혼하자. 하늘이 무너지든, 멧돼지 백만 마리가 쳐들어오든 무슨 상관이야!" 그는 낚싯대를 들고 샤오어를 데리고 잔교로 가서 삼판선에 올랐다. 짧은 노로 물결을 가르며 강 한가운데로 들어가 붕어 두 마리를 낚았다. 그가 막 낚싯대를 휘두르려는데, 감시대 쪽에서 멧돼지가 쳐들어온다는 경고인 두 발의 총성이 들려왔다. 총소리가 지나간 후엔 사방이 고요했고, 멧돼지가 달리는 소리도, 울음소리도 들리지 않았다. 관씨는 잘못 들었나 했지만 곧이어 다시 두 발의 총소리가 울렸고, 마을이 소란스러워지기 시작했다. 샤오어가 상류 쪽을 가리켰다. "오빠, 저것 좀 봐요!"

달빛이 어두워, 무수히 많은 반딧불이가 강의 양쪽 기슭 풀숲에 모여 만든 두 줄의 기다란 반딧불이 무리가 유난히 뚜렷하게 보였다. 횃불 같은 색의 반딧불이 비추는 아래, 붉은 얼굴 관씨는 강물 위에서 떠내려오는 표주박 같기도 하고 자라 같기도 한 거대한 뭔가를 보았다. 머리와 꼬리가 맞닿아 있는 대나무 뗏목 같기도 하고, 산산조각 난 유목 같기도 하고, 비늘과 꼬리를 꼿꼿이 세운 악어 떼 같기도 한 그것이 강 양쪽의 안개와 독기를 휘저어 물가 습한 곳에 사는 모든 요괴와 악마를 놀래 깨웠다. 멧돼지 떼는 주바 강 상류에서부터 강을 따라 헤엄쳐 와 울타리를 넘은 다음 두 무리로 갈라져 양쪽 강변으로 올라와, 몸을 흔들어 흙탕물을 털어내고는 무시무시하게 포효하면서 주바 마을을 에워쌌다. 관씨는 기슭으로 올라와 삼판선을 매어 놓을 겨를도 없이 샤오어를 데리고 집으로 돌아갔다. 그는 엽총과 파랑 칼을 들고, 샤오어에게 문을 꼭 닫고 있으라고 당부한 후 감시대로 달려가 대왕 주씨 일행에 합류했다.

붉은 얼굴 관씨의 고각옥은 아래위 두 층으로 되어 있는데 아래층엔 벽이 없었다. 집을 지탱하는 여덟 개의 숯나무 기둥은 반석처럼 튼튼해 멧돼지가 부딪쳐 와도 걱정이 없었다. 집에 있던 하나뿐인 손전등은 관씨가 가져가서, 예샤오어는 석유등에 불을 붙인 후 손잡이를 돌려 심지를 높이고 밝기를 최대한 키웠다. 그녀는 조금 겁이 났다. 심지는 맥없이, 하지만 끈질기게 타올라서, 가느다란 검은 연기가 하늘에 구멍을 뚫으려는 듯이 천장을 향해 똑바로 올라갔다. 유리 덮개의 위쪽 가장자리는 이미 그을려 온통 검은 머리가 뒤덮고 있었고, 석유를 가득 채운 램프의 배는 조롱박 같았다. 램프 통은 목을 젖히고 입을 쩍 벌린 개구리 같았는데, 개구리는 입속의 심지에서 새빨간 불꽃으로 된 혀를 마치 불로장생의 약처럼 토해내고 있었다. 고각옥은 총소리, 돼지 울음소리, 돼지 발자국 소리, 어른과 아이의 고함 소리, 가축이 날카롭게 우는 소리에 포위되어 형세를 판단하기가 힘들었다. 그 소리들 사이에서 한 가지 포성이, 납작코 저우씨의 로켓 모양 폭죽이 폭발하기 전에 휘이익 하고 전주를 연주했다. 이 폭죽은 요 며칠 동안 하늘에서 떨어지는 운석처럼 마을 하늘에 끊임없이 나타났다.

그녀는 호기심을 참지 못하고 창문 한쪽을 열고 바깥을 바라보았다. 보이는 것이라고는 길어졌다 짧아졌다 하는 손전등의 빛줄기가 어둠 속에서 쏘아 보내는 거대한 빛의 칼날뿐이었다. 칼날은 늘어났다가 줄어들었다가 하더니 머리와 발과 목과 배가 생겨났다. 꼭 먹이를 찾는 생물 같았다. 칼날 하나가 먼 곳에서 그녀를 쳐다보더니 고개를 젓고 다른 쪽을 주시했다. 그녀는 창문을 닫았다. 고개를 돌리자 탁자 위에 놓인 석유등이 토해낸 연기가 천장에서 빙글빙글 도는 게 보였다. 연기는 꿈틀거리며 기어 내려오더니 형상이 온전하지 않은 남자를 한 명 토해냈다. 남자는 눈을 감고 탁자 앞에 앉아 있었는데, 연기가 계속해서 그의 몸을 뚫고 지나가면서 형상이 점점 더 완전해졌다. 예샤오어가 깜짝 놀라 소리를 지르자, 남자는 혼비백산하더니 사라져 버렸다. 도마뱀 한 마리가 처마 위에서 제 영역을 지키려는 듯 소리를 질렀는데, 소리가 소스라치도록 공허했다. 샤오어는 석유등 쪽으로 다가가 심지를 더 높여서 자신의 검은 그림자가 벽 위에 더 거대하게 드리워지게 한 다음, 벽에 걸려 있던, 아버지가 남긴 파랑 칼 중에서 큰 것 한 자루를 가져와 탁자 위에 놓아두었다. 칼자루는 아버지가 계속 손에 쥐어 가늘어졌고, 아버지의 체온과 땀자국이 남아 있어 마치 가을날의 연못 같았고, 칼집은 이슬과 서리에 어루만져져 얼룩덜룩해져서 마치 하늘에 뜬 노을 같았다. 칼집에 들어 있는 칼날은 아버지가 벌써 수백 번이나 피로 씻어낸 초승달 같았다.

그녀는 탁자 앞에 앉아 칼자루를 재빨리 뽑을 수 있는 각도로 놓아두고 칼집을 어루만졌다. 아버지가 돌아가신 후에 그녀는 혼자서 뗏목을 타고 북쪽으로 30킬로미터 넘게 항해해 갔다. 강가에 뗏목을 대고 쉬고 있는데, 말레이곰 한 마리가 풀숲을 헤치고 나타나 뗏목에 올라타더니 발톱으로 대나무 장대들을 할퀴어 수염 같은 자국을 잔뜩 남기고, 장대를 묶어 놓은 등나무 덩굴 한 줄을 물어뜯어 끊어 버리면서 좀처럼 뗏목에서 내리려 하지 않았다. 그녀는 파랑 칼의 칼자루를 쥔 채 전혀 겁내지 않았다. 곰은 뗏목을 실컷 가지고 놀더니 강가로 뛰어내려 하류를 향해 갔다. 그녀는 뗏목에 올라 계속 북쪽으로 올라가다가 홍수를 마주쳐 붉은 얼굴 관씨를 만나게 되었다. 하늘이 말레이곰을 보내 줘서 그녀의 여정을 지체시켰고, 하늘이 또 홍수를 내려 줘서 그녀가 관씨를 만나게 해 주었다. 아버지는 평생 상류에서 금, 은과 몇 가지 금속을 팔아 돈을 조금 벌어서, 죽기 전에 그녀에게 크고 작은 파랑 칼 다섯 자루와 얼마간의 돈을 남겨 주었다. 큰 파랑 칼 두 자루 가운데 한 자루는 미래의 남편에게, 한 자루는 미래의 아들에게 주라고 했다. 그날 밤, 붉은 얼굴 관씨의 두 손이 그녀의 몸 위를 게처럼 기어다녔을 때 그녀는 거부하지 않았다. 행복이 그녀의 온몸을 뜨겁게 달궜다. 그 파랑 칼이 그의 것이 되리라는 걸, 그녀는 알았다.

한 줄기 열기가 고각옥의 아래층으로부터 그녀의 가랑이 아래로 뿜어져 나왔고, 집안이 멧돼지의 지린내로 가득 찼다. 함석지붕이 껍질이 한 풀 벗겨진 것처럼 끽끽거렸다. 단열층 안에서 메아리치는 총소리가 점점 더 가까워졌다. 도마뱀 한 마리가 천장에서 바닥으로 뛰어내리더니 제 꼬리를 잘라냈다. 그녀는 아래층에 작은 산처럼 쌓여 있는 장작들이 슬피 울고, 갈퀴가 울부짖고, 양철통과 삼태기가 흐느끼는 걸 느꼈다. 한 무리의 멧돼지들이 숯나무 기둥에 몸을 비비고 오줌을 싸서 영역 표시를 하고 있었다. 창틀 이음새가 닭 우는 소리처럼 찍찍 소리를 냈고, 앞쪽과 뒤쪽의 베란다로 통하는 계단에서는 시끄러운 발소리가 전해져 왔다. 그녀는 호기심을 견디지 못해, 칼집을 쥐고 문가로 다가가 빗장을 열고 베란다에 서서 먼 곳을 바라보았다. 멀리 보이는 손전등의 불빛 칼날은 여전히 날카로웠지만, 가까운 곳을 비추는 칼날은 하나도 없어 사방이 캄캄했다. 찬바람이 한바탕 덮쳐와 그녀는 온몸이 잠시 굳었다. 집안으로 들어와 문에 빗장을 건 그녀는 탁자 위에 놓인 석유등의 호리병 같은 배가 반짝거리며 빛나고, 크게 벌어진 개구리 입에서 불꽃이 깜빡거리고, 수염 같은 연기가 흔들거리며 피어오르더니 한데 모여서 남자의 모습이 되어 그녀를 등지고 탁자 앞에 서는 걸 보았다.

샤오어는 칼집을 꽉 움켜쥐었다. 남자는 램프를 후 불어 껐다. 거대한 몸이 활시위를 떠난 화살처럼 그녀에게 바짝 다가와 칼집을 움켜쥐고, 샤오어를 넘어뜨리는 동시에 파랑 칼을 구석으로 던지더니 그녀의 긴 바지를 벗겼다. 샤오어는 뒤통수가 바닥에 부딪친 아픔보다 공포가 더 컸다. 그녀의 비명은 멧돼지 울음소리와 총소리에 파묻혀 버렸다. 그녀는 남자의 몸에서 나는 땀내와 피비린내를 맡았고, 한 무리, 또 한 무리의 멧돼지들이 기둥에 몸을 비비고 오줌을 싸는 소리를 들었고, 말레이곰의 시체가 나뭇가지에 꿰뚫려 있는 걸 보았다. 로켓 모양 폭죽이 휘이익 하고 길고 날카로운 소리를 내며 하늘 끝까지 날아가, 마침내 쾅 하며 터지면서 그녀의 간장을 터뜨려 버렸다.

주바 마을로 곧장 쳐들어온 멧돼지 떼는 닭장을 습격한 매처럼 흉악하고 무모했다. 멧돼지들은 사냥대의 60여 자루의 엽총에 한바탕 맞아 죽고, 납작코 저우씨의 연발 폭죽과 로켓 모양 폭죽에 얼이 빠졌다. 수천 마리의 보르네오수염돼지가 수십 개의 작은 무리로 흩어지고, 작은 무리는 다시 개체로 분열되어, 바람과 구름이 뒤따르는 듯한 기세를 잃고 오히려 산 밖에 난 범 꼴이 되어 개들에게 괴롭힘을 당하고, 자다가 깜짝 놀라 일어난 아이들이 쏜 새총에 습격당하고, 불같이 화가 난 마을 사람들이 든 갈퀴와 파랑 칼에 포위당해 죽었다. 두 발의 총성이 울렸을 때 대왕 주씨 무리는 납작코 저우씨의 잡화점에서 카드놀이를 하고 있었는데, 곧바로 총을 들고 감시대나 지대가 높은 곳으로 뛰어올라갔다. 때는 한밤중이라 감시대를 지키고 있던 인원 외에는 집 밖을 돌아다니는 사람이 없었다. 농지와 축사가 짓밟히고 가축이 물려 죽은 것 외에는, 차이蔡씨네만 판잣집이 무너져 차이씨 부부가 돼지에게 밟혀 죽고 세 살짜리 딸만 살아남았다. 멧돼지 떼는 새벽 세 시에 강을 건너 철수했다. 사냥하느라 눈이 벌게진 마을 사람들은 삼판선과 긴배를 타고, 총알이 잘못 날아가 사람이 다치는 것도 아랑곳하지 않고 상류 쪽으로 500미터 넘게 추격하다가 멧돼지 떼가 기슭으로 올라가 도망쳐 모습을 감춘 후에야 돌아왔다.

대왕 주씨는 감시대 위에서 딱 30분만 기다리다가 멧돼지 떼가 곤경에 빠진 걸 보자마자 곧바로 내려와 대왕 돼지를 찾아다녔다. 그는 이번 야습이 분명히 대왕 돼지의 걸작이라는 걸, 그리고 돼지들의 우두머리만이 거대한 돼지 떼를 호령해 공격 경로와 시간을 통일할 수 있다는 걸 알고 있었다. 그는 마을을 반 넘게 찾아 돌아다니다가 새벽 두 시에 다시 감시대로 돌아와 다른 방향을 살펴보았다. 개 두 마리가 청장년 돼지 한 마리의 귀와 코를 물고 있었다. 세 마리의 짐승은 서로 뒤엉켜 한 치도 양보하려 하지 않았다. 주씨는 파랑 칼을 뽑아 돼지의 목을 찔렀다. 돼지가 땅에 쓰러져 버둥거리는 바람에 두 마리의 개가 돼지 피를 뒤집어썼다. 사냥대원 두 명이 산비탈 위에서 작은 멧돼지 무리에 포위되어 있었다. 대왕 주씨는 더블 배럴 산탄총을 들어 돼지 두 마리의 머리를 터뜨리고, 약실을 열어 재장전한 다음 또 돼지 두 마리의 머리를 터뜨렸다. 돼지 무리는 구슬피 울부짖으며 뿔뿔이 흩어졌다. 오리가 연못 가운데서 헤엄치고 있는데, 돼지 두 마리가 연못가에서 오리와 거위의 시체를 뜯어 먹고 있었다. 주씨는 방아쇠를 당겨 돼지 엉덩이에 붉은 꽃을 피웠다. 도끼와 파랑 칼을 든 벌목공 몇 명이 돼지 한 마리를 우물보다도 작은 물웅덩이에 몰아넣고 철사로 둥그런 고리를 만들어 돼지 목에 씌웠다. 게으름뱅이 자오씨의 머리 없는 닭이 함석지붕 위에서 왔다 갔다 하며, 목을 길게 빼고 사방의 소리를 '들으면서' 해가 뜨기를 기다리고 있었다. 두 채의 고각옥 아래층을 뚫고 지나간 주씨는 이미 폐허가 된 차이씨의 판잣집 앞에서 한 무리의 돼지들이 차이씨 부부의 시체를 뜯어 먹고 있고, 또 몇 마리의 돼지들이 우물가를 둘러싸고 강물이 울부짖는 듯한 소리로 포효하는 걸 보았다. 두 무리의 돼지들 사이에 시커먼 생물이 우뚝 서 있었는데, 꼭 잡초가 무성하게 자란 거대한 무덤 같았다. 손전등을 켜 비춰 보니 비석처럼 생긴 대왕 돼지가 보였다. 놈의 이마에는 앵무새 머리에 난 깃털 같은 흰 갈기가 한 움큼 나 있었고, 아래턱에는 꼿꼿한 수염이 늘어져 있어 제법 큰스님 같은 풍모를 가지고 있었다. 놀라움보다 기쁜 마음이 더 컸던 대왕 주씨가 손전등을 내던지고 총을 들어 막 방아쇠를 당기려는데, 총이 무서운 줄 아는 대왕 돼지는 발을 들어 곧장 도망쳤다. 온 하늘에 도깨비불이 날렸고, 도처에 해골이 가득했다. 총 두 발을 쏜 주씨가 미처 재장전을 하기 전에 돼지 떼가 대왕을 따라 미친 듯이 달려갔다. 주씨는 열 걸음쯤 쫓아가다가 죽은 돼지에 걸려 넘어져 버렸다. 한참을 찾아봐도 대왕 돼지의 행방을 알 수 없어 차이씨네 집으로 돌아오자 어린아이의 울음소리가 들렸다. 손전등을 주워 비춰 보니 마른 우물이 보였는데, 우물 바닥에 물은 없고 어린 여자아이가 웅크리고 앉아 훌쩍거리고 있었다.

대왕 주씨는 멧돼지 떼가 철수할 때 마을 사람들과 함께 배를 타고 추격하지 않았다. 그는 자라 대왕 친씨와 함께 강가에 쪼그려 앉아 서양 담배를 두 대 피우고, 몸에 묻은 돼지 피를 씻어낸 다음 감시대에 올랐다. 중라오과이는 존슨 앤 존슨사의 엽총을 메고 감시대에 서 있었는데, 그의 종아리에는 멧돼지 엄니가 5센티미터쯤 그대로 박혀 있었다. 샤오진은 감시대 위에서 졸고 있었다. 두 사람의 몸에서 뚝뚝 떨어진 돼지 피가 감시대를 얼룩덜룩하게 만들었다. 주씨는 날이 샐 때까지 마을과 풀숲을 계속 바라보았다. 음력설이 지난 후에 마을 사람들은 마을을 원상 복구했고, 그 후로 멧돼지들은 모습을 감췄다. 마을 사람들은 사로잡은 멧돼지들을 대량으로 기르기 시작해 돼지를 기르는 시골 마을로 근방에서 유명해져서, 시간이 오래 지나면서 이 마을을 일반적으로 지칭하는 '주바 마을豬芭村'이라는 이름이 생겼다. 대왕 주씨는 풀숲을 자주 드나들며 대왕 돼지의 행적을 찾았다. 멧돼지 떼가 주바 마을을 습격했을 때, 마을 사람들은 대왕 돼지가 자유자재로 오가며 무수한 농가와 축사를 무너뜨리는 걸 보았다. 사냥대원들이 총알을 비처럼 퍼부어도 어떻게 할 수가 없었다. 전해지는 말에 따르면, 대왕 돼지는 달려갈 때 사람의 피부에 물집이 생기게 할 만큼 뜨거운 회오리바람을 일으키고, 온몸을 둘러싼 도깨비불은 마른 풀과 나무에 불을 붙이고, 발길질을 하면 산 사람은 넘어갈 수 없는 해골의 말로를 열어젖힌다고 한다.

대왕 주씨는 차이씨 부부가 참혹하게 죽은 일을 자기가 책임지고, 우물 바닥에 숨어 있던 세 살짜리 딸 차이인화蔡銀花를 데려다 길렀다. 차이인화가 열세 살이 되었을 때 주씨는 그녀와 동침을 했다. 마을 사람들은 다들 그녀를 뉴유마라고 부르게 되었고, 그녀의 본명을 잊어버렸다. 1941년에 일본군이 주바 마을을 점령한 후, 마을과 풀숲을 가르는 울타리에 쓰인 200개가 넘는 원목은 일본놈들에 의해 뽑혀서, 밤낮으로 부지런히 벌목한 다른 원목들과 함께 일본으로 보내졌다. 네 곳의 감시탑은 주바 마을의 남방 파견군 총사령부와 헌병대로 옮겨져 일장기가 걸렸다. 일본군은 병사들이 밤낮으로 감시대를 지키게 해 항일 유격대와 연합군을 감시했다. 1945년에 연합군이 주바 마을을 수복했을 때 감시대 가운데 세 곳은 폭격에 맞아 흔적도 없이 부서졌다. 남아 있던 한 곳은 전쟁 후에 마을 사람들이 뜯어서 아궁이에 던져 넣었다. 감시대의 잔해는 돼지 울음소리 같은 끽끽 소리를 내며 타버렸다.

멧돼지 떼가 마지막으로 마을을 습격했던 그날 밤, 붉은 얼굴 관씨는 60발의 총알을 다 써서 대략 20여 마리의 멧돼지를 죽이고, 10여 마리에게 상처를 입혔다. 감시대에서 내려온 그는 파랑칼을 뽑아 들고, 총알을 다 써 버린 대원 다섯 명과 함께 무리에서 떨어진 멧돼지를 협공했다. 대원들은 젊고 사냥 경험도 적어서, 멧돼지는 몸에 칼을 수십 번이나 맞아 상처가 가득한데도 여전히 고집스럽게 펄쩍펄쩍 뛰다가 처참한 모습으로 죽었다. 관씨가 집으로 돌아왔을 때는 벌써 새벽 네 시가 넘어 있었다. 그는 샤오어가 깊이 잠든 걸 보고 자신도 쓰러져 잠들었다. 점심때쯤 일어나 보니 샤오어는 이미 중약방으로 출근한 후였다. 음력설이 지난 후에 그는 샤오어와 결혼했고, 결혼한 다음 날 잡화점을 개업했다. 그해 말에 샤오어는 분만대 위에 누워, 한 무리의 멧돼지들이 고각옥 아래층의 숯나무 기둥을 둘러싸고 몸을 비비고 오줌을 싸고, 이마에는 흰 갈기가 한 움큼 솟아 있고 아래턱에는 꼿꼿한 수염이 땅바닥까지 늘어진 수퇘지가 베란다로 올라오더니 베란다 위를 배회하던 말레이곰과 격투를 벌이는 걸 보았다. 샤오어는 꼬박 하루 동안 진통을 한 끝에 야펑을 낳은 후, 출혈 때문에 세상을 떠났다.

요도

오카자키 고로岡崎五郎 뉴도 마사무네入道正宗는 일본 가마쿠라 후기의 이름난 대장장이였다. 그는 52세에 은퇴할 때 수많은 제자 중에서 무라마사村正, 마사치카正近, 사다무네貞宗 셋을 자신의 후계자 후보로 삼고, 세 제자에게 21일 안에 각자 군도를 한 자루씩 만들어 오라고 일렀다. 세 자루의 칼이 완성된 후, 마사무네는 칼들을 자세히 살펴보고 사다무네를 후계자로 삼았다. 무라마사는 이에 따르지 않고 사부에게 칼을 시험해 보자고 청했다. 마사무네는 세 제자를 데리고 강가로 가서, 칼 세 자루를 칼날이 상류 쪽을 향하게 해서 평행하게 물 속에 꽂아 놓고 상류에서 지푸라기를 물에 흘려보냈다. 사다무네와 마사치카의 칼 위로 떠내려온 지푸라기는 부드럽게 칼날에 감겼지만, 무라마사의 칼은 마력을 발산해 지푸라기를 끌어들였다. 지푸라기는 칼날에 닿자마자 두 쪽으로 잘라졌다. 마사무네가 대갈일성을 지르자 마사치카의 칼날 위에 있던 지푸라기는 물에 떠내려갔고, 사다무네의 칼은 지푸라기를 잘랐다.

"이상적인 명검은 날카로움만을 추구하지 않는다. 짧은 날은

몸을 보호하고, 긴 칼은 나라를 지키니, 이것이야말로 도검의 진정한 사명이다." 마사무네가 말했다. "살기만 가득하고 미감을 잃은 칼은 나쁜 검이며 요도妖刀라 할 수 있을 뿐, 명검이 아니다."

마사치카의 칼은 마사무네의 일성에 겁을 먹어 '적'이 유리한 형세를 이용해 도망치게 했으니, 명백히 수행이 부족했다. 무라마사의 칼은 '적'이 행동하기도 전에 이미 상대방을 베어 버렸으니 이는 곧 요도이다. 오직 사다무네의 칼만이 필요하지 않을 때는 예기를 드러내지 않고, 필요할 때에는 쇠나 돌이라도 능히 벨 수 있었으니, 이것이야말로 진정한 명검이다.

-『강담전집講談全集』 제6권, 「무라마사의 수난村正の受難」

이토 다케시의 머리 없는 시체는 황완푸의 달구지에 실려 일본놈들의 구령에 따라 남방 파견군 총사령부를 향해 전진했다. 사령부는 주바 마을의 중화中華중학교에 설치되어 있었다. 달구지는 황완푸가 채소와 과일을 팔고, 여섯 아이를 학교에 태워다 주는 도구였다. 달구지를 끄는 황소는 몸집이 크고 힘이 셌다. 목덜미는 일본놈들의 어깨와 높이가 거의 비슷했고, 발굽은 대나무 잎 같은 닭 발자국과 단풍잎 같은 오리 발자국이 잔뜩 찍혀 있는 황토 진흙땅을 저벅저벅 밟았다. 황소는 채소와 과일과 아이들을 운반하는 데 익숙해져서 두리안과 잭프루트 향을 맡는 걸 좋아했고, 황완푸네 집 막내가 고삐를 묶어 둔 막대 위에 앉아 자기 꼬리털을 뽑는 것도 좋아했다. 머리 없는 시체는 시커먼 피를 흩뿌려, 황토 진흙땅 위에 줄줄 흘러 떨어졌다. 그 머리 없는 시체를 본 황소는 게으름뱅이 자오씨의 머리 없는 수탉을 떠올렸다.

일본놈들이 상륙하기 전에, 게으름뱅이 자오씨는 아침 일찍 일어나 파랑 칼 한 자루를 들고 계단을 내려와 고각옥 밖으로 나왔다. 대추색의 커다란 수탉 한 마리가 장작더미 위로 날아 올라가 울며 자오씨의 기운을 돋웠다. 수탉의 꼬리 깃은 불꽃처럼 타오르고 있었다. 게으름뱅이 자오씨는 하품을 한 번 한 다음 장작 두 개를 판 위에 벌여 놓고, 칼자루를 꽉 쥐고 내리쳐 두 개의 장작 가운데 하나를 두 동강 냈다. 장작 부스러기가 사방으로 튀는 바람에 작은 도마뱀 한 마리가 뛰어나왔다. 자오씨가 파랑 칼을 들어 두 개째의 장작을 내리칠 때, 수탉이 날개를 펴고 달려들어 금색 부리로 검푸른 색의 도마뱀을 물었다. 게으름뱅이 자오씨의 파랑 칼은 피식 하고 냉소하더니 수탉의 머리를 베어 버렸다.

30분 후에 게으름뱅이 자오씨는 장작더미 위에 앉아 야자 즙을 마시다가 머리가 잘린 그 수탉이 등나무 덩굴로 가득 뒤덮인 나무 그루터기 위에 서 있는 걸 보았다. 목이 잘린 부분에는 피딱지가 한 층 덮여 있었다. 도마뱀은 벌써 한참 전에 부상당해 도망치면서 닭 머리를 띠풀 숲속에 던져 버렸다. 머리 없는 수탉은 그루터기에서 뛰어내려 암탉 두 마리와 교미했다. 수탉이 낸 낮은 '울음소리'가 온 마을을 뒤흔들었다. 머리 없는 닭은 나무와 닭장 위를 오르내리면서 지렁이와 애벌레를 잡고, 매와 뱀을 쫓았다. 그

강인하고 위풍당당한 모습에 감동한 자오씨는 아침저녁으로 두 번씩 닭의 목이 잘린 부분에 물과 옥수수를 부어 주었다. 마을 사람들이 닭을 보려고 자오씨네 집에 몰려들었다. 머리 없는 수탉은 사람들이 목을 빼고 지켜보는 가운데 암탉과 교미한 다음, 2미터가 넘는 말뚝 위로 푸드덕 날아올라 사방에 펼쳐진 띠풀 숲을 '둘러보았다'. 말뚝에 난 구멍엔 코브라아비스와 버들참빗이 잔뜩 나 있었고, 말뚝 꼭대기에는 겉모습에 신경 쓰지 않는 촌사람처럼 수염뿌리가 무성한 야생 호접란 한 무리가 자라 있었다. 암탉과 교미하고 게으름뱅이 자오씨가 주는 먹이를 먹을 때 외에는, 머리 없는 수탉은 대부분의 시간 동안 촌사람의 머리 위에 서서 띠풀 숲을 '바라보면서' 자오씨의 밭을 지켰다. 그 모습은 꼭 머리 없는 닭처럼 생긴 목제 풍향계 같았는데, 가끔씩 진흙탕처럼 음침한 '우는 소리'를 냈다.

천옌핑陳煙平은 에 자신이 기르는 싸움닭 두 마리를 바구니에 넣어 짊어지고 내륙에서부터 하루 종일 노를 저어 주바 마을로 왔다. 그는 말뚝 앞에 쪼그리고 앉아 머리 없는 닭을 한참 동안 바라보다가 게으름뱅이 자오씨에게 물었다. "목이 잘렸을 때 닭의 반응이 어땠소?"

자오씨는 잠시 생각해 본 다음 말했다. "이 몸은 아편을 피운 후라, 파랑 칼이 나무 몽둥이처럼 가벼워서 단칼에 고각옥의 솟나무 기둥도 벨 수 있을 것 같았어. 언제 닭 목을 베었는지 전혀 기억이 안 나는군. 내 파랑 칼한테 물어보지 그래."

천옌핑도 막 아편을 한 대 피운 터라, 머리 없는 닭의 목 위에 보이지 않는, 완벽한 싸움닭의 작고 각진 머리가 솟아 있는 걸 보았다. 길고 비스듬한 얼굴에 종기같이 생긴 벼슬, 깊게 파인 눈, 녹두색 무지개 같은 눈알, 긴 부리에 작은 귀. 수염은 소녀의 설유두 같고, 몸은 꿋꿋하고 꼬리 깃은 대춧빛에 목둘레의 털은 검은 비단처럼 매끄럽고, 발톱은 강대한 것이 살고자 하는 의지가 왕성하고 투지가 드높았다! 천옌핑이 말했다. “자오 형님, 내 싸움닭 한 마리랑 형님의 머리 없는 닭을 한번 싸움을 붙여 봅시다.”

게으름뱅이 자오씨가 말했다. “내 닭은 부리가 없어서 발로 찰 수만 있고 부리로 쫄 수가 없잖아. 별로인데.”

천옌핑이 말했다. “이기든 지든 상관없이 형님한테 5위안을 주겠소. 그 돈이면 머리 달린 수탉을 일고여덟 마리는 살 수 있잖소.” 소식이 퍼지자 마을 사람들은 싸움판을 둘러싸고 돈을 걸며 자오씨네 집을 에워쌌다. 천옌핑의 싸움닭은 머리와 벼슬이 수려하고, 발톱이 단단하고 길었다. 게으름뱅이 자오씨의 수탉은 머리가 없었다. 두 마리의 닭은 발톱에 금속으로 된 버들잎 모양의 칼날을 끼고, 주인의 손에 힘껏 던져졌다가 떨어지기를 다섯 차례 한 다음 사람 몸으로 된 울타리로 둘러싸인 싸움판에 들어가 격투를 시작했다. 상대편 닭의 머리가 없는 걸 보고 싸움닭은 어리둥절했지만, 주인의 엄격한 교육을 받아 ‘열 번 쪼는 게 한 번 걷어차는 것만 못하다’라는 말을 새겨 두고 있었다. 싸움닭은 다리를 들고 달려들어 싸움닭이 곧잘 쓰는 네 가지 기술인 벼슬 차기,

뒷머리 차기, 옆차기, 턱밑 차기를 선보였다. 금속 칼날이 상대편 닭의 머리에 백발백중으로 들어맞아 그 기세가 놀라울 정도였다. 머리 없는 닭은 살기를 느꼈는지 조금 주눅이 들어서 다리를 들어 막았다. 금속 칼날이 파를 썰듯이 상대편 닭의 목을 베어 버렸다.

공으로 5위안을 번 게으름뱅이 자오씨는 머리 없는 닭을 천지신명처럼 떠받들었다. 샤오 선생은 하늘이 이상한 일을 내리면 반드시 요괴가 나타난다고 말했다. 일본놈들이 주바 마을을 점령한 후로 한 달 안에 자오씨네 집의 닭과 오리와 거위의 목을 전부 베어 버리고, 새끼를 밴 암퇘지 한 마리와 머리 없는 수탉만 화를 면했다.

달구지가 중화중학교 교문 앞에 서자 보초를 서던 일본놈이 뭐라뭐라 두어 마디를 했다. 달구지는 또 다른 진흙길 쪽으로 향했다. 오후 세 시, 주바 강은 햇볕에 은박지처럼 구워지고 있었다. 황토 진흙땅 양쪽의 황무지에는 삐죽삐죽한 띠풀이 남아 있었고, 띠풀 끄트머리는 옅거나 짙은 분홍색 연기에 싸여 있었다. 불타 버린 구름은 바람에 바짝 마른 개똥 같았다. 저 멀리 띠풀 숲에서는 제멋대로 일어난 들불이 버석버석 소리를 냈다. 혀처럼 날름거리는 불길은 작고 드문드문했지만 연기는 두꺼웠다. 풀밭 비탈에는 말라 버린 연못과 버려진 밭두렁이 여기저기 박혀 있어 꼭 검은 반점이 생긴 바나나 껍질 같았다. 검은 털 덩어리 같은 참새 떼가 띠풀 숲 위를 날아다녔다. 황소는 어느 망천수 앞에 멈춰 섰다. 쇠꼬리 주위에 갑자기 파리와 등에 떼가 나타났다. 황소는 멧돼지 발굽 자국 몇 개를 힘주어 뭉개 버리고, 성난 듯이 뿔을 휘둘러 끈적끈적한 공기를 찢고는 음메 음메 하며 콧구멍에서 철사처럼 단단한 항의를 내뿜었다.

망천수 아래서, 보르네오의 초대 수비군 사령관인 마에다 도시나리前田利爲 중장과 참모장 요시노 마키吉野真木 소장이 각기 손에 나무 방망이를 하나씩 들고 조그만 흰색 공을 한 개, 또 한 개 쳐서 띠풀 숲속으로 날려 보내고 있었다. 차오다즈, 가오자오창, 홍마오후이 등 십여 명의 아이들이 검은 모자를 쓰고 붉은색 웃옷에 흰 바지를 입은 허수아비 주위를 빙빙 돌면서 흰색의 작은 공을 쫓아다니고 있었다. 허수아비는 망천수로부터 30미터쯤 떨어져 있었는데, 일본놈들은 기술이 별로 좋지 않아 흰색 공은 높이 뜨기도 낮게 뜨기도 하고, 멀리 날아가거나 가까이 떨어지거나 하면서 동서로 마구잡이로 날아가 떨어져서, 아이들은 숨 돌릴 틈도 없이 바삐 뛰어다녔다. 망천수는 공을 치는 지점이고, 허수아비는 깃발이었다. 띠풀 숲에는 천연의 러프존과 벙커와 워터 해저드가 있었지만 필드 코스와 그린과 홀은 없었다. 사령관 마에다는 신이 나서 공을 한 번 칠 때마다 소리를 질렀다. 조그만 흰색 공은 그의 팔자수염 밑의 두툼한 입술에서 토해져 나와 퍼런 개똥 같은 하늘로 굴러갔다. 나무그늘은 짙고 넓었다. 날씨가 무더웠지만 그는 군복을 그대로 입은 채 머리엔 자귀풀로 엮은 차양모자를 쓰고, 군화를 신고, 허리에는 군도와 권총을 차고 있었다. 중장은 세습 후작이라 제법 무장의 풍채가 있었다. 그의 조상은 일본 전국시대의 명장인 도요토미 히데요시의 고다이로五大老 중 하나로, 그는 귀족 출신이었기 때문에 육군사관학교 동기인 도조 히데키東條英機를 대단히 멸시했다. 일본이 남양 군도를 점령한 후 그는 도조의 명을 받아 보르네오로 와서 수비군 사령관을 맡았는데, 겉보기에는 영전인 것 같지만 실제로는 좌천이었다. 중장은 젊었을 때 자비로 독일과 프랑스에서 유학을 하면서 영국 대사관의 부무관附武官을 맡은 적이 있어, 무도회와 스카치위스키와 골프를 아주 좋아했다. 한번은 허리띠에 걸린 군도를 가리키며 참모장 요시노에게 반 농담으로 "만약에 자네가 나한테 골프 세트와 다 못 마실 만큼의 스카치위스키를 가져온다면, 이 마사무네의 칼을 자네에게 주겠네!"라고 말했다.

살 속에 깊이 파묻힌 요시노의 조그만 눈이 반짝 빛나며, 뱀 가죽에 싸여 중장의 허리띠에 매달려 있는 강향나무 칼집을 흥분에 차서 주시했다. 상어 가죽으로 된 칼자루에 금으로 무늬를 넣은 칼집, 용무늬를 투각한 고리에, 칼집 끝부분에는 복록수 무늬가 들어가 있었다. 중장은 그에게, 이 칼은 가마쿠라 시대의 위대한 대장장이인 고로五郎 뉴도 마사무네가 직접 주조한 군도라고 몇 번이나 말했다. 마사무네는 명성이 높았다. 그가 주조한 칼에는 전부 서명이 없었지만, 이 칼은 명가인 혼아미本阿彌 가문에서 감정을 했고, 그 감정 결과가 칼자루에 꽂힌 칼의 몸통 부분에 붉은 글씨로 적혀 있었다. 그 부분은 두꺼운 상어 가죽으로 싸여 있어 요시노는 직접 보지는 못했지만, 그는 중장이 거짓말을 할 리 없다고 믿었다. 농부 출신인 요시노는 육군사관학교를 졸업한 후 1941년에 '말레이시아의 호랑이' 야마시타 도모유키山下奉文의 제25군 참모장을 맡았다. 그는 자전거 기습전을 전개해서, 적은 수의 병사로 많은 적을 공격해 말레이 반도와 싱가포르를 함락시킨 공으로 보르네오 수비군 참모장으로 승진했다. 일본군이 보르네오를 점령한 3년 8개월 동안 사령관은 세 번이 바뀌었는데, 오직 요시노만이 패전할 때까지 자리를 굳게 지켰다. 그가 보르네오의 실질적인 통치자였다. 요시노는 야마시타 도모유키를 통해 도조 히데키에게 서신을 올렸다. 3개월 후, 골프 세트 두 벌과 스카치 위스키 50상자가 주바 마을의 남방 파견군 총사령부로 보내져 왔다. 마에다는 마사무네 군도의 칼자루를 꽉 쥐었다. 군자는 농담을 하지 않으니, 아무리 아깝다 해도 소중한 가보를 두 손으로 받쳐 들고 요시노에게 바치는 수밖에 없었다.

"이상한 걸 하나 알려주겠네." 마에다는 요시노가 아주 공손한 태도로 마사무네 군도를 받아드는 걸 보면서 낮고 우울한 어조로 말했다. "남양 군도에 온 뒤로 이 칼은 칼집에서 뽑을 수가 없게 되었네. 자네가 이 칼과 인연이 있다면 아마 뽑을 수 있을 테지."

요시노는 두 눈이 촉촉해져서는 왼손으로 칼집을, 오른손으로 칼자루를 쥐고 숨을 들이마셨다. 그는 중장의 허리띠에 매달려 있는 이 칼을 볼 때마다, 칼 몸이 칼집 안에 들어 있는 것이 마치 학이 소나무에 앉아 있고 봉황이 오동나무에 모여드는 것처럼 우아하고 여유롭다고 느꼈다. 그런데 실제로 칼자루와 칼집을 손에 쥐자, 용이 대해로 돌아가고, 범이 산으로 들어가는 것처럼 한 번 칼을 뽑으면 돌이킬 수 없는 듯 그 깊이를 가늠할 수 없게 느껴졌다. 그는 칼을 뽑으려고 힘을 주기도 전에 마음속으로 몰래 탄식한 후, 잠시 망설이다가 오른손에 쥐고 있던 칼자루를 천천히 놓았다.

"왜 칼을 뽑지 않나?" 중장은 큰 소리로 꾸짖었다.

"이 칼은 제 손 안에서 꼭 마른 나무토막 같아서, 힘을 쓸 수가 없습니다." 요시노가 작은 소리로 말했다.

"칼자루를 쥐었을 때," 중장은 어조를 누그러뜨렸다. "어떤 느낌을 받았지?"

"낚싯바늘에 걸린 바닷가재가 갑자기 바늘을 벗어나 가 버리는 것 같은 느낌이었습니다."

중장은 고개를 끄덕였다. "이 칼은 이제 자네 걸세."

요시노가 허리를 숙여 절하고 물러나려는데, 중장이 그에게 말했다. "이건 보통 칼이 아니라 마사무네의 칼일세. 칼을 뽑을 땐 마음에 근심이 없이 붓을 휘둘러 글씨를 쓰듯 해야 하고, 미련하게 힘을 써서는 안 되네. 반드시 기억하게!"

요시노는 차고 있던 군도를 벗어 놓고 마사무네 칼을 찼다. 그는 매일 밤 꿈에서 칼 몸이 한 마리의 백사로 변하는 걸 보았다. 뱀의 혀는 국화 꽃잎 같고, 꼬리는 벚꽃 봉오리 같고, 허물을 벗는 것은 시든 꽃이 지는 것 같았다. 백사는 온 방 안을 이리저리 돌아다녔다. 다섯째 날 밤, 그는 방 안에 야생화와 덩굴과 가시나무 가지가 가득 자라난 가운데, 검은 뱀 한 마리가 처마에서 꿈틀꿈틀 기어 나오더니 상어 가죽 칼자루를 휘감고 칼집 안으로 뚫고 들어가 백사와 교접하는 걸 보았다. 다음 날 아침 일찍 일어나 보니, 수하가 보고하러 와서 주바 강 하구에 잠깐 가 보셔야겠다고 했다. 요시노는 정신을 차리고, 마사무네 칼을 차고 주바 항구로 걸어갔다. 잔교 위에 일등병 기관총 사수 몇 명이 99식 경기관총을 들고서 강한 적과 대치하는 것처럼 나란히 서 있는 게 보였다. 잔교에는 어선 한 척이 매여 있었는데, 어선 위에는 긴 머리를 어깨까지 늘어뜨리고 온 얼굴에 수염이 난 남자가 허리에 긴 칼 한 자루와 단도 한 자루, 그리고 와키자시(脅差. 날 길이가 30~60cm 사이인 일본도의 일종) 한 자루를 차고 서 있었다. 요시노의 눈꺼풀이 떨렸다. 강가에서 검은 뱀 한 마리가 튀어나와 강 속으로 들어가 반짝이는 물결 속으로 사라지는 게 보였다. 어선 위의 남자는 몸이 여위고 키가 컸으며 의복은 남루해 약간 해적 같아 보였지만, 허리엔 용무늬를 투각한 칼집에 말가죽에 싸인 박달나무 칼자루, 모란 무늬 고리에 칼집 끝부분엔 비늘무늬가 들어간 긴 칼을 차고 있었다. 요시노는 마음속에 전율이 일어, 큰 소리로 물었다. "야마자키 겐키치山崎顯吉인가?"

남자는 고개를 끄덕였다.

"허리에 찬 그건 무라마사 칼인가?"

남자는 고개를 끄덕였다.

"한번 뽑아 보게."

남자는 오른손으로 칼자루를 잡고 가볍게 칼을 뽑았다. 요시노는 정신을 집중해 칼을 쳐다보면서, 오른손으로는 저도 모르게 마사무네 칼의 칼자루를 쥐고 아름다운 나뭇가지를 꺾듯이 칼을 뽑았다.

"이 칼을 알아보겠나?"

"마사무네 칼이군!"

남자의 두 눈이 휘둥그레져서는 기이한 광채를 내뿜었다.

"야마자키." 요시노는 미소를 지었다.

"자네를 아주 오래 기다렸네!"

야마자키 겐키치는 42세의 일본 공산당원으로, 무예와 병법을 아주 좋아하고 궁술과 기마술에 능했다. 제2차 세계대전이 일어나기 전에 일본 공산당은 천황제 폐지를 주장하고 군국주의에 반대하다가 대일본제국에 의해 해산되었고, 야마자키 등 중요 인물은 체포되어 감옥에 갇혔다. 석방 후, 야마자키는 천황에게 충성을 다할 것을 선서하고 남방 파견군에 자원입대했다. 그는 품속에 소개장을 가지고 혼자서 어선을 타고 풍찬노숙하며, 두 달이 넘게 걸려 보르네오 주바 마을 남방 파견군 총사령부에 도착했다. 요시노는 벌써 두 달 남짓 전에 전보를 받았는데, 전보에는 야마자키에 대해 "몸에 무라마사 칼을 지니고 있으며, 제법 무사의 풍채가 있다"라고 아주 간략하게 소개되어 있었다. 야마자키를 실제로 만나 보니 행색이 좀 지저분하긴 해도 기개가 비범하고 자세가 곧고 듬직해 처음 만나자마자 오랜 친구처럼 친해져서, 마에다 중장이 반대할 것도 상관하지 않고 곧바로 헌병대 조장曹長 직책을 맡겼다. 주바 마을 헌병대는 중국인 기계 연구소에 설치되어 있었는데 사령부와는 길 하나를 사이에 두고 있었다. 헌병대는 군율을 유지하고 통치를 공고히 하는 것 외에도 항일분자와 '조국 난민 구제 계획 위원회'의 구성원들을 체포하는 것을 주된 임무로 삼고 있었는데, 헌병대는 이들을 체포해 멋대로 고문하며 이리와 호랑이처럼 주바 마을에서 제멋대로 행동했다. 야마자키는 왼팔 팔뚝에 붉은 글씨로 '헌병'이라고 수놓인 흰 완장이 채워진 황토색 군복을 입고, 허리에 남부 13식 권총과 무라마사 칼을 차게 된 바로 다음 날 밤에 황군의 명령을 거역한 중국인 청년 두 명을 체포했다.

일본군은 주바 마을을 점령한 후에 온 마을의 청장년을 소집해 도로를 건설하고 배를 만들고, 공항을 건설하고 철도를 깔았다. 그러느라 농사일에 소홀해져 식량이 부족해졌고, 시장에서는 채소도 찾을 수가 없었다. 요시노는 크게 불만스러워하며 채소 농사를 짓는 황완푸 등의 농민에게 큰 소리로 물었다. "너희 주바 마을은 보르네오에서 제일 부유한 지역 중 하나로, 석유와 목재를 생산하고 생선과 고기와 채소와 과일이 풍부한데, 어째서 시장에서 채소를 팔지 않느냐?"

황완푸는 며칠 전에 손전등을 들고 채소밭을 둘러볼 때, 밭과 원두막에 잔뜩 널린 크고 작은 달팽이들이 채소 잎과 꽃눈을 갉아 먹는 걸 보고 화를 참지 못하고 욕을 퍼부으면서 달팽이 수십 마리를 사정없이 밟아 죽인 게 생각났다. “대인, 저희는 열심히 농사를 지었는데, 달팽이가 채소를 전부 먹어 버렸습니다!”

요시노는 어른과 아이를 막론하고 날마다 한 사람당 달팽이를 열 마리씩 잡아서 사령부에 가져다 내고 검사를 받아야 하며, 열 마리를 채우지 못한 자는 엄벌에 처하겠다고 명령을 내렸다. 야마자키가 주바 마을에 도착했을 때, 마을 사람들은 이미 12일 동안이나 달팽이를 잡았지만 달팽이는 여전히 끊임없이 번식해, 잡을수록 더 번성하는 추세였다. 그날 밤, 달 밝고 별 드물고 옅은 구름이 어지러이 떠다니는 아래, 우吳씨네 형제 치민啟民과 싱민醒民은 가스등을 들고 20분 넘게 채소밭 주위를 배회하면서 달팽이를 50마리가 넘게 잡아 철통 안에 집어넣었다. 형제는 가스등을 비추며 달팽이를 자세히 살펴보았다. 큰 달팽이는 주먹만 한데 껍질 끝부분이 어떤 놈은 뭉툭하고 어떤 놈은 뾰족하고, 두툼한 복족이 움직이면서 물결무늬를 만들었고, 촉각은 뻗어 나왔다가 오므라들었다가 했다. 작은 달팽이는 껍질이 연잎 위에 맺힌 이슬처럼 맑고 투명했다. 우씨네 형제는 나이가 서른 살 가까이 되었다. 일본놈들이 상륙하기 전에, 주바 마을 여자들은 일본놈들에게 끌려가 군대 내의 매춘부가 되지 않기 위해 다들 시집을 갔다. 그래서 마을 남자들은 전부 마누라를 얻었는데, 우씨네 형제만 홀아비 신세였다. 형인 치민은 키가 작고 뚱뚱하고, 아스팔트를 뒤집어쓴 것처럼 피부가 검었다. 그가 열 살 때 강가에 쪼그리고 앉아 모기장을 씻을 때, 모기장에 걸린 모기가 빤 피가 악어를 끌어들이는 바람에 악어에게 물려 한쪽 손을 잃었다. 동생 싱민은 지능이 모자라 완전한 문장으로 말하지 못하고, 형의 뒤꽁무니에 달라붙어 바보처럼 웃기만 하는 것이 꼭 형의 몸에 돋아난, 살아 있는 군살 같았다. 20년 전에 형제의 아버지는 커피 노점에서 자바인 쿨리 몇 명과 싸우다가 파랑 칼에 맞아 죽었고, 어머니는 특산품을 파는 중국인 상인과 함께 몰래 도망쳐 버렸다. 형제는 돼지나 개처럼 마을 사람들 손에 길러져, 마을 안에서 조그만 황무지를 찾아 밭을 일궈 채소를 팔아서 먹고 살았다. 주바 마을이 함락된 후로 형제는 낮에는 일본놈들을 위해 도로를 닦고 배를 만들고, 한 줄기 새벽빛에 의지해 밭을 지켰다. 그날 밤, 형 치민은 양철통 속에서 꿈틀대는 크고 작은 달팽이들을 보면서, 작은 파랑 칼로 큰 달팽이 몇 마리를 잘게 잘라 작은 양철통 속에 넣었다. 그는 큰 양철통과 작은 양철통을 들고, 낚싯대 두 개를 가지고 배를 타고 주바 강으로 가서 달팽이를 미끼삼아 낚시를 시작해, 얼마 되지도 않아 이름 모를 커다란 물고기를 몇 마리 낚았다. 그때 갑자기 부글부글 하는 소리가 들려와 치민은 신경이 곤두섰다. 경험에 따르면, 부글부글 하고 물속으로 들어가는 소리가 들리면 그건 악어 소리고, 쏜살같이 기어서 강가로 올라가는 소리가 들리면 도마뱀이었다.

"싱민, 조심해!" 치민이 말을 마치자마자 강의 수면에 파도가 일고, 삼판선이 물결 위의 촛불 그림자처럼 흔들리더니 싱민이 풍덩 하고 강물에 빠졌다. 치민은 낚싯대를 내던지고, 삼판선을 꽉 붙잡고 동생을 배 위로 끌어올렸다. 강가 쪽에서 “누구냐?” 하는 호통 소리가 들렸다. 형제가 쳐다보니 잔교 위에 두 사람이 서 있는데, 한 사람은 키가 크고 한 사람은 작았다. 둘 중 한 사람이 손에 든 손전등의 불빛이 끓어오르는 열기처럼 형제를 뒤덮었다. 치민이 급히 잔교로 배를 몰아 가 보니 키가 큰 사람은 헌병대의 야마자키였고, 키 작은 사람은 파란색 모자를 쓴 통역사였다.

“대인께서 너희는 왜 달팽이를 잡지 않았냐고 물으신다.”

치민이 말했다. “잡았어요! 잡았습니다!”

고물 쪽을 보니, 큰 양철통과 작은 양철통은 이미 싱민과 함께 물에 빠져 강바닥으로 가라앉은 후였다.

다음 날 아침, 치민과 싱민 형제는 헌병대에 의해 채소 시장으로 끌려갔다. 치민은 미간을 잔뜩 찌푸린 채 낯빛이 창백해져 있었고, 싱민은 차마 웃지 못하고 형의 표정을 따라 하느라 고통스러운 듯한 괴상한 얼굴을 하고 있었다. 참모장 요시노와 헌병대 조장 야마자키가 나란히 서 있었다. 야마자키는 요시노보다 키가 머리 반 개쯤 더 크고, 수염이 더 무성하고, 이마 뼈가 더 툭 불거져 나왔고, 인상이 더 흉악했다. 두 사람의 아래턱은 나뭇가지 끝의 어린 잎을 뜯어 먹는 산양처럼 높이 솟아 있었다. 치민과 싱민은 채소 시장 앞의, 사람과 짐승의 발자국이 잔뜩 찍힌 흙바닥 위에 무릎을 꿇었다. 흙바닥 옆에는 열매가 열리지 않는 늙은 잭프루트 나무가 있었는데, 백로 한 마리가 전혀 겁내지 않는 태도로 야마자키의 머리보다 얼마 높지도 않은 나뭇가지 위에서 알을 낳고 새끼를 기르고 있었고, 어두운 나뭇잎 아래에는 박쥐들이 거꾸로 매달려서 푹 잠들어 있었다.

치민과 싱민 형제는 마을 사람들로 이루어진, 수류탄이 터져서 생긴 구덩이만 한 원 안에 둘러싸여 있었다. 원의 안쪽 둘레에는 완전무장한 헌병들이 둘러서 있었고, 바깥쪽 둘레에는 마찬가지로 완전무장한 이등병들이 더 많이 서 있었다. 형제의 앞에는 열 개가 넘는 양철통이 놓여 있었는데, 양철통 안에는 마을 사람들이 아침 일찍부터 가져다 낸 달팽이가 가득 차 있었다. 달팽이들의 촉각은 뻗어 나왔다 오므라들었다 했고, 복족이 움직이면서 생생한 물결무늬를 만들어냈다. 한 무리의 달팽이들이 벌써 통 밖으로 빠져나와 마을 사람들의 발 앞으로 기어갔다. 요시노가 한바탕 뭐라뭐라 훈화를 한 다음 세 명의 통역사가 객가어, 광둥어, 중국어(이 소설에서 '중국어'는 표준 중국어[보통화]를 가리킴), 말레이시아어로 그 내용을 반복했다. 통역사는 마지막으로 이렇게 말했다. "황군의 명령을 거역한 것은 죽어 마땅한 죄이나, 이 지나인 남자 두 명이 이 달팽이들을 먹는다면 이들에게 개과천선할 기회를 한 번 주겠다."

치민과 싱민 형제는 잠시 머뭇거렸지만, 헌병대의 기관총 총자루가 이미 그들의 머리 위로 폭우처럼 쏟아져 내렸다. 형제가 달팽이 한 마리를 입에 넣었을 때 두 사람의 상반신은 벌써 피에 뒤덮여 있었다. 형이 한 마리를 먹었고, 동생도 한 마리를 먹었다. 형이 꾸드득꾸드득 하며 씹었고, 동생도 꾸드득꾸드득 하며 씹었다. 형이 토했고, 동생도 함께 토했다. 토사물 속에서 마을 사람들은 간 같기도, 위나 장 같기도 한, 암수 구분이 없는 자웅동체인 달팽이의 기관을 보았다. 형제가 멈추자마자 총자루가 쇠망치로 돌을 두드리듯이, 멧돼지가 썩은 과일을 부숴 먹듯이 그들의 머리를 내리쳤다. 형제는 각자 달팽이를 열 마리 넘게 먹고 나자, 달팽이 껍질이 쇠구슬처럼 단단해지고 달팽이의 살이 쇳가루처럼 이 사이에 끼어, 더 이상 씹을 힘이 없어져서 달팽이를 산 채로 삼키기 시작했다. 두 마리를 삼킨 형제는 낯빛이 사색이 되어 땅바닥에 엎어졌다. 달팽이 한 마리가 싱민의 목구멍에서 기어 나왔다. 요시노는 야마자키를 쳐다보았다.

"무라마사는 자기가 주조한 칼이 스승의 것을 능가하기를 바라며 평생 힘을 쏟았다던데." 요시노가 말했다. "자네가 보기엔 마사무네 칼이 더 좋을 것 같은가, 아니면 무라마사 칼이 더 나을 것 같은가?"

"이 두 사람으로 시험해 봐도 괜찮지 않겠나?" 야마자키가 말했다. "둘 다 키가 보통 정도니, 이들을 똑바로 세워 두고 우리 둘이 동시에 칼을 뽑는 거야. 머리가 먼저 땅에 떨어진 쪽이 이긴 걸로 하지."

각각 헌병대원 두 명에 의해 일으켜 세워졌을 때 형제는 이미 의식이 희미해, 머리는 연기처럼 힘없이 늘어지고 목뼈가 버들가지처럼 드러나 있었다. 두 일본놈은 칼을 뽑았다. 칼날이 위를 향하고 칼등이 목뼈를 핥으며, 마치 봉황과 난새를 수놓는 것처럼 칼날이 떨어질 곳을 겨눴다. 칼이 머리 위로 높이 들어올려졌다가 칼날이 아래를 향하고, 번득이는 빛이 뺨 위의 한 줄기 눈물처럼 가볍게 떨어졌다. 머리 두 개가 똑같이 달팽이들이 꿈틀대는 양철통 속으로 떨어졌다. 목에서 피가 뿜어져 나오면서 나는 줄줄 소리가 폐활량이 어마어마하게 큰 수탉의 울음소리보다도 더 길고, 가을바람에 흔들리는 소나무 숲 소리처럼 끊이지 않고 길게 이어졌다. 요시노와 야마자키의 웃음소리에 깜짝 놀라 잠에서 깬 박쥐 몇 마리가 날개를 펴고, 나무 아래 자욱한 피보라 속으로 뛰어들어 뜨거운 햇볕 속으로 무작정 도망쳤다.

일본놈들은 엄청난 효율로 마을을 점령하고 30일 안에 주바 강을 가로지르는 아치형 다리를 하나 놓았다. 다리 위에 대나무 장대 여섯 개를 세워 놓고 사람 머리 수십 개를 쫑쯔粽子(중국에서 단오절에 먹는 찐 주먹밥)처럼 매달아 놓았는데, 석유를 훔친 머리도 있고, 일을 게을리 한 머리도 있고, 무기를 몰래 숨겨 둔 머리, 항일분자의 머리, 인두세를 체납한 머리, 돈을 기부해 조국의 항일운동을 지원한 머리, 황군 대인에게 허리 굽혀 절하는 걸 잊은 머리, 그리고 우씨 형제의 머리도 있었다. 낮에는 까마귀, 매, 참새와 이름을 알 수 없는 들새들이 주위를 빙빙 돌며 울었고, 밤에는 부엉이들이 잔뜩 모여들었다. 어둠 속에서 보면 사람 머리와 부엉이의 크기가 비슷해 날아다니는 게 부엉이인지, 좇아다니는 게 사람 머리인지 알 수 없어 마치 귀신이 사는 땅 같았다.

황소가 이토의 머리 없는 시체를 망천수 아래까지 싣고 갔을 때, 중장과 소장은 이제 막 백 개가 넘는 골프공을 친 참이었다.

아이들이 앞서거니 뒤서거니 띠풀 숲속에서 나와 깡통과 대바구니에 담긴 작은 하얀색 공을 망천수 아래에 내려놓았다. 중장은 공 주머니에서 사탕 통 다섯 개를 꺼내 아이들에게 나눠주었다. 사탕 통은 담뱃갑보다 조금 컸고, 앞면에는 일장기와 총검을 든 일본 군인이 푸른 하늘과 흰 구름 배경에 떠 있는 그림이, 뒷면에는 커다란 매가 날개를 펴고 붉은색 해서체로 '황군 대승皇軍大勝'이라고 적힌 글씨를 향해 날아가는 그림이 그려져 있었다. 통에는 개 눈깔만 한 사탕이 열 개씩 들어 있었는데, 색깔은 붉은색과 흰색 두 가지였고, 맛은 신 것도 있고 단 것도 있었다. 이 사탕은 일본놈들의 간식으로 아이들이 아주 좋아했다. 차오다즈와 아이들은 사탕 통을 받아서 가려다가 황소가 끌고 온 달구지 위에 실린 머리 없는 시체를 보고는, 사탕을 먹으며 작고 가느다란 낫잎등나무(Epipremnum falcifolium. 천남성과의 목질 덩굴식물로 보르네오의 열대 우림지역에 자생한다) 아래 서서 먼 곳을 바라보았다. 머리가 없어서 아이들은 이 시체의 주인이 바로 예전에 잘 알던 사이인 그 고바야시 지로라는 걸 알아보지 못했다. 골프에 별로 흥미가 없는 요시노는 황소 달구지 위의 시체를 보더니 방망이를 던져 버리고, 시체를 운반해 온 군인과 대화를 했다.

황소 달구지와 이토의 시체가 채소 시장에 나타났을 때는 벌써 저녁때에 가까워, 하늘은 마치 히비스커스 꽃을 잔뜩 흩뿌린 듯했다. 박쥐들이 잭프루트 나무에서 날아 나와 먹이를 찾아다녔다. 일이 끝난 걸 알리는 호루라기 소리가 희미하게 울려, 고된 일을 마친 마을 사람들이 뜨거운 햇볕에 트고 갈라진 사지를 이끌고 채소 시장에 집합했다. 잭프루트 나무 아래의 낙엽과 나무껍질 부스러기가 꼭 그들에게서 벗겨진 가죽 같았다. 나무 아래에는 완전무장한 일본놈들이 나란히 늘어서 있었고, 그 앞에는 참모장 요시노 소장과 헌병대의 야마자키 조장, 그리고 통역사 두 명이 서 있었다. 그보다 더 앞에는 황소와 달구지, 그리고 머리 없는 시체가 있었다. 황소는 오후 내내 시체를 끌고 다닌 터라 시큰둥하게 멍에를 툭 치면서 고개를 돌려 자신의 발달한 능형근과 툭 튀어나온 어깨를 쳐다보았다. 채소 시장 옆에는 좁고 더러운 도랑이 하나 있었는데, 썩어서 악취를 풍기는 오물이 하루 종일 가라앉아 있었다. 주바 강이 범람하면 오물이 강 양쪽 기슭으로 퍼져 먹이를 찾는 들개를 불러들였다. 도랑 양옆으로는 일본군 혹은 연합군이 남긴 십여 개의 포탄 구덩이가 물웅덩이를 이루고 있었는데, 수초는 별로 없었고 모기가 번식했다. 채소 시장의 함석지붕 위에는 고바야시의 귀 반쪽을 물어뜯은, 등에 여자 요괴 가면을 매단 긴꼬리원숭이가 웅크리고 앉아 있었다.

고바야시 지로 혹은 이토 다케시가 죽었다는 소식은 온 마을을 뒤흔들었다. 마을 사람들은 채소 시장 앞에 빽빽이 모여서 앞 다퉈 머리 없는 시체를 보려 했다. 차오다즈와 가오자오창을 비롯한 아이들 무리는 황소 달구지와 가장 가까운 곳에 서서 고바야시의 황토색 전투복과 허리띠에 달린 말가죽 탄약통, 권총집, 수통, 각반과 군화, 그리고 피딱지로 덮인 목 잘린 상처와 손에 쥔 리드

16개짜리 트레몰로 하모니카를 자세히 살펴보았다. 아이들은 목에서 사람의 머리처럼 생긴 희미한 핏자국이 흘러나오는 걸 보았다. 그 형상은 상고머리에 수염이 난 선량한 얼굴에, 기름때로 얼룩덜룩한 러닝셔츠와 반바지를 입고 나막신을 신고, 어깨에는 팔뚝만큼 굵은 대나무 장대를 메고 거기에 열여덟 가지 잡화를 매달아 놓고, 오른손으로는 하모니카를 쥐고 유쾌하거나 슬픈 일본 동요나 가요를 연주했다. 홈이 열여덟 개 파인 그 대나무 장대는 주바 강의 아치형 다리 위에 세워져 있었는데, 위쪽에 난 열 개의 홈에는 살과 머리털이 남아 있는 해골이 걸려 있었다. 야평은 이토가 야자나무 아래 앉아 어금니를 드러내고 매 발톱 같은 손가락을 뻗고 홍학 같은 다리를 움츠리고서, 허공으로 기이하게 흩어지는 〈새장 속의 새〉를 연주하는 걸 보았다. 대왕 주씨와 샤오진은 고바야시의 머리 없는 시체가 대나무 장대를 메고 홍등가를 지나가는데, 하모니카는 공중에 둥둥 떠 있고, 크고 붉은 혀가 하모니카 리드를 핥으며 〈비 내리는 밤의 꽃〉의 곡조가 울려퍼지는 걸 보았다. 대나무 장대 위로는 남양 아가씨들과 잠자리를 가졌던 해골들이 내는 웅웅거리는 웃음소리가 울려 퍼졌는데, 마치 흰머리 독수리 떼가 남양 아가씨들의 창백한 나체 위를 선회하는 듯했다.

통역사는, 황군 대인은 주바 마을 사람들 중엔 독화살을 쓰는 이가 없다는 걸 알고 있으며, 그러니 이등병 이토 다케시의 갑작스러운 죽음은 분명히 내륙의 번족番族의 짓일 거라고 말했다. 번족은 교화되지 않아 사람을 죽여 머리를 취하고, 산 사람의 간을 생으로 먹으며, 어리석고 게으르며 음란하고 미신을 믿는다. 주바 마을 사람들이 만약 단서를 제공한다면 황군이 큰 포상을 할 것이다. 사라진 머리를 찾은 자는 인두세를 반년간 면제해 줄 것이며, 황군이 범인을 체포하는 걸 도운 자는 인두세를 1년간 면제해 준다. 사정을 알면서도 보고하지 않거나 혹은 범인을 숨겨준 자는 죽음으로 다스릴 것이다.

잭프루트 나무 위에 앉아 있던 백로가 뜨겁고 끈적끈적한 똥을 쌌다. 새똥은 정확히 이토 다케시의 견장에 적힌 부대 번호 위에 떨어졌다. 야마자키는 크게 화를 내며 무라마사 칼을 뽑아 들고 달구지 위로 뛰어올라 나무 위를 향해 휘둘렀다. 백로는 나무 밖으로 나와 하얀 구름 속으로 사라져 버렸다.

일본놈 네 명과 마을 사람 네 명이 달구지를 계속 호송해서 남방군 보르네오 연료 공장의 일본인 묘지로 갔다.

묘지는 캐나다 산의 산허리에 있었다. 달구지가 도착했을 때는 하늘에 별이 가득하고 희고 맑은 달이 떠 있었으며, 수염 같은 구름이 한 줄기 떠 있었다. 산허리에 늘어선 30여 개의 일본놈들 묘비가 희미하게 보였다. 마을 사람들이 삽과 괭이로 구덩이를 파기 시작했을 때, 온갖 벌레와 부엉이의 울음소리 사이로 가느다란 하모니카 소리가 들렸다. 고개를 돌려 달구지를 보니 텅 비어 있었다. 일본놈들과 마을 사람들은 머리 없는 이토가 한 손에 하모니카를 쥐고 달구지에서 뛰어내려 어둠 속으로 사라지는 걸 보았다.

다음 날 점심때, 야마자키는 채소 시장으로 돌아와 잭프루트 나무 주위를 열 바퀴가 넘게 빙빙 돌았다. 전날 이토의 시체를 둘러싸고 구경하던 사람들 속에서 그는 아편을 즐겨 먹는 수상한 인물 몇 명을 주시했다. 이 인물들은 시간이 조금 지나자 무당이 지푸라기 인형에 바늘을 꽂듯이 눈빛을 그와 참모장의 몸에 꽂았다. 등에 가면을 매단 원숭이가 다시 나타났다. 30분 후, 원숭이는 채소 시장 지붕에서 펄쩍 뛰어 야자나무 위로 옮겨가더니 다시 또 다른 야자나무로 옮겨가고, 인력거 두 대와 트럭 한 대를 넘어서 판자로 지은 가게들의 함석지붕 위로 올라간 다음 가게 뒤편의 왜목 숲속으로 들어가 버렸다. 원숭이의 발은 평지를 걷는 듯이 빨랐지만, 관목 덤불 탓에 야마자키는 속도가 느려졌다. 목에 새총을 건 아이들 몇 명이 나막신이나 조리 슬리퍼를 신고 등에는 대광주리를 메고 산나물을 따고 있었다. 광주리 속에는 이미 버들참빗과 공심채가 수북이 담겨 있었지만 아이들은 전혀 알아차리지 못하고 야마자키도 보지 못한 채, 나물을 따면서 한편으로는 흘리고 있었다. 아이들 중 한 명은 목에 요괴 가면을 매달고 있었다. 웃통을 벗은 한 아이는 나물이 아니라 마른 나뭇가지를 주웠는데, 이리저리 비틀어진 가지를 다발로 묶어 손에 들고 있다가 야마자키를 보고 허리를 굽혀 절했다. 아이가 제대로 된 동작으로 절을 하지 않아, 야마자키는 화를 참지 못하고 아이의 뺨을 한 대 때렸다. 왜목 숲속에서 불꽃같은 작은 다람쥐 한 마리가 튀어나왔다. 다람쥐가 가는 곳마다 펑 펑 하며 조그만 불꽃이 하나씩 더 생겨났다.

미국의 리버레이터 장거리 폭격기 한 대가 하늘 위로 지나가며 정해진 폭격 임무를 수행했다. 포탄 한 발이 띠풀 숲에 떨어져 폭발해 왜목 덤불에 큰 불이 일어났고, 다람쥐는 사라져 버렸다. 작은 불꽃이 겁먹은 듯이 그의 군화 쪽으로 다가왔다. 야마자키는 이 작은 불꽃이 아까 그 다람쥐라는 걸 느꼈다. 불꽃은 서남풍에 흔들리다가 불길로 된 뱀처럼 띠풀 숲을 향해 구불구불 기어가더니 물웅덩이 앞까지 타들어가서 멈췄다. 그는 작은 다람쥐가 또 물웅덩이를 건너고 풀숲 속으로 뛰어드는 걸 보았다. 작은 물웅덩이에는 횃불처럼 오랫동안 꺼지지 않는 다람쥐의 불 꼬리가 거꾸로 비쳤다. 화르르 하는 불소리가 멈추고, 더 건조하게 갈라지는 소리가 났다. 이 소리는 야마자키에게 이토의 하모니카 소리를 연상시켰다. 그가 들었던 이토의 하모니카 연주는 아득하고 슬펐으며 병사들의 땀내와 입 냄새가 가득했다. 마을 사람들 사이에는 이토 다케시가 머리 없는 강시로 변했다는 소문이 돌았다. 검은색의 작은 뱀 한 마리가 물웅덩이로 뛰어들어 혀를 날름거리며 수면 위의 다람쥐의 불 꼬리를 물었다. 물가로 올라간 뱀은 푸 하고 불 꼬리를 토해내 풀줄기 몇 개를 태워 버렸다. 크고 새빨간 메뚜기 한 마리가 띠풀 숲 위로 날아갔고, 물웅덩이에는 긴 머리를 휘날리는 여자의 희미한 그림자가 거꾸로 비쳤다.

후이칭

영사기는 거대하고 환한 빛줄기를 토해내 어두운 밤의 장막을 찢었다. 빛줄기는 흰 천 위에 투사되어 수십 배로 커진 나방과 박쥐와 부엉이의 그림자를 은막 위에 그려냈는데, 꼭 하늘과 땅에 날아다니는 잡귀신들 같았다. 영사기는 지프차 엉덩이 위에 놓여 있었다. 영사기 기사는 번쩍거리고 연기가 피어오르는 상자 모양의 기계를 조심스럽게 다루고 있었는데, 원판 필름이 두 개의 바퀴 위에서 차르르-차르르-하며 돌아가고 있었다. 브리티시 아메리칸 토바코 회사의 광고가 나올 때 후이칭은 크기가 허리둘레만한 나무 걸상을 풀밭 위에 내려놓았다. 항상 같은 자리에 걸상을 놓은 탓에, 풀밭은 걸상 다리에 오랫동안 눌린 풀밭에는 네 개의 단단한 구멍이 생겨서 말뚝을 박은 것처럼 걸상이 고정되었다. 그녀가 아무리 엉덩이를 비비고 허리를 뒤틀어도 전혀 움직이지 않았다. 담배회사의 광고는 의인화된 만화영화였는데, 고집 센 당나귀 한 마리가 귀를 펄럭거리며 걸음을 옮기려 하지 않았다. 중국인 주인이 담배 한 대에 불을 붙였고, 담배연기가 공중에 퍼지며 담배의 상표가 화면에 떠올랐다. 그러자 당나귀는 당근이라도 본 양, 눈을 토마토만 하게 뜨고 목을 길게 빼고 담배 냄새를 맡으며 앞으로 나아갔다. 후이칭이 앉은 걸상에서 나는 삐걱삐걱 소리가 그녀의 기쁨과 초조함을 드러냈다.

노천 영화를 상영하는 곳은 주바 마을의 채소 시장 바깥이었다. 이곳은 마을의 중심부이긴 하지만 가로등 불빛이 흐려서 지프차 보닛 위에 가스등을 하나 올려놓았다. 유리 덮개 속의 석면 그물망 불빛에 비친 지푸라기는 칼날처럼 보였고, 잭프루트 나뭇잎은 삽날 같았으며, 후이칭의 눈동자는 밤의 강물 위에 떠 있는 새빨간 악어 눈 같았다. 가스등은 석면 그물망이 전구 역할을 하고 있었는데, 그 아래엔 공기를 넣는 펌프가 있었다. 그물망 안으로 공기를 불어넣으면 석면 철망을 후이칭의 풍만하고 뜨거운 가슴처럼 더 동그랗고 더 밝게 부풀어 오르게 만들 수 있었다. 야펑은 영사 기사 두 사람과 친했기 때문에, 시간이 조금 지난 후에 지프차 앞으로 가서 재빨리 펌프질을 해서 후이칭의 풍만한 여체를 밝게 비췄다. 주바 마을 여자아이들은 가슴과 엉덩이가 잭프루트 열매처럼 하루하루 한 달 한 달이 지나면서 점점 커지는 아이도 있었고, 밀가루 반죽이 발효하듯이 갑자기 팽창하는 아이도 있었으며, 호수처럼 조금 튀어나오자마자 갑자기 흘러넘치는 아이도 있었지만, 후이칭만이 예외였다. 8년 전에 가족들과 함께 내륙으로 이주할 때 그녀는 빼빼 말랐었는데, 마을에 돌아왔을 때는 가슴과 엉덩이가 크고 둥그레져 있었다. 야펑의 인상 속에서 그녀는 청소년기를 거치지 않고 아이에서 갑자기 여인이 된 것 같았다. 야펑은 사람들을 헤치고 제자리로 돌아갈 때 일부러 동작을 크게 했다. 은막 위로 그의 그림자가 빠르게 스쳐 지나가면서 구렁이처럼 후이칭의 몸을 휘감으려는 모습을 분명히 드러냈다.

뉴유지 다방 사장인 뉴유마는 작은 멍석 위에 앉아 있었다. 한 살짜리 아들은 그녀의 품속에서 자고 있었고, 돼지 아들은 다른 아이들과 함께 사람들 속에서 쥐처럼 이리저리 뛰어다녔다. 아이들이 이따금씩 손을 뻗어 불빛을 움켜쥐면 은막 위에 새 발톱 같은 그림자가 나타났다. 뉴유마의 세계는 뉴유지 다방이 전부였다. 채소 시장에 오면 그녀의 세계는 더 작아져서, 야펑의 앉은뱅이 걸상과 그녀 자신의 멍석뿐이었다. 그녀는 언제나 야펑보다 한발 일찍 와서는 멍석을 야펑 뒤쪽에, 야펑의 걸상에 딱 붙여서 깔아 놓았다. 그녀는 햇볕을 쫓는 과실처럼, 볕을 충분히 받아 빨리 익었다. 이미 대왕 주씨에게서 운우지정을 실컷 맛봤기 때문에 그녀의 흥미를 불러일으킬 만한 남자는 별로 없었다. 대왕 주씨가 열세 살의 그녀를 강제로 취한 일은 그녀의 마음이 더 메마르고, 육체가 더 빨리 자라게 했을 뿐이었다. 그녀는 야펑 같은 남자를 기다리고 있었다. 셋째를 임신했을 때 그녀의 젖가슴은 심하게 부풀어서 언제든지 매듭단추 웃옷의 단추를 풀고 젖을 물리기를 기다리고 있는 듯했다. 그녀의 웃옷은 언제나 단추가 하나 모자랐고, 왼쪽이 크고 오른쪽이 작거나 아니면 오른쪽이 크고 왼쪽이 작은 젖 얼룩이 묻어 있어, 한 쌍의 젖꼭지와 그 뒤에 있는 양쪽 젖가슴이 마치 서로 다투는 연인처럼 그 안에 들어 있는 걸 분명히 보여주었다.

그 여름밤에, 하늘은 칠흑같이 까맣고, 둥근 달은 우아하고 아름답게 한들거리며 하늘의 처마 위에 걸려 있었다. 주바 강 양쪽 기슭의 들불은 드문드문했지만 그래도 사나운 연기가 한 무더기씩 띠풀 숲 위로 피어올랐다. 서남풍은 연기를 흩어 버리지 못했다. 영화를 반쯤 봤을 때 뉴유마는 작은아들을 야펑의 품에 안겨준 다음 혼자서 주바 강가로 가서 소변을 보고, 강가에 쪼그리고 앉아서 먼 옛날의 지혜가 가득한 별빛이 강물에 잠기는 걸 바라보았다. 아들이 젖을 먹을 때가 다 되었다. 아이는 야펑이 참을 수 없을 정도로 울어 젖힐 것이다. 얼마 지나지 않아 그림자 하나가 가스등을 등지고 걸어왔다. 그녀는 옷 단추를 풀어 가슴 한쪽을 드러내고, 야펑에게서 아이를 받아들고 젖꼭지를 아이의 입에 쑤셔 넣었다. 야펑도 강물에 오줌을 눴다. 영화를 보는 사람들 쪽에서 웃음소리와 시끄러운 말소리가 한바탕 들려왔다. 야펑은 후이칭보다 더 풍만한 뉴유마의 여체를 바라보았다. 그는 어릴 때의 뉴유마를 본 적이 있었는데, 그때 그녀는 약하고 창백했다. 멧돼지들이 주바 마을을 습격했을 때 그녀는 병아리처럼 부모에 의해 우물 바닥에 던져졌고, 그런 다음엔 또 병아리처럼 주씨 할아버지에 의해 끌어올려졌다. 야펑은 뉴유마의 가슴과 엉덩이가 나날이 크고 둥그레지고, 아이를 낳은 후에는 더 크고 더 둥그레지는 걸 보았다. 그는 뉴유마가 열 살 때 몸이 이미 성인처럼 발육해서, 뉴유지 다방의 손님들이 벌써부터 그녀를 어른처럼 희롱하고 어루만졌던 걸 기억했다. 뉴유마는 손을 뻗어 그의 러닝셔츠를 끌어당겨 그에게 잠깐 아이를 안고 있게 했다. 그는 아이를 안고 뉴유마가 천천히 단추를 채우는 걸 보았다. 뉴유마가 그에게서 아이를 받아 들 때 그녀의 눈에는 눈물이 고여 있었다. 그녀는 야펑의 심장을 끄집어내기라도 하려는 듯이 손가락으로 그의 갈비뼈를 꽉 눌렀다.

그는 아편을 끊은 지 벌써 사흘째라 고통의 심연에 빠져 있었다. 그날 밤에 그는 머릿속에 시멘트가 가득 찬 것 같은 기분이었지만 의식은 또렷했다. 뉴유마가 그녀 자신과 아이를 그의 몸에 바짝 붙여 왔을 때, 그는 가볍게 그녀를 밀어내고 채소 시장 쪽으로 걸어갔다. 그는 원래 집으로 돌아가 아편을 한 대 피우려고 했지만, 입안과 혀가 바싹 말랐고, 목구멍에는 숯을 한 덩이 물고 있는 것 같았으며, 두 다리가 숯나무 기둥처럼 무거웠다. 그는 두어 걸음 걷다가 고개를 돌려 뉴유마를 바라보았다.

모터가 달린 긴배 한 척이 빠른 속도로 강 표면을 가르며 지나가서, 물속의 달이 부서져 금빛 줄무늬가 되었다. 반딧불이들이 야자나무 아래 모여 둥그렇게 떠다니는 붉은색 주머니가 되어 있었다. 하늘에 흩어진 반짝이는 별들은 뉴유마의 눈물방울 같았다. 강가에는 썩은 장의자가 널려 있었고, 강물에는 새빨간 악어 눈알이 흩어져 있었다. 풀숲에는 꺼질 듯 꺼지지 않는 불꽃이 어지러이 흩어져 있었다. 뉴유마는 젖을 배불리 먹고 깊이 잠든 아이를 장의자 위에 내려놓았다. 그녀는 눈동자에 금빛의 옥수수수염 같은 불꽃이 흩뿌려진 채, 마른 장작 묶음처럼 야펑에 의해 야자나무 아래에 놓였다. 띠풀 숲은 끝이 없었고, 들불도 끝이 없었다. 하늘에 깔린 걸쭉하고 엷은 회색 구름은 뉴유마의 흥분한 눈물 같았다. 굵기가 돼지 머리만 한 야자나무 줄기는 하늘을 향해 더 우뚝 솟았고, 반딧불이의 붉은색 주머니는 더 커져서는 야자 열매처럼 아래로 늘어졌다.

채소 시장으로 돌아온 야펑은 좀 켕기는 기분으로 지프차 앞으로 가서 가스등에 펌프질을 했다. 후이칭이 고개를 기울이고 그를 쳐다보았다. 눈빛이 이글거리는 것이 밤 강물 위의 새빨간 악어 눈알 같았다. 안 돼. 더 기다릴 수 없어. 야펑은 생각했다. 그는 후이칭의 눈빛은 무섭지 않았지만, 뉴유마의 눈에서 넘쳐흐르는 눈물과, 단추가 모자란 그녀의 웃옷과, 가슴팍의 젖 얼룩과, 한 쌍의 젖가슴이 무서웠다. 다음 날, 그는 아버지의 라레이 자전거를 타고 나가서 후이칭을 안장 뒤쪽의 짐받이에 태우고 주바 강가를 돌아다녔다.

후이칭은 짐받이 뒤쪽을 꽉 움켜잡았다. 두 발이 허공에 떴다가, 한 발은 체인 덮개에 닿았다가 다른 발은 바퀴 축을 밟았다가 했다. 안정적으로 자리를 잡은 그녀는 손을 놓고, 양팔을 어깨 높이로 날개처럼 뻗었다. 두 갈래로 땋은 머리가 나는 법을 배우는 어린 새처럼 머뭇거리며 바람에 날렸다. 후이칭은 어려서부터 아버지를 도와 풀을 베고 거름을 모았기 때문에 골격과 근육이 웬만한 사내 못지않았다.

언덕을 오를 때, 그녀는 자전거에서 뛰어내려 양손으로 짐받이를 꽉 잡고 자전거를 종이로 만든 연처럼 하늘 위로 밀어 올렸다. 자전거가 언덕을 내려갈 때는 두 다리로 짐받이를 휘감고, 양손으로는 야펑의 허리를 감았다. 그녀의 가슴이 그물에 걸린 커다란 물고기처럼 야펑의 척추에 부딪쳤다. 중력 가속도가 붙은 자전거는 솔개에게 쫓기는 산토끼처럼 쌩쌩 달렸다.

후이칭은 가느다란 나뭇가지로 바퀴살을 튕겨 새 울음소리 같은 맑은 소리를 내는 걸 좋아했다. 팅, 팅팅, 팅팅팅, 팅팅팅팅팅, 새 우는 소리의 빈도와 크기로 속도를 알 수 있었다. 바퀴살은 너무 빨리 돌아서 눈에 보이지 않는 꿀벌의 날개 같았고, 공중에 뜬 바퀴 축과 은색의 바퀴 테, 검은색 타이어만 보였다. 타이어가 진흙길 위에 뱀 두 마리가 교미하는 것 같은 자국을 남겼다. 다음 날, 야펑은 자전거에서 내려 핸들과 짐받이를 붙잡고 그녀를 안장에 태웠다. 30분도 채 되지 않아 자전거는 그녀의 손에 강물을 따라 배를 저어 가듯, 뱀이 대나무밭을 지나가듯 달리게 되었다. 그녀는 점점 더 빨리 달렸다.

들개 한 마리가 띠풀 숲의 갈림길에서 튀어나왔는데, 후이칭은 미처 피하지 못하고 자전거와 함께 풀이 가득한 구덩이 속으로 떨어졌다. 야펑이 구덩이로 뛰어들었을 때 그녀는 벌써 가슴과 허리를 쭉 펴고 서 있었다. 양쪽이 고르게 풍만한, 두 개의 커다란 물방울 모양의 젖가슴이 금방이라도 옷자락 아래로 넘쳐흐를 것만 같았다.

그들은 사흘 후에 결혼했다. 결혼식은 1941년에 결혼한 주바 마을의 다른 남녀들처럼 급하게 치러졌다.

일본놈들이 왔다.

허윈

야펑은 허윈何芸의 돼지 간 모양의 반점을 처음 봤던, 태양이 높이 걸려 있던 그 오후를 기억했다. 허윈은 하늘 위의 구름도 건드릴 수 있을 것 같은 가느다란 장대를 메고서 두 마리의 홀스타인 젖소 뒤쪽에서 한가롭게 걸었다. 그녀는 풀밭에 앉아 캔버스 천으로 된 모자를 벗고, 왼쪽 뺨 위에 늘어져 있던 머리카락을 젖히고, 턱을 들어 올려 태양을 올려다보면서 주바 마을의 젊은 여자들 중에서 드물게 아름다운 얼굴에 햇볕을 쬐었다. 풍성한 머리칼이 젖소의 몸에 난 검은 얼룩무늬 같았다. 그녀는 인도네시아의 사랑 노래를 흥얼거렸다. 노래 가사는 꼭 작은 강에 관해 노래하는 것 같았다. 작은 강은 그림처럼 아름답고, 강 위에는 돛단배와 푸른 물결이 있고, 강가에는 긴 제방과 야자나무와 연인이 있고…….

허윈은 아버지와 함께 네덜란드 석유회사의 관리인 숙소에 살면서 아버지가 홀스타인 젖소 열 마리를 보살피고 아침마다 소젖을 짜는 걸 도왔다. 가끔은 아침에 아버지와 함께 우유 배달을 하기도 했다. 그녀는 왼쪽 뺨에 큰 반점이 있었는데, 색깔과 모양이 꼭 돼지 간 같았다. 반점이 없었다면 그녀는 주바 마을에서 제일 예쁜 아가씨였을 것이다. 야펑은 그녀가 차를 타고 목교를 지나가는 걸 본 적이 있었다. 목교의 허리폭은 지프차의 몸체만큼 좁았다. 허윈은 다리 입구에 차를 세워 두고 휘파람을 불면서 왔다 갔다 하며 다리 위를 정리했다. 그러더니 또 휘파람을 불면서 지프차 앞으로 돌아가서 손을 뻗어 보닛을 두드리고 운전석으로 뛰어오르더니, 족쇄를 찬 커다란 짐승을 모는 것처럼 단숨에 다리 건너편으로 돌진했다. 지프차는 다리 위를 주사위처럼 굴러갔지만, 아무리 굴러도 강으로 빠지지는 않을 것 같았다.

1941년 1월, 우기의 어느 날 새벽, 야펑은 주바 강가로 낚시하러 가는 길에 허윈이 황토 진흙길 위로 우유병을 가득 실은 지프차를 빠르게 운전해 오는 걸 보았다. 안개가 한 층 덮인 바람막이 유리 위에 허윈의 얼굴이 희미하게 드러났다. 돼지 간 모양의 반점이 보이지 않아 미녀의 시체 같기도 하고, 동녀童女의 제사에 제물로 오른 종이인형 같기도 했다. 지프차는 야펑 옆을 지나가다가 갑자기 엔진이 꺼져 버렸다. 허윈은 열 번이 넘게 다시 시동을 걸어 봤지만, 지프차는 배기구에서 검은 연기만 토해 낼 뿐이었다.

야펑은 자전거를 세웠다.

허윈은 하얀 캔버스 천으로 된 챙이 넓은 모자를 쓰고 있었다. 고무줄은 턱 아래에서 묶여 있었고, 긴 머리칼이 반점을 가리고 있었다. 건조한 얼굴은 메마른 보조개에 젖어 있었다. 허윈은 다시 시동을 몇 번 걸어 보았다. 지프차는 죽어가는 병자처럼 기침을 해댔다. 그녀는 차 문을 열고 뒷좌석으로 가서 여남은 개의 나무 상자를 쳐다보았다. 상자에는 신선한 우유가 담긴 유리병이 꽉 차 있거나 혹은 반쯤 차 있거나 했다. 그녀는 소매를 걷어붙이고, 7.5리터들이 우유병 여섯 개가 든 나무 상자를 땅에 대충 내려놓더니 야평을 한 번 쳐다보고 혼잣말처럼 말했다. “차가 고장 났는데, 우유 배달은 해야 되고…….”

“내 자전거 타고 가.”

“난 자전거 못 타.”

“내가 대신 배달해 줄게.”

“넌 어디로 배달해야 되는지 모르잖아.”

“그럼 내가 널 태워 줄게.” 야평은 낚싯대를 띠풀 숲에 던져 버렸다. “내 자전거는 짐받이가 넓고 기니까, 상자를 앞에 싣고 넌 뒤에 앉으면 돼.”

야평은 나무 상자를 짐받이에 싣고 고무줄로 고정한 다음, 허윈에게 짐받이에 타고 상자를 껴안고 있으라고 했다. 야평이 페달을 밟을 때 엉덩이가 안장을 꾹 눌렀다. 자전거를 타고 가는 동안 우유병과 녹슨 체인, 그리고 기름이 덜 쳐진 바퀴 축이 시끄러운 소리를 냈지만 두 사람은 아주 조용했다. 그는 이따금씩 곁눈질로 등 뒤에 타고 있는 그녀를 쳐다봤지만, 대담하게 미소를 짓고 있는 무릎밖에는 보이지 않았다. 우유 한 상자를 다 배달하고 나면 다시 지프차로 돌아가 다음 상자를 배달했다. 이렇게 왔다 갔다 하며 배달하다가 마지막 상자를 배달할 때 야평은 지름길인 외나무다리를 지나기로 했다. 교각은 굵기가 사람 다리만 한 두 개의 숯나무 말뚝으로, 물속에서 굳건히 서 있었다. 시냇물이 갑자기 불어나 다리 표면이 잠겨 있었다. 자전거가 다리 위를 지날 때 바퀴가 물속에 반쯤 잠겨 두 쌍의 불완전한 날개 모양 자국을 냈다. 페달이 물속으로 들어갔다 나왔다 하며 물을 튕겨 무수히 많은 쓸쓸한 물보라를 만들었다. 바퀴살은 시냇물에 부딪쳐 의심과 걱정에 찬 빛을 흩뿌렸다. 축축이 젖은 체인은 마찬가지로 축축이 젖은 톱니 위에서 움직이면서 음식을 삼키기 어려워하는 듯한 소리를 냈다. 허윈의 발가락이 물에 잠겨 수면에 가시가 잔뜩 달린 줄무늬를 만들면서 소녀의 아름다움과 신비로움을 드러냈다. 암컷 왕잠자리 한 무리가 물 위에 앉아 알을 낳으면서 동그랗고 가지런한 잔물결을 하나, 또 하나 만들어내고 있었다. 뿌리까지 뽑힌 작은 나무 한 그루가 상류에서 외나무다리 쪽으로 떠내려와서 뿌리가 자전거 앞바퀴의 바퀴살에 걸려 바스러졌다. 자전거 앞머리가 다리 위에서 잠깐 멈췄다가, 자전거 전체가 와르르 소리를 내며 시내 속에 빠져 버렸다.

시냇물은 아주 얕아서 야펑의 가슴팍까지밖에 잠기지 않았다. 지나가던 농부 두 사람이 시내로 뛰어들어 야펑과 허윈을 부축해 물가로 올려 주고, 떠내려가던 우유병과 상자, 그리고 시내 바닥에 가라앉은 자전거를 건져내 주었다.

그날 밤, 야펑은 벌거벗은 채 시냇물 위에서 자전거를 타는 꿈을 꾸었다. 자전거 바퀴가 만들어낸 두 줄의 자국이 꼭 백조의 날개 같았다. 물속에는 올챙이와 구피와 펄구라미가 유유히 헤엄치고 있었고, 수면 위에는 수천수만 마리의 왕잠자리가 날아다니고 있었다. 외나무다리 아래엔 교각이 없었다. 허원이 벌거벗은 채로 다리 아래에 서 있었는데, 꼭 그녀가 하나밖에 없는 교각인 것 같았다. 자전거가 외나무다리를 지났다. 야펑이 고개를 돌려 보니 허원이 짐받이 위에 타고 있었다. 얼음같이 차가운 젖가슴이 그의 척추에 달라붙었다.

허원은 마을 여자들 같은 둥근 가슴과 큰 엉덩이를 가지고 있지 않았다. 그녀의 가슴과 엉덩이는 연처럼 얄팍했고, 언제라도 거센 바람에 떨어질 수 있는 옥수수 알갱이 같았다.

야펑이 허원을 마지막으로 만난 건 일본놈들이 주바 마을을 점령하기 한 달 전이었다. 허원은 젖소 두 마리를 다독여 세워 두고, 연못을 빙 돌아 연못가에서 낚시를 하고 있는 야펑에게로 걸어왔다.

"관야펑." 그녀가 갑자기 말했다. "넌 내가 못생겼다고 생각해?"

야펑은 입술을 우물거리며 잠깐 동안 아무 말도 하지 못했다.

허원은 얼굴 위의 반점을 어루만졌다. 거센 서남풍이 한바탕 불어와, 그녀는 손으로 모자를 꾹 눌렀다. "일본인들이 온다고 해서, 아빠가 날 데리고 선을 봤어. 우치민 말고는 나를 원하는 남자가 아무도 없더라."

야펑은 여전히 말이 없었다.

"난 우치민한테 시집가기 싫어……." 그녀가 작은 소리로 말했다.

연못 한가운데 떠 있던 미끼가 움직이기 시작했지만, 야평은 낚싯대를 당기는 걸 잊었다.

허윈의 입가에 작고 메마른 보조개가 파였다. "일본인들이 오면 우린 곧바로 온가족이 내륙으로 피난을 갈 거야. 아빠는 아마 날 번족 사람한테 시집보내겠지."

허윈은 연못을 빙 돌아가서 젖소 두 마리와 함께 풀숲 속으로 사라져 버렸다. 야평은 그녀의 가냘픈 몸이 줄이 끊어진 연처럼, 말라 버린 강물처럼 띠풀 숲속으로 흘러드는 걸 지켜보았다.

야평은 잡은 물고기를 가득 담은 광주리를 메고 돌아가다가, 허윈이 하늘 위의 구름도 건드릴 수 있을 것 같은 가느다란 장대를 메고 왜목 덤불 앞에 서서 홀스타인 젖소 두 마리가 풀을 뜯는 걸 지켜보고 있는 것을 보았다. 9월이었다. 먼 곳의 들불이 꺼지지 않아 가늘고 긴 검은 연기 기둥이 띠풀 숲 위에 흩어져 있었고, 회색 구름이 음울한 하늘에 묶여 있었다. 들판에서는 개와 닭이 우는 소리가 들려왔다. 연둣빛의 띠풀 숲 사이로 여기저기 흩어진 채소밭 울타리가 줄줄이 이어져 있었다. 거의 다 말라 버린 시냇물이 천천히 흐르고, 참매가 먹이를 찾으며 내는 날카로운 소리가 온 들판에 울려 퍼졌다. 태양의 강렬한 빛을 받은 구름이 비누거품처럼 보였다. 단비를 갈망하는 건조한 대지가 마치 허윈의 얼굴에 난 돼지 간 모양 반점 같았다. 야평이 허윈 옆을 지날 때, 그녀는 손을 뻗어 야평의 바지 자락을 붙잡고 소를 몰듯이 그를 왜목 덤불 안으로 몰아넣었다.

“내 반점은 잊어버려. 난 내 처음을 번족 사람한테 주기 싫어.”

야펑이 말리기도 전에 허윈은 그의 바지를 벗겨 버렸다. 그녀의 보조개는 사라졌고, 입가는 고집스럽게 꾹 다물려 있었다. 눈물이 흘러 돼지 간 모양의 반점을 적셨다.

젖소 한 마리가 죽은 벌레와 풀잎 찌꺼기로 뒤덮인 소똥을 타넘고, 꼬리 뒤를 따라다니는 파리를 이끌고 다가와 두 사람 앞에 멈춰 서더니 그들의 발치에 난 연한 풀을 뜯어 먹었다. 허윈의 돼지 간 모양 반점이 그의 얼굴에 바짝 붙어올 때, 야펑은 젖소 한 마리가 둘로 나뉘어 한 마리는 음란하고 사악한 외뿔을 치켜들고, 한 마리는 축축한 외눈을 깜박거리는 걸 보았다.

검은 고리

주바 마을의 중국인 천주교 신부인 쩌우鄒 신부는 쉰이 넘은 나이에 박쥐 날개처럼 얄팍한 두 귀에 생기가 넘치는 붉고 푸른 빛이 가득하고, 교통수단으로는 영국산 BSA 상표의 자전거를 타고 다녔다. 자전거는 신부의 보살핌을 받아, 30년이 넘게 탔는데도 경적 소리는 여전히 낭랑했고, 니켈 도금을 한 전등갓은 노루궁뎅이버섯 같았고, 바퀴살과 바퀴 테는 신의 영혼이 수면 위를 거니는 것처럼 반짝거리며 빛났다. 에밀리는 쩌우 신부가 내륙에서 선교 활동을 하던 시절에 거둔 고아로, 열여섯 살 때 쩌우 신부와 함께 주바 마을로 이주해 왔고, 열여덟 살 때부터 캐나다 산 아래에서 혼자 살면서 닭과 오리를 길렀다. 그녀는 쩌우 신부의 소개를 통해 네덜란드 석유회사에 닭고기와 계란을 정기적으로 판매하면서 마을의 백인 관리와 석유회사의 직원들과 잘 알고 지내게 되었다. 에밀리의 자전거는 2년이 넘게 암탉과 계란을 실어 날랐다. 자전거엔 말라깽이 선씨가 고철을 용접해서 만들어 준 커다란 짐받이가 달려 있었다. 안장은 갈라졌고, 바퀴 테와 체인 덮개에는 갈색의 녹이 잔뜩 슬어서 체인이 움직이면 가래 끓는 기침 소리 같은 소리가 났다. 루거우차오 사건 이후로 주바 마을 사람들은 일본 물건을 배척하게 되었다. 붉은 얼굴 관씨는 파랑 칼로 후지 자전거의 전조등을 베어 상징적으로 자전거의 머리를 벤 셈치고, 자전거의 시체를 주바 강에 가라앉혀 버리고는 영국산 라레이 상표의 자전거를 샀다. 말라깽이 선씨는 관씨 몰래 헤엄을 잘 치는 납작코 저우씨에게 부탁해 주바 강에서 자전거를 건져 올렸다. 그는 자전거 몸체의 후지 상표를 사포로 지워 버리고 영국산 BSA 상표로 바꾸고, 영국제 중고 전조등과 반만 덮는 식의 체인 덮개와 모터와 페달과 경적을 단 다음 잡화점에 진열해 놓고 팔았다.

변장을 마친 후지 자전거는 에밀리의 낡고 냄새나는 자전거에 암탉 두 마리를 더해 맞바꿔졌다.

1941년 6월, 야펑은 어깨에 엽총과 파랑 칼을 메고 자전거를 타고 캐나다 산자락을 따라 쌩쌩 달렸다. 에밀리의 고각옥은 캐나다 산 아래에 있었다. 고각옥은 두 층으로 되어 있었는데 아래층엔 벽이 없었다. 집의 사방에는 과일 나무가 무성하게 자라 있었고, 철제 울타리 바깥에는 키가 작은 나무들과 띠풀 숲이 자라고 있었다. 에밀리는 닭을 멋대로 풀어 놓고 길러서, 500마리가 넘는 닭을 3,300제곱미터쯤 되는 과수원 안에서 방목했다. 과수원에는 십여 개의 닭장이 흩어져 있었다. 닭들은 과수원 안을 자유롭게 돌아다니며 애벌레나 곤충, 지렁이, 풀씨를 찾아 먹었다. 과수원은 고각옥을 중심으로 펼쳐져 있었는데, 수십 그루의 잭프루트, 람부탄, 두리안, 감귤, 랑삿(말레이시아가 원산지인 멀구슬나무과의 과일

나무), 용안 나무가 심어져 있었다. 닭똥이 땅을 비옥하게 만들어 과일이 크고 맛이 좋아서 멧돼지와 원숭이와 들새를 끌어들였다.

오후의 소나기가 한바탕 내렸다. 건기의 초입이라, 연두색 구름이 하늘의 틈새에서 흘러나와 풀 찌꺼기 같은 초록색 비를 뿌렸다. 야펑은 울타리 문 바깥에 서서 한동안 비를 맞으면서 에밀리가 검은 개와 함께 걸어오는 걸 보았다. 가랑비는 촘촘히 내리다가 듬성듬성 내리다가, 비스듬히 오다가 똑바로 떨어지다가, 하늘 위로 거꾸로 날리기도 했다. 처마에서 떨어지는 낙숫물은 이어졌다 끊어졌다 하는 것이 꼭 전립선 비대증을 앓는 노인이 힘겹게 길고 긴 오줌을 뿌리는 것 같았다. 가랑비가 계속 내려 구덩이에 물웅덩이가 생겼다. 검은 개는 집 아래층의 장작더미 위에서 몸을 웅크리고 주위를 둘러보다가 이따금씩 나무판자의 갈라진 틈으로 야펑과 에밀리를 응시했다. 에밀리는 물을 끓여 블랙커피를 한 주전자 타서, 야펑과 함께 베란다에 앉아 도자기 컵 두 개를 바닥에 내려놓았다. 그녀가 도자기 컵을 들고 커피를 홀짝거리며 마시자 손목 뒤쪽에 있는, 15센티미터쯤 되는 오래된 흉터가 드러나 보였다.

2년쯤 전에 주바 마을에는 마을이 생긴 이래 가장 심각한 가뭄이 들었다. 주바 강의 수위는 급격히 하락했고, 어린 풀은 시들고 풀줄기는 불에 그슬렸고, 밭과 들판이 텅 비어 버렸다. 들불이 밤낮을 가리지 않고 괴롭혀 사람과 짐승의 털도 식물과 함께 말라 갔고, 얼굴과 근육도 오그라들었고, 피까지 증발한 것 같았다. 큰까치는 불길에 부채질을 하며 날아다녔고, 천산갑은 불덩이를 품고 마구 뛰어다녔고, 어미 악어는 더위를 피할 굴을 팔 곳을 찾을 수가 없었다. 황완푸의 황소와 석유회사의 홀스타인 젖소들은 외양간을 부수고 나와 모래와 돌이 날리는 황토길 위를 뛰어다녔다. 네덜란드 석유회사가 인도차이나반도에서 수입해 온, 각각 흰색과 밤색 털을 가진 온혈동물인 암말 두 마리는 우리를 뛰어넘어 밖으로 나와 가냘픈 투레질 소리를 내면서, 수말이 올라탄 적 없는 풍만한 엉덩이를 치켜들고 불타는 갈기를 휘날리면서 띠풀 숲에 난 들불을 짓밟으며 시비를 걸었다. 게으름뱅이 자오씨의 머리 없는 닭이 말뚝 아래로 내려와 그늘을 드리운 잭프루트 나뭇가지 위로 날아 올라가자, 수십 마리의 아름다운 후궁들도 나뭇가지 위로 기어올라 총애를 다퉜다. 남양 아가씨들은 분홍빛 입술을 살짝 열고, 허벅지를 벌리고서 등나무 의자에 지키고 앉아 있었다.

그날, 에밀리는 계란과 식용 닭을 네덜란드 석유회사의 직원 식당에 배달하고, 오후 네 시가 좀 넘어서 자전거를 밀면서 주바 마을에서 제일 떠들썩한 가게 거리 앞을 지나갔다. 아주 뚱뚱한 중년인 한 사람이 힘겹게 인력거에 올라타고, 차양 아래서 창백하고 털이 잔뜩 난 퉁퉁한 두 다리를 드러냈다. 젊은 인력거꾼은 안장 위에 올라 가느다란 두 다리로 힘겹게 페달을 밟았다. 뚱뚱한 중년인의 무게 때문에 인력거는 커다란 소라게처럼 마구 흔들리며 천천히 나아갔다. 기사는 밀짚모자를 쓰고 담배를 입에 물고 있었는데, 러닝셔츠와 반바지는 땀에 흠뻑 젖어 있었고, 얼굴에는 이끼 같은 수염이 나 있었다. 에밀리는 납작코 저우씨의 잡화점에서 기름과 쌀과 밀가루와 통조림을 산 다음 뉴유지 다방을 지나갔다. 가게 안에 손님이 가득 차서 뉴유마는 가게 바깥에 천막을 치고 노천 다방을 열어 십여 개의 원탁을 펴 놓았는데, 여기엔 손님이 8할 정도 차 있었다. 뉴유마는 가슴 앞에 작은 손수건 세 장을 끼워 놓고 잠깐 여유가 나면 꺼내서 땀을 닦거나 부채질을 했다. 에밀리는 빈 탁자를 찾아 앉아 등나무 바구니를 땅에 내려놓고, 연유를 넣지 않은 블랙커피를 반 잔 마시고 볶음국수 한 접시를 주문했다.

여섯 시가 다 되었지만 햇볕은 여전히 악랄했다. 손님은 죄다 남자였는데, 대충 네덜란드 석유회사의 석유 탐사 기술자, 린완칭 합판공장의 벌목공, 그리고 대왕 주씨를 비롯한 멧돼지 사냥대원의 세 부류로 나뉘었으며 이 속에 인력거꾼 몇 명이 끼어 있었다. 석유 탐사 기술자들은 중국인과 자바에서 온 인도네시아인 독신남들이었는데, 작업복과 피부에 기름때가 잔뜩 묻어 있어 전설 속의 기름 귀신 같았다. 그래서 그들과 잠자리를 가진 남양 아가씨들은 마치 기름에 튀겨진 듯했다. 벌목공들의 체취는 복잡했다. 그들은 벌목을 할 때 목에 수건을 한 장 두르고 일했는데, 그 수건에선 땀내와 머릿기름 냄새, 톱밥 냄새, 대소변 냄새, 그리고 생선과 새우의 비린내가 풀풀 풍겼다. 벌목공들은 일을 끝내고 나면 악어에게 잡아먹힐 위험을 무릅쓰고 주바 강에서 멱을 감았는데, 바로 그 주바 강에서 생선과 새우 비린내와 대소변 냄새가 났다. 일본놈들이 주바 마을을 점령한 후에 참수된 마을 사람들의 머리 없는 시체를 주바 강에 던지게 된 후로 그들은 주바 강에서 멱을 감을 엄두를 내지 못했다. 하지만 그들은 여전히 주바 강에서 주바 마을 사람들의 대소변을 먹고 자란 게와 자라를 즐겨 먹었기 때문에 입김에서 똥 구린내와 비린내가 났다. 벌목공들은 멋 내기를 좋아해서 머리가 소똥처럼 보이도록 머릿기름을 바르고, 웃통을 벗고서 풀을 베고 길을 닦고 나무를 베고 목재를 운반했다. 그들은 낮에는 삼판선이나 긴배를 타고 주바 강을 지나가는 여자들을 보면서 풀을 베고 뿌리를 뽑았고, 밤에는 남양 아가씨들의 몸 위에 누워 봄바람을 맞고 활력을 되찾았다. 인력거꾼들도 목에 수건을 두르고 있었지만 그 외에도 치자 꽃이나 천리향 꽃을 꽂은 밀짚모자를 쓰고 있었다. 수건에는 명성화로수明星花露水(1940~50년대에 큰 인기를 끌었던 향수의 일종)를 뿌려 몸에서 수입 향수 냄새가 났다. 그들은 방금 막 기름에 튀겨진 남양 아가씨와 자는 걸 제일 무서워했다. 이런 몇 가지 부류의 사람들이 한데 모여 있는 건 농장 안에 닭과 오리와 거위가 모여 있는 것과 같아서, 낳아 놓은 알은 구분해야 하지만 겉모습은 한번 보기만 해도 알 수 있었다.

에밀리가 볶음국수를 다 먹었을 때 탁자 옆에 갑자기 젊은 자바인 기술자 세 명이 나타났다. 입에 담배를 문 그들은 기네스 맥주와 타이거 맥주 네 병을 주문했다. 그들은 큰 손잡이가 달린 유리잔에 맥주를 가득 따르더니, 그중에서 거품이 이는 호박색 맥주가 담긴 유리잔 한 개를 에밀리의 탁자 앞에 내려놓고 잔을 가리키며 인도네시아어로 뭐라뭐라 말을 했다. 에밀리는 인도네시아어를 알아듣지 못해서, 남아 있던 커피 반 잔을 마저 마신 다음 등나무 바구니를 등에 지고 그 자리를 떠나려 했다. 자바인 기술자가 갑자기 손을 뻗어, 에밀리가 손목에 찬 등나무 고리에 손가락을 걸어 붙잡았다.

"미스 후胡 손을 놔!" 에밀리 뒤쪽에 앉아 있던, 그녀를 아는 중국인 벌목공이 말했다. "뭘 하려는 거야?"

기술자는 또 뭐라뭐라 인도네시아 말을 했다.

"미스 후, 이 사람이 맥주 한 잔 다 마시고 가라고 하네." 중국인 벌목공이 말했다.

자바 기술자의 손톱에는 쇳덩이처럼 단단한 때가 끼어 있었고, 손바닥에는 촛농 같은 기름때가 덮여 있었으며, 손바닥 한가운데에는 메탄가스가 가득했다. 다섯 손가락은 여전히 에밀리 손목의 등나무 고리에 걸려 있어서, 손목뼈가 쿡쿡 쑤셨다.

"오빠, 이 사람한테 손 좀 놓으라고 해 주세요." 에밀리가 중국인 벌목공에게 말했다. 벌목공이 뭐라고 두어 마디 했지만, 자바인 기술자는 손을 놓지 않고 자기도 뭐라고 말하면서 다른 손을 에밀리의 손바닥을 향해 뻗었다.

에밀리는 기술자를 쳐다보고는 작은 파랑 칼을 뽑아, 등나무 고리에 걸려 있는 기술자의 손가락을 칼등으로 툭툭 두드렸다. 기술자는 두 손을 거두고 흥 하고 콧방귀를 뀌더니 주먹으로 탁자를 내리쳐 큰 소리를 냈다. 자바인 기술자 무리가 그들 뒤로 둘러

섰고, 한 무리의 중국인 기술자, 벌목공, 인력거꾼들이 에밀리 뒤에 둘러서서 말싸움을 시작했다. 객가어, 광둥어, 민난閩南어(중국어의 방언 중 하나로 주로 중국 푸젠성과 타이완에서 쓰인다), 하이난海南어, 차오저우潮州어, 중국어, 영어, 말레이시아어, 인도네시아어, 타밀어(인도 동남부의 타밀족이 사용하는 드라비다어족의 대표 언어) 등등 언어가 아주 복잡했다. 에밀리는 작은 파랑 칼로 살짝 밀어 거품이 이는 맥주잔을 넘어뜨렸다. 호박색 맥주가 탁자 위로 가득 흘렀다.

대왕 주씨가 사람들 무리를 가르고 다가와 에밀리 앞에 섰다. 체구가 크고 세모난 얼굴의 자바인 기술자가 주씨 맞은편에 서서 서로 성난 눈으로 노려보았다.

"미스 후, 칼 집어넣어." 대왕 주씨가 에밀리에게 말했다.

에밀리는 턱을 치켜들고, 사람으로 된 울타리의 반절을 이루고 있는 자바인 기술자들을 차가운 눈으로 둘러보았다. 손에는 여전히 작은 파랑 칼을 쥐고 있었다.

"여기 이 미스 후는 어려서 고아가 되었는데, 혼자서 양계장을 차렸고, 성격이 강인하지. 우리 주바 마을에 전염병이 돌았을 때, 미스 후는 마을 사람들과 마찬가지로 돈을 모아 복덕정신福德正神(토지공土地公이라고도 함. 중국 남쪽 지방에서 주로 모시는 민간신앙의 신으로 사악한 기운을 쫓고, 재난을 피하고, 복을 가져다주는 신) 사당을 세웠지. 미스 후를 괴롭히는 사람이 있다면 우리 주바 마을 사람들은 보고만 있지 않을 거야." 대왕 주씨는 풀숲에서 방금 돌아온 참이라 초록색 사냥모자에 두꺼비 배만 한 주머니가 달린 황토색 사냥복을 입고 있었다. 입에

문 서양 담배는 이미 필터까지 타들어가 나무토막처럼 뻣뻣한 미소가 드러났다. “너희 자바인 쿨리들은 내 아내한테 몇 번이나 손을 댔지. 너희들이 고향을 떠나 살 길을 찾아서 우리 마을까지 힘들게 온 걸 봐서 내가 오래 참고 있었다. 내 다방에서 소란 피우지 말고 가! 가 버려!”

대왕 주씨가 객가어로 한 말을 중국인 기술자가 인도네시아어로 통역했다. 에밀리의 칼등에 손가락을 맞은 기술자는 아직도 완전히 정신을 차리지 못하고, 탁자 위에 놓인 맥주잔을 가리키며 또 뭐라고 말을 했다.

“이놈이 미스 후한테 이 맥주 한 잔을 다 마시라고 하는군.” 중국인 벌목공이 말했다.

“줄초상이나 나라 이…….”

대왕 주씨가 말을 막 꺼내자마자 에밀리가 작은 파랑 칼을 뽑아 힘껏 휘둘러, 타이거 맥주병 두 개를 베고 유리로 된 맥주잔 한 개를 부숴 버렸다.

비 때문에 암탉들이 깜짝 놀란 바퀴벌레처럼 흩어졌지만, 비를 피해 닭장 안으로 들어가지는 않고 빗속에서 계속 먹이를 찾았다. 구름이 흩어지고 비가 그친 후에도 야펑의 커피에서는 여전히 김이 올라오고 있었다. 과수원 여기저기에 흩어진 작은 물웅덩이들이 나무에서 떨어지는 물방울을 빨아들였다. 청개구리 한 마리가 뒷다리를 암탉에게 물렸는데, 암탉이 먹이를 나눠 먹으려는 다른 닭들을 피하기 위해 부리나케 뛰어가는 모습이 꼭 개구리가 신통력을 부려 암탉을 끌고 가는 것처럼 보였다. 불사조 같은 두리안 열매가 나뭇가지 위에 높이 매달려 있었다. 에밀리는 커피 두 잔을 마신 다음, 다시 물을 끓여서 또 커피를 한 주전자 우려냈다. 그녀는 야펑에게 띠풀 숲속에 멧돼지 굴이 두 개 있는데, 한쪽에는 어미돼지 한 마리와 줄무늬 보호색을 막 벗은 새끼돼지 여덟 마리가 살고 있고, 다른 한쪽에는 청장년 돼지 세 마리가 살고 있는데, 밤이 되면 땅에 떨어진 두리안 열매 냄새를 맡고 울타리 밑을 파헤쳐서 과수원 안으로 들어와 과일을 먹고, 당근을 심어 놓은 작은 밭두렁도 파헤친다고 말했다. 당근은 에밀리가 쩌우 신부에게 드리기 위해 기르는 것이었다. 쩌우 신부는 영국의 고관들처럼 당근을 먹으면 밤눈이 밝아진다고 굳게 믿었기 때문에, 밤에 외출해서 포교하기에 편리하게 하기 위해 에밀리가 완전히 닭똥만 가지고 키운 당근을 즐겨 먹었다. 배불리 먹지 못한 멧돼지들은 닭장을 밟아 부수고 암탉을 잡아먹었는데, 매일 밤마다 와서 벌써 닭을 서른 마리 넘게 물고 갔다. 에밀리는 며칠 동안 관찰한 끝에 닭장을 걸어 잠그고 야펑에게 멧돼지 잡는 걸 도와달라고 부탁했다. 그녀는 또, 그 청장년 돼지 세 마리는 그녀가 몇 년 전에 어미돼지 한 마리를 죽였을 때 차마 죽이지 못하고 놓아 준 새끼돼지들인데, 그놈들이 육식을 하는 버릇이 든 청장년 돼지로 자랐을 줄은 몰랐다고 말했다.

오후 세 시가 되었다. 에밀리는 어깨에 싱글 배럴 엽총을 메고, 허리에는 크고 작은 파랑 칼을 한 자루씩 차고, 팔에 등나무 바구니를 걸었다. 야평은 어깨에 더블 배럴 엽총을 메고, 허리에 큰 파랑 칼 한 자루를 차고, 팔에 등나무 바구니를 걸었다. 울타리 문을 밀어 열고 두 사람과 개 한 마리가 띠풀 숲으로 향했다. 검은 개가 맨 앞에 가고, 에밀리가 가운데에, 그리고 야평이 맨 뒤에서 따라가면서 일부러 즐거운 척을 하며 휘파람을 불었다. 에밀리는 뒤를 돌아보며 소리를 내지 말라고 손짓했다. 먼 곳에 작은 들불이 드문드문 나 있었다. 조그만 불길이 토해 낸 하얀 연기가 들판을 뒤덮어 들판 한구석이 사라진 듯 보였다. 검은 개는 꼭 먹물주머니를 걸친 듯했다. 개의 발이 들판을 밟는 것이 마치 게의 발이 늪지 위를 걷는 것처럼 소리가 전혀 나지 않았다. 개는 이따금씩 발을 멈추고 사방을 둘러보았다.

에밀리는 점점 더 빨리 걸어가다가 갑자기 손을 들어 손바닥으로 야평의 가슴팍 앞을 막았다. 어깨에 엽총을 멘 마을 사람 두 명이 높이가 사람 머리까지 오는 동그란 언덕을 넘어 풀숲 속으로 사라졌다. 에밀리는 야평의 가슴을 누르고 있던 손을 거두고, 야평을 쳐다보고는 허리에 차고 있던 작은 파랑 칼을 뽑았다.

꿀꿀, 씩씩, 킁킁. 야평은 언덕에서 전해져 오는 멧돼지들의 낮은 울음소리를 들었다.

잘린 맥주병에는 투명한 유리조각이 가득 담겼고, 온전한 유리잔 한 개가 깨져 버린 유리잔의 시체 조각 위에 쓰러졌다. 샤오진, 중라오과이, 자라 대왕 친씨, 납작코 저우씨, 말라깽이 선씨 등의 사냥대원들이 소식을 듣고 급히 달려와 대왕 주씨 주위를 둘러싸고, 에밀리를 벌목공 무리 안으로 밀어 넣었다. 샤오진은 큰 파랑 칼을 한 자루 가져왔는데, 말라깽이 선씨가 그걸 빼앗아 뉴유마에게 주자 그녀는 칼을 계산대 아래에 던져 놓았다. 말라깽이 선씨는 마을의 개척공신으로 적지 않은 난리를 평정한 경험이 있었다. 그는 주먹은 사람을 다치게 해서 큰일을 작게 만들지만, 날붙이는 사람을 죽여서 작은 일을 크게 키운다는 걸 알고 있었다.

에밀리의 칼등에 손가락을 맞은 자바인 기술자가 갑자기 유리 조각 한 개를 집어 들더니 에밀리의 팔목을 그어 15센티미터쯤 되는 상처를 냈다. 대왕 주씨가 그 기술자의 배를 걷어차자 그는 비명을 지르며 큰 대자로 나자빠졌다. 세모진 얼굴의 자바인 기술자가 의자 한 개를 발로 차서 뒤집어엎더니 다른 의자를 하나 집어 들어 대왕 주씨를 향해 내리쳤다. 주씨는 머리를 기울여 피했고, 의자는 탁자에 부딪쳐 다리 두 개가 부러졌다. 의자 다리가 대왕 주씨의 초록색 사냥 모자를 벗겨 버려서, 어미돼지에게 두피를 물어뜯긴 흉한 상처가 드러났다. 주씨의 두피에는 버석버석한 주름이 가득했고, 머리털이 융단처럼 난 부분이 열 군데 넘게 있었다. 흉터는 주눅 든 눈빛으로, 마른 나무에 꽃이 핀 것처럼 수줍은 청춘 같은 기색을 드러냈다. 대왕 주씨는 한 손으로 의자를 집어 들어 세모 얼굴의 자바인 기술자를 내리치면서 다른 한 손으로는 탁자 위에 떨어진 사냥 모자를 주워 머리에 덮어썼다. 50여 명의 자바인 쿨리와 100여 명의 중국인 기술자, 벌목공, 인력거꾼들이 뉴유지의 노천 좌석에서 싸우는 동안, 에밀리는 작은 파랑 칼을 칼집에 집어넣고, 뉴유마가 그녀에게 건네준 흰 수건으로 상처를 싸매고, 등나무 바구니를 등에 지고, 커피 값을 계산대 위에 내려놓고, 뉴유마 큰아들의 통통한 볼을 꼬집어 주고는 자전거를 타고 떠나 버렸다.

경정서警政署에서 사람들을 해산시키기 위해 경찰관들을 보냈을 때, 50여 명의 자바인 기술자는 이미 대왕 주씨를 비롯한 사람들에게 얻어맞아 이리저리 도망친 후였다. 그들 중 대부분은 직원 기숙사로 도망쳤다. 중국인 몇 명은 가 버렸고, 그보다 훨씬 많은, 이 일과 상관없는 중국인들이 몰려와서 주씨와 사냥대원들을 둘러싸고 직원 기숙사 앞에서 소리를 질러 댔다. 대왕 주씨가 세모 얼굴과 싸울 때 그의 사냥모자가 다시 한 번 벗겨졌다. 주씨는 갓난아이 울음소리 같은 소리를 내면서 세모 얼굴의 앞니 두 개를 부러뜨려 버렸다. 네덜란드 석유회사의 고위 책임자가 주바마을 경정서장에게 항의를 해서, 대왕 주씨 일행 십여 명과 자바인 기술자 십여 명이 체포당하게 해서 양측의 두 번째 충돌을 불러일으켰다. 자바인들과 중국인들이 경정서 앞에 모였을 때, 위장복을 입고 오른쪽으로 비스듬히 기울어진 베레모를 쓴 변방부대 대원 20명이 손에 카빈총을 들고 경정서 대문 앞에 일렬로 나란히 서 있었다.

붉은 해가 서쪽으로 졌다. 남중국해의 비대한 파도가 피를 배불리 빤 말거머리처럼 몰려와서, 영국 관리의 요트도 돛을 내리고 항구로 돌아왔다. 갈매기 떼가 끼룩끼룩 울면서 깃대에 매달린 성조기 주위를 맴돌며 날아다녔다. 먼 곳의 궁륭형 바위가 마치 울고 있는 소녀의 얼굴처럼 붉게 물들었다. 주바 마을의 중국인 대표이자 마을의 갑부인 창칭 합판공장의 린완칭 사장이 네덜란드 석유회사의 중국인 기술자 노조 총책임자와 연합해 돈이 두둑이 든 봉투를 준비해서 직접 일을 처리하러 갔다. 그는 담배와 술과 특산품을 가득 실은 지프차를 온순하게 길들인 코뿔소처럼 네덜란드 석유회사 총지배인의 저택 앞에 세웠다. 석유회사에서는 책임자를 파견해 자바인 기술자들을 위로했고, 총지배인은 경정서장을 만나서 대왕 주씨를 비롯한 이들을 석방할 것을 건의했다. 경정서장은 말레이시아인으로 대머리에 키가 작고 뚱뚱했다. 그는 확성기를 손에 들고 변방부대원들 뒤에 서서 훈화를 했다. 식민경찰의 모자챙에 달린 영국 휘장은 걸쭉하고 뜨끈뜨끈한 가래 같았고, 확성기에서 흘러나오는 목소리에도 뜨끈한 가래가 섞여 있는 듯했다. 날씨가 너무 더워서, 서장이 있는 힘을 다해 상황을 누그러뜨리기 위해 낸 웃음소리는 꼭 흐느끼는 소리 같았다. 사람들 속에서 돌멩이가 하나 날아가 서장의 이마를 맞혔다. 서장은 괴상한 비명을 지르며 이마를 감싸 쥐었다. 한 줄기 피가 손가락 틈새로 흘러나왔다. 사람들 사이에서 폭동이 일어나 변방부대를 향해 달려들거나 아니면 주먹을 휘두르며 서로 싸우거나 했다. 변방부대는 처음에는 공중에 위협사격을 했고, 그 다음엔 총구를 돌려 사람들을 겨눴다. 총성과 비명은 짧았지만, 짙은 화약 연기 냄새는 바닷바람에 날려 마을을 덮치고, 띠풀 숲에 자욱하게 퍼져 오랫동안 흩어지지 않았다. 변방부대는 중국인 다섯 명과 자바인 기술자 여섯 명을 쏘아 죽이고 20여 명을 다치게 했다.

에밀리는 둥근 언덕 뒤쪽을 가리켰다. 그녀는 야펑에게 언덕 위로 전진하라고 손짓했다. 검은 개는 네 발을 발돋움해 발톱이 땅에 닿지 않게 하고, 귀를 머리에 딱 붙이고, 꼬리는 똑바로 세워 바람에 저항하는 모든 털과 발톱을 눕힌 채 언덕 위로 기어 올라갔다. 두 사람과 개 한 마리는 언덕 꼭대기로 올라가 아래를 내려다보고 언덕 뒤쪽에 있는 멧돼지 굴을 확인했다. 굴 입구는 타원형이었고, 굴 바깥에는 방어를 위해 나뭇가지를 잔뜩 펼쳐 놓았으며, 굴 주위의 땅에는 돼지 발자국이 잔뜩 찍혀 있었다. 뚜렷하게 난 크고 작은 돼지 발자국은 굴 입구에서부터 풀밭 샛길을 향해 나 있었다. 에밀리가 작은 소리로 말했다. "바울이 굴속으로 들어가서 유인할 거야. 맨 처음으로 나오는 건 분명히 어미일 거야. 조준하고 바로 방아쇠를 당겨. 개를 쏘지 않게 조심하고. 새끼들이 밖으로 나오면 사로잡을 수 있으면 사로잡고, 안 되면 그냥 쏴 죽이자. 한 마리도 놓치면 안 돼."

야펑과 에밀리는 풀숲 속에 몸을 웅크리고 엽총을 들고 굴 입구를 겨눴다. 작은 노란색 꽃들이 언덕 위에 여기저기 피어 있었다. 언덕 위쪽으로 커다란 구름이 지나갔고, 파란 하늘이 군데군데 보였다. 굴 바깥쪽을 향해 뻗어 있는 나뭇가지는 포식자의 눈을 찔러 다치게 하기 쉬웠다. 검은 개 바울이 멧돼지 발자국 냄새를 맡으며 굴 입구로 다가갈 때, 나뭇가지는 살아 있는 것처럼 더 날카롭게 뻗어 나가는 듯했다. 검은 개는 이빨을 드러내고 굴속으로 들어갔다가 곧바로 다시 밖으로 후퇴하면서 전략을 다진 다음, 다시 굴속으로 들어갔다. 굴속에서 개와 돼지의 울음소리, 그리고 개 이빨과 돼지 이빨이 으드득거리며 마찰하는 소리가 울려 퍼졌다. 검은 개는 다시 굴 밖으로 나와서 고개를 흔들고, 한참 동안 기다렸다가 다시 굴속으로 뛰어들었다. 개의 살기와 돼지의 노기가 나뭇가지 몇 개를 뒤흔들었다. 개 발톱과 돼지 발굽이 뒤엉켰고, 두꺼운 모래먼지가 굴 입구를 막았다. 시간이 지나면서 개 짖는 소리에는 점점 날카로운 기색이 가득해졌고, 돼지의 울음소리에는 불길한 기색이 늘어났다.

검은 개와 어미돼지가 굴 밖으로 나왔을 때는 둘 다 온몸이 회색 먼지로 뒤덮여 있어, 검고 흰 얼룩무늬가 난 두 마리의 크고 작은 고슴도치처럼 보였다. 어미돼지의 코에 난 수염이 얼굴의 반을 가리고 있었다. 엄니는 없었지만 이빨이 발달해 있었고, 배 아래쪽에는 여덟 쌍의 젖꼭지가 세로로 늘어서 있었다. 검은 개는 흥분에 차서 콧소리를 내더니 빠른 걸음으로 띠풀 숲을 향해 달려가서 가시나무가 무성하게 자란 왜목 덤불 앞에 멈춰 섰다. 에밀리는 어미돼지가 개를 향해 달려갈 때 방아쇠를 당겼다. 총을 맞은 어미돼지는 관성과 노기 탓에 잠깐 동안 낙석처럼 굴러가다가 왜목 덤불 앞에 쓰러졌다. 검은 개는 돼지 이빨에 찔려 상처가 난 발을 한 번 핥고는 고요하고 냉담한 태도로 어미돼지를 쳐다보았다. 바울은 일반적인 사냥개처럼 제압당한 사냥감을 보고 귀나 코를 물어뜯거나 미친 듯이 짖어대지 않았다. 굴 입구에서 새끼돼지 여덟 마리가 차례대로 나오더니 어미의 발자국 냄새를 맡고 줄지어서 왜목 덤불 쪽으로 걸어갔다. 에밀리와 야펑은 등나무 바구니 두 개를 주둥이가 굴 바깥쪽을 향하게 해서 굴 입구를 막아 두었다. 검은 개가 새끼돼지 한 마리의 뒷다리를 물자 돼지가 처량하게 비명을 질렀다. 새끼 두 마리가 굴 입구를 향해 달려가다가 바구니 안으로 들어갔다. 에밀리는 굴 바깥에 펼쳐져 있던 나뭇가지 몇 개를 뽑아 바구니 주둥이를 막았다. 남은 다섯 마리의 새끼들은 몇 바퀴 빙빙 돌다가 어미가 자주 다니던 풀밭 샛길로 달려갔다. 에밀리는 엽총을 등에 메고, 작은 파랑 칼을 뽑아 들고 야펑에게 말했다.

"사로잡을지 죽일지는 네가 보고 알아서 해. 이 근처엔 사냥꾼들이 다니니까 총 쏠 때 조심하고."

에밀리는 칼등으로 새끼 두 마리를 때려 기절시킨 다음, 등나무 덩굴을 꺾어 새끼들을 한 덩어리로 묶어 매듭을 지어서 들고 빠르게 달려갔다. 새끼 세 마리는 재빨리 내 천 자로 갈라져 도망쳤다. 에밀리는 가운데 놈을 쫓아가 목을 베어 버리고, 등나무 덩굴로 묶어 작은 나무에 걸어 놓고 왼쪽 놈을 쫓아갔다. 나뭇가지에 높이 걸려 있는 새끼 두 마리는 등나무 덩굴이 부드러운 뱃가죽과 목을 파고들어 숨을 쉬기가 힘들어졌는지 갑자기 조용해졌다. 두 마리의 새끼는 바구니 틈새를 통해 에밀리의 칼에 목이 베인 새끼가 피바다 속에 쓰러지는 걸 보았다. 조그만 두 눈이 아직도 반짝이면서 삶에 대한 의지가 날갯짓하는 것이 마치 미친 듯이 부는 바람 속에서 갈기 몇 올로 촛불을 지켜내려는 것 같기도 했고, 새벽녘에 꺼져 가는 별빛 같기도 했다. 야펑은 마른 나뭇가지를 발로 밟아 부러뜨렸다. 부러진 가지가 그의 얼굴을 때리는 바람에 두개골이 떨어져 나간 것처럼 아팠다. 정신없이 몇 걸음 걷다가 겨우 멈춰 보니 새끼돼지는 벌써 어디로 갔는지 보이지 않았다. 새끼는 달려서 도망치고 있는지도 모르고, 아니면 살기 위해 머리를 써서, 녹이 슬어 얼룩덜룩한 낡은 칼에 새로운 녹이 숨어드는 것처럼 숨을 곳을 찾아 쉬고 있는지도 몰랐다.

야펑은 사방을 둘러보았다. 저 멀리 띠풀 숲에서는 여전히 드문드문 들불이 일고 있었고, 더 먼 곳의 풀숲은 열기 속에 섬처럼 떠 있었다. 들풀은 키가 큰 곳도, 작은 곳도 있었고, 무성한 곳도, 말라서 시든 곳도 있었으며, 서남풍을 맞아 땅에 달라붙어 숨을 헐떡이는 곳도, 곧게 자라 사람이 뽑기를 기다리는 곳도 있었다. 위에 참새가 잔뜩 앉아 있어 벼이삭처럼 고개를 숙인 곳도, 이리저리 뛰어다니는 메뚜기를 맞이하는 곳도 있었고, 초식동물에게 뜯어 먹힌 곳도, 날붙이에 베인 곳도 있었다. 빽빽한 곳도, 듬성듬성한 곳도, 이제 막 싹이 돋아나는 곳도 있었고, 사냥꾼의 발에 밟혀 좁은 길이 난 곳도 있었다. 야펑은 반쯤 둘러본 후에 똑바로 서서 고르게 숨을 쉬면서 눈을 감았다. 눈을 감자 그는 띠풀 숲을 더 깊이 관찰하게 된 듯했다. 들풀은 키가 작고 싱싱한 곳도, 키가 크고 비실비실한 곳도 있었다. 무성한 들풀은 비옥한 땅의 기운을 빨아들였고, 마른 들풀은 척박한 땅에 흡수되었다. 땅에 달라붙은 풀은 드문드문 자랐고, 곧게 뻗은 풀은 빽빽하게 자랐다. 참새가 잔뜩 앉아 있는 풀은 줄기가 억셌고, 메뚜기가 뛰어다니는 풀은 몸체가 유연했다. 초식동물에게 뜯어 먹힌 풀은 부드럽고 즙이 많았고, 날붙이에 베인 풀에는 딱지가 앉았다. 막 싹이 돋은 풀은 새파랗고, 사냥꾼이 밟고 다녀 길이 난 풀에는 사냥꾼의 등나무 모자에서 떨어져 나온 줄기가 걸려 있었다.

그의 왼편에는 움푹 파인 풀밭이 있었다. 풀밭에는 흰색과 자주색 꽃이 가득 피어 있었는데, 흰색 꽃이 자주색 꽃보다 두 배 많았다. 에밀리는 알을 낳는 암탉처럼 풀밭 위에 쪼그리고 앉아 있었다. 왼쪽 뒤편의 왜목 덤불 속에는 큰까치 둥지가 하나 있었다. 둥지 안에는 아직 눈도 뜨지 못한 갓 태어난 새끼 두 마리가 꿈틀거리고 있는데, 붉고 동글동글한 몸에 하얀 솜털이 드문드문 나 있었다. 검은 개는 뒤쪽의 둥근 언덕 위에 웅크리고서 등나무 바구니 속의 살아 있는 새끼돼지 두 마리와 언덕 아래의 죽은 돼지를 지키고 있었다. 개는 어미돼지의 이빨에 찔린 앞발을 핥다가, 이따금씩 언덕 아래로 뛰어 내려가 숨이 끊어진 어미와 새끼의 냄새를 맡았다. 오른쪽 뒤편에서는 흰배뜸부기 한 마리가 새끼 다섯 마리를 이끌고 관목 덤불을 지나가고 있었고, 다 말라 가는 모래톱 위에서 클라이밍 퍼치와 가물치가 뛰어오르고 있었다. 앞쪽에 있는 작은 연못 위로 백로 한 마리가 날아올랐다.

그는 숨을 깊이 들이마시고 왼편에 있는 움푹 파인 풀밭을 바라보았다. 흰색과 자주색의 작은 꽃들이 사라지고, 수많은 흰색과 자주색의 나비가 날아다녔다. 에밀리는 피를 흘리는 새끼돼지 한 마리를 들고 있었다. 입가 아래의 근육이 현악기의 현처럼 떨리면서 하모니카처럼 유쾌한 음색을 연주했다. 큰까치 둥지에는 사실 새끼가 세 마리 있었다. 검은 개는 벌써 에밀리가 목을 벤 새끼돼지를 물고 돌아왔고, 흰배뜸부기 가족은 먹이를 사냥하는 구렁이를 피해 도망치고 있었다. 펄쩍펄쩍 뛰던 클라이밍 퍼치와 가물치는 커다란 도마뱀에게 사정없이 뜯어 먹혔고, 백로는 그를 향해 정면으로 덮쳐 오고 있었다.

눈을 뜬 그는 갈기가 사방으로 뻗쳐 있고 엄니가 튀어나온 멧돼지가 입에 백로를 물고 있는 걸 보았다. 백로는 날카로운 소리로 울부짖었다. 오이 덩굴처럼 부드러운 목줄기가 천천히 아래로 늘어지더니 더 이상 움직이지 않게 되었다. 멧돼지는 죽은 백로를 던져 버리고 엄니를 두어 번 갈면서 뿌드득 하는 괴성을 내고, 긴 주둥이 위의 원판 모양 연골에서 콧김을 뿜어내고는 발굽을 번쩍 들고 야펑을 향해 돌진해 왔다. 야펑은 큰 파랑 칼을 뽑았다. 칼끝이 돼지의 가슴을 찔렀을 때, 돼지는 이미 그의 허벅지를 물었다. 총성이 들리고, 멧돼지의 배에 핏빛 꽃이 하나 피어났다. 다시 총성이 들리자 핏빛 꽃이 또 하나 피어났다. 멧돼지는 물고 있던 야펑의 다리를 놓고 그의 발치에 쓰러졌다.

야펑의 칼끝에서 핏방울이 떨어졌고, 에밀리의 총구에서는 연기가 피어올랐다.

멧돼지는 야펑의 허벅지에 작은 범위의 열상을 냈다. 선혈이 종아리의 반 정도를 흠뻑 적셨다. 사냥은 완벽하진 않았지만 반은 성공했다고 볼 수 있었다. 대충 마무리한 두 사람은 에밀리의 집으로 돌아갔다. 에밀리는 네덜란드 석유회사의 구급상자를 열고, 식염수로 상처를 씻어내고 포비돈 요오드와 소염 연고를 바른 다음 붕대를 감았다.

"멧돼지 이빨엔 독이 없으니까," 에밀리가 말했다. "오줌은 안 뿌려도 돼."

에밀리의 과수원은 암탉의 자상한 울음소리로 가득했다.

에밀리는 또 물을 끓여 커피를 한 주전자 우렸다. "돼지는 며칠 동안은 안 나타나겠지. 남은 몇 마리 정도는 나 혼자 해결할 수 있어."

잠깐 쉬고 나서 에밀리와 야펑은 각자 대나무 바구니를 자전거 핸들에 걸고 자전거를 끌고 언덕 위로 올라갔다. 두 사람은 죽은 돼지를 밧줄로 짐받이와 핸들에 붙들어 매고 검은 개와 함께 마을을 향해 걸어갔다.

"큰 돼지 두 마리랑 새끼 몇 마리는 자오 삼촌한테 부탁해서 채소 시장에서 팔아 달라고 해야겠어." 에밀리가 말했다. "사로잡은 새끼 두 마리는 팔아 봐야 얼마 안 될 테니까, 네가 기를 생각이 없으면 자오 삼촌한테 드려서 길러서 파시라고 해야겠다."

"에밀리." 야펑이 말했다. "일본놈들이 곧 온다고 해서 주바 마을 여자애들은 다 시집을 갔잖아. 너는?"

화이트 스톡

화이트 스톡white stork. 철새로 백관白鸛, 동방백관東方白鸛, 노관老鸛이라고도 한다. 황새과 황새속에 속하는 대형 섭금류이다. 부리는 길고 검은색이며 날개는 흰색, 다리는 붉은색이다. 눈테는 붉은색이며 깃털이 없다. 날개가 넓고 크며, 목 아래쪽에 피침형의 긴 깃털이 나 있어 짝을 찾아 구애를 할 때는 곧게 세운다. 쉴 때는 한 다리나 두 다리로 물가나 모래톱 혹은 풀밭에 서서 목을 움츠리고 있어 유령이 떠다니는 것처럼 보인다. 놀라면 부리를 튕겨 딱딱거리는 소리를 내는데, 도깨비가 이를 가는 소리 같다. 날아오를 때는 양 날개를 힘껏 펄럭이는데, 땅에서 어느 정도 도움닫기를 해야 한다. 날 때는 목과 두 다리가 일직선이 되어 열기를 이용해 공중에 떠서 활공하거나 선회하는 것이 마치 저승으로 가는 길을 배회하는 것 같다. 땅에서 먹이를 찾을 때는 목을 구부리고 고개를 숙이고 큰 걸음으로 천천히 걸어다니며, 먹이를 발견하면 갑자기 괴상한 자세로 쪼아 먹는다. 물속에서 먹이를 찾을 때는 반쯤 벌린 부리를 1분에 17회 이상 물속에 집어넣는 모습이 꼭 용수철이 달린 것 같다. 동족 혹은 다른 조류의 새끼를 주로 잡아먹

는다. 유럽, 아프리카, 중앙아시아, 인도, 일본, 중국 등에 분포하며, 겨울에는 아프리카와 인도의 열대지방으로 이동한다. 타이완과 동남아시아 지역에서는 이동하지 못하고 낙오된 새에 속한다.

2차대전 시기에 연합군은 일본의 전투기나 정찰기를 농담 삼아 화이트 스톡이라고 불렀다.

차오다즈는 붉은색 긴팔 웃옷에 갈색 주름치마를 입고, 얼굴에는 분과 연지를 발라 털이 잔뜩 나고 입이 튀어나온 원숭이처럼 보이게 분장한 채, 가오리가 만든 팔걸이의자에 앉아 손차양을 하고 주바 중학교 강당을 둘러보았다. 그의 뒤쪽에는 장방형의 현수막이 걸려 있었는데, 현수막에는 푸르른 송백과 기이한 꽃과 풀, 바위와 칡덩굴이 그려져 있었고, 가운데에는 폭포가 그려져 있었다. 양쪽에는 비석이 하나씩 서 있었고, 비석에는 큰 글씨의 해서체로 "화과산은 신선의 거처요, 수렴동은 별천지다花果山福地, 水簾洞洞天"라는 글귀가 새겨져 있었다. 그의 앞에는 주바 소학교 학생 여남은 명이 마찬가지로 얼굴에 분과 연지를 발라 원숭이처럼 꾸미고, 손에는 '제천대성齊天大聖'이라고 적힌 깃발을 들고, 죽창과 목검을 쥐고서 꽥꽥 소리를 지르며 서로 싸우고 있었다. 그의 머리 위쪽에는 '주바 중·소학생 구제 계획 위원회 자선 공연 및 바자회 모금 활동'이라는 글씨가 수놓인 붉은 현수막이 가로로 걸려 있었다. 차오다즈는 귓불을 긁적이고는 엄지와 검지를 입에 대고 휘파람을 불었다. 그런 다음 팔걸이의자 뒤쪽에서 2.7미터짜리 멀바우 나무 장대의 겉을 반짝거리는 종이로 싸서 만든 여의봉을 뽑아 들고 팔걸이의자에서 내려와서, 원숭이 무리를 헤치고 거드름피우며 여의봉으로 훈련하는 척을 했다. 주바 소학교 교복을 입은 어린 여자아이가 양갈래로 땋은 머리와 가지런한 앞머리를 흔들며 걸어와 무대 앞에 서더니 손에 들고 있던 작은 책을 펴고 낭랑한 목소리로 읽었다.

"바다 밖에 나라가 있으니 오래국이라 한다. 오래국은 바다 가까이에 있고, 바다 가운데는 명산이 있으니 이를 화과산이라 한다. 산 위에 바위가 하나 있는데, 이 바위가 돌로 된 알을 낳아 이 알이 돌원숭이로 화했다. 이목구비가 갖춰지고 팔다리가 완전해지자 그곳에서 신통력을 부려 원숭이들을 모아 세상을 어지럽게 하니, 옥황상제께서 그를 복종시켜 필마온弼馬溫의 직책에 봉했다. 그가 관직이 작은 것에 불만을 품고 천궁에 반란을 일으키니, 옥황상제께서 이천왕李天王과 나타 태자를 보내 잡아 오게 했다. 그리하여 그날 이천왕과 나타 태자가 삼군을 일으켜 군사를 이끌고 남천문을 나가 화과산에 이르렀다."

박수 소리와 환호가 울려 퍼졌다. 탁탑 이천왕 역을 맡은 새총대왕 첸바오차이가 겉에 종이를 바른 갑옷을 입고, 머리에 종이를 바른 방울새 모양의 보관을 쓰고, 손에는 종이를 바른 영롱보탑玲瓏寶塔을 받쳐 들고 무대 왼쪽에서 등장했다. 나타 역을 맡은 홍마오후이는 맨발에 손에는 나무로 만든 화첨창火尖鎗을 들고, 목에는 종이로 싼 건곤권乾坤圈을 걸고, 양쪽 종아리에는 종이에 그린

풍화륜風火輪을 하나씩 매달고 나와서 아버지인 이천왕 뒤에 섰다.

"나는 탁탑 이천왕의 셋째 태자다. 세 살 때 바다에 나가 수정궁을 밟아 무너뜨리고, 교룡을 잡아 수염과 비늘을 뽑으니, 부왕은 내가 다시 화를 일으킬 것을 두려워해 나를 죽여 후환을 없애려 했다. 나는 칼을 들어 내 살을 발라내 어머니께, 뼈를 추려 아버지께 돌려드리고, 실낱같은 혼령이 되어 서천으로 올라갔다. 여래께서 연근으로 뼈를 삼고 연잎으로 살을 삼아 나를 소생시켜 주셨다. 나는 부왕을 죽여 뼈를 도려낸 원한을 갚으려 했으나, 여래께서 부왕에게 보탑을 내리시고 내게 아버지를 부처님처럼 대하라 하시어 나와 부왕 사이의 원한을 풀어 주셨다. 나는 두 발은 풍화륜을 타고, 손으로는 금으로 된 창을 쓰며, 신통력이 커서 머리 세 개에 팔 여섯 개인 몸으로 화할 수 있다. 이에 부왕의 선봉대장을 맡아 아흔여섯 요괴를 소탕하고, 오늘은 옥황상제님의 뜻을 받들어 여기에 원숭이 요괴를 굴복시키러 왔다." 홍마오후이는 단전에서 쥐어짜낸 목소리를 다 써 버려, 우는 듯한 목소리가 섞여서 밤중에 고양이가 우는 소리처럼 들렸다. "악독한 짐승아! 어서 필마온에게 알려 빨리 나와서 항복하라 전해라!"

원숭이 무리 가운데 겁이 많은 자들은 칼과 창을 떨어뜨리고 이리 뛰고 저리 뛰었고, 대담한 자들은 무대 위를 몇 바퀴 빙빙 돌다가 원숭이 왕인 차오다즈에게 소식을 전했다.

"큰일 났어요! 큰일 났습니다!" 목검을 든 작은 원숭이가 팔걸이의자 앞에 무릎을 꿇었다.

"무슨 일이냐?" 원숭이 왕이 물었다.

"문 밖에 신장이 와서 옥황상제님의 뜻을 받들어 우리를 굴복시키러 왔다고 합니다. 빨리 나와서 항복하면 목숨은 살려 주겠다고 했습니다."

원숭이 왕은 팔걸이의자에서 내려서서 사분오열된 무리를 둘러보더니, 동굴 밖으로 나가서 나타를 맞아들였다. "너는 뉘 집의 애송이인가? 내 굴에는 무슨 일로 침입한 건가?"

"사악한 원숭이 요괴야! 나를 알아보지 못하겠느냐? 나는 탁탑천왕의 셋째 태자인 나타다. 오늘 옥황상제님의 뜻을 받들고 행차하여 너를 잡으러 왔다."

"어린 태자야. 젖니도 안 빠지고, 솜털도 벗지 못하고, 젖내도 마르지 않은 놈이 어찌 감히 그런 큰소리를 치느냐?" 원숭이 왕이 웃으며 말했다. "내 깃발에 뭐라고 적혀 있는지 보고, 가서 상제께 이런 직함을 주신다면 내가 스스로 귀의할 것이나, 내 뜻대로 되지 않는다면 반드시 영소보전을 공격할 것이라고 전해라."

나타가 고개를 들어 보니, 깃발에는 '제천대성'이라는 네 글자가 적혀 있었다.

"이 원숭이 요괴가 신통력이 얼마나 높기에 감히 이런 이름으로 칭한단 말인가! 두려울 것 없다! 내 칼을 받아라!"

"나는 여기 서서 움직이지 않을 테니, 마음대로 칼을 휘둘러 봐라."

나타가 크게 소리쳤다. "변신!" 주바 소학교 학생 두 명이 무대에서 달려와 홍마오후이의 등 뒤에 바짝 붙어서 변장을 도와 주었다. 그렇게 해서 그는 머리 세 개에 팔 여섯 개인 몸이 되고, 여섯 손에는 나무로 된 참요검斬妖劍, 감요도砍妖刀, 항요저降妖杵와 종이를 바른 수구아繡球兒, 화륜아火輪兒, 쇠코뚜레로 만든 박요삭縛妖索까지 여섯 가지 무기를 들었다. 차오다즈가 그 모습을 보고 크게 호통을 쳤다. "이 애송이가 제법 수를 쓸 줄 아는구나! 무례한 놈, 내 신통력을 보아라!" 그리고는 큰 소리로 "변신!"이라고 소리치자, 무대에서 작은 원숭이 둘이 달려와 원숭이 왕 등 뒤에 바짝 붙어 서서 차오다즈가 머리 세 개에 팔 여섯 개인 몸이 되게 했다. 여의봉을 한 번 흔들자 마찬가지로 세 개로 늘어나, 여섯 개의 손이 여의봉 세 개를 들고 훙마오후이의 여섯 가지 무기를 막아냈다. 작은 책을 든 여자아이가 다시 나왔다. "손오공과 셋째 태자는 각자 신통력을 뽐내며 서른 합을 싸웠다. 태자의 여섯 가지 무기는 천 가지 만 가지로 변했고, 손오공의 여의봉도 역시 천 가지 만 가지로 변했다. 허공에 빗방울과 유성우 같은 불꽃이 튀어 승부를 가릴 수 없었다. 원숭이 왕이 털을 한 올 뽑아 들고 '변해라' 라고 외치자 터럭이 원숭이 왕의 모습으로 변해, 몸을 날려 나타의 등 뒤로 다가가서 여의봉으로 왼팔을 내리쳤다." 무대 위로 영국인 아이인 토마스가 연기하는 미후왕의 분신이 뛰어나왔다. 토마스는 미후왕과 똑같은 옷을 입고, 마찬가지로 반짝거리는 종이로 겉을 싼, 나무로 된 여의봉을 들고 나와서 나타의 팔뚝을 내리쳤다. "나타는 여의봉이 바람을 가르는 소리를 들었지만 미처 피하지 못하고 손오공에게 맞아 부상을 입고 도망쳐, 신통력을 거두어들이고 여섯 가지 무기를 가지고 패배해서 돌아갔다……. 박수 감사합니다. 15분간 휴식하겠습니다. 지금부터 주바 중·소학생 구제 계획 위원회 바자회 모금 활동을 시작합니다. 여러분, 아낌없이 주머니를 열어 고난에 빠진 조국 동포의 항일을 도웁시다! 제2막인 '이랑신이 미후왕과 크게 싸우다'는 바자회가 끝나면 바로 시작됩니다!"

차오다즈와 토마스, 원숭이 무리, 그리고 도망쳤던 훙마오후이가 관중들을 향해 허리를 숙여 인사한 다음 퇴장했다. 주바 중학교 교복을 입고, 팔뚝에 검은 상장喪章을 단 소학생 네 명이 사람들 속으로 걸어 들어가면서 소리쳤다. "진첸빙金錢餅(장쑤 지방의 간식) 하나에 50위안입니다. 한 개 사면 조국에 적을 죽일 폭탄 하나를 기부할 수 있습니다! 두 개를 사면 조국에 적을 죽일 폭탄 두 개를 기부할 수 있습니다!" 종이꽃과 플라스틱 꽃을 든 여섯 명의 여학생들도 사람들 사이로 걸어 들어가, 조화를 사람들의 가슴에 꽂아 주면서 얼굴이 발그레해진 채 가냘픈 목소리로 말했다. "담배나 차 살 돈을 아껴서 꽃을 사서 나라를 구합시다!" 쑨원의 사진을 든 중학생 여섯 명이 입을 모아 외쳤다. "쑨 총리 사진 사세요! 1위안도 적은 돈이 아니고, 백 위안도 많은 돈이 아닙니다!" 여섯 명의 소학생이 손에 든 조그만 청천백일만지홍 국기(중화민국의 국기)를 휘두르며 크게 소리쳤다. "국기 사세요! 국기 사세요! 1위안도 적은 돈이 아니고, 십 위안도 많은 돈이 아닙니다. 백 위안이면 더 좋습니다!" 주바 중학교 교사가 손에 쥔 목조 공예품을 높이 들고 학생들보다 더 정확하고 또렷한 중국어로 말했다. "학생들이 만든 목조 공예품 사세요! 쥐, 소, 호랑이, 토끼, 용, 뱀, 말, 양, 원숭이, 닭, 개, 돼지까지 십이지 모양의 공예품입니다. 아주 아름답고 살아서 움직일 듯한 공예품이 하나에 10위안입니다. 학생들의 마음, 조국을 사랑하는 따뜻한 마음……." 그보다 더 많은, 팔뚝에 상장을 달고 가슴 앞에 모금함을 매단 학생들이 통로와 강당 안팎을 부지런히 드나들며 시를 읊는 것처럼 갖가지 구호를 외쳤다. "전선의 전사들을 지원해 장기간의 소모전 전략을 완성해서 왜구들을 진창에 빠뜨려 스스로 벗어나지 못하게 만듭시다……조국에는 이미 엄동설한이 찾아와 먹구름이 가득 끼었고, 막 솟아오른 태양은 빛나지 못하고 있습니다. 칼날 같은 북풍이 살을 에고 뼈에 사무칩니다……달은 어둡고 별은 너무 높이 있고, 눈발은 거세고 서리는 짙고, 큰 기세가 사람을 덮쳐와 몸이 쇠처럼 뻣뻣하게 굳어져 버렸습니다……기부를 해서 목숨을 구합시다……1마오도 적은 돈이 아닙니다……." 머리를 양갈래로 땋은 여학생이 빨간색 공책을 들고 다시 무대에 나타났다. "위원회에서 알립니다! 위원회에서 알립니다! 용파永發 중약방의 위전신餘振新 사장님께서 퀴닌 알약 1천 개를 기부해 조국의 전사들이 말라리아에 저항할 수 있도록 도와주셨습니다. 난궈南國 양조장의 왕차오양王朝陽 사장님께서 진첸빙 30개를 구매해서 폭탄 30개를 기부해 주셨습니다. 본교의 천자츠陳家篪 교장선생님께서 거금 200위안으로 학생들이 만든 목조 호랑이 공예품을 구매해 주셨습니다."

1937년에 주바 마을의 갑부인 창칭 합판공장 사장 린완칭, 지샹 잡화점 사장 말라깽이 선씨, 난궈 양조장 사장 왕차오양, 지리吉利 전당포 사장 첸칭판錢慶凡, 수입품 도매상 장진훠張金火, 주바 중학교와 소학교 이사장 천자츠, 주바일보豬芭日報 발기인 류중잉劉仲英, 뉴유지 다방 사장 대왕 주씨가 '조국 난민 구제 계획 위원회'를 설립해 재난 구제를 위해 모금을 시작해서, 다들 매일 1펀씩 기부해서 조국의 항일운동을 지원했다. 일본놈들이 주바 마을을 침략하기 사흘 전에, 샤오 선생이 아동용 연극 「제천대성」을 집필해 토요일 오후에 주바 중학교 강당에서 자선 공연을 했다. 공연 당일, 거상과 명사와 행상인과 심부름꾼을 가릴 것 없이 온 마을의 거의 모든 사람이 공연을 보러 왔다. 강당 밖에는 주바 중학생과 소학생으로 구성된 아동 구제 계획 학예회에서 십여 개의 천막을 쳐 놓고 연하장과 신년 대련對聯, 수공예품, 분재, 생화, 문구, 서화를 판매했고, 주바 중학교의 사자춤 무용단과 서양악단도 힘을 다해 도왔다. 강당 안에선 주바 중학교와 소학교 합창단이 열 곡이 넘는 항일전쟁 가곡을 불렀고, 일본을 추악하게 묘사한 코미디 연극을 공연했으며, 마지막으로 대형 연극 「제천대성」을 공연했다. 때는 바로 우기였다. 태양은 여전히 높이 걸려 있었고, 교정 안에는 곳곳에 히비스커스와 부겐빌레아가 생기 넘치는 청춘 소녀처럼 활짝 피어 교정 전체에 붉은색의 낭만적인 분위기를 흩뿌리고 있었다. 개교 당시에 이미 그 자리에 있었던 몇 그루의 야생 잭프루트 나무에도 과즙이 가득한 푸른 열매가 열려 있었는데, 열매는 학교의 남학생들처럼 배가 불룩하고 꼭지가 튼튼한 것이 금방이라도 자유 낙하하려는 투하 폭탄 같았다. 폭우가 몇 차례 내려 연꽃이 가득 핀 연못물이 급속히 불어나 축구장과 농구장이 물에 잠겼다. 연못물이 넘쳐 복도에까지 들어차는 바람에 개구리 울음소리가 선생님이 수업하는 목소리를 가렸고, 창턱 위에 서 있는 물총새가 학생들의 주의력을 분산시켰다. 천연 잔디밭으로 된 네덜란드 석유회사의 비행장은 학교 뒤쪽에, 띠풀 숲과 관목 숲을 사이에 두고 있었다. 진주항 사건 후에 일본놈들이 곧 주바 마을을 침략할 거라는 불길한 소식이 떠들썩하게 들려오자, 네덜란드의 뒤니르 수륙 양용 정찰기와 글렌 마틴 비행기가 이따금씩 비행장에서 이착륙하면서 엔진 소리가 마을에 울려 퍼졌다. 강당은 경사진 풀밭에 우뚝 솟아 있었고 좌우로 타이완 아카시아 나무 여섯 그루가 심어져 있었다. 말린 도마뱀같이 생긴 콩꼬투리와 빨간색의 열매가 강당 양쪽에 잔뜩 흩여져 있었는데, 사자춤 무용단이 무거운 발걸음으로 요란하게 걸어다니면서 밟아서 콩꼬투리에서 빨간색 눈물이 터져 나왔다. 북채로 큰북을 치던 소리가 멈추자 서양악단이 곧바로 항일전쟁 가곡을 연주했고, 가곡 소리에 학생들이 물건을 팔며 외치는 소리가 섞여 들렸다. 뜨거운 땀이 학생들의 교복과 머리카락을 푹 적셨다. 사자춤 북을 치던 학생은 상의를 벗어 버리고 앙상한 상반신을 드러내고서 제 흥에 겨워 권법을 몇 가지 선보였다. 강당 안은 찜통같이 더웠다. 앞줄에 앉은 '조국 난민 구제 계획 위원회'의 발기인 여덟 명은 학생들이 자선 판매한 종이부채를 부치면서 학생들이 자선 판매한 손수건으로 땀을 닦고, 학생들이 자선 판매한 자선 차를 마시고, 주머니에는 학생들이 자선 판매한 작은 국기를 끼워 넣고, 가슴에는 학생들이 자선 판매한 플라스틱 꽃 혹은 종이꽃을 꽂고, 학생들이 자선 판매한 진첸빙을 먹으면서 학생들이 자선 판매한 자체 제작 연하장을 넘겨 보고, 강당 안에 가득한 땀내와 머릿기름 냄새를 맡으며 여덟 개의 부처님 같은 미소를 지었다. 무대 뒤쪽의 샤오 선생은 이마에서 올챙이만 한 땀방울을 흘리면서, 허리를 구부리고 하얀 수염을 쓰다듬으며 금방이라도 질식할 듯한 원두막 지지대처럼 서서는 아이들에게 주의해야 할 무대 동작과 대사를 알려주고 있었다. 제1막을 너무 완벽하게 해내서, 샤오 선생은 제2막에서 아이들이 실수할까 봐 조금 불안했다. 에밀리가 검은 개를 끌고 왔고, 관야펑은 큰까치를 새장에 넣어 들고 왔으며, 린후이칭은 황소를 끌고 왔고, 게으름뱅이 자오씨는 머리 없는 닭을 안고 왔다. 황소는 꼬리를 휘두르며 자기가 한가로이 걸어다닐 수 있는 공간을 더 많이 독점하려고 이리저리 돌아다녔고, 머리 없는 닭은 팔걸이의자의 등받이 위에 서 있었다. 새장 밖으로 나온 큰까치는 사람들을 겁냈고, 검은 개는 에밀리의 명령만 들었다. 네 마리의 동물을 제어하기가 쉽지 않아 난이도는 제1막보다 훨씬 더 올라갔다. 주바 마을에서 자손이 제일 번성한 사람은 황완푸와 가오리로, 두 집을 합해 열네 명의 아이가 공연에 참여했다. 제일 어린 아이는 두 살이고 제일 나이가 많은 아이는 열두 살로,

화과산의 원숭이 무리로 분장하고 무대 뒤쪽에서 서로 쫓고 쫓기며 마구 뛰어다녔는데 원숭이 기질이 넘쳐흘렀다. 샤오 선생이 호통을 쳤다. "얘들아, 주의해라. 제2막이 시작됐어!"

나막신쟁이 난씨의 딸인, 머리를 양갈래로 땋은 열두 살짜리 여학생 옌언팅嚴恩庭이 무대 앞으로 나와 손에 든 책을 펴고, 머리와 몸을 흔들며 새가 지저귀는 듯한 목소리로 말했다.

"오래국 화과산의 돌로 된 알에서 태어난 미후왕은 용을 굴복시키고 범을 제압하고 스스로 생사부에서 이름을 지우니, 옥황상제께서 그를 천상계로 불러 어마감禦馬監 필마온이라는 관직을 내렸으나, 원숭이 왕은 관직이 작은 것에 불만을 품고 돌아갔다. 옥황상제께서 이천왕과 나타를 보내 잡아들이려 했으나 붙잡지 못해, 조서를 내려 그를 위로하고 제천대성에 봉하니 이는 관직은 있으나 봉록이 없는 자리다. 대성은 할 일 없이 동으로 서로 쏘다니니, 상제께서는 그가 말썽을 일으킬까 걱정하여 반도원蟠桃園의 관리를 명했으나, 그는 복숭아를 몰래 먹고 반도대회를 어지럽히고 태상노군의 선단을 훔쳤다. 상제는 십만 천병을 내려보내 열여덟 가지 천라지망으로 잡아들이려 했으나 그를 굴복시킬 수 없었다. 이에 관세음보살이 이랑진군을 천거해 화과산으로 보내어 토벌을 돕게 했다. 진군은 매산의 여섯 형제와 신병을 부르고, 매와 사냥개를 풀어 놓고 활시위에 활을 매기고서 광풍을 타고 동양 대해를 건너 화과산으로 가서, 탁탑천왕에게 천상에서 조요경을 비추어 원숭이 요괴가 도망치지 못하게 하도록 부탁했다. 진군이 수렴동 밖에 와서 소리치니…….”

벌목공 가오렌파高連發의 아들 가오자오창이 머리에 종이로 싼 선운관을 쓰고 이것저것 끌어모아 만든 황포를 입고, 손에는 나무로 만든 삼첨양인도三尖兩刃刀(세 갈래로 된 양날 칼)를 들고 등장했다. 이마에는 크레용으로 선안을 그렸고, 어깨 위에는 관야펑의 큰까치가 매인 셈치고 앉아 있었으며, 손에는 에밀리의 검은 개를 효천견 삼아 끌면서 거들먹거리며 무대 가운데로 걸어왔다. 가오자오창은 차오다즈보다 석 달이 어려서 마을의 골목대장이 되지 못한 것에 대해 큰 불만을 품고 있었기 때문에, 이 기회를 빌려 차오다즈의 날카로운 기세를 좀 꺾어 놓을 생각이었다. 그는 수렴동 바깥에서 황완푸와 가오리의 아이들이 이리저리 뛰어다니는 걸 보고 큰 소리로 호통을 쳤다. 목소리가 너무 커서 어깨에 앉아 있던, 관야펑이 토끼처럼 온순하게 길들여 놓은 큰까치가 날개를 퍼덕이며 무대 밖으로 날아가더니, 관중들의 머리 위를 두어 바퀴 돌고는 대들보 위에 앉았다. 관중들의 웃음소리 때문에 난처해진 가오자오창은 삼첨양인도를 마구 휘두른 다음 원숭이 무리를 보고 소리쳤다. “입살스러운 원숭이 놈들아! 너희 대왕에게 나오라고 해라!” 큰까치가 날아가 버린 걸 본 아이들은 표정이 좀 느슨하게 풀렸지만, 무대 뒤쪽에 있는 샤오 선생과 관야펑 등등이 눈빛으로 아이들을 진정시켜 공연이 엉망이 되지는 않았다. 황완푸의 큰아들이 제천대성의 깃발을 들고 급히 달려가 원숭이 왕에게 보고를 했다. 원숭이 왕은 수렴동을 나와 이랑신을 보더니 여의봉을 뽑아 들고 소리쳤다. “너는 어디의 장수이기에 감히 예까지 와서 도전하느냐?” 이랑신이 호통 쳤다. “이 원숭이 요괴 놈이 눈구멍만 뚫렸지 눈알이 없구나. 나를 알아보지 못하겠느냐! 나는 옥황상제님의 생질이다. 오늘 명을 받들어 천궁에서 반란을 일으킨 원숭이 놈을 잡으러 여기에 왔는데, 네놈은 아직도 사리를 분별하지 못하는구나!” 대성이 말했다. “예전에 옥황상제의 누이동생이 인간 세상을 그리워해 주바 마을의 양군이라는 자와 혼약을 맺어 아들을 낳은 일이 기억이 나는구나. 나는 너를 한 대 때려주려 했으나, 주바 마을의 웃어른들과 벗들을 봐서 목숨만은 살려주겠다. 어서 돌아가 사대천왕을 불러오너라!” 이랑신은 대성의 말을 듣고 크게 노했다. “너를 붙잡아 우리 주바 마을 사람들의 이름을 드높일 것이다! 사악한 원숭이 놈! 무례한 소리는 그만두고, 내 칼을 받아라!” 대성은 여의봉을 들어 삼첨양인도를 막았다. 두 사람이 공격과 수비를 거듭해 나무로 된 두 무기가 탕탕 하고 부딪치는 소리를 냈다. 가오자오창은 원래 연습했던 무술 동작을 하지 않고 칼로 차오다즈의 머리를 내리쳤다. 차오다즈는 아픔을 참고 여의봉을 거세게 휘둘러 세 갈래 칼 가운데 한 갈래를 부러뜨려 버렸다. 옌언팅이 책을 읽었다. “진군과 대성은 삼백 합이 넘게 싸웠지만 승패를 가릴 수 없어…….”

“스톱이다! 스톱!”

남학생 한 명이 하늘을 가리키며 강당 안으로 뛰어 들어왔다. 징과 북 소리와 악기 연주 소리가 멈추고, 무대 위의 배우들도 선

자리에 굳어 버렸다. 학생들과 손님들은 모두 강당과 근처 교실 안으로 달려 들어가서, 잠깐 사이에 야외에는 단 한 사람도 남지 않았다. 스톡 비행기의 엔진 소리가 강당 상공을 스쳐 지나가면서 점점 더 멀어졌다. 큰까치는 대들보에서 내려와 벽 모퉁이를 따라 빠르게 날아가다가 쑨원 선생의 사진이 끼워진 액자 위에 내려앉았다. 부채꼴의 검은 꼬리가 쑨원 선생의 얼굴 반쪽을 가렸다. 말라깽이 선씨와 대왕 주씨가 강당 밖으로 나가 고개를 들고 하늘을 바라보더니 곧 강당 안으로 돌아왔다. "여러분, 놀랄 것 없습니다." 말라깽이 선씨가 말했다. "별일 아니에요. 일본놈의 정찰기예요. 퉤! 퉤!" 대왕 주씨는 양손을 들어 사람들을 위로하려는 듯한 손짓을 하면서 눈으로는 무대를 곁눈질했다. "연극 봅시다, 연극!" 강당에 다시 옌언팅의 새가 지저귀는 듯 낭랑한 목소리가 울려 퍼졌다. "진군과 대성은 삼백 합이 넘게 싸웠지만 승패를 가릴 수 없었다. 진군이 신통력을 내어 몸을 흔들어 키가 만 장이나 되는 거인으로 변하니, 대성도 신통력을 내어 진군과 같은 몸집의 거인으로 변했다. 두 사람은 칼과 여의봉을 휘두르며 해와 달이 빛을 잃을 지경으로 싸우니……." 차오다즈와 가오자오창은 양손을 허리에 얹고 몸을 두어 번 비틀어 키가 만 장으로 늘어났다는 표시를 했다. "화과산의 원숭이들은 깜짝 놀라 깃발도 휘두르지 못하고, 칼과 창도 쓰지 못했다. 매산의 여섯 형제와 여러 천신들이 수렴동 밖에 도착해 기습하니, 원숭이들은 창과 갑옷과 칼을 내던지고 비명을 지르며 도망쳐 산으로 올라가거나 동굴 속으로 들어갔다." 귀뚜라미 대왕 량융안梁永安과 수영의 명수 라이정중賴正中, 새총 대왕 첸바오차이를 비롯한 아이들 몇 명이 매산의 여섯 형제와 신장들로 분장하고 나타나 원숭이들을 무대 아래로 쫓아 버렸다. 대성은 원숭이들이 겁을 먹고 흩어져 싸울 마음이 없는 것을 보고는 신통력을 거두고 몸을 빼내 도망치려 했다. "이 몸은 가오! 일본놈의 정찰기가 왔으니, 다들 보중하시오!" 관중들이 웃음을 터뜨렸다. "대성, 빨리 근두운을 타고 날아가서 여의봉으로 일본 비행기를 때려서 뒤집어 버려!" 누군가 이렇게 소리치자 관중들이 다시 웃었다. 진군이 큰 걸음으로 대성을 따라잡았다. "어디를 가느냐! 내가 네놈 원숭이 요괴를 굴복시킨 다음에 일본놈들을 죽이러 갈 것이다! 빨리 항복하면 목숨만은 살려 주마!" 대성은 실실 웃으며 말했다. "큰 적을 앞에 두고 내분을 일으키는 것은 좋지 않지. 네가 천병들과 신장을 이끌고 가면 내가 원숭이들을 불러 모으겠다. 우리가 힘을 합치면 분명히 일본놈들을 모조리 쳐부술 수 있을 것이다!" 대성은 매산의 여섯 형제와 여러 천신들이 동굴 입구를 막고 있는 걸 보고 당황해 어쩔 줄 몰라 하더니 참새로 변신했다. 어린아이 한 명이 참새 그림이 그려진 종이를 들고 와서 대성의 얼굴에 붙였다. 이랑은 눈을 치켜뜨고 대성이 참새로 변한 것을 보고는, 마찬가지로 몸을 흔들어 변신해 머리 없는 닭으로 변신했다. 게으름뱅이 자오씨의 머리 없는 닭이 날개를 푸드덕거리며 무대 왼쪽에서 날아와서 무대 가운데에 내려앉았다. 이전에 머리 없는 닭을 본 적 없는 관객들이 자리에서 엉덩이를 떼고 닭을 쳐다보았다. 대성이 다시 몸을 흔들어 커다란 황소로 변신했다. 후이칭이 황소를 끌고 나와 머리 없는 닭 앞에 서게 했다. 황소는 언짢은 듯이 발굽을 세게 내리치며 음메 하고 울더니 몸을 돌려 가 버리려 했다. 이랑이 변신해 종이를 발라 만든 호랑이로 변해서 황소를 쫓아갔다.

"스톡이다! 스톡!"

팔계가 유사하에서 싸움을 벌이고, 오정이 불경을 구하러 가는 일행에 합류하고, 삼장과 세 제자와 종이로 만든 용마가 관중들을 향해 손을 흔들어 인사를 하고 서천으로 막 떠난 그때, 일본 정찰기가 세 번째로 주바 중학교 위를 지나가면서 붉은 흙으로 뒤덮인 대동아 판도 선전 전단 수천 장을 흩뿌렸다. 관중들이 강당을 떠나기 전에 교장 천자츠가 한 손에는 작은 국기를, 다른 한 손에는 확성기를 들고 무대 위에 섰다. "자선 연극을 공연한 학생들, 고맙습니다. 조국이 고난에 처해 학생들도 고난을 함께 했습니다. 학생들의 애국심과 뜨거운 피로 인해 민족 항일의 신성한 횃불이 더욱 밝고 뜨거워졌습니다! 오늘의 구제 계획 행사는 큰 성과를 거두고 원만히 마무리되었습니다! 일요일인 내일에는 구제 계획 위원회에서 더욱 성대한 행사를 진행할 것입니다. 내일 하루 동안 주바 채소 시장과 허싱 잡화점, 지샹 잡화점, 전캉振康 다방과 뉴유지 다방, 하오녠다이好年代 빙과 가게와 치린麒麟 양품점에서 자선 판매를, 량펑良朋 이발소에서 자선 이발을 할 것이며, 주바 마을의 모든 인력거꾼도 하루 동안 자선 활동에 참여합니다. 이 외에도 창칭 합판공장에서 자전거 타기 자선 행사를 진행해, 전 구간을 주파한 사람 수만큼 창칭 합판공장에서 한 명당 30위안을 기부할 겁니다! 조국의 전사들은 충성스럽고 용감하게 적과 싸우고 있습니다. 우리는 해외에서 편안히 지내고 있지만, 조국의 일을 나 몰라라 할 수는 없습니다. 여러분, 기부 활동에 활발히 참여하고, 기꺼이 지갑을 열어 조국의 재난을 도울 성금을 마련해, 전선에서 조국을 지키는 수백만의 건아가 정신적으로, 그리고 실질적으로도 가장 큰 지원과 격려를 얻을 수 있도록 합시다!"

주바 마을의 처녀들은 급히 신랑감을 찾았고, 풀숲 속의 큰까치들도 은밀히 둥지를 지을 곳을 바삐 찾았다. 일본놈들이 뿌린 수천 장의 전단 가운데 반쯤은 동북풍을 타고 띠풀 숲까지 날아가 큰까치의 부리에 물려 가서 둥지를 짓는 재료로 쓰여, 큰까치는 상상 속의 대동아공영권의 호위를 받으며 알을 낳고 새끼를 키웠다. 차오다즈와 가오자오창을 필두로 한 아이들은 큰까치 새끼를 열심히 찾아서 모았다. 새끼가 부화하면 아이들은 새끼의 다리를 부러뜨리고, 어미나 아비 큰까치가 상처를 치료하는 약효가 있는 신기한 야생풀을 물고 와서 부러진 다리에 바르게 놔뒀다. 그렇게 새끼의 다리가 나으면 아이들은 다시 다리를 부러뜨렸다. 이렇게 여러 번 반복하면 야생풀의 약효가 큰까치 새끼의 기혈과 골수에 스며드는데, 이런 새끼 새를 브랜디 같은 양주에 한동안 담가 놓으면 온갖 병을 고치는 영약을 만들 수 있었다. 이렇게 부모에게 치료를 받은 새끼 새는 값이 배로 뛰어올랐다. 차오다즈와 아이들은 반년 동안 2백 마리가 넘는 새끼 새의 다리를 부러뜨렸다. 12월 14일, 차오다즈는 여의봉을 메고, 가오자오창은 삼첨양인도를 들고, 아이들을 이끌고 풀숲 속에서 큰까치 둥지를 찾으면서 진흙길을 지나다가 자전거 타기 자선 행사에 참가한 사람들과 스쳐 지나갔다. 말라깽이 선씨가 모집한 자전거 타기 자선 행사 참가자 대원들은 오전 9시에 지샹 잡화점에서 출발해서 주바 마을의 판자로 지은 가게들을 백 곳이 넘게 지나 주바 강가 쪽으로 갔다. 말라깽이 선씨와 납작코 저우씨는 영국에서 막 수입한 새 자전거 20여 대를 기부해 자전거가 없는 마을 사람들이 자선 행사에 참가할 수 있게 해 주었다. 대원들이 집합하자 온 마을의 영국제 철마 백여 대가 한데 모였다. 핸들에는 조그만 청천백일만지홍 국기가 꽂혀 있었다. 대원들은 자전거를 타고 가면서 구호를 외쳤다.

"다즈, 새끼 새 다리를 부러뜨리지 마라. 너무 잔인하잖냐!" 참가자 대원들이 차오다즈와 아이들을 마주쳤을 때, 네덜란드 석유회사의 청년 기술자 한 사람이 괴상한 목소리로 말했다. "대왕 주씨 말이, 다리가 안 부러진 새끼 새는 양기를 북돋울 수는 없어도 약효는 똑같이 좋다더라!"

청년 벌목공 한 명이 오리 같은 목소리로 말했다. "남양 아가씨들이 죄다 도망갔는데, 양기를 북돋우긴 무슨!"

말라깽이 선씨가 욕을 했다. "야 임마, 한 번만 더 헛소리를 하면 대오에서 쫓아내 버릴 테다!"

가오자오창이 대원들 속의 여자들에게 소리쳤다. "일본놈들이 오니 마을 처녀들은 시집을 가고, 남자들이랑 새끼 새들은 녹초가 됐네요!"

말라깽이 선씨가 큰 소리로 욕을 했다. "이 자식이!"

참가자 대원들은 길게 한 줄로 서서 주바 강가를 따라 자전거를 타고 갔다. 주바 강은 강물이 갑자기 불어나서 물결이 고각옥의 받침대를 핥고 있었다. 강물이 대원들이 지나가는 진흙길에까지 넘쳐서, 자전거는 네 줄의 날개 모양 자국을 내면서 개가 물을 핥아 마시는 것 같은 소리를 냈다. 타이어가 수면을 흔들었고, 날개 모양 자국은 바퀴 테에서 자라난 것 같았다. 체인 덮개와 페달, 자전거의 차체, 앞뒤 바퀴의 축과 흙받이가 물에 흠뻑 젖어 햇빛 아래서 물고기 비늘처럼 반짝거리며 빛났다. 바퀴살은 강물에 깨끗이 씻겨 자전거가 드러낸 근막처럼 무수한 물방울과 폭포를 흘렸다. 날개 모양 자국은 물고기의 지느러미처럼 커졌다가 작아졌다가, 나타났다가 사라졌다가 했다. 비늘 같은 빛이 차체 위에서 반짝거렸다. 바퀴살은 숨을 쉬는 아가미 같았다. 백 대가 넘는 자전거가 꿈틀거리는 척추처럼 서로 연결되어 있는 모습이 마치 투명한 근육을 가진 거대한 물뱀이 수면 위를 미끄러져 가는 것 같았다. 야펑은 아버지의 라레이 자전거를 타고 대열의 가운데서 달리고 있었다. 그의 앞에서는 후이칭이 새 자전거를 타고 달리고 있었고, 뒤에서는 닭똥 냄새를 풍기는 에밀리가 가죽은 영국산이지만 영혼은 일본산인 후지 자전거를 타고 달리고 있었다. 때때로 동북풍이 앞쪽에서 불어오면 그는 후이칭의 몸에서 풍겨오는 과일 향을 맡을 수 있었다. 그와 후이칭이 결혼한 지 벌써 열흘 남짓 지났다. 신방의 침대에는 항상 린구이량네 과수원의 드넓은 어둠이 숨겨져 있었다. 후이칭의 얼굴에는 늘 딱딱하고 가시가 많은 두리안 껍질 같은 첫날밤의 미소가 걸려 있었고, 가슴팍엔 풍만하고 설익은 잭프루트 열매 같은 기색이 떠 있었다. 그녀가 두 발로 페달을 밟을 때, 야펑은 람부탄의 하얀 과육과 연두색 솜털을 떠올렸다. 때때로 동북풍이 뒤쪽에서 불어오면 에밀리의 땀 냄새, 자전거에서 나는 닭똥 냄새, 파랑 칼에서 풍기는 피비린내와 바울의 개똥 냄새가 뒤섞여 뭐라 형언하기 어려운 완전히 다른 냄새가 풍겨 와서, 야펑은 바울의 습격을 받아 격노해 젖꼭지를 흔들며 굴 입구에 나타난, 맹모孟母의 풍모가 가득한 어미돼지가 떠올랐다. 후이칭이 이따금씩 고개를 돌려 그를 향해 미소 지을 때면 그녀의 미소에서 린구이량네 과수원의 과일 향기가 더 많이 풍겨왔고, 신방 침대 위의 더 깊은 어둠이 느껴졌다. 에밀리가 탄 자전거의 앞바퀴가 이따금씩 그의 뒷바퀴를 밀었는데, 그가 고개를 돌려 그녀를 보면 그녀는 고개를 기울이고 다른 쪽을 쳐다보았다. 가다가 큰 물웅덩이를 마주친 대원들은 안장에서 내려 자전거를 밀면서 물을 건넜다. 후이칭은 말라깽이 선씨의 자전거를 더럽히고 싶지 않아서, 자전거 몸체를 어깨에 메고 자전거 전체를 들어 올린 채로 천천히 웅덩이를 건넜다. 이 큰 물웅덩이는 20년 전에 멧돼지들이 주바 강 상류에 무리를 지어 주바 마을로 돌진하기 전에 발굽으로 웅덩이를 파서 대형을 정비하고 사기를 북돋웠던 빛나는 유적이었다. 대원들이 어느 산비탈을 지날 때, 야평은 대왕 주씨가 엽총과 파랑 칼을 메고 버려진 삼판선의 용골 위에 서서 손차양을 하고 그들을 향해 손을 흔드는 걸 보았다.

대왕 주씨는 붉은색 두건을 쓰고 있었는데, 두피에 난 흉터가 어렴풋이 드러나 보였다. 그는 한 손을 허리에 얹고 담배를 물고서 그의 두피에 난 흉한 흉터처럼 생긴 연기를 뿜어내고 있었다. 자바인들과 싸운 후로 주씨는 갑자기 대범해져서 더 이상 두피에 난 흉터를 감추지 않게 되었고, 사람 자체도 환골탈태하고 반로환동한 기색이 보였다. 그는 요즘 '조국 난민 구제 계획 위원회'를 강화하느라 바빠 벌써 일 년 동안이나 숲에 사냥하러 가지 않았다. 그는 한밤중에 눈을 떴다. 온몸이 뜨거웠고, 손바닥에는 물집이 생겨 있었다. 뉴유마의 몸에서 나는 돼지 오줌 냄새를 맡았고, 그녀의 입에서 흘러나오는 거칠게 코 고는 소리를 들었고, 그녀의 이마에 앵무새 깃털 같은 흰 갈기가 한 움큼 자라나는 걸 보았다. "화花! 화!" 대왕 주씨는 뉴유마의 몸을 흔들었다. 그녀는 몸을 뒤집더니 주씨의 몸을 내리눌렀다. 주씨는 자신이 커다란 무덤 속에 누워 있고, 한 무리의 멧돼지들이 이를 갈며 땅을 파내어 얼음처럼 차갑고 축축한 진흙으로 그를 파묻어 버리려 하는 걸 보았다. 그리고 임신한 지 3개월이 된 뉴유마의 배 속에, 멧돼지의 태아가 그의 두피에 난 포악한 흉터처럼, 불투명한 선홍색 양수 속에 떠 있는 걸 보았다. 그는 파랑 칼을 쥐고 뉴유마의 배를 내리찍었다. 피가 한바탕 뿜어져 나왔다. 그는 다섯 손가락을 자궁 속으로 밀어 넣어 새끼돼지 태아를 끄집어내서 목을 베었다. 새끼돼지는 사람의 갓난아이 같은 울음소리를 냈고, 그와 뉴유마를 조금씩 닮은 조그만 머리통이 바닥으로 굴러 떨어졌다. 주씨는 꿀꺽하고 태변 한 덩이를 삼켰다. 뉴유마가 침대에 누워 그를 노려보는 게 보였다. "화, 당신 임신했어?" 뉴유마는 그 말을 못 들은 척하고 몸을 돌려 눕더니 쿨쿨 잠들었다. 대왕 주씨는 요 며칠 동안 저녁에 틈을 내어 풀숲을 산책하면서 멧돼지 똥과 발자국이 많아진 걸 발견했다. 20년 전의 10분의 1이나 2도 안 되는 숫자였지만, 그래도 이미 드문드문 불씨가 다시 살아나고 있었다. 그는 너무나 오랫동안 화약 연기 냄새를 풍기는, 손을 델 듯이 뜨거운 멧돼지의 선혈을 만지지 않았고, 너무 오랫동안 그 펄떡거리는 심장을 손에 쥐어 보지 않았다. 그의 혀도 돼지 간을 생으로 씹는 맛을 거의 잊어버렸다. 멧돼지의 어지러운 발자국 소리와 놀란 울음소리가 그를 다시 풀숲의 품 안에 안기게 했다.

"라오주老朱, 젊은 놈으로 돼지 한 마리 잡아서 우리 대원들 몸보신 좀 시켜 줘!" 말라깽이 선씨가 목청껏 소리쳤다. 대왕 주씨는 다시 손을 흔들더니 용골에서 내려가서 새로 난 돼지 발자국을 추적하기 시작했다.

대원들은 선씨의 지휘하에 눈 깜짝할 사이에 8킬로미터쯤 달렸다. 인가 앞을 지나갈 때마다 집 지키는 개들이 몇 마리씩 뛰어나와 대원들을 보고 멍청하게 짖었다. 네덜란드 석유회사의 외국 관리들은 벌써 주바 마을에서 철수했고, 방목하는 홀스타인 젖소들과 암말 두 마리는 띠풀 숲과 왜목 숲에 흩어져 느릿느릿 들풀을 뜯고 있었다. 푸른 파도가 용솟음치는 풀밭 속에 소와 말의 얼굴이 둥둥 떠 있어 몇 백 마리나 되는 것 같기도 하고, 두세 마리밖에 없는 것 같기도 했다. 영국인들은 철수하기 전에 과감하게 정유 공장을 폭파해 버렸다. 그들은 일본놈들이 소와 말을 괴롭히지 못하게 하기 위해 몇 번이나 총으로 쏴 죽여 버리려 했지만 차마 그러지 못했다. 젖소 한 마리가 풀숲에서 뛰어나와 말라깽이 선씨 앞을 막고 서서 냉담한 두 눈으로 대원들을 노려보았다. 선씨는 자전거에서 내려 풀줄기 몇 개를 주워서는 음메 하는 소리를 내면서 손을 흔들어 소를 쫓았다. 젖소는 꼬리를 휘둘러 거대한 등에 떼를 쫓아 버리고, 발을 굴러 건달 같은 발자국을 내더니 풀숲 속으로 들어가 버렸다. 그 젖소를 뒤따라 또 젖소 몇 마리가 튀어나와 풍만하고 무거운 젖을 흔들면서 눈꺼풀을 열어 선씨를 한 번씩 노려보았다. 젖소들이 사라지고 나자 무거운 분위기가 자전거의 체인을 옭아매어, 체인링이 돌아가는 속도가 느려졌고, 페달도 부드럽게 돌아가지 않았다. 대원들은 여전히 시끌벅적했지만 즐거운 분위기가 덜해졌다. 행렬의 뒤를 따라오는 큰까치는 점점 더 많이 모여들어 대원들 때문에 놀라 달아나는 메뚜기를 잡아먹었다. 귀가 밝은 소년 하나가 하늘 위에서 들려오는 윙윙거리는 소리를 맨 처음으로 들었다. 소년은 한 손으로 핸들을 잡고, 손차양을 하고 하늘 위를 살펴보았다.

"스톡이다!" 고개를 들어 하늘을 바라본 말라깽이 선씨는 그것이 급강하폭격기라는 걸 알아보았다. "다들 조심해! 정찰기가 아니다!"

비행기는 그들의 머리 위를 빠르게 스쳐 지나가면서 어두운 회색의 병 모양 물체를 행렬의 가운데에 떨어뜨렸다.

차오다즈와 아이들은 대원들과 스쳐 지나간 후, 커다란 검은색 새 한 마리가 수초가 잔뜩 자란 연못 앞에 서서 우산살 같은 기다란 다리를 옮기면서 커다란 강철 가위 같은 어두운 붉은색의 부리를 열어 연못 속의 펄구라미와 클라이밍 퍼치를 잡아먹는 걸 보았다. 큰 새의 얼굴에는 노란 솜털과 빨간 혹이 나 있었고, 정수리에는 여자들의 올림머리 같은 모양의 검은 털이 나 있었다. 이렇게 이상하게 생긴 새를 본 적이 없었던 아이들은 주바 마을 중국인 공동묘지의 묘지기인 마馬씨 할머니를 떠올렸다. 첸바오차이는 고무줄을 새 걸로 갈아 끼운 새총을 꺼내 들고, 집히는 대로 돌멩이를 한 개 집어 탄환 싸개로 감쌌다. 그는 한 손으로 새의 피가 잔뜩 묻은 새총 몸체를 쥐고, 다른 한 손으로는 탄환 싸개를 쥐고서 고무줄을 놓아 슝 하고 탄환을 쐈다. 돌 탄환은 새 부리에 명중했다. 큰 새는 머리를 흔들더니 날개를 펼쳤다. 두 번째 탄환은 새의 커다란 날개덮깃에 맞고 튕겨 나와 물속에 빠졌다. 새가 날개를 퍼덕이자 연못 위에 수염 같은 물결무늬가 퍼져나갔다. 큰 새는 긴 다리를 모아 접고 연못의 수면을 따라 한동안 활공하다가 띠풀 숲 위로 날아올라 하늘을 향해 날아갔다.

너무 더워서 견디기 힘들었던 아이들은 발가벗고 연못 속으로 뛰어들어 물싸움을 했다. 연못 밖으로 나온 다음, 가오자오창이 두 무리로 갈라져서 다니다가 점심때가 되기 전에 주바 마을 채소 시장에서 모이자고 제안했지만 차오다즈는 반대했다. 다즈는 한쪽이 새끼 새를 독차지하지 못하게 하기 위해 단체행동을 해야 한다는 주장을 고수했다. 찬성파와 반대파로 나뉘어 정신없이 말다툼을 하고 있을 때, 채소 행상 리밍李明의 세 아들이 마침 연못 반대편을 지나갔다. "리칭李青, 너 또 우리가 찍어 둔 새둥지를 훔쳤지!" 가오자오창이 세 아이를 향해 소리쳤다. 리밍의 큰아들인 리칭은 반바지를 입고 웃통을 벗고 있었다. 그의 뒤를 따르는 두 동생은 장작개비같이 앙상하게 말랐는데, 젖꼭지와 배꼽이 다 보일 정도로 낡은 러닝셔츠를 입고 있었다. "웃기네! 여기가 네 땅이야?" 리칭은 허리에 파랑 칼을 차고 있었고, 왼쪽 뺨에는 멧돼지 엄니에 찢긴 흉터가 나 있었다. "먼저 본 사람이 임자지! 내가 네 걸 훔친 거겠냐, 아니면 네가 내 걸 훔친 거겠냐?" 훙마오후이가 말했다. "리칭, 네가 찾은 둥지를 구제 계획 위원회에 기부해! 그러면 교장선생님이 표창장을 주실 거야!" "배 채울 것도 없는데 기부는 무슨 기부야!" 리칭은 입을 삐죽 내밀어 길게 숨을 내쉬고 연못에 침을 뱉더니, 두 동생과 함께 그들의 머리 위까지 자란 띠풀 숲속으로 걸어 들어갔다. 연못의 수면 위에서 그의 비웃음이 출렁거렸다. "교장선생님이 주신 상장? 너희나 그런 걸 보물로 삼지, 난 그걸로 엉덩이나 닦을 거다!" 가오자오창이 차오다즈에게 말했다. "두 무리로 갈라지지 않으면 새 둥지를 쟤들한테 전부 빼앗길 거야." 차오다즈는 말이 없었다. 가오자오창이 다시 말했다. "둘로 갈라져서 찾아보고, 점심때 되기 전에 모여서 어느 쪽이 새 둥지를 더 많이 가져왔는지 보자." 차오다즈가 여전히 입을 다물고 있자 가오자오창이 또 말했다. "진 편이 이긴 편한테 가져온 둥지를 전부 주는 걸로 하자." 차오다즈가 가오자오창의 어깨를 밀쳤다. "그렇게 골목대장이 되고 싶으면 그냥 내가 너한테 양보할게!" "그까짓 골목대장이 뭐라고! 왜, 내기하기 겁나냐?" "하면 하는 거지!" 차오다즈가 웃으며 말했다. "얘들아, 걱정할 것 없어. 나랑 같이 가면, 난 팔괘호 속에서 단련한 예리한 눈이 있어서 이 들판에 있는 새둥지랑 멧돼지 굴을 전부 환히 알고 있어." 가오자오창이 말했다. "얘들아, 겁낼 것 없어. 나한텐 선안이 있어서, 하늘을 나는 놈들도, 땅에서 기어다니는 놈들도, 물속에서 헤엄치는 놈들도 전부 내 감시를 피해서 도망칠 수 없어." 차오다즈는 홍마오후이를 포함한 일곱 명의 아이들을 이끌고 서남쪽으로 갔고, 가오자오창은 첸바오차이를 비롯한 아이들 여섯 명을 데리고 동북쪽으로 갔다. 참새 떼가 그들의 머리 위를 스쳐 지나갔고, 한 줄기 검은 구름이 그들이 두 편으로 갈라진 풀밭 위에 사자 떼가 미친 듯이 달려가는 것 같은 검은 그림자를 던졌다. 차오다즈는 물놀이를 하다가 연못 밖으로 나온 후에, 서남쪽에 있는 왜목 덤불 아래에서 큰까치 한 마리가 날아가지 않고 10미터 정도를 깡충깡충 뛰거나 걸어서 몰래 둥지로 돌아가는 걸 보았다. 다즈는 아이들을 데리고 왜목 덤불 쪽으로 갔다. 1분쯤 걸었을까, 그는 홍마오후이가 깜짝 놀라 "스톡이다!"라고 소리치는 걸 들었다. 비행기 한 대가 저공비행으로 띠풀 숲 위를 지나가면서 가오자오창이 사라진 방향으로 어두운 회색의 병 모양 물체 두 개를 떨어뜨렸다.

새로 난 커다랗고 깊은 돼지 발자국이 대왕 주씨를 작은 시내 앞까지 이끌었다. 갑자기 불어난 시냇물이 띠풀 숲과 왜목 숲 쪽으로 넘쳐 있었다. 주씨는 두 발을 물속에 담그고서 펄구라미와 클라이밍 퍼치들이 사방으로 마구 달아나고, 왕잠자리들이 물 위에 앉아 짝짓기를 하고, 빛깔과 광택이 선연한 물총새가 부목 위에 서 있는 걸 보았다. 시내 건너편에는 가시나무가 바람도 통하지 않을 정도로 빽빽이 자라 있었다. 가시나무 덤불에는 노란색과 흰색의 작은 야생화가 여기저기 흩어져 피어 있었고, 벌레잡이통풀의 포충통 몇 개가 달려 있었으며, 자트로파 나무의 파란 열매가 들쭉날쭉하게 열려 있었고, 코브라아비스 몇 포기가 외따로 자라 있었다. 시냇가에는 양치식물과 덩굴식물이 웃자라 있었고, 시냇물의 수면 위로는 토란과 공심채가 뻗어 나와 있었는데, 우기의 세례를 받아 푸르고 무성하게 자라 있었다. 멧돼지는 가시나무 덤불에 가로막혀 시내를 건너지 못했을 것이다. 주씨는 시냇물의 수면을 자세히 관찰했다. 하류 쪽은 평온했지만, 상류의 공심채와 토란, 양치식물과 덩굴식물을 보니 토란잎 몇 개의 잎자루가 부러져 있었다. 상류는 마침 바람이 불어오는 쪽이라 주씨의 마음에 쏙 들었다. 들판에 물이 넘쳐 있어 걸음을 내딛을 때마다 물이 첨벙거리는 소리가 나서, 주씨는 걸음을 늦출 수밖에 없었다. 5분쯤 걸어가다 보니 시냇물이 조금 탁해진 게 보였다. 고개를 들어 멀리 바라본 주씨는 그리 멀지 않은 곳에 야생 카사바 무리가 자라 있는 걸 보았다. 카사바가 있는 곳에는 반드시 멧돼지의 흔적이 있는 법이다. 십여 걸음쯤 가다 보니 멧돼지가 킁킁거리며 먹이를 먹는 소리가 들렸다. 대왕 주씨는 엽총을 품속에 감추고 몸을 굽히고 전진했다. 검은색 보르네오수염돼지 한 마리가 앞다리를 구부리고 엉덩이를 하늘 높이 들고 흙 속에 있는 카사바를 파내고 있었다. 머리는 보이지 않았고, 등에 난 갈기는 물에 젖어 눈부시게 빛났으며, 배 아래쪽에는 여덟 쌍의 젖꼭지가 세로로 늘어서 있었다. 주씨는 총을 들고 심장을 겨냥했다. 어미돼지가 갑자기 몸을 곧게 펴고 일어섰다. 물에 흠뻑 젖은 머리가 드러났고, 입에는 카사바 한 덩이가 물려 있었다. 주씨는 어미돼지의 배 속에 분홍색의 혹이 하나 있고, 거기에 새끼돼지의 배아 여덟 개가 꼭 두리안 껍질 속에 든 끈적거리는 황금빛 과육처럼 나란히 들어 있는 걸 보았다. 주씨는 사냥꾼의 금기를 범했다. 한 순간 마음이 약해져서 주저하다가 방아쇠를 당기지 못한 것이다. 어미돼지는 암시를 가득 담은 듯한 눈으로 주씨를 흘끔 보더니 몸을 돌려 상류 쪽으로 달려갔다. 멧돼지의 발은 토란잎과 양치식물에 걸렸고, 뱃가죽은 물 위에서 미끄러졌고, 코 위의 원판 모양 연골에서 토해내는 수증기는 기름처럼 걸쭉했다. 주씨는 걸음을 옮겨 가볍게 달리며 어미돼지와 어느 정도의 거리를 유지했다. 그는 언제라도 방아쇠를 당겨 어미돼지의 굼뜬 달리기를 끝내 버릴 수 있었다. 어미돼지가 날뛰는 걸 방해하는 건 시냇물이 아니라 그 여덟 개의 새끼돼지 배아였다. 하늘 위에서 윙윙거리는 엔진 소리가 들려왔다. 전투기 한 대가 대왕 주씨의 머리 위를 지나갔다. 기체에는 붉은색의 커다란 원이 하나 그려져 있었다. 전투기는 어두운 회색의 병 모양 물체를 하나 떨어뜨렸다. 주씨는 곧바로 땅에 엎드렸다. 폭발음이 들렸고, 물보라가 그를 덮쳤다. 주씨는 왜목 덤불 쪽으로 기어가서 몸을 웅크렸다. 엉덩이와 복사뼈가 물에 잠겼다. 시냇물은 조금씩 탁해졌고, 상류 쪽에서 나무조각과 풀잎, 파란 자트로파 열매 몇 개, 너덜너덜해진 벌레잡이통풀의 포충통 한 줄기, 그리고 분홍색 새끼돼지 배아 하나가 떠내려왔다. 주씨는 배가 터져 내장이 흘러나온 어미돼지가 하늘을 향해 네 다리를 뻗고 누워 있고, 새끼돼지 배아들이 이리저리 흩어져 있는 걸 보았다. 어미돼지는 상반신과 하반신이 거의 분리되어 있었고, 머리도 온전치 못했다. 하지만 생명이 없는 새끼돼지 배아들은 오히려 사지가 온전해서, 아직도 어머니의 자궁 속에서 편안히 잠자고 있는 것 같았다. 비행기가 다시 주씨의 머리 위를 스쳐 지나갔다. 그는 총을 들어 비행기를 향해 마구 쏘았다.

"만약에 어미가 계속 카사바를 파먹었다면," 주씨는 새끼돼지들을 쳐다보았다. 마음속에서 전에는 한 번도 느껴보지 못했던, 사냥감에 대한 연민과 안타까운 마음이 솟아올랐다. "일본놈들의 잔혹한 손에 걸릴 일도 없었을 텐데."

폭탄이 터지자 다즈와 훙마오후이 일행은 띠풀 숲속으로 몸을 숨겼다. 폭발음이 지나가고, 전투기의 엔진 소리가 완전히 사라진 후, 비명이 둑이 무너지는 것처럼 띠풀 숲을 덮쳐왔다. 폭탄은 가오자오창의 앞쪽에서 터져, 나무 모양의 물기둥을 만들어내 뿌리와 풀줄기를 사방으로 쏘아냈다. 충격파가 사방의 들풀을 뒤덮었다. 나뭇가지가 꽂힌 큰까치 둥지 하나가 산산조각 나서 아이들 앞에 흩어졌고, 클라이밍 퍼치와 펄구라미의 시체가 여기저기 널렸다. 발이 긴 가오자오창과 키가 작은 첸바오차이는 급행군을 하듯이 일행의 맨 앞에서 걸어가느라 나머지 네 명의 아이들과 거리가 조금 벌어져 있었다. 아이들은 머리털 한 올 다치지 않았지만, 가오자오창과 첸바오차이는 꺾인 파 줄기처럼 쓰러졌다. 가오자오창은 한쪽 팔뚝이 날아간 채 왜목 숲속에 기절해 있었다. 첸바오차이는 얼굴이 피투성이였다. 두개골이 벗겨진 것 같았고, 한쪽 눈알이 눈구멍 바깥에 매달려 있었다. "바오차이! 바오차이!" 다즈는 바오차이의 어깨를 살짝 흔들면서 튀어나온 눈알을 눈구멍 속에 집어넣었다. "넌 홍해아잖아, 죽으면 안 되지!" 선혈이 바오차이의 눈과 콧구멍, 그리고 입가에서 지렁이처럼 흘러나왔다. 폭탄에 맞아 바오차이의 가슴팍에 구멍이 뚫려 있었고, 갈비뼈 아래에서 주먹만 한 살덩이가 쿵쿵 소리를 내며 뛰면서 가슴에 더 많은 피가 넘쳐흐르게 했다. 다즈는 무의식적으로 손바닥으로 그 구멍을 막았다. 손가락 틈새로 피가 계속 새어나왔다. 주먹만 한 살덩이가 울리는 소리가 점점 더 약해지더니 끝내 조용해졌다. 다즈는 바오차이의 목숨이 다했다는 걸 알았다. 왜목 숲속에서 가오자오창의 신음 소리가 들려왔다. “가오자오창! 가오자오창!” 다즈는 가오자오창의 몸 앞에 꿇어앉았다. “넌 이랑신이잖아, 죽으면 안 돼.” 가오자오창은 두 눈을 뜨고는 거만하고 완강하게 웃었다. 네 명의 아이는 가오자오창을 둘러싸고 흐느꼈다. 그중에서 나이가 제일 많은 아이가 띠풀 숲속에서 가오자오창의 팔을 찾아 와서 그의 옆에 아주 공손하게 내려놓았다.

“가오자오창, 왜 꼭 두 무리로 갈라지자고 한 거야?” 다즈는 울먹이느라 뭉개진 소리로 말했다. “나랑 같이 갔으면 아무 일 없었을 텐데.”

폭탄은 자전거 타기 대원들의 뒤쪽에 떨어져 행렬의 끄트머리에서 터져서, 큰까치와 참새들이 파도처럼 도망치게 만들었다. 대원들은 자전거에서 내려서 사람과 자전거가 한 덩어리가 되어 땅 위에 엎드렸다. 바퀴 테와 바퀴살에 불길이 비쳐 번쩍거리며 빛났다. 허수아비처럼 척추가 하늘을 향해 똑바로 솟아올랐다가 다시 땅으로 똑바로 떨어졌다. 충격파가 여남은 명의 대원의 뺨을 후려쳤고, 또 여남은 명의 대원의 얼굴에 온통 진흙을 칠했으며, 남자 대원들의 머리카락이 멧돼지 갈기처럼 곤두서게 만들었다. 폭탄은 자전거 두 대의 고무 안장을 날려 버렸고, 먼 곳에 있는 말이 놀라 울게 했으며, 멧돼지들이 순식간에 끽끽거리고 울면서 씩씩대고 달려가게 만들었고, 연못처럼 맑고 푸른 하늘에 자아도취에 빠진 수선화 같은 침략자들의 연기를 뿜어냈다. 자전거 두 대가 폭탄을 맞아 한 덩어리가 되어 버렸고, 세 명이 다치고 두 명이 죽었다. 놀란 가슴이 아직 가라앉지 않은 와중에 다즈와 홍마오후이가 의식을 잃은 가오자오창을, 네 명의 아이가 첸바오차이의 시체를 받쳐 들고 와서 자전거 타기 대원들의 흐느낌과 신음소리에 합류했다. 말라깽이 선씨의 명령에 따라 대원들은 환자와 시체를 싣고 마을로 돌아갔다.

저 먼 하늘에서 방귀 뀌는 듯한 소리가 들렸다. 스톡 비행기 한 대가 꽁무니에서 핏줄 같은 검은 연기를 뿜으며, 정신착란에 빠진 것처럼 땅을 향해 비스듬히 돌진했다. 비행기의 날개가 마치 날개 달린 망천수 씨앗이 빙글빙글 돌며 땅에 떨어지는 것처럼 360도로 돌면서 띠풀 숲속으로 사라졌다. 거리가 너무 멀었고, 스톡 비행기도 홀쭉하고 납작해서 꼭 조그만 파리처럼 보였다. 일본놈들의 위협 폭격은 번화한 주바 마을을 비켜가서 띠풀 숲과 농지에 떨어져, 이틀 후에 도착할 만인선봉부대萬人先鋒部隊의 상륙을 위해 봉화를 올리기라도 하는 듯 들풀과 거름이 밤낮으로 불타게 했다.

전투기의 추락은 마을을 놀라게 했다. 대왕 주씨와 납작코 저우씨는 수색대를 두 조로 편성해, 전투기의 잔해와 혹시나 살아 있을지 모를 조종사를 찾아다녔다.

신기

납작코 저우씨는 스무 살 때 내륙의 주바 강가에 잡화점을 열어 식량과 간장, 기름, 소금, 양주와 서양 담배, 통조림, 엽총과 총알, 그리고 밀수한 아편을 팔았다. 잡화점은 넓이가 대형 트럭 두 대를 붙인 것만 한데, 앞쪽에 있는 긴 복도에 낮은 탁자와 장의자 몇 개를 놓아두었다. 처마 아래 달린 철제 새장에는 수컷 긴꼬리코뿔새를 한 마리 길렀는데, 울음소리가 꼭 하이에나 울음소리 같았다. 긴꼬리코뿔새는 보르네오의 원주민인 다약Dayak족이 성스러운 새이자 전쟁의 신으로 여기는 새로, 커다란 투구 모양의 머리와 큰 부리로 이루어진 두개골이 붉고 화려하며 웅장해 고대에 동남아시아의 속국에서 중국에 진상하는 고급 진상품에 속했다. 중국의 고관은 긴꼬리코뿔새를 본 적이 없어서, 이 새를 선학仙鶴(두루미)으로 착각해 새의 투구 모양 돌기를 학정홍鶴頂紅이라고 불렀다. 새장 안의 긴꼬리코뿔새는 새장 밖 풀숲에 사는 암컷 긴꼬리코뿔새에게 연신 눈을 깜박이며 추파를 던져 암컷 긴꼬리코뿔새가 주위를 맴돌게 만들었다. 하지만 새장 안의 수컷은 밖으로 나가지 못하고, 그저 새장 밖의 암컷이 온몸의 깃털을 다 벗고 매끈

매끈한 알몸이 되어 야생의 수컷과 함께 나무구멍에서 새끼를 기르는 걸 지켜볼 수밖에 없었다.

잡화점은 두 채의 장옥長屋(말레이시아 동부의 가옥 형식으로, 주로 하천을 따라 길게 일자로 짓는 형태의 가옥)과 이웃하고 있었는데, 이 집에는 네 세대가 한 집에 살아 오백 명이 넘는 다약족이 살고 있었다. 다약족은 대대로 농사를 짓고 고기잡이와 사냥을 했다. 그들은 직접 담배를 만들고 술을 빚었으며, 아편은 피우지 않고, 엽총과 총알에만 관심이 있었다. 그래서 잡화점에서 파는 음식물과 아편은 대부분 납작코 저우씨의 배를 채웠다. 저우씨가 잡화점 바깥에 새장을 매달아 놓고 긴꼬리코뿔새를 기르는 목적은 긴꼬리코뿔새가 다약족 사이에서 가지고 있는 숭고한 지위를 이용해 다약족 사람들의 신뢰와 경의를 얻으려는 것이었지만, 별 소용이 없는 것이 분명했다. 잡화점을 연 지 채 석 달도 되지 않았을 때 싸움닭을 기르는 걸로 유명한 다약족 한 사람이 싸움닭 다섯 마리를 도둑맞았는데, 도둑은 훔친 닭 중 한 마리를 잡화점 복도에 묶어 놓아서 납작코 저우씨가 입이 백 개라도 할 말이 없게 만들었다. 이것은 이 지방 도둑들이 습관적으로 쓰는 수법이었다. 갑이 을의 오리 다섯 마리를 훔쳤다면 반드시 그중 한 마리를 병의 오리 우리에 풀어 놓아서 병이 억울하게 죄를 뒤집어쓰게 하는 것이다. 장로와 전체 부족 사람들은 전통적인 잠수 경기를 하는 데 동의했다. 다약족 사람들은 주바 강의 한가운데에 대나무 장대 두 개를 세우고, 저우씨와 싸움닭의 주인이 그 장대를 붙잡고 잠수해서 더 늦게 물 밖으로 나오는 사람이 이기는 경기를 진행했다. 이긴 사람은 산신의 비호를 얻어 결백을 증명하고, 그 즉시 어떠한 죄에 대한 혐의에서도 벗어날 수 있었다.

납작코 저우씨는 잡화점에서 아편 두 덩이를 피우고, 관세음보살 하고 한 번 읊고, 신령한 기운을 한 모금 들이마셔 폐엽이 흉강에 꽉 차도록 늘어나고, 해와 달이 운행하는 무한한 천지로 팽창하도록 했다. 그런 다음 얼음처럼 차가운 강물 속으로 잠수해 두 눈을 감고 대나무 장대를 붙잡고 움직이지 않았다. 그가 다들 놀랄 만큼 대단한 기세로 방귀를 뀌자 십여 개의 크고 작은 기포가 유유히 올라가다가 그의 콧구멍 아래에서 터지면서 토란과 카사바 냄새가 자욱이 퍼졌다. 열세 살짜리 다약족 소녀가 등나무 바구니에 든 토란과 카사바를 저우씨가 파는 총알 여섯 개와 맞바꿨다. 잡화점을 떠날 때, 그녀는 암컷 긴꼬리코뿔새가 어두컴컴한 나무구멍 속으로 날아 들어가듯이 저우씨를 돌아보며 미소를 지었다. 그의 폐가 계란만 한 크기로 쪼그라들었을 때 소녀가 물속에 떠올랐다. 소녀의 얼굴이 가면처럼 그의 얼굴을 뒤덮더니 그의 입속으로 기체를 불어넣어 그의 폐가 다시 늘어나게 했다. 한 줄기 맑은 기운이 숫구멍으로 불어넣어져 오장육부로 흘러들어, 단전을 지나고 아홉 구멍을 뚫어 다시 살아난 것 같은 기분이었다.

납작코 저우씨가 눈을 떠 보니 반대편 장대를 붙잡고 있던 상대는 이미 기슭으로 올라간 후였다. 그는 차분하게, 하지만 큰 차이로 경기에서 이겼다.

두 달 후, 저우씨는 열네 살짜리 다약족 소녀와 잤다는 혐의를 받았다. 소녀의 정혼자는 부족 사람들을 데리고 와서 잡화점을 둘러쌌다. 그는 선조가 사람을 사냥해 목을 베었던 파랑 칼을 손에 들고 저우씨에게 고래고래 소리를 지르며 그를 모욕한 다음 잠수 경기를 하자고 했다. 저우씨는 아편을 두 덩이 피우고 물속으로 들어가 다시 대나무 장대를 붙잡고 눈을 감았다. 소녀는 몇 번이나 풀숲에서 저우씨와 우연히 마주쳤다. 그녀의 입은 긴꼬리코뿔새의 큰 부리처럼 그의 가슴에 커다란 구멍을 팠다. 그는 견딜 수가 없었다. 저우씨는 소녀의 손을 잡고 띠풀 숲속의 어둡고 깊은 곳을 향해 갔다. 십여 걸음쯤 가자 거꾸로 소녀가 그의 손을 잡고 이끌기 시작했다. 저우씨는 눈을 떴다. 강물은 아주 맑았다. 소녀의 정혼자가 그를 노려보면서 원망이 가득 담긴 납작하고 기다란 기포를 뿜어냈다. 저우씨는 다시 눈을 감았다. 망천수 그루터기는 성벽처럼 높이 솟아 있었고, 나무 꼭대기는 궁전처럼 웅장했다. 소녀는 어두운 그루터기 구석에 들풀과 나무껍질을 한 겹 깔고, 조그만 노란색 야생화 여남은 송이를 뿌린 다음, 입에 손바닥만 한 히비스커스 꽃을 한 송이 물고서 깃털을 벗어 버린 암컷 긴꼬리코뿔새처럼 들풀과 나무껍질 위에 몸을 웅크렸다. 들풀은 파도 같았고, 나무껍질은 미꾸라지처럼 매끈하고 부드러웠다. 저우씨가 눈을 뜨자 상대도 마침 막 눈을 뜬 참이었다. 그는 저우씨에게 주먹을 휘둘러 보이면서 입에서 물고기의 방광 같은 모양의 성난 물거품을 가득 뿜어냈다. 소녀의 몸에도 천 개의 구멍이 숨겨져 있었고, 조개처럼 꽉 닫혀 있었다. 그는 자신과 소녀를 들풀과 나무껍질 아래에 파묻고 사나이 대장부의 난폭함과 자상함을 뽐냈고, 춘심이 넘치는 여자를 대할 때의 곧고도 끈질긴 장기전을 보여주었다. 그의 숨이 다 말라 가서 폐가 계란만 한 크기로 쪼그라들었을 때, 소녀가 다시 물속에 떠올랐다. 소녀의 얼굴이 가면처럼 그의 얼굴을 뒤덮더니 아편 연기 같은 기체를 그의 입속에 불어넣었다. 그의 폐는 파파베린(아편알칼로이드 계열의 진경제)과 모르핀을 빨아들여 꽃처럼 피어났다. 그는 자기가 얼마나 오래 숨을 참았는지 알지 못했다. 그저 물속에 들어갔을 때는 석양이 강물을 피처럼 붉은 색으로 물들이고 있었지만, 기슭으로 올라왔을 때는 하늘에 이미 별이 가득하고, 나뭇가지 위에 도깨비 같은 부엉이 떼가 앉아 있었다는 것만을 알 뿐이었다.

다약족 사람들은 납작코 저우씨가 속임수를 쓴 게 아닌가 의심해서, 방목하던 보르네오수염돼지 두 마리를 걸고 저우씨와 세 번째로 잠수 경기를 했다. 열 명이 넘는 청년들이 차례로 물속에 들어가 저우씨를 감시했다. 저우씨가 세 번째 경기에서도 이기자, 다약족 사람들은 전설 속에 나오는, 죽은 자를 이끌고 명계를 지나며 하느님의 명령을 전하는 사도 코뿔새가 잡화점에 머물면서 저우씨를 비호하고 있다는 걸 믿게 되었다.

납작코 저우씨는 보르네오수염돼지 두 마리를 몰고 들판과 강가를 마음대로 거닐면서 열한 명의 소녀와 다섯 명의 부인과 잤다. 그들 중에서 두 명의 소녀가 부른 배를 안고 그를 찾아왔을 때, 그는 긴꼬리코뿔새를 데리고 엽총과 총탄과 양주와 아편을 챙겨 비가 억수같이 내리는 한밤중에 배를 저어 도망쳤다. 그는 보르네오 이곳저곳을 떠돌며 십여 군데의 촌락에 머물면서 백 명에 가까운 유부녀, 과부, 처녀의 가랑이 구멍에 무수한 정충을 남긴 끝에 주바 마을에 정착했다.

대왕 주씨와 납작코 저우씨는 수색대 두 무리를 이끌고 띠풀 숲 속을 마구 수색했지만 아무런 수확도 없었다. 그때 채소 행상 리밍의 큰아들 리칭이 그들을 어느 호수 앞으로 데려갔다.

"스톡 한 대가 이 호수에 빠지는 걸 봤어요!" 리칭이 말했다.

대왕 주씨와 납작코 저우씨는 고개를 저으며 한숨을 쉬었다. 수색대 대원들과 야펑, 에밀리, 차오다즈, 샤오진, 붉은 얼굴 관씨 등의 마을 사람들이 천천히 호숫가로 다가왔다.

"라오저우老周," 호수 표면에는 물안개가 끝없이 펼쳐져 있었다. 주씨는 호수를 향해 낚싯대라도 던지듯이 곧게 뻗은 담배연기를 내뿜었다. "자네 생각은 어때?"

납작코 저우씨는 거위 발만 한 돌멩이를 집어 들어 호수에 던졌다. 돌멩이는 반쯤 날아가더니 무게가 사라진 양 마른 잎처럼 떠 있다가 물속에 빠졌는데, 물결 한 줄기 일으키지 않았다. 저우씨는 주씨에게 담배 한 대를 얻어 호숫가에 쪼그리고 앉아서, 오리가 물 위로 헤엄쳐 가는 것처럼 손가락으로 수면을 헤쳤다.

"일본놈이 운이 나빴군." 대왕 주씨가 사람들에게 말했다. "이 호수에 떨어지면 신선이라도 살지 못할 거야."

들판에서 활약하는 거의 모든 식물이 저마다 설 자리를 찾아서는 바람이 통하지 않을 정도로 호숫가를 빽빽이 둘러싸고 있었다. 호수 수면의 반 정도가 물안개에 뒤덮여 반대편 기슭이 보이지 않았다. 이 호수의 원래 이름은 매둥지 호수였다. 30여 년 전에는 호숫가에 십여 그루의 교목이 하늘을 찌를 듯이 자라 있었고, 나뭇가지에 매의 둥지가 흩어져 있어서, 매들이 일제히 날아오를 때면 하늘이 산속의 동굴처럼 어두워졌다. 교목은 영국인들에 의해 베어져 철도의 침목과 시추선의 받침대로 쓰였고, 영국인과 마을 사람들이 각종 고철을 호수 속에 던져 버려서 30여 년 동안 계속 호수 바닥이 보이지 않았다. 그래서 영국인들은 이 호수를 '철 호수'라고 불렀다. 주바 마을에서는 쇳덩이 호수, 철탑 호수, 철통 호수, 철갑 호수 등등 이 호수를 부르는 이름이 아주 많아서 한 가지로 통일되지 않았다. 하지만 오랫동안 부르다 보니 마을 사람들은 결국 매둥지 호수라는 원래 이름으로 다시 돌아가게 되었다. 창칭 합판공장의 벌목공 십여 명이 각자 하루치 일당을 걸고 누가 호수 바닥까지 잠수해 영국인이나 마을 사람들이 버린 고철을 건져올 수 있을지 내기를 했는데, 몇 번이나 시도해 보다가 결국 포기하고 말았다. 호수 바닥에는 마치 곧바로 지구의 중심으로 곧장 통하는 커다란 동굴이 있는 양, 자석처럼 모든 쇳덩이를 끌어들였다.

"기체가 그렇게 큰데, 호수 바닥으로 가라앉은 게 아니라 어딘가에 걸려 있을지도 모르죠." 그 당시에 호수 속으로 잠수한 적이 있던 벌목공 청년 두 명이 말했다. "우리가 내려가서 좀 볼게요!"

두 사람이 호수로 뛰어들었다. 햇빛이 수면을 뚫고, 호수 한가운데로 가라앉는 네 개의 기왓장 같은 발바닥을 비췄다. 흰배뜸부기 한 마리가 물 위를 달리는 것처럼 수면을 따라 날면서 쌀알에 새긴 조각 같은 작은 발자국을 남겼다. 수면에는 참매들이 거꾸로 비치고 있었는데, 참매들은 각기 작은 회오리를 그리면서 회색 하늘 위를 빙빙 돌며 먹이를 찾고 있었다. 그러다가 사냥감을 발견하면 바람을 타고 수직으로 급강하했는데, 간혹 날카로운 울음소리를 내기도 했다. 멀지 않은 관목 숲에서 끽끽거리는 돼지 울음소리가 들려왔다. 대왕 주씨는 손차양을 하고 울음소리가 난 곳을 바라보았다. 두피가 조금 간질거렸다.

벌목공들이 앞서거니 뒤서거니 하며 수면으로 올라오더니 숨을 몇 번 들이쉬고 다시 잠수했다. 두 번째로 물 밖으로 나왔을 때는 욕을 몇 마디 내뱉고 기슭으로 올라왔다.

납작코 저우씨는 호수 주위를 잠시 돌아다니다가 녹이 슬고 진흙이 잔뜩 묻어 있는 반쪽짜리 트럭 차대 받침대를 발견했다. 그는 다 피운 담배꽁초를 풀숲 속으로 튕겨 버리고, 엽총과 파랑 칼을 풀어 내려놓고 상의와 신발을 벗고 기지개를 켰다. 그리고 침을 한 번 뱉고 호숫가의 가시나무 덤불을 젖히고, 무거운 차대 받침대를 끌면서 물속으로 천천히 걸어 들어갔다. 호수엔 두렵고도 기이한 힘이 있어서, 때로는 그의 발바닥을 진흙 속에 단단히 박아 넣기도 했고, 때로는 그의 발이 땅을 딛지 못하게 하기도 했다.

"라오저우, 괜찮겠어?" 대왕 주씨가 물었다. "무리하지는 마."

납작코 저우씨는 주바 마을에 정착해 1년 남짓 사는 동안 숨을 오래 참는 특기를 뽐낸 적이 거의 없었다. 호숫물이 그의 머리 위까지 잠겼을 때, 저우씨의 두 발이 갑자기 허공에 뜨면서 차대 받침대와 함께 호수 바닥으로 가라앉았다. 저우씨는 고개를 들어 하늘을 보았다. 먹이를 찾는 참매들의 소용돌이로 가득한 하늘은 점점 작아졌고, 대왕 주씨를 비롯한 사람들은 햇빛과 물결에 먹혀 들어갔다. 수면에는 사람들의 사지와 머리가 흩어져 떠다녔고, 귓가에는 참매의 마지막 울음소리가 메아리쳤다. 그는 양손으로 차대 받침대를 꽉 쥐고, 머리가 아래로, 발이 위로 가게 거꾸로 서서, 힘을 최대한 아끼는 방식으로 차대 받침대가 그를 호수 바닥으로 끌고 가게 했다. 철제 받침대는 호수 밑바닥에 있는 고철이 풍기는 썩은 내를 맡은 모양인지, 보금자리로 돌아가는 양 아래로 내려갈수록 속도가 더 빨라졌다. 여러 차례 숨을 오래 참아 본 경험에 따르면, 물속에서는 생체 시계가 느려져서 물 밖의 1분이 물속의 10분과 같았다. 납작코 저우씨는 두 눈을 크게 떴다. 물고기들이 그의 주위에 모여들어 원뿔 모양을 그리며 그와 차대 받침대를 피했다. 삼태기만 한 민물자라가 호수 바닥에서 튀어나오더니 배딱지가 그의 얼굴에 세게 부딪쳤다. 물고기들은 점점 드물어졌고 시야는 반쯤 어두워졌다. 비늘과 지느러미에서 빛이 나고 근육이 투명한 커다란 물고기 한 마리가 눈앞을 스쳐 지나가면서 좁고 기다란 빛줄기를 끌며 어둠 속으로 사라져 갔다. 받침대는 계속 아래로 가라앉았다. 그와 함께 호수 속에 잠긴 참매의 마지막 울음소리가 지금까지 끊이지 않고 계속 이어지기라도 하는 양, 이상하게도 계속 귓가에 메아리쳤다.

대왕 주씨는 고개를 들고 하늘을 올려다보았다. 하늘 위엔 원래 십여 마리의 참매가 날아다니고 있었는데, 대부분은 이미 사냥감을 잡아서 새끼에게 먹이거나 아니면 자기가 잡아먹으려고 둥지로 돌아가 버렸고, 두 마리만 아직까지 남아서 전장을 순찰하고 있었다. 하지만 납작코 저우씨는 아직 물 밖으로 나오지 않았다. 독수리 한 마리가 또 급강하하더니 왜목 덤불 속에서 작은 뱀 한 마리를 붙잡았다. 뱀은 독수리의 발톱 아래서 혀를 날름거리며 반격했다. 주씨는 헤엄을 잘 치는 사람들에게 물속으로 들어가 저우씨를 구해 오라고 했다. 벌목공 두 명과 기술자 한 명, 농부 한 명이 풍덩 하고 물속으로 뛰어들었고, 몇 명이 계속해서 뒤이어 잠수했다. 샤오진은 무료한 나머지 돌아 버릴 지경이 되어 엽총을 들고 마지막으로 남은 참매를 향해 한 발 쐈다. 총알은 참매의 날개 아래로 미끄러져 갔고, 참매는 마치 총알 위에 잠깐 앉았던 것처럼 제 몸 높이만큼 더 높이 튕겨 올랐다. 사람들이 호숫가로 점점 더 많이 모여들어 수색과 구조 작업에 참여했다. 자라 대왕 친씨, 중라오과이, 샤오진이 호수 속으로 잠수했고, 야펑과 에밀리, 그리고 차오다즈와 아이들은 물이 가슴까지 오는 곳에 서서 대나무 장대나 마른 나뭇가지로 물속을 휘저으며 찾았다.

대왕 주씨는 미동도 하지 않았다. 그는 납작코 저우씨가 경험이 많고 박식해서 목숨을 잃을 지경이 되지는 않을 거라는 걸 알고 있었다. 하지만 시간이 오래 흐르자 아무래도 좀 걱정이 되었다. 일본놈들이 제멋대로 폭격을 한 탓에 벌써 세 사람이 목숨을 잃었다. 관목 숲에서는 더 이상 돼지 울음소리가 들려오지 않았다. 참매 떼가 다시 바람을 타고 선회했다. 주씨는 이 매들이 아까 그 매들이라는 걸 알아보았다. 놈들이 벌써 두 번째 사냥을 하러 나온 것이다. 사람들이 호숫가에 모여들기 시작했을 때, 납작코 저우씨가 갑자기 호수 한가운데서 머리를 내밀었다. 그는 손으로 똥색 옷을 입은 사람의 몸을 끌고 올라왔다.

탄성이 울려퍼지는 가운데, 사람들은 저우씨를 도와 사람을 호수 기슭으로 끌어올렸다.

전투기는 호수 밑바닥의 진흙탕에 엉망으로 파묻혀 있었지만 조종석과 조종석에 앉아 있는 일본군 조종사, 그리고 전투기 날개와 꼬리 일부는 드러나 있었다. 납작코 저우씨는 조종석 문을 열고 비행사를 끌어내 수면으로 올라왔다. 물 위로 올라온 그는 물기둥을 한바탕 토해내고 심호흡을 몇 번 하고 눈을 깜빡이더니, 배불리 먹고 실컷 잠을 잔 듯한 미소를 쥐어짜냈다.

"라오저우, 안 죽고 살아 있었군!" 중라오과이가 눈알 없는 눈구멍을 문지르면서, 총알처럼 조그만 눈을 깜빡이며 말했다. "라오가오한테 자네 관을 만들어 달라고 할 뻔했다고."

사람들은 호기심에 차서 조종사의 시체를 둘러싸고 구경했다. 조종사는 똥색 비행복을 입고, 머리엔 비행 철모과 보안경을 쓰고 있었다. 목에는 흰 스카프를 두르고, 가슴과 등 부분이 불룩하게 부풀어 오른 부력조끼를 입고 있었으며, 용도를 알 수 없는 허리띠와 가랑이를 가리는 천과 주머니를 장식으로 달고 있었다. 왼쪽 팔뚝에 달린 동그란 계급장에는 벚꽃 한 송이와 교차해 날아가는 전투기 두 대가 수놓아져 있었고, 팔목에는 커다란 조종사용 손목시계를 차고 있었다. 샤오진이 보안경과 철모를 벗겼다. 스무 살 좀 넘어 보이는 청년은 이목구비가 준수했고, 눈썹 꼬리는 매의 발톱처럼 날카로웠다. 사람들은 비행화와 장갑에 한자로 적혀 있는 '가즈키 아오조라和輝蒼空'가 그의 이름일 거라고 추측했다.

"옷 벗겨!" 대왕 주씨가 말했다.

사람들이 일제히 달려들어 조종사를 실오라기 하나 남김없이 발가벗기고, 그의 성기를 두고 비평했다.

"고기밥이 되게 호수에 던져 버려!"

시체가 호수 아래로 천천히 사라지는 걸 보며 대왕 주씨가 말했다. "일본놈의 시체를 찾을 수 있었던 건 전부 라오저우의 공이니까, 그놈이 가지고 있던 물건은 전부 라오저우에게 준다. 다들 기억해. 만약에 일본놈들이 오면, 오늘 일에 관해서는 절대 말하지 마라."

야마자키의 명단

열다섯 살 생일에 중바오유鍾保佑는 부모님을 따라 숲속으로 사냥을 하러 갔다. 바오유는 오른손에 파랑 칼을 들고, 두 발로는 새로 난 돼지 발자국을 호흡하며, 천성적인 외눈으로 어머니의 싱글 배럴 산탄총의 목제 개머리판을 주시했다. 4월이라 두리안 열매가 주렁주렁 달려 있었다. 두리안 열매가 있는 곳엔 반드시 원숭이 떼가 열매를 따 먹으러 오고, 마찬가지로 반드시 멧돼지 떼가 원숭이들이 떨어뜨린 두리안 열매를 먹기 위해 나무 아래로 모여드는 법이다. 바오유와 아버지와 어머니는 빠르게 나이가 20살이 된 두리안 나무 앞으로 갔다. 바오유는 이 오래된 두리안 나무를 기억하고 있었고, 아버지 어머니가 나무 위의 원숭이와 나무 아래의 보르네오수염돼지를 셀 수 없이 많이 쏴 죽인 일도 기억하고 있었다. 바오유는 고개를 들고 나무의 몸체에 남아 있는 희미한 총알 자국과 음산하게 매달려 있는 두리안 열매들, 그리고 귀기가 흐르는 원숭이 떼와, 돼지 떼를 가리고 있는 가시나무 덤불을 보았다. 원숭이의 날카로운 울음소리와 돼지 울음소리는 낮고 요사스러웠고, 돼지들이 두리안 껍질을 쪼개는 소리는 푸줏간 주인 배불뚝이 리씨 열 명이 동시에 돼지 뼈를 부수고 고기를 써는 소리 같았다. 아버지는 바오유의 어깨를 두드렸고, 어머니는 바오유의 파랑 칼을 받아들더니 산탄총과 탄창을 건네주었다. 바오유는 유령처럼 물러나는 어머니 아버지의 모습을 바라보았다. 아버지는 이가 어지럽게 나 있었는데, 그중에서 구부러진 송곳니 두 개가 드러나 보였다. 어머니는 머리가 덥수룩했고, 씩씩거리며 숨을 내뱉는 코가 얼굴의 반을 차지하고 있었다. 엽총의 목제 개머리판에서는 어머니의 체취가 풍겼고, 마찬가지로 목제인 총자루에는 어머니 손바닥에서 난 땀자국이 가득했다. 총열 위에서는 어머니의 맹렬한 눈빛이 반짝거렸으며, 가늠쇠는 굴 밖으로 머리를 내밀고 주위를 살피는 검은 귀뚜라미 같았다. 가시나무 덤불이 무성해 멧돼지도 다가올 수 없었고, 바오유도 뚫고 지나갈 수 없었다. 하지만 바오유가 바람을 맞는 쪽에 있어서 기회를 잡기가 아주 좋았다. 그는 천천히 이동하면서 가시나무 덤불을 피하고, 그에게 등을 돌리고 있는 멧돼지의 엉덩이를 보았다. 바오유는 왼손으로 총자루를 들어올리고, 오른손 검지를 방아쇠의 안전장치에 걸고, 개머리판은 겨드랑이 아래에 끼우고, 총열을 가시나무 덤불에 갖다 댔다. 공교롭게도 나무 위에 갑자기 또 다른 원숭이 떼가 나타나 두 무리가 마구 싸우기 시작해서, 바오유가 방아쇠를 당기는 순간 두리안 껍질이 총열 위로 떨어지는 바람에 총알이 나무 아래의 땅에 박혀 진흙이 사방으로 튀었다.

마음이 급해진 바오유는 탄창을 열어 장전했지만, 나무 위의 원숭이와 나무 아래의 멧돼지는 이미 자취를 감춘 후였다. 그는 가시나무 덤불을 빙 돌아서 두리안 나무 아래를 한 바퀴 돌면서 난잡하게 찍힌 돼지 발자국을 쫓아가다가 코브라아비스와 덩굴이 잔뜩 자라 있는 관목 덤불 앞에서 멈췄다. 모든 것이 굳어 있었고, 바람도 불지 않았고, 풀잎 끝에선 물방울이 떨어졌다. 햇빛이 메뚜기처럼 뛰어다니며 무리지어 나 있는 알로카시아 마크로리조스를 비췄다. 알로카시아 마크로리조스의 잎은 삼태기만큼 넓고 커서 주바 마을의 노점상들은 그걸 두부나 빵, 볶음 국수, 돼지고기 같은 것들을 싸는 데 썼다. 푸른 잎 위에서는 멧돼지의 울음소리가 메아리쳤고, 돼지 발자국은 알로카시아 마크로리조스의 잎 그늘 아래로 사라져 있었다. 엽총을 들어 올린 바오유는 어머니의 머리가 돼지고기처럼 알로카시아의 초록색 잎에 싸여 있는 걸 보았다. 멈추기엔 늦었다. 그는 이미 방아쇠를 당겼다.

사냥 길잡이 중라오과이는 열아홉 살 때 주바 마을에 정착해 목수 가오리의 집 바로 옆에 고각옥 한 채를 지었다. 아래층에는 벽이 없었고, 여덟 개의 숯나무 기둥에는 코브라아비스와 덩굴식물이 자라 있었다. 사방에는 잡초가 가슴 높이까지 자랐고, 왜목 덤불도 여기저기 흩어져 있었다. 그는 혼자 산 지 오래되어 성격이 좀 이상했다. 길잡이 일을 하지 않을 때는 혼자서 엽총을 메고 숲속으로 들어가 사냥을 했는데, 남는 포획물을 이웃인 가오리와 황완푸에게 나눠주어 두 집의 열 명 넘는 아이들이 피둥피둥하게 살이 찌고, 마을의 다른 아이들보다 머리 하나는 더 크게 자라게 해 주었다.

목수 가오리와 두리안 대왕 황완푸는 동시에 주바 마을에 정착해서 18년 동안 이웃으로 살았으며, 동시에 다진뉴의 두 딸에게 반했다. 바오성 금은방 주인 다진뉴는 야금술과 금, 은을 다루는 일에 정통해, 금을 단조해 영롱하고 섬세한 금송아지를 만드는 재주가 있었다. 그는 딸 둘에 아들 하나를 낳았는데, 아들은 대왕 주씨를 따라 멧돼지를 사냥하러 갔다가 멧돼지에게 찔려 죽었다. 한 살 터울인 두 딸은 동시에 가오리와 황완푸에게 시집을 갔다. 결혼 전에 가오리는 언니인 저우차오차오周巧巧를, 황완푸는 동생인 저우먀오먀오周妙妙를 좋아했지만, 언니는 황완푸를, 동생은 가오리를 좋아했다. 목수 가오리는 영리하고 손재주가 좋아서 주바 마을에서 쓰는 탁자와 의자와 찬장 중에서 반 이상, 그리고 마을에서 쓰는 모든 관은 전부 그가 도맡아 만들었다. 두리안 대왕 황완푸는 부지런하고 성실해서 주바 마을의 과일 중 반 이상을 그가 공급했다. 저우차오차오는 샤오 선생의 제자로 열 살 때 벌써 운을 맞춘 중국 고전 시를 오백 편이 넘게 외울 수 있었다. 저우먀오먀오는 아버지의 기술을 전수받아 금과 은을 자유자재로 다듬어 반지며 비녀며 목걸이며 팔찌를 만들고, 거기에 신기하고 아름다운 무늬를 새길 수 있었다. 가오리와 황완푸는 오랜 이웃이자 아편 친구로, 아편 한 덩이가 폐 속에 들어가면 간이나 심장도 꺼내 상대방에게 먹여 줄 수 있었다. 차오차오와 먀오먀오는 미모와 현명함을 겸비한 여자들이었다. 마을 사람들이 보기에 둘 중 누구에게 장가를 들든 간에 나머지 한 사람의 장점도 잃지 않게 되므로 일석이조라고 할 수 있었다. 이렇게 헛되이 2년이 흘렀을 때, 말라깽이 선씨가 계책을 써서 자매에게 아편 두 덩이를 선물했다. 자매는 아버지 몰래 추석날 밤에 가오리와 황완푸를 찾아갔다. 가오리는 자기가 사랑하는 차오차오가, 황완푸는 밤낮으로 늘 그리워하는 먀오먀오가 아편을 가지고 찾아온 걸 보고, 그 자리에서 두 사람 다 아편을 피우고는 몸이 나른해지고 혼이 날아가 버렸다. 자매는 두 사람이 인사불성이 된 걸 보고 서로 자리를 바꿔 자기가 좋아하는 사람과 동침을 했다.

중바오유가 열다섯 살 때 오인사격으로 어머니를 죽인 후, 아버지는 어머니의 싱글 배럴 산탄총을 그 오래된 두리안 나무 아래에 묻었다. 그리고 죽기 전에 자기가 쓰던 더블 배럴 산탄총을 중라오과이(라오과이老怪는 괴팍한 사람이라는 뜻의 별명)에게 주었다. 중라오과이는 스물한 살 때 네덜란드인인 판 바우어와 함께 숲속으로 사냥을 하러 갔다. 판 바우어는 젊었을 때 네덜란드 군대와 함께 동인도 제도에 주둔하면서 해적과 엽두족, 쿨리, 밀수꾼, 살인범, 그리고 무고한 평민을 죽였다. 50살에 은퇴한 후에는 존슨 앤 존슨사의 군용 반자동 보병총과 7배율 쌍안경을 가지고 보르네오에 사냥을 즐기러 왔다.

중라오과이는 연속으로 열 발을 쏠 수 있는 그 존슨 앤 존슨사의 보병총을 자세히 살펴보았다. 총열과 개머리판은 거의 일직선을 이뤘고, 회전식 탄창은 케이스 아래쪽에 숨겨져 있었는데

7mm짜리 모제르 총탄 열 발을 채울 수 있었다. 이렇게 거대한 탄창을 장착했는데도 보병총의 몸체는 여전히 날씬해서, 중라오과이는 보르네오의 하늘을 날아다니는, 온몸이 검은색인 스톰황새*의 우아한 자태를 떠올렸다. 총열을 분리할 수 있고, 총신도 두 쪽으로 분해할 수 있어서 낙하산병과 기술 병과 병사들이 아주 좋아할 듯했다. 중라오과이를 가장 매료시킨 건 탄창이었다. 보병총 한 자루에 총알을 배불리 먹이면 연속으로 총알을 열 발이나 쏠 수 있는 걸 보니, 아버지의 더블 배럴 산탄총이 한순간에 석기시대의 유물이 되어 버렸다. 판 바우어는 마른 체격에 키가 컸다. 턱에는 노란색의 축축한 염소수염이 나 있었고, 머리숱이 적었으며 눈은 한쪽은 크고 한쪽은 작았다. 그는 중라오과이의 안내를 받으며 멧돼지와 원숭이와 사슴을 몇 마리 잡았다. 닷새째 되는 날에 그는 중라오과이가 말리는 것도 듣지 않고 상쾌한 기분을 느끼겠다면서 맨발로 모래톱 위를 걷다가, 이상한 물고기의 독 있는 가시에 발뒤꿈치를 찔려 오른발이 코끼리 다리처럼 퉁퉁 부어올랐다. 중라오과이는 나뭇가지를 꺾어 판 바우어에게 지팡이 삼아 쓰라고 주고, 그의 보병총과 짐을 메고 왔던 길을 돌아갔다. 밤이 되자 나뭇가지로 차양을 치고 잡초와 나뭇잎을 덮고 잠을 잤다. 한밤중에 잠에서 깬 중라오과이는 차양 밖으로 나와 발길 닿는 대로 걸어다녔다. 그의 머리 위에 오리온자리가 걸려 있

* 스톰황새(Storm's stork). 황새속에 속하는 중형의 희귀한 새로 태국 남부, 말레이 반도, 수마트라와 보르네오의 우림 저지대에 서식한다.

었다. 오리온의 허리띠에 박힌 세 개의 보석이 반짝이며 빛났다. 오리온은 한 손으로 죽은 사자를 움켜쥐고, 다른 한 손에는 존슨 앤 존슨사의 반자동 보병총을 쥐고 있었다. 중라오과이는 차양 아래로 돌아와 누웠다. 판 바우어의 보병총 총열 위에는 길고 찬란한 은하수가 흘렀고, 열 개의 모제르 총탄 유성이 날아가고 있었다. 총구는 판 바우어의 잠꼬대와 고통스러운 신음을 연달아 토해냈다. 다음 날, 판 바우어는 이미 자리에서 일어나지 못했다. 발바닥과 종아리가 썩기 시작해 물고기의 부레 같은 고름이 흘러나왔다. 중라오과이는 겉으로는 초조한 척했지만 속으로는 크게 걱정하지 않았다. 판 바우어가 다쳤을 때, 그 부근에 다약족의 장옥이 한 채 있었다. 다약족 사람들은 풀숲에 있는 모든 독에 대해 조상 대대로 전해져 온 해독 비법을 가지고 있었다. 중라오과이는 판 바우어를 데리고 장옥에서 멀리 떨어진 하류 쪽으로 갔다. 그는 판 바우어에게, 대나무를 몇 그루 베어 와서 뗏목을 엮어 그를 하류로 데려가서 치료를 받게 해 주겠다고 말했다. 그는 보병총을 판 바우어의 가슴 앞에 놓아두고, 더블 배럴 산탄총을 메고 파랑 칼을 들고 풀숲으로 들어갔다. 그는 한나절 동안 풀숲 속에서 빈둥거리며 대나무 몇 그루를 베어서, 점심때가 지나서 판 바우어가 있는 곳으로 돌아왔다.

"돌아왔군……아침 내내 가 있더니 겨우 대나무 몇 그루를 베어 왔군……." 판 바우어의 오른 다리는 숯처럼 새까맣고, 두 눈도 제대로 뜨이지 않았다. 오른손은 힘없이 총자루를 쥐고 있었고, 무수한 사람과 짐승을 쏴 죽인 그 보병총도 힘없이 늘어진 듯 보였다. 말소리는 더더욱 숨소리뿐이고 힘이 없었다. "내가 맨 처음 멧돼지를 잡았을 때부터……네 눈은 이 총에서 떠나지 않았지……이 총이 마음에 드는 거지……."

중라오과이는 말이 없었다. 그는 판 바우어가 이미 총을 들 수 없을 정도로 쇠약해졌으며, 총을 들어 올린다 해도 결코 그를 맞히지 못할 거라는 걸 알 수 있었다. 그래도 그는 어깨에 메고 있던 산탄총을 내려 손에 쥐었다.

"잡종 놈아, 무서워할 것 없다. 널 죽이려는 게 아니야." 판 바우어는 보병총을 내려놓았다. "이리 와 봐라……할 말이 있다……."

중라오과이는 몸을 돌려 그 자리를 떠나려 했다. "시간이 없어요. 대나무를 베어 오겠습니다."

"잡종 놈, 가지 마라……."

중라오과이는 등 뒤에서 울리는 총소리를 들었다. 총알 한 발이 그의 머리 위를 스쳐 날아가면서 물고기 가시의 독이 섞인 검은 화약 연기를 흘렸다. 중라오과이는 판 바우어를 돌아보았다. 판 바우어가 방아쇠를 두 번 더 당겼고, 총알 두 발이 그의 어깨 위로 날아갔다. 중라오과이의 외눈은 아주 분명하게 보았다. 판 바우어의 검지가 방아쇠를 당겼을 때, 격철이 공이를 물고, 공이가 총알의 뇌관을 세게 때리고, 뇌관이 연소해 발사화약에 불을 붙이고, 탄피 안쪽의 공기가 급속히 팽창하면서 발생한 높은 압력이 총탄을 탄피와 탄창 밖으로 밀어내, 모제르 총탄의 뾰족한 탄두가 통곡을 하며 총구 밖으로 날아 나왔다. 총알이 그의 머리 위로 날아갈 때 탄두에 묻은 판 바우어의 검은 피가 아래로 흘러, 핏방울이 그의 머리카락과 소매 위에 떨어져서 악취를 풍기는 검은 화약 연기가 몇 줄기 피어올랐다. 탄두가 비행하는 궤적이 그의 시야에 완전하게 나타났다. 중라오과이는 총알이 심장을 향해 날아왔다 해도 우아하게 피할 수 있었을 거라고, 심지어 죽어 가는 짐승을 쓰다듬듯이 손을 뻗어 총알을 어루만질 수 있었을 거라고 생각했다. 판 바우어는 안간힘을 쓰며 보병총을 들어 올려 하늘을 향해 두 발을 쐈다. 그 두 발은 원래 중라오과이를 조준한 것이었지만, 그는 이미 조준점을 전혀 통제할 수 없는 상태였다. 판 바우어는 미치광이처럼 다시 하늘을 향해 총을 두 발 쐈다. 중라오과이는 자꾸 울려 퍼지는 총소리가 변수를 불러올까 봐 걱정되어 산탄총을 들고 방아쇠를 당겼다. 총구가 토해낸 열 개의 구슬이 벌떼처럼 판 바우어의 가슴팍을 덮쳤다.

판 바우어를 쏴 죽인 중라오과이는 그를 대충 묻은 다음, 존슨앤 존슨사의 보병총과 쌍안경을 가지고 보르네오 내륙 지방에서 1년 남짓 떠돌아다니다가 주바 마을로 돌아왔다. 마을 사람들은 이미 그가 언제 마을을 떠났었는지 기억하지 못했고, 판 바우어와 그의 보병총과 쌍안경을 기억하는 사람은 더더욱 없었다. 멧돼지 떼가 마을을 습격했을 때 중라오과이는 감시대 위에 서서 존슨앤 존슨사의 보병총을 들고 탄창 여덟 개를 다 쐈다. 마을 사람들은 습격이 끝난 후에 돼지들의 배를 갈라 봤는데, 멧돼지 78마리의 머리 혹은 심장에서 모제르 총탄 78발이 나와서 중라오과이가 백발백중의 사수라는 게 증명되었다. 사라진 총알 두 발에 관해서는 두 가지 설이 돌았는데, 하나는 중라오과이가 감시대로 달려가면서 허공에 공포를 쏘느라 총알 두 개를 썼다는 것이고, 다른 하나는 그가 미친 듯이 달려가는 대왕 돼지에게 쏜 두 발의 총알이 대왕 돼지가 일으킨 뜨거운 회오리바람에 휩싸여 운석처럼 대기층에 추락해 부서져 버렸다는 것이다.

중라오과이는 자기가 멧돼지 80마리를 쏴 죽였다고 주장했다. 그는 총을 한 발 쏠 때마다 반드시 돼지의 머리나 심장을 조준해 총알이 멧돼지의 몸속에 남아 있도록 했다. 그날 밤, 중라오과이는 감시대 위에서 마을 사람들이 대왕 돼지라고 소리치는 걸 몇 번이나 들었다. 멧돼지 떼가 강을 건너 도망치기 전에 하늘에는 핏빛 은하수가 흘렀고, 붉은색 운석이 몇 개 떨어졌다. 감시대에서 내려온 중라오과이는 구름으로 장식된 희미한 붉은색 불꽃을 따라 어둡고 시끄러운 마을을 이리저리 돌아다녔다. 돼지 사냥대 대원들이 한 명씩 그와 스쳐 지나갔다. 그들의 얼굴은 전부 흥분의 색으로 물들어 있었다. 납작코 저우씨는 허리에 파랑 칼을 차고, 손에는 엽총을 들고, 얼굴에는 돼지 피가 뿌려져 있어 정신없이 바쁜 망나니 같았다. 붉은 얼굴 관씨의 총구는 쇠발굽 모양의 촘촘한 화약 연기를 연달아 토해냈고, 엽총의 가늠쇠에는 조준의 정확도를 높이기 위해 두 가닥의 음모가 붙여져 있었다. 말라깽이 선씨는 한 발로 새끼돼지 한 마리를 밟고 서서 휘파람을 불면서 양손으로 재빨리 탄창을 갈고 새끼돼지의 머리에 한 발 쐈다. 자라 대왕 친씨는 총을 한 발 쏴서 멧돼지를 한 마리 죽일 때마다 가랑이 밑을 한 번씩 세게 긁었다. 게으름뱅이 자오씨는 머리 없는 닭처럼 두 개의 말뚝 위에 쪼그리고 앉아서 멧돼지 떼가 파헤친 울타리 틈을 지키고 있었다. 가오리와 황완푸는 농부들 몇 명과 함께 커다란 수퇘지 한 마리를 넘어뜨려서 밧줄로 사지를 묶은 다음 엽총의 개머리판으로 커다란 불알을 내리쳤다. 다진뉴는 벌목공들 무리를 뒤따라가고 있었는데, 목에 죽은 아들의 사진을 걸고서, 발버둥치며 죽어 가는 돼지를 발견하면 한 칼을 보탰다. 나막신쟁이 난씨는 담배를 물고, 돼지 피가 묻은 손으로 중라오과이에게 담배 한 대를 건네주고 성냥불을 켜서 담뱃불을 붙여 주었다. 온 마을에 시체가 가득 널린 멧돼지 떼는 고통스럽게 몸을 꿈틀거리고, 배 밖으로 튀어나온 창자를 흔들면서, 끊어졌거나 혹은 온전한 사지를 절뚝거리며 산 사람은 결코 넘어갈 수 없는 해골의 말로를 향해 달려갔다. 돼지들의 울음소리는 점점 목쉰 소리로 변해 갔고, 육신은 불에 거의 다 탔고, 뼈도 길을 따라 흩어져 버렸다. 대왕 주씨는 앞쪽을 주시하면서 혼잣말을 중얼거렸다. 강시를 쫓는 주문을 외는 모산파茅山派(중국 장쑤성江蘇省의 모산茅山을 본거지로 하여 성립된 도교의 한 분파로, 무협소설에서 주로 무공보다 주문이나 부적에 능한 문파로 등장함)의 도사처럼, 돼지 떼의 유령을 해골의 말로로 쫓아 보내려는 듯했다.

그때가 중라오과이가 생각하기에 대왕 돼지에게 가장 가까이

갔던 순간이었다. 일본놈들이 첫 번째로 '조국 난민 구제 계획 위원회'의 구성원들을 체포하러 다닐 때, 중라오과이와 대왕 주씨는 중라오과이네 집 근처의 상록교목 위에 걸터앉아 있었다. 대왕 주씨는 7배율 쌍안경으로 풀숲을 살펴보았다. 중라오과이는 손에 존슨 앤 존슨사의 보병총을 들고, 그 습격 당시에 감시대 위에서 있던 그때처럼 모제르 총알의 탄창 한 개분을 전부 쐈다. 주바강은 마그마처럼 서북쪽을 향해 흘러갔다. 관목 숲에서 큰까치의 겁에 질린 울음소리가 울려 퍼졌다. 풀숲에서는 부패독에 중독되어 썩어 버린 달이 떠오르면서 열 개가 넘는 모서리를 조금씩 드러냈는데, 꼭 죽어 버린 조개껍데기가 개펄에 잔뜩 꽂혀 있는 것처럼 보였다. 때는 8월이었고, 들불이 멋대로 타올랐다. 서남풍이 몰려와 초조하고 뜨거운 회오리바람을 연달아 일으켰다. 풀숲 속에 여기저기 흩어져 있는 사람과 짐승의 백골이 귀신의 언어 같은 갑골문 모양의 도깨비불을 토해 냈다. 사람과 짐승이 집단 학살을 당해 생겨난 공포와 원한과 슬픔의 독소가 띠풀 숲에 가득 차서, 처량한 곡소리가 흐르는 해골의 말로를 이뤘다.

가오리와 황완푸 두 집의 아이를 합하면 열네 명인데, 제일 나이가 많은 아이는 열세 살이고 제일 어린 아이는 두 살이었다. 아이들은 들판의 넓은 공터에 두 줄로 섰다. 석양이 그들의 그림자를 무한히 길게 늘려서 먼 곳의 관목 숲까지 드리워지게 했다. 참매는 하늘 위를 선회하며 최후의 만찬을 찾고 있었다. 노란색의 두리안 꽃 열네 송이가 서남풍을 타고 날아와, 눈물 콧물이 줄줄 흐르는 열네 개의 노랗고 조그만 얼굴에 입 맞추고 작별을 했다. 들불이 들판을 불태우는 연기가 파도처럼 풀숲 위로 한 번, 또 한 번 넘쳐흘렀다. 서남풍이 멎었을 때, 연기는 아이들 좌우로 펼쳐진 사탕수수밭과 옥수수밭을 뒤덮었다.

가오리와 황완푸는 아이들을 등지고, 참모장 요시노 마키와 헌병대 조장 야마자키 겐키치, 통역사 두 명, 셰퍼드 두 마리, 그리고 남부 13식 권총을 찬 헌병대원 열 명과 96식 경기관총을 들고 있는 스무 명의 일등병 기관총 사수를 향해서 들판 위에 무릎을 꿇고 앉아 있었다. 일등병들 뒤로는 굳은 얼굴의 마을 사람들이 둘러서 있었다. 아이들의 오른쪽 뒤로 펼쳐진 논밭과 들판에는 허수아비 두 개가 서 있었는데, 입혀 놓은 옷을 보니 일부러 하나는 남자, 하나는 여자처럼 꾸며 놓은 듯했다. 여자 허수아비의 가슴팍에는 건초로 커다란 젖가슴을 만들어 놓았는데, 참새가 젖가슴 위에 둥지를 틀고 있었다. 남자 허수아비의 입에는 담배처럼 생긴 대나무 줄기가 물려 있었고, 바짓가랑이에는 정T자 모양의 마른 등나무 덩굴이 매어져 있었다. 아이들이 풍채 좋은 그 가랑이 아래에 비뚤비뚤한 나뭇가지를 하나 꽂아서 남자의 성기를 만들어 놓았다. 사탕수수밭에서 들개가 뛰어다니면서 짖어 대는 소리가 들려왔다. 원숭이 떼가 옥수수밭에서 기승을 부리며 무수히 많은 옥수수 줄기를 부러뜨렸다. 요시노는 왼손으로 허리에 찬 마사무네 칼의 상어 가죽 칼자루를 쥐고 있었다. 그의 눈썹은 검게 탄 지푸라기 같았고, 눈초리 아래의 주름은 안구의 공막에까지 파고들 것처럼 깊었다. 야마자키는 손으로 말가죽에 싸인 박달나무 칼집을 어루만지고 있었다. 저녁놀이 얼굴을 가로로 비춰, 그의 강인한 얼굴 윤곽에 피로한 빛이 넘쳐흘렀다. 헌병대원들의 전투화에는 가시나무에 긁힌 자국이 나 있었고, 기관총 사수들의 각반에는 대청가시나무의 가시가 여기저기 박혀 있었으며, 노란색 전투모는 이마가 갈라질 정도로 짓눌러 쥐가 송곳니를 간 자국 같은 선을 하나씩 남겼다. 마을 사람들은 아직 화전을 일구지 않은 들판 위에 서 있었다. 풀이 사람들의 허리께를 덮고 있었다. 하늘은 가축을 사냥하는 참매들의 의심에 찬 구름으로 가득했고, 땅 위는 멧돼지들의 수염과 엄니가 드리운 어두운 그림자로 가득 찼다. 삽과 괭이가 발달시킨 어깨 근육이 흐물흐물해졌고, 완고한 정신도 완전히 흩어져 버렸다.

이토 다케시의 머리가 사라진 다음 날, 야마자키는 '조국 난민 구제 계획 위원회' 명단을 보고 전쟁이 나기 전에 주바 중학교 자선 공연을 제창하거나 혹은 공연에 참여한 마을 사람들을 체포했다. 그는 어른과 아이를 합해 총 32명을 체포해 중국인 기계 조합에 설치한 헌병대 총사령부에 가뒀다. 이틀 후, 헌병대가 연극에 참여한 배우 16명과 그들의 가족을 들판으로 끌고 와 공개 재판과 처벌을 진행했다.

가오리는 땅바닥에 놓인 큰 파랑 칼을 바라보았다. 나무로 된 칼자루에는 초록색 곰팡이와 먼지 때가 끼어 있었고, 그 위에 그의 손바닥 자국이 희미하게 나 있었다. 칼에는 도마뱀 모양으로 붉게 녹슨 자국이 몇 줄 숨어 있었다. 이 자국은 칼자루에 꽂힌 칼몸통부터 칼끝까지 쭉 이어져 있었는데, 칼날과 칼등을 따라 작은 발자국처럼 솟아오른 자국이 있었고, 비늘과 주름이 나 있는 칼의 피부는 꼭 나무껍질 같았다. 이 녹슨 자국 때문에 가오리는 조금 전에 집 안 벽에 걸려 있던 파랑 칼을 내렸을 때 도마뱀 무리가 칼 위에 몸을 숨기고 있는 줄 알았다. 그를 끌고 온 일본놈이 손가락으로 칼날을 문질렀을 때, 가오리는 도마뱀이 깔깔거리며 비웃는 날카로운 소리를 들었다. 어두컴컴한 처마에서 위아래로 찢어진 냉담한 눈동자가 반짝였다. 가오리는 이 파랑 칼을 마지막으로 쓴 게 벌써 2년 전이라는 게 기억났다. 이 칼로 등받이와 팔걸이가 있는 나무 의자를 부쉈었다. 그는 아내인 저우먀오먀오가 솥에 물을 끓이는 걸 보고, 파랑 칼과 의자를 들고 아궁이 앞으로 가서 의자 다리를 하나 잘라냈다. 그 의자 다리를 아궁이 속에 던져 넣고 나서 의자 등받이를 잘랐다. 의자의 남은 몸체가 아궁이 속에서 삐걱삐걱 소리를 질렀다. 그는 의자가 살아 있는 것 같다고 생각했다.

가오리는 옆에 놓인 황완푸의 파랑 칼을 흘끗 보았다. 황완푸는 아침저녁으로 파랑 칼을 메고 과수원을 지켰다. 그래서 그의 파랑 칼은 막 용광로에서 만들어낸 것처럼, 휘두를 때마다 쇠망치로 두드릴 때 튀어오르는 불꽃과 담금질할 때 나는 흰 연기를 뿜어내면서, 나뭇가지나 뼈를 마치 풀을 베듯 잘라냈다. 칼날의 광채는 초승달처럼 맑았고, 칼몸의 빛깔은 구름 한 점 없는 하늘 같은 짙은 남빛이었다. 움직이다가 고요히 머무르다가 하는 칼날은 달리는 표범 꼬리 같기도 하고, 숨어 있는 표범의 눈 같기도 했다. 완푸의 칼은 흐르는 물이었고, 자신의 칼은 말라 버린 우물이었다. 십여 년 전에 멧돼지들이 마을을 야습했을 때 완푸는 칼을 들고 보이는 족족 돼지를 베었지만, 자신은 농부들 무리 뒤에 숨어서 칼을 휘두르며 고함만 질렀다. 그의 몸과 칼에 묻은 피는 전부 죽은 돼지의 피였다. 그는 황완푸와 동시에 주바 마을에 정착했고, 그 추석날 밤에 아편을 한 덩이 피우고 각자 사랑하는 상대와 잠자리에 들었고, 결혼한 후에는 각각 일곱 명의 아이를 낳았다. 두 집의 식구 열여섯 명이 헌병대에 의해 끌려갈 때, 저우먀오먀오는 배 속에 8개월짜리 아이를 임신 중이었다. 참매가 날카로운 소리로 울자, 셰퍼드 두 마리가 화약 냄새가 풀풀 풍기는 으르렁 소리를 내면서 모제르 총탄처럼 가지런히 늘어선 이빨을 드러냈다. 가오리와 황완푸는 서로를 한 번 바라보았다. 두 눈에 가득 고인 눈물 탓에 상대방이 흐릿해져서, 꼭 낯선 사람처럼 보였다.

그는 황완푸와 18년 동안 이웃으로 지내면서 머스코비오리 한 마리 때문에 딱 한 번 말다툼을 한 적이 있었다. 가오리는 수컷 머스코비오리를 한 마리 길렀는데, 비행 능력이 큰까치에 비해 뒤지지 않았던 이 수컷은 날마다 황완푸 집에 있는 연못으로 날아가 암컷 오리들과 함께 목욕을 즐기며 삼처사첩을 거느리는 생활에 빠져 있었다. 그런 다음에는 또 황완푸의 과수원으로 날아가 새싹을 파먹다가, 먹이를 찾아 과수원에 침입한 보르네오수염돼지에게 물려 가 버렸다. "우리 집 암고양이는 너희 집 수고양이와 짝짓기를 했고, 우리 집 우물물에선 너희 집 구정물 맛이 나지." 가오리가 말했다. "너희 집의 암놈 몇 마리가 매일같이 궁둥이를 치켜들고 우리 집 수놈을 꾀는데, 그놈이 그걸 견딜 수가 있었겠어?" "너희 집 수놈이 내 과수원에서 새싹을 적잖이 파먹었지만 난 그놈을 혼낸 적이 없어." 황완푸가 말했다. "그놈이 안 와서 우리 집 암놈들이 빨간 혹이 난 그놈 얼굴을 못 보면 애가 타서 죽을 지경이었으니까." "그놈은 과수원에서 멧돼지한테 물려 간 거잖아. 너희 집의 그 똥개 몇 마리는 오입질이나 할 줄 알지, 멧돼지만 보면 죄다 불알이 떨어져 버리잖아." "라오가오老高, 우리 암놈이 알을 낳아서 새끼가 태어나면 몇 마리 줄게. 그런데 암놈들이 너희 집 수놈을 못 봐서, 마음이 아파서 알도 못 낳게 될까 봐 그게 걱정이군." "과수원이나 잘 지켜. 멧돼지들이 여기를 저들 소굴로 삼은 것 같으니까. 집에 돼지가 들어오면 가난해지고, 개가 들어오면 부자가 되고, 고양이가 들어오면 초상이 난다고들 하잖아." 가오리는 갑자기 녹이 슨 파랑 칼을 쥐고 황완푸 맞은편에 섰다. 황완푸는 잠시 망설이다가 마찬가지로 파랑 칼을 쥐고 가오리 맞은편에 섰다. 20명의 기관총 사수는 20자루의 96식 경기관총을 들고 있었다. 총신에는 총알 서른 발이 들어가는 거대한 탄창과 돼지 코처럼 생긴 망원 조준경이 끼워져 있었다. 총열에 꽂힌 총검은 얼룩덜룩한 금빛 석양을 반사하고 있었는데, 금빛 꽁지깃을 퍼덕이는 작은 새 몇 천 마리가 총검 주위를 날아다니는 것처럼 보였다. 총검은 새들에게 둘러싸여 20개가 2백 개로 변하고, 2백 개가 2천 개로, 2천 개가 2만 개로 변해, 만 장이나 되는 병풍처럼 펼쳐져서 견고하고 빈틈없는 봉우리가 되었다. 기관총의 총신은 아이의 키보다 더 길어서 총자루가 땅 위에 놓여 있었고, 총검의 칼끝은 일본놈의 턱과 평행을 이루고 있었다. 가오리의 아이들 일곱 명이 한 무리로 뭉쳐 있었고, 황완푸의 아이들 일곱 명도 다른 무리를 이루고 있었다. 열세 살짜리 맏이 둘이 두 살짜리 막내 둘을 안았고, 시선은 각자 자기의 아버지에게 집중되어 있었다. 아동용 연극 「제천대성」에서 아이들은 이천왕의 천병신장과 양산의 매산 형제들, 그리고 화과산의 원숭이들 역을 맡았다. 대사는 없었지만 연기가 아주 자연스러워서, '조국 난민 구제 계획 위원회'에 적을 죽이고 재난을 구제하기 위한 기금을 잔뜩 마련해 주었다. 아이들은 마을에서 이토 다케시 같은 일본인들을 보긴 했지만, 쩌우 신부가 마을 사람들에게 진짜 일본놈은 "허리가 없이 다리가 가슴 아래 달려 있다"라고 알려주었다. 왜구를 추악하게 묘사한 가두 연극에서도 아이들은 일본놈을 누구보다도 우스꽝스럽게 연기했고, 대사는 동물 울음소리를 따라 한 "지리구라구와우루후후자자"뿐이었다. 통역사의 입술이 천천히 열렸다가 닫혔지만 말소리는 속사포처럼 토해져 나왔다. 나이가 좀 많은 아이들은 대충 알아들었고, 나이가 어린 아이들은 전혀 알아들을 수 없어서 마치 다시 연극을 하는 것 같은 기분이었다.

"지나는 이미 우리의 충성스럽고 용감한 황군에 의해 점령되어 대일본의 국토가 되었다……제군들은 응당 고난과 괴로움을 참고 견디는 동양의 정신을 지키며, 황군이 성전을 완수하고 대동아의 번창과 안정을 확보하는 데 협조해야 한다……황군의 말을 위반하는 자는 곧 동아시아 만민의 공적이니, 국적과 인종을 불문하고 모두 군율에 따라 처벌한다…….” 두 명의 통역사는 꼭두각시처럼 먼 하늘을 바라보며, 요시노가 일본어로 말한 내용을 교대로 중국어와 광둥어로 옮겼다. “가오리 선생과 황완푸 선생은 지나가 황군에 저항하는 것을 지원하여 황군에 큰 죄를 지었다……그러나 이들이 이미 잘못을 알고 뉘우치고 있으므로, 황군 대인께서 명을 내려, 두 사람이 파랑 칼로 결투를 하여 승자는 일가족을 석방하고, 패자는 일가족을 참수할 것이라고 하셨다…….”

서남풍이 갑자기 불어와 기관총 사수들의 전투모 뒤쪽에 늘어뜨려진 차양을 뒤집었고, 연기가 잠깐 동안 일본놈들을 뒤덮었다. 헌병대원과 기관총 사수들은 움직이지 않았지만 요시노와 야마자키는 참지 못하고 인상을 쓰고, 연기가 들어간 눈을 비비고, 큰 소리로 기침을 했다. 셰퍼드 두 마리는 분홍색 혓바닥을 내밀고 발톱으로 땅을 긁었다.

“두 사람이 결투를 하지 않는다면,” 통역사가 말했다. “두 가족 모두 참수할 것이다…….”

황완푸는 아이가 태어날 때마다 집 대문 앞에 두리안 나무를 한 그루씩 심었다. 왼쪽에 세 그루, 오른쪽에 네 그루를 심었는데, 첫째부터 넷째까지의 두리안 나무는 벌써 심은 지 만 일곱 해가 지나서 매년 3월에 꽃을 피우고 열매를 맺었고, 밤이 되면 다 익은 열매를 떨어뜨렸다. 황완푸는 땅에 떨어지는 소리만 듣고도 어느 두리안 나무가 '아이를 낳았는지' 구별할 수 있었다. 황완푸의 시선은 헌병대원과 기관총 사수들을 지나 첫째, 둘째, 셋째, 넷째 나무를 향했다. 윗부분이 굵고 튼튼한 나무 그림자는 마치 산봉우리가 겹겹이 늘어선 것 같았다. 나뭇가지 가득 사람 머리통 같은 두리안 열매가 달려 있었다. 한 달이 지나면 그는 열매가 땅에 떨어지는 익숙한 소리를 들을 수 있을 것이었다. 저우차오차오가 결혼하기 전에 황완푸의 집에 뿌린 씨앗들에 황완푸가 물과 비료를 주어 크고 웅장한 일곱 그루의 두리안 나무로 길러냈다. 차오차오는 1년 전에 괴상한 병에 걸렸는데, 임신 3개월 차에 세상을 떠나서 대문 앞에 두리안 나무 열 그루를 채우겠다는 황완푸의 바람을 이뤄주지 못했다. 두리안 나무들은 나이가 많은 것일수록 더 보기 좋고 열매도 더 많이 맺었다. 그는 이 일곱 그루의 나무를 목숨을 걸고 끝까지 지키겠다고 맹세했다. 황완푸는 자신의 일곱 아이를 한 번 바라보고 파랑 칼을 꽉 쥐었다. 그는 파랑 칼로 멧돼지와 구렁이와 도마뱀과 원숭이는 죽여 봤지만 사람을 조금이라도 다치게 한 적은 한 번도 없었다. 주바 마을에 처음 왔을 당시에 그는 누런 강아지를 한 마리 길렀다. 강아지는 세 살 때 마을의 어느 농촌 아낙과 그녀가 등에 업고 있던 갓난아기를 공격해서, 아낙의 엉덩이와 아기의 다리에서 살점을 물어뜯었다. 마을 사람들은 사람을 공격한 짐승은 절대로 봐주지 않아서 몽둥이로 때려죽이거나 아니면 칼로 베어 죽이거나 했다. 황완푸는 파랑 칼을 들고 누렁이를 베란다 구석으로 몰아넣고 대가리를 걷어찼다. 누렁이는 주인의 흉악한 눈빛을 보고 큰 재난이 찾아왔다는 걸 일찌감치 예감했다. 황완푸는 개의 턱을 더 세게 걷어차고, 개가 반격하기를 기다렸다. 그가 과수원에서 기르는 여덟 마리의 잡종 개들 중에서 이 누렁이만이 주인 곁을 떠나지 않고, 밤낮으로 집 베란다에 웅크리고 앉아 충성스럽게 집을 지켰다. 그날, 주인이 집에 없을 때 그 농촌 아낙이 아이를 업고 울타리 밖에서 황완푸를 한참 동안 부르다가 직접 문을 열고 안으로 들어왔다. 누렁이는 날카로운 이빨을 드러내고 충성스럽게 자기 할 일을 하기 위해 베란다에서 뛰어 내려갔었다. 이제 누렁이는 겁에 질린 눈빛과 동정을 구걸하는 듯한 울음소리를 내면서 갑자기 황완푸의 가랑이 아래로 빠져나가서, 베란다를 향해 달려가다가 계단 위에 놓인 양철통에 발이 걸렸다. 황완푸는 개의 목을 향해 칼을 세 번 내리쳤다. 십 년이 넘게 지났지만, 누렁이의 구슬픈 울음소리는 여전히 생생했다. 그건 그의 일생에서 유일하게 양심의 가책을 느낀 살생이었다.

타올랐다가 사그라졌다가 하는 작은 들불이 관목 덤불을 따라 옥수수밭까지 타들어왔다. 불이 붙은 옥수수 대가 서남풍에 날려 옥수수밭 밖으로 날아가더니 사탕수수밭과 채소밭을 넘어가서 여자 허수아비의 가슴에 떨어져서, 순식간에 허수아비를 태워 버리고 새까만 십자 모양 나무틀만 남겼다. 불붙은 마른 등나무 줄기가 띠풀 숲으로 날아가서 거센 들불을 일으켰다. 사방으로 도망치는 메뚜기와 사마귀를 들새들이 잡아먹었다.

가오리는 자기보다 키가 크고 건장한 황완푸의 몸을 보면서 예전에 자기가 부숴 버렸던 오래된 장식장을 떠올렸다. 장식장은 가오리보다 머리 하나만큼 더 컸고, 네 다리는 그의 다리보다 더 튼튼했다. 장식장 문과 선반, 나사와 이음새도 전부 그보다 견고했다. 하지만 그가 파랑 칼로 다리 두 개를 잘라 버리자 장식장은 땅에 누워, 마치 뾰족한 말뚝이 잔뜩 박힌 구덩이 안에 떨어져 사람들 뜻대로 죽임을 당하는 멧돼지처럼 그가 베는 대로 베어져 나갔다. 황완푸는 말이 없었지만, 눈빛으로 "라오가오, 미안해……." 라는 말을 계속 반복하고 있었다. 가오리는 자신의 눈빛도 같은 말을 반복하고 있을 거라는 걸 알았다. 그는 불시에 완푸를 향해 달려가 몸을 웅크리고 그의 다리를 벨 계획을 했다. 완푸는 분명히 파랑 칼을 가로로 휘두를 테니, 자세를 낮추면 그 공격을 피할 수 있을 터였다. 그의 눈길은 완푸의 무릎에 못처럼 박힌 채, 그의 무릎이 부숴 버려야 할 울퉁불퉁하게 뒤틀린 원목이라고 상상하려 했다. 아이들의 울음소리와 참매가 우는 소리, 개 짖는 소리가 그를 초조하게 만들었고, 이따금씩 밀려오는 연기는 그가 인내심을 잃게 만들었다. 그는 시선을 허공으로 옮겨 완푸의 시선과 마주치지 않도록 했다.

헌병대 총사령부로 끌려온 후로 그는 먀오먀오를 보지 못했다. 먀오먀오는 8개월짜리 아이를 임신 중이니, 이 싸움으로 열 명의 목숨을 살릴 수 있었다. 완푸네 가족보다 두 명이 더 많았다. 그는 벽에서 파랑 칼을 내릴 때 일본놈들의 의도를 알지 못했다. 만약 알았다면 아마도 숫돌로 칼을 갈아 칼몸에 나 있는 도마뱀 모양의 녹을 없앴을 것이고, 칼날에 발자국이나 빨판처럼 솟아 있는 자국도 갈아서 평평하게 만들었을 것이다. 그는 갑자기 고개를 숙이고 황완푸를 향해 달려가서, 몸을 웅크리면서 동시에 파랑 칼을 들어 완푸의 무릎을 향해 휘둘렀다. 하지만 그는 황완푸도 똑같이 몸을 숙이는 동시에 파랑 칼을 휘두를 거라고는 생각지 못했다. 가오리의 칼은 완푸의 목에 맞아서 파초 잎처럼 넓은 핏물이 뿜어져 나왔고, 완푸의 칼은 가오리의 두정골에 맞아 가느다란 핏물을 몇 줄기 뿌렸다. 두 사람은 동시에 칼자루를 놓치고 동시에 쓰러졌다. 아이들은 큰 소리로 울면서 앞으로 두어 걸음 걸어갔지만 감히 가까이 다가가지는 못했다. 요시노와 야마자키는 고개를 숙이고 대화를 몇 마디 나눴다.

"황군 대인께서 말씀하시길, 이 결투는 패자도, 승자도 없다." 통역사가 말했다. "아이들은 들어라. 황군 대인께서 10초를 주신다고 하니, 도망쳐라!"

아이들의 울음소리에 마을 사람들의 가슴이 찢어졌다. 야마자키는 완푸와 가오리의 시체를 타넘고 가서 무라마사 칼을 뽑더니 완푸의 열 살짜리 아이의 목을 베었다. 떨어진 머리는 발이 달린 양 데굴데굴 굴러 작은 물웅덩이를 지나고, 한 포기의 미모사를 지나서 야생 스톡 꽃 한 송이를 짓누르고 관목 덤불 속으로 사라졌다. 머리를 잃은 아이의 몸은 야마자키를 향해 두어 걸음 걸어가다가, 야마자키의 발에 걷어차여 물웅덩이에 쓰러졌다. 나이가 좀 많은 아이들은 상황을 이해한 듯했다. 맏이가 막내를 안고 앞장서서 뒤쪽의 띠풀 숲속으로 뛰어들었다. 요시노는 마사무네 칼을 뽑아 들고 야마자키 옆에 섰다. 야마자키가 일본어로 빠르게 10까지 센 다음, 두 사람은 큰 걸음으로 띠풀 숲을 향해 갔다. 가오리의 일곱 살짜리 딸이 금세 요시노에게 따라잡혔고, 두 살짜리 동생을 안고 있는 황완푸의 큰아들도 곧 야마자키에게 따라잡혔다.

들판에서 날카로운 총소리가 열 번 울려 퍼지더니 뒤이어 고요해졌다. 요시노와 야마자키는 아이 세 명을 베어 죽인 다음, 갈라져서 옥수수밭과 사탕수수밭, 채소밭, 띠풀 숲속에서 나머지 열 명의 아이들 시체를 찾아냈다. 시체의 머리 혹은 가슴에 새로 쏜 총알이 한 발씩 박혀 있었다.

아이들이 들판으로 달려갈 때, 그 오른쪽 앞에 중라오과이와 대왕 주씨가 숨어 있는 상록교목이 서 있었다. 왼쪽 앞으로 60미터쯤 떨어진 곳의 띠풀 숲에서는 들불이 빙빙 돌며 타올라 가래 모양의 연기가 들판에 퍼져 있었다. 연기는 아이들의 모습과 그들이 도망가는 방향을 옮아맸고, 또한 열 명의 아이들이 일본놈들에게 발견되기 전에 중라오과이가 총알 열 발이 든 탄창 하나를 비울 시간을 주었다. 대왕 주씨와 중라오과이가 숨어 있는 녹나무는 황량한 들판에 외따로 떨어져 있었는데 나무 꼭대기가 구름 위로 높이 솟아 있었다. 희미한 연기가 나무의 허리께까지 덮어 나무 둥치가 보이지 않게 되자, 가지와 잎이 무성한 커다란 나무가 꼭 연기 위에 떠 있는 섬처럼 보였다. 대왕 주씨는 요시노의 마사무네 칼이 여자아이의 두 발을 베는 걸 보았다. 아이의 야윈 몸이 띠풀 숲에 쓰러지자 요시노는 칼을 두 번, 세 번, 네 번 휘둘렀다. 붉게 물든 풀이 피바다처럼 그의 빳빳한 군복을 뒤덮었다. 야마자키는 완푸의 큰아들을 걷어차 쓰러뜨리고, 무라마사 칼의 칼끝으로 막내를 끌어내 허공에 던지더니 두 토막을 내 버렸다. 큰아들이 마른 나뭇가지를 쥐고 야마자키를 내리치자, 그는 차갑게 웃으며 아이의 왼손을 잘라내고, 허리를 베어 두 동강을 냈다. 주씨는 완푸네 큰아들의 상반신이 야마자키의 발 앞에 쓰러졌을 때, 머리를 베인 뱀이 적에게 마지막 반격을 하는 것처럼 죽기 전에 입을 크게 벌려 야마자키의 군화를 물어뜯는 걸 보았다. 주씨는 아이가 외치는 소리를 들을 수 없었다. 핏빛 안개가 쌍안경의 시야를 흐리게 했고, 흰 연기는 공중에 모여 검은 덩어리를 만들어냈다. "라오중老鍾, 그 신들린 실력 발휘 좀 해봐." 대왕 주씨는 헌병대원 열 명과 기관총 사수 스무 명, 그리고 셰퍼드 두 마리가 천천히 요시노와 야마자키를 향해 다가가는 걸 보았다. 그는 아이들이 이 재난에서 도망치지 못할 것을 알았다. "애들을 빨리 보내 주자. 고통 받지 않게 해주자고." 중라오과이의 첫 총알은 옥수수밭에 있던, 잘생기고 호리호리한 남자아이를 맞혔다. 별명이 생쥐인 아이는 가슴 앞에 코가 크고 얼굴이 붉은 텐구 가면을 매달고 있었다. 두 번째 총알은 사탕수수밭에 있던, 머리를 양갈래로 땋은 여자아이를 맞혔다. 여자아이가 쓰러질 때 중라오과이는 심장이 죄어드는 걸 느꼈다. 아이는 열한 살이었고, 황한옌黃含煙이라는 예쁜 이름을 가진 완푸의 둘째딸이었다. 아이는 중라오과이의 고각옥 앞에 히비스커스와 봉숭아와 맨드라미를 심고, 람부탄 나무와 감귤나무도 한 그루씩 심어 놓고, 매일 아침 동요를 부르면서 우물물을 가득 채워 온 물뿌리개를 메고 물을 주었다. 중라오과이는 이 두 아이만 이름을 기억하고 있었다. 연기는 사냥감을 찾는 일본놈들의 시선을 가리고, 놈들이 총성의 근원지를 찾지 못하게 방해했지만, 중라오과이와 존슨 앤 존슨사의 보병총에게는 큰 영향을 끼치지 못했다. 중라오과이는 거의 조준을 할 필요조차 없었다. 보병총의 충혈된 가늠쇠는 혀로 핥듯이 자동으로 목표를 찾아냈다. 그는 한 발 쏠 때마다 모제르 총탄이 발사화약에 불을 붙이고, 탄피를 벗어 버리고, 통곡하며 총구 밖으로 날아가면서 판 바우어의 검은 피를 부슬부슬 흩뿌리는 걸 느꼈다. 총알 열 발이 든 탄창을 다 쏘고 나자, 나뭇가지 위로 뜨거운 회오리바람이 불어와 그의 팔뚝에 화끈거리는 물집이 생겼다. 총알은 아이들을 철저하게 불태워 버리고, 일본놈들은 넘어갈 수 없는 해골의 말로로 아이들을 이끌었다. 들불은 여전히 끊이지 않고 타올랐고, 가래 모양의 연기도 끊일 듯 말 듯 밀려와서, 그들이 나무 아래로 내려가 풀숲으로 도망치도록 엄호해 주었다.

폰티아낙

폰티아낙Pontianak은 말레이시아의 여자 흡혈귀로, 임부가 죽으면 폰티아낙으로 변한다.

꽃향기를 풍기고 아기의 울음소리를 내서, 폰티아낙이 나타나면 개가 미친 듯이 짖어댄다.

아름다운 모습으로 남자를 유혹해 살해한 뒤 잡아먹는다. 사람을 잡아먹을 때는 추악한 얼굴과 날카로운 이가 드러나는데, 맨손으로 남자의 뱃가죽을 갈라 내장을 뜯어 먹고, 성기를 비틀어 뜯어내 아무렇게나 버린다.

때때로 임부를 공격해 태아를 잡아먹는다.

때때로 머리 하나만 남아 공중에 떠다니는데, 내장이 목 아래로 늘어져 있다.

때때로 커다란 부엉이로 변하는데, 머리가 사람 얼굴과 비슷하다.

거울과 날카로운 물건을 두려워한다. 못, 작은 칼, 짐승의 이빨, 대나무 꼬챙이, 뾰족한 말뚝 같은 것으로 목덜미가 찔리면, 훌쩍거리며 울면서 미인의 모습으로 변해 죽는다.

1

저녁 무렵, 고바야시 지로는 잡화가 가득 매달린 장대를 내려놓고, 주머니 속에 스즈키 사의 리드 16개짜리 트레몰로 하모니카를 가지고 들불에 타 버린 나무 그루터기에 앉았다. 그는 하모니카를 꺼내 덮개를 닦고, 리드를 한 번 핥고, 입술을 내밀어 리드를 물고는 일본 동요 〈새장 속의 새〉를 연주했다. 차오다즈를 비롯한 아이들은 고바야시의 플라스틱 가면을 쓰고 주위를 둘러싸고 귀신 잡기 놀이를 했다. '귀신' 역할을 맡은 아이는 눈을 가리고 한가운데에 쪼그려 앉아 있고, 다른 아이들은 손에 손을 잡고 '귀신'을 둥그렇게 둘러싸고 〈새장 속의 새〉 연주를 들으면서 빙빙 돈다. 음악이 멈췄을 때 '귀신' 역할을 맡은 아이는 자기 등 뒤에 있는 아이가 무슨 요괴 가면을 쓰고 있는지 맞혀야 하며, 만약 정답을 맞히면 등 뒤에 있던 아이가 '귀신' 역할을 대신하게 되는 것이다. 이 놀이를 오랫동안 해 와서 노래에 익숙해진 아이들은 하모니카의 선율을 따라 재잘거리며 노래를 불렀다. 하모니카를 불다가 지치면 고바야시도 일본어로 노래를 부르기도 했다. 노래를 이미 오랫동안 들어왔기 때문에 아이들은 하모니카 반주가 없어도, 고바야시가 노래를 같이 불러 주지 않아도 일본말로 노래를 부를 수 있었다. 붙잡혀서 '귀신'이 된 열 명의 아이들은 반드시 벌을 받아야 했는데, 마씨 할머니의 구피를 훔쳐 오는 스릴 넘치는 임무를 실행해야 했다.

마씨 할머니는 주바 마을 중국인 공동묘지의 묘지기이자 관리인이었다. 그녀는 객가식의 커다란 흰색 매듭단추 웃옷과 통이 넓은 검은 바지 차림에 나막신을 신고 다녔다. 백발은 허리까지 내려왔고, 눈썹 몇 가닥은 새우 수염처럼 길게 귀까지 내려와 있었다. 코끝에는 뱀의 쓸개 같은 사마귀가 나 있었고, 턱에는 버섯 모양의 군살이 붙어 있었으며, 얼굴 피부는 꼭 오래 묵은 생강 같았다. 마씨 할머니는 묘지 옆에 있는 고각옥에 혼자 살았는데 집의 아래층에는 벽이 없었다. 문 앞에는 베란다가 있었고, 베란다의 틈새에는 들새가 똥을 싸면서 떨어뜨린 야생 나무 씨앗이 자란 싹들이 가득 나 있었다. 베란다에는 숯나무로 횃대를 만들어 놓았는데, 몸이 꼭 칠면조처럼 생긴 하얀 앵무새 한 마리가 발목에 쇠사슬이 묶인 채 불상처럼 그 위에 웅크리고 앉아 있었다. 앵무새의 울음소리는 고양이가 함석지붕을 발톱으로 긁는 소리 같았는데, 이따금씩 중국어나 객가어나 영어로 "신이여, 대영제국을 보우하소서" "우리 왕 만세" "앨버트, 좋은 아침" "앨버트, 돌아왔구나" "앨버트, 많이 여위었네" "앨버트, 잘 가" 같은 사람 말을 내뱉았다. 창틀마다 분재가 하나씩 놓여 있었는데, 반쯤 잘라낸 양동이에 판다누스, 선인장, 부겐빌레아 따위를 심어 놓은 것이었고, 그 중에는 심지어 파인애플 분재도 있었다. 나무 창문은 좌우로 열리는 게 아니라 여닫는 부분이 아래쪽을 향해 있었는데, 나무막대기 끝부분으로 창문 틈을 지탱하고, 창의 덧문은 졸음에 겨운 눈꺼풀을 여는 것처럼 막대기의 반대편 끝으로 위로 밀어 올려 열었다.

고각옥 뒤편에는 주방과 욕실의 역할을 하는 작은 통나무집이 있었고, 두 건물 사이를 연결하는 회랑이 있었다. 그 회랑과 베란다에는 높이가 가슴께까지 오는 200리터들이 양철통 열한 개가 여기저기 놓여 있었고, 양철통 안에는 사다리봉의꼬리(Pteris vittata, 양치류 식물의 일종), 개구리밥, 연꽃이 가득 자라 있었으며 수천 마리의 구피를 기르고 있었다. 양철통의 표면은 얼룩덜룩하게 녹이 슬어 있었으며 흰색, 노란색, 빨간색, 검은색의 페인트와 딱딱한 아스팔트가 마구 발라져 있었다. 이 열한 개의 양철통은 때로는 그 전부가 베란다 혹은 회랑에 놓여 있었고, 때로는 베란다와 회랑에 나뉘어 놓여 있었으며, 또 때로는 그중 몇 개가 응접실과 주방에 놓여 있기도 했다. 열한 개의 양철통에는 물이 가득 차 있어서, 그중 하나라도 옮기려면 장정 서너 사람이 필요했다. 마씨 할머니는 귀신하고만 왕래할 뿐 주바 마을 사람들과는 교류가 없었다. 하지만 그녀는 말레이시아의 요술에 능숙해서 묘지 안을 여기저기 돌아다니는 유령들을 부려 양철통을 옮길 수 있었다. 고각옥은 폐허 같았지만, 그 주위에는 백화가 만발하고 초목이 모여 있어 짙은 향기가 가득했다. 사람의 이마까지 오는 높이에 끝이 뾰족한 대울타리가 고각옥을 둘러싸고 있었다.

마씨 할머니는 젊었을 때 브룩 왕조의 영국인 장교와 연애를 했는데, 장교는 휴가를 받아 영국으로 간 후로 다시 돌아오지 않았다. 마씨 할머니의 배는 나날이 불러 갔다. 분만할 때가 되자 가랑이 사이에서 피만 쏟고 태아는 나오지 않았지만, 할머니의 배는 하루하루 지날수록 오목해졌다. 그 후로 그녀는 성격이 급하고 괴팍해졌다. 할머니가 죽고 난 후, 아무도 묘지기 일을 이어받으려 하지 않았다. 1945년에 연합군이 주바 마을에 무차별 폭격을 가해 시체가 도처에 널리자, 일본놈들은 시체 한 구당 4위안을 주고 마을 사람들을 고용해 시체를 수습해서 중국인 공동묘지에 한꺼번에 묻도록 했다. 그 당시 마씨 할머니의 고각옥은 이미 일본놈들이 불태워 버린 후였다. 1941년 6월, 고바야시에게 벌을 받은 열 명의 아이들이 새총으로 마씨 할머니 집의 함석지붕을 쏘아 맞히자, 할머니는 자루가 긴 커다란 낫을 휘두르며 아이들을 쫓아 나왔다. 들판에 매복해 있던 요괴들은 할머니가 집 밖으로 나온 사이에 고각옥의 회랑으로 숨어들어가 20마리가 넘는 구피를 건져서 나왔다. "망할 놈들, 가면을 썼다고 내가 못 알아볼 줄 알고?" 아이들이 이렇게 소란을 피운 게 한두 번이 아니었지만, 할머니는 그날은 웬일인지 아이들을 쫓아가며 독하게 맹세했다. "내 이 마을의 온 땅을 다 파헤쳐서라도 네놈들을 찾아내서 가죽을 벗겨 버릴 테다!" 마씨 할머니는 아흔이 넘은 나이에도 여전히 곧잘 달렸지만, 아무리 빨라 봐야 아이들만큼 빠르지는 못했다. 한나절 동안 쫓아다녔지만 아무런 수확을 얻지 못한 할머니는 관야펑이 후이칭을 자전거에 태우고 띠풀 숲을 가로질러 가는 걸 보고 입에서 나오는 대로 저주를 퍼부었다. "띠풀 숲에서 못된 짓이나 하는 개 같은 연놈들!" 그러고는 큰 낫을 어깨에 메고 들어가 버렸다. 고바야시는 〈새장 속의 새〉를 연주해서 아이들을 불렀다. 구피가 20마리 넘게 담긴 플라스틱 통을 손에 든 요괴가 돌아왔고, 여덟 마리의 요괴도 돌아왔지만, 텐구가 돌아오지 않았다. 밤이 다 되어, 커다란 낫 같은 달이 낙타 등처럼 굽은 마씨 할머니의 고각옥 등줄기에 걸렸다. 차오다즈는 텐구 가면을 쓴 아이가 생쥐라는 별명을 가진 가오리의 여섯 살짜리 아들이라는 걸 기억하고 있었다. 1년 남짓 후에 중라오과이의 모제르 총탄을 맞아 머리가 터져 버리게 될 그 아이였다. 아이들은 갖가지 이상한 말투로 아이의 이름을 외쳐 불렀다.

"마씨 할머니가 잡아갔다!"

"마씨 할머니가 베어 죽였다!"

"마씨 할머니한테 돌려내라고 하자!"

"입 다물어." 차오다즈가 말했다. "못 찾으면 너희를 마씨 할머니한테 보내 버릴 거야!"

밤이 되었다. 마을 사람들이 손전등과 가스등을 들고 들판을 찾아본 후, 가오리와 황완푸는 아이들을 데리고 마씨 할머니를 찾아갔다. 마씨 할머니는 앉은뱅이 걸상에 앉아 영국산 담배를 입에 물고 작은 요괴들을 매섭게 노려보았다. 남자아이들은 조그만 고추를 작은 칼이 한 번 훑고 지나간 것처럼 가랑이 아래가 서늘해지는 걸 느꼈다. 황완푸와 가오리가 고각옥 안을 돌아다니며 찾는 동안 마씨 할머니는 담배를 세 대나 피웠다. 새하얀 백발과 새우 수염 같은 눈썹털이 호박 덩굴이 처마 위로 기어오르는 것처럼 연기를 따라 허공에 떠올랐다. 횃대 위에 있던 앵무새가 창틀로 뛰어내렸다. 앵무새는 뭔지 모를 동물의 썩은 고기를 씹으며 이마에 난 더러운 깃털을 높이 세운 채, 집 안으로 들어온 작은 요괴들을 냉랭하게 쳐다보았다. 벽에 걸려 있는, 오래 전에 영국인 애인이 남기고 간 부엉이 모양의 목제 태엽 괘종시계가 땡땡하고 여덟 번 울렸다. 황완푸와 가오리가 집 안을 돌아다니면서 일으킨 폭풍에 창문 빗장이 흔들리며 삐걱거리는 소리를 냈다. 집 밖의 무덤들이 소란스러웠다.

"앨버트, 돌아왔구나."

마씨 할머니의 고각옥을 나와 보니 밤이슬이 들풀을 적셨고, 옆은 안개가 가시지 않고 어깨 높이까지 차올랐다. 연못에는 거대한 게의 집게발 같은 달이 비치고 있었다. 홍마오후이는 중라오과이의 집 근처에 있는 망천수 아래서 붉은 얼굴에 긴 코를 가진 텐구 가면을 주웠다. 텐구 가면을 쓰는 걸 제일 좋아하는 가오자오창이 나무 위로 올라가서, 큰 가지 위에서 깊이 잠들어 있는 생쥐를 찾아냈다. 잠에서 깬 생쥐는 무슨 일이 일어났는지 기억하지 못했다. 그는 황완푸의 아이들 중 제일 약한 아이여서 중간 크기의 파랑 칼조차 들지 못했고, 높고 커다란 망천수 위로 올라갈 능력도 없었다. 사람들은 다들 아이가 텐구 가면을 써서 텐구의 능력이 생겼나 보다고 말했다. 고바야시가 말하길, 텐구는 긴팔원숭이처럼 생겨서 등에는 날개가 달려 있고, 손에 든 부채를 가볍게 부치기만 해도 큰 나무를 뿌리째 뽑아 버릴 수 있다고 했다. 중국에서의 텐구는 바로 양산의 효천견으로, 힘을 쓰면 한입에 달을 삼켜 버릴 수 있는데, 손오공에게도 이런 능력은 없다는 것이었다. 이랑신 가오자오창은 텐구 가면을 쓰고 차오다즈에게 마치 자기가 손오공보다 몇 급은 더 높다는 양 위세를 부리기를 좋아했다. 생쥐 사건 이후로 아이들은 석 달 동안 기회를 엿보며 조용히 지냈다. 그해 11월의 어느 날 저녁 무렵에 고바야시는 아이들의 요구에 따라 〈새장 속의 새〉를 연주해, '귀신' 열 마리를 골라서 요괴 가면을 씌우고 다시 마씨 할머니의 집에서 구피를 훔쳐 오게 했다. 이번에는 준비를 단단히 하고 있던 마씨 할머니는 잠깐 동안 아이들을 쫓아가는 척하다가 다시 고각옥으로 돌아갔다. 구피를 훔치는 역할을 맡은 구미호는 주바 중학교 중국어 교사 린자환林家煥의 열 살짜리 딸 린샤오팅林曉婷이었다. 고각옥 안으로 들어간 구미호는 괘종시계가 땡땡 하고 여섯 번 울리는 걸 듣고 회랑으로 가서, 작은 뜰채로 구피를 떠내 통에 채웠다. 문 밖으로 나가려던 그때, 그녀는 마씨 할머니가 큰 낫을 들고 계단 위에 서 있는 걸 보았다.

그날은 차오다즈와 가오자오창과 훙마오후이가 전부 귀신 역할을 맡았다. 고각옥에서 날카로운 비명소리가 나는 걸 듣고, 요괴 아홉 마리는 급히 고각옥 앞으로 달려갔다. 아이들은 마씨 할머니가 베란다에 놓인 앉은뱅이 걸상에 앉아, 발치에 무덤에 난 풀을 베는 그 음침한 낫을 놓아두고 담배를 피우고 있는 걸 보았다. 구미호는 할머니 뒤에 서 있었다. 흰 앵무새는 모이통에 든 과일과 꿈틀거리는 애벌레를 쪼아 먹고 있었다. 구미호 가면은 반은 사람, 반은 여우처럼 생겨서 머리 위에는 뾰족한 귀 두 개가 솟아 있었고, 양 뺨에는 수염이 세 개씩 그려져 있었으며, 작고 가느다란 새우눈에 눈썹은 버들잎 같고, 눈썹과 입에 웃음을 머금고 있었다. 요괴 가면을 쓴 아이들이 베란다 아래에 한 줄로 늘어서서 서로를 바라보았다. 텐구 가오자오창과 카라카사 첸바오차이가 주바 초등학교 학생인 린샤오팅을 좋아한다는 건 아이들 사이에서 이미 공공연한 비밀이었다.

"마씨 할머니, 샤오팅을 놔 주세요." 가오자오창이 말했다. "다시는 안 할게요."

"구피도 돌려드릴게요." 첸바오차이가 말했다.

"할머니, 샤오팅을 안 놔 주시면," 차오다즈가 허리에 한 손을 얹고 다른 손에 든 새총을 흔들어 보였다. "앞으로 날마다 할머니 집 지붕을 돌로 맞힐 거예요."

"앨버트, 많이 여위었네."

마씨 할머니는 담뱃재를 털고, 고개를 돌려 구미호를 흘끗 쳐다보았다. 할머니의 손가락은 대벌레 다리처럼 가늘었고, 손톱은 구불구불하게 뭉쳐진 밀짚 같았다. 그녀가 담뱃재를 털 때마다 다섯 손가락은 허물이라도 벗는 것처럼 하얀 각질을 떨어뜨렸다. 대담하고 활발한 성격의 구미호는 구피를 훔치는 귀신 역할을 고수하려 했다. 구미호는 아름다운 얼굴을 기울이고, 시선이 아이들과 마씨 할머니 사이에서 머뭇거리면서도 여전히 사람을 홀릴 듯한 미소를 짓고 있었다.

"얘야." 마씨 할머니는 성냥을 하나 그어 영국산 담배에 불을 붙였다. 할머니가 새로 토해낸 연기는 텅 빈 달팽이 껍질 같았다. "가면 벗어라."

구미호는 생글생글 웃는 얼굴로 할머니를 보면서 양손으로 가면을 받쳤다. 아이들은 가면 아래의 샤오팅이 혀를 쏙 내밀고 우스꽝스러운 얼굴을 하는 걸 보았다.

"이 요물, 당장 가면 벗어!" 마씨 할머니가 말했다. 그녀는 투명한 달팽이 껍데기를 더 많이 토해냈다.

구미호는 귀 뒤에 건 고무줄을 벗기고, 가면을 마씨 할머니에게 건넸다. 할머니는 가면을 받아 발치에 내던졌다. 샤오팅은 용모가 수려하고 양 뺨이 발그레했다. 그녀의 커다란 두 눈이 데굴데굴 굴러가는 걸 본 가오자오창과 첸바오차이의 심장이 쿵 하고 한 번, 두 번, 세 번 뛰었다. 샤오팅과 나막신쟁이 난씨의 딸 옌언팅은 주바 마을에서 가장 예쁜 두 소녀였고, 미래에는 마을에서 제일가는 두 미녀가 될 터였다. 연극 〈제천대성〉에서 그녀는 천봉원수에게 희롱당하는 고씨 집안의 아가씨 역을 맡았다. 만약 일본놈들이 그렇게 빨리 쳐들어오지 않았다면, 샤오 선생은 후속으로 준비한 〈봉신방〉에서 그녀와 옌언팅 중 한 사람에게 구미호 달기 역을 맡겼을 것이다. 샤오 선생이 이런 구상을 하게 된 뒤로 샤오팅은 집에서도 구미호 가면을 즐겨 쓰면서, 샤오 선생의 설명대로 천하를 홀린 달기를 따라 하곤 했다.

"바보 녀석들, 너희도 가면 벗어라." 마씨 할머니는 나막신을 벗고 왼발을 오른쪽 다리 위에 올려놓았다. 온 마을 사람들이 신는 나막신은 전부 나막신쟁이 난씨의 작품이었지만, 마씨 할머니의 나막신만은 그녀가 젤루통 나무를 베어 직접 대패질해 만든 것이었다. 그녀의 나막신은 아주 두껍게 만들어져서 꼭 철판 같았다.

차오다즈의 명령에 따라 아이들이 가면을 벗었고, 가오자오창이 가면을 들고 베란다로 올라가 할머니의 발치에 내려놓았다.

"새총도 내놔!" 마씨 할머니가 갑자기 손을 뻗어 샤오팅의 손목을 움켜쥐었다.

"할머니, 너무 세게 잡지 마세요." 샤오팅은 겁내지 않고 애교 섞인 목소리로 말했다.

첸바오차이가 새총 열 개를 모아다가 베란다 위로 올라가 마씨 할머니의 발치에 놓았다. 새총 틀과 보풀이 생긴 탄환 싸개에는 명중률을 높이기 위해 칠한 새와 돼지, 닭, 오리, 원숭이, 개의 피가 묻어 있었다.

마씨 할머니는 샤오팅의 손목을 놓아 주고, 바닥에 놓인 가면과 새총을 노려보았다. 샤오팅은 귀엽고 우스꽝스러운 표정을 지어 보였다.

"이 놈들, 다시는 소란 피우지 마라." 마씨 할머니가 뿜어낸 연기가 가면을 향해 퍼져 나가 요괴 열 마리의 콧구멍과 눈과 입속으로 천천히 파고들었다. "너희 얼굴은 다 알고 있으니까, 다음에 또 그러면 너희 부모한테 얘기할 거다."

아이들은 자신의 새총과 가면을 보면서, 숨을 죽이고 감히 웃지 못했다.

마씨 할머니는 고개를 돌려 샤오팅을 보았다.

"너 이 녀석, 너는 정말……." 할머니는 손가락으로 샤오팅의 손목을 툭 쳤다. "살결도 참 희고 곱구나. 그 구피는 가져가라. 너희한테 준 셈 치마."

다즈와 샤오팅은 여전히 웃고 있었지만, 뭐라고 대답해야 할지 알 수 없었다.

"구피 가지고 빨리 가! 꺼져!"

"빨리 가, 꺼져!" 앵무새는 발톱과 부리로 애벌레를 찢었다. "빨리 가, 꺼져!"

괘종시계가 땡땡거리며 여섯 번 울렸다. 가오자오창이 베란다 위로 올라가서 샤오팅과 함께 플라스틱 통을 들고 계단을 내려왔다. 아이들은 고각옥 밖으로 나오자마자 바지주머니에서 새 새총과 새 가면을 꺼내서, 몸을 한 번 흔들어 요괴로 변신해서는 다시 마씨 할머니 집의 함석지붕을 돌로 맞혔다. 마씨 할머니는 괴성을 지르더니, 커다란 낫을 들고 원숭이처럼 베란다 아래로 뛰어내려와 아이들을 쫓아왔다. 가오자오창은 플라스틱 통을 물웅덩이에 던져 버리고, 샤오팅의 손을 끌고 들판을 향해 마구 달려갔다. 가오자오창과 샤오팅의 새 가면은 원래 가면과 똑같이 붉은 얼굴에 코가 큰 텐구와 아름답고 요염한 구미호였다. 구미호는 텐구의 손을 뿌리쳐 버리고 묘지를 가로질러 띠풀 숲속으로 뛰어

들었다. 텐구가 바로 뒤에서 따라왔고, 마씨 할머니도 그 뒤를 바싹 쫓아오고 있었다. 할머니는 나막신을 벗어 버리고, 입에는 여전히 담배를 물고, 큰 낫은 어깨에 메고 있었다. 백발에 대청가시나무 가시가 여기저기 붙어 있었다. 우기의 땅은 축축했지만, 그녀의 가느다란 발은 진흙을 마구 튀기며 바깥으로 튀어나온 길고 거만한 엄지발가락 자국을 연달아 남겼다. 석양이 파도에 떠다니는 야자열매처럼 운해 속에 잠겼다가 드러났다가 했다. 시냇가에서 게와 가물치를 잡던 아이가 마씨 할머니를 보더니 게와 가물치가 담긴 대광주리를 등에 메고 할머니를 쫓아가면서 구경했다. 11월의 들불은 드문드문해졌지만, 차게 식은 재가 풀숲에서 날아와 띠풀 숲에 퍼지면서 말라 부서진 꽃잎과 마른 풀줄기에 뒤섞였다. 나이가 많은 마씨 할머니는 어린아이를 쫓아갈 수 없었다. 그녀는 담배꽁초를 뱉어 버리고, 비탈에 앉아 헐떡거리면서 눈으로는 구미호를 뚫어져라 노려보았다. 큰 낫 때문에 빨리 달릴 수가 없었다. 그녀는 정말로 아이들을 붙잡을 생각은 없었고, 아이들이 구피를 훔쳐가는 것도 개의치 않았지만, 그들이 새총을 쏘아 함석지붕을 맞히는 건 싫었다.

달이 움트듯이 돋아 나와 구름 속에서 가냘프게 몸을 웅크렸다. 관목 숲은 무성한 황혼을 흩뿌리고 있었다. 이마까지 오는 개밋둑이 마씨 할머니의 시야를 가렸다. 할머니는 비탈 위에 서서 큰 낫으로 눈 위에 차양을 쳤다. 요괴 가면을 쓴 아이들이 어느 망천수 나무 아래에 모여드는 게 보였다. 그녀는 비탈에서 내려와 달빛을 받으며 망천수를 향해 걸어갔다.

아이들은 가면을 전부 꺼내 쓰고 띠풀 숲과 관목 숲에 흩어져 있어서 요괴의 머리만 드러나 보였다. 아이들은 〈새장 속의 새〉를 소리 높여 부르면서 사방에서 마씨 할머니를 둘러싸고, 노래가 끝나자 대담하게 물었다.

"할머니, 할머니, 등 뒤에 무슨 요괴가 있게요?"

마씨 할머니는 대답하지 않았다. 그녀는 아이들이 자리를 어떻게 바꾸든 간에 구미호 옆에는 반드시 텐구가 붙어 있다는 걸 눈치챘다. 흉악한 텐구가 구미호를 바라볼 때면 눈구멍에서 애정 어린 눈빛이 흘러나왔다. 마씨 할머니는 큰 낫을 어깨에 메고, 빠른 걸음으로 텐구 옆의 구미호를 향해 걸어가면서 자신을 둘러싼 사람의 벽을 금세 허물어 버렸다. 그날의 보름달은 아주 추악했다. 마른 나뭇가지 몇 개가 보름달의 거대한 육식성 턱에 박혀 있었고, 살기등등한 검은 구름 몇 조각이 양 뺨에 붙어 있었다. 거기에 이마 위의 운석 구덩이까지 더해져 마치 곱슬곱슬한 수염이 난 퇴마사의 얼굴처럼 보였고, 달 옆에는 귀신들을 탐색하는 박쥐가 한 마리 날고 있었다. 남쪽 바다가 불볕을 식혔지만 석양이 음탕하게 비쳐들었고, 피를 배불리 빨아 붉어진 작은 벼룩들 같은 붉은 빛과 파리 같은 새빨간 빛이 띠풀 숲 위에서 여전히 기승을 부리고 있었다. 스무 개가 넘는 요괴의 머리가 서너 개의 무리로 나뉘어 〈새장 속의 새〉를 띄엄띄엄 부르면서 마씨 할머니를 향해 야생 올리브와 돌멩이를 던졌다. 할머니의 걸음을 늦추려는 듯했지만, 그녀는 뒤도 한번 돌아보지 않았다. 구미호 가면을 쓴 다섯 명의 소녀가 할머니를 향해 소리쳤다.

"할머니, 할머니, 제가 샤오팅이에요. 구미호가 여기 있어요……."

마씨 할머니는 샤오팅을 알아보지는 못했지만 텐구는 알아볼 수 있었다. 텐구 가면을 쓴 아이보다 키가 큰 아이는 없었다. 놀이에 참가하지 않은 아이들은 예전에 생쥐가 발견된 망천수 아래서 마른 나뭇가지와 들풀을 태우면서, 그물을 펴 들고 연기에 정신을 잃고 나무 위에서 떨어지는 사슴벌레와 가시꼬리도마뱀을 붙잡았다. 샤오팅과 가오자오창이 망천수 옆을 지나갈 때 괴상하게 생긴 온갖 벌레들이 나무 위에서 떨어져 내렸다. 벌레가 무서워 샤오팅의 걸음이 느려지자, 가오자오창은 엉겁결에 가면을 벗어 자기가 좋아하는 여자아이가 벌레에 맞는 재난을 피하도록 도와주었다. 가오자오창의 얼굴을 기억하고 있던 마씨 할머니는 더 침착하고 꿋꿋하게 그들을 쫓아갔다. 약한 동북풍이 불어와 연기의 방향이 바뀌어 할머니를 향해 퍼져 왔다. 할머니는 무의식적으로 낫을 휘둘렀다. 하지만 연기가 너무 짙어서 발을 헛디뎌 모닥불 옆에 넘어지는 바람에, 할머니의 머리카락과 긴 바지에 군데군데 불티가 튀었다. 아이들은 할머니의 우스꽝스러운 모습을 보고 교활한 오리 떼처럼 웃어젖혔다. 달은 버섯처럼 풀숲 위에 걸려, 축축하게 썩은 날개 달린 개미 같은 달빛을 흩뿌리고 있었다. 마씨 할머니는 원숭이 털 색깔의 커다란 거미 한 마리가 바지자

락에 붙어 있는 걸 보고 낫으로 거미를 긁어내 모닥불에 던져 버렸다. 펑 하고 요사스러운 불길이 타올랐고, 거미는 사지를 웅크려 장난꾸러기 아기의 주먹 같은 모양이 되었다. 벌레를 잡던 아이들은 마씨 할머니가 유령을 부려 양철통을 옮길 수 있다는 게 떠올라서, 감히 웃지 못하고 약한 척하는 눈빛으로 그녀를 쳐다보았다. 할머니는 앞쪽을 바라봤지만, 잠깐 사이에 구미호와 텐구를 놓쳐 버렸다. 그녀는 발꿈치를 들고, 막 날아오르려는 스톰황새처럼 띠풀 숲속으로 뛰어들었다.

하늘은 계란 껍데기처럼 서늘했다. 매들은 전속력으로 둥지로 돌아갔고, 구름은 바싹 말라 시들었다. 평평한 초원으로 뛰어든 마씨 할머니는 관야평과 에밀리가 자전거를 타고 모래가 깔린 길을 지나가는 걸 보았다. 타이어가 지나가면서 길 위에 어지러이 나 있는 멧돼지 발자국을 뭉개 버렸고, 체인이 체인링을 움직이면서 헐떡이는 숨소리를 냈다. “사탕수수 숲속에서 못된 짓이나 하는 개 같은 연놈들!” 할머니는 앞니 한 개가 빠져서 발음이 불분명한 소리로 악담을 내뱉었다. 야평과 에밀리가 갑자기 자전거를 세웠다. 구미호와 텐구가 풀숲에서 튀어나오더니 에밀리와 야평의 자전거 뒤쪽 짐받이에 올라탔다. 에밀리와 야평은 허리를 숙이고 페달을 밟았다. 바퀴살에 풀줄기가 부딪히면서 팅팅 통통 하고 모터 소리 같은 소리를 냈다. 두 대의 자전거는 앞서거니 뒤서거니 하며 길의 끝부분을 지나 평평하고 끝없는 초원으로 달려 나갔다. 구미호와 텐구는 연신 고개를 돌려 마씨 할머니를 살

퍼보았다. “옥수수밭에서 못된 짓이나 하는 불여시같은 년들, 개 같은 연놈들!” 할머니는 입술을 삐끔거리며 소리 없이 저주를 퍼부었다. 야평과 에밀리의 자전거는 요괴 두 마리의 무게가 더해진 탓에 속도가 느려졌고, 늙은 산양처럼 부들부들 떨렸다. 마씨 할머니는 빠르지도 느리지도 않은 속도로 잡초가 무성하고 모래와 자갈이 널려 있는 들판 위를 걸어갔다. 그 모습은 여전히 날아오를 준비를 하는 스톰황새 같았는데, 언제라도 하늘 위로 날아갈 것 같았다. 저녁놀이 하늘가에 타는 듯 붉은 꼬리를 남겼고, 띠풀 숲에 퍼져 있던 벼룩과 파리 같은 붉은빛은 점점 드문드문해졌다. 축축하게 썩은 버섯과 날개 달린 개미 같은 빛이 어두운 밤의 살결을 갉아먹고 있었다. “꺼져! 저리 꺼져! 개 같은 것들, 내 눈앞에서 사라져! 다시는 돌아오지 마!” 더 흉악하게 욕을 퍼부을수록 할머니의 걸음걸이는 더 느려졌다. 그녀는 기세를 잃기 전에 집으로 돌아가 다시는 이 요물들과 개 같은 연놈들과 얽히지 않을 작정이었다. 그녀가 뛰는 속도는 느렸지만 자전거가 달리는 속도는 더 느려서, 눈 깜짝할 사이에 그녀의 큰 낫 끄트머리가 가오자오창의 등에 닿을 지경이 되었다. 그녀는 고개를 돌려 등 뒤의 초원을 보았다.

네덜란드 석유회사가 인도차이나반도에서 수입해 온, 각각 흰색과 밤색 털을 가진 젊은 암말 두 마리가 수말이 올라탄 적 없는 엉덩이를 난폭하게 치켜들고, 트집을 잡는 양 발굽을 휘두르고, 도전하듯이 갈기를 휘날리고 힝힝거리고 울면서, 그녀의 정면에서 돌진해 왔다. 이 말들의 주인은 영국인 고위 간부 두 명의 젊은 부인이었다. 그들은 매일 저녁 무렵에 승마모자를 쓰고 승마바지에 승마화 차림으로 말채찍과 가죽 고삐를 휘두르며 주바 해변을 이리저리 달리다가, 밤이 되기 전에 안장과 마갑을 풀고 말들이 산비탈과 띠풀 숲을 돌아다니며 기분전환을 하게 해 주었다. 암말 두 마리는 벌써 풀밭에서 한바탕 행패를 부린 참이었다. 허수아비를 들이받아 비스듬히 기울어지게 하고, 원두막도 부숴 버리고, 옥수수밭과 사탕수수밭과 후추밭과 카사바 밭을 마음대로 돌아다닌 다음, 잘 발달한 앞니와 어금니를 드러내며 불량배처럼 굴었다. 주바 마을 사람들은 영국인 주인을 봐서 이 암말 두 마리를 좀 피했다. 자기 잘못을 모르는 말들은 논밭에 거침없이 쳐들어가 파란 옥수수를 훔쳐 먹거나 당근을 파내어 먹었다. 석 달 전에 말들은 푸줏간 주인 배불뚝이 리씨의 돼지우리 안으로 뛰어 들어가 새끼들에게 젖을 물리고 있던 어미돼지와 새끼 십여 마리를 밟아 죽여 버렸다. 영국인 주인은 아주 시원스럽게, 새것이나 다름없는 영국산 오스틴 자동차를 리씨에게 주어 배상했다. 아이들은 띠풀 숲 위로 드러난 암말의 튼튼한 목과 높이 솟은 어깨, 깊고 넓은 흉곽과 커다란 엉덩이를 보고는 참지 못하고 새총에 탄환을 장전해 돌멩이를 쏘아 말들을 공격했다. 홍해아 첸바오차이는 대나무 장대를 휘두르면서 까마귀처럼 깍깍 소리를 질러댔다. 암말 두 마리는 마을을 휘젓고 다니면서도 꾸중을 들은 적이 없었다. 여주인의 말채찍이 엉덩이를 때려도 파초 잎에 빗방울이 떨어지는 것처럼 아프지도 가렵지도 않았다. 그런데 엉덩이에 돌멩이 탄환을 몇 방 맞고, 길고 가느다란 것이 허공에서 휙휙 흔들리는 걸 보자, 말들은 구슬픈 투레질 소리를 내면서 귀를 뒤로 접은 굴욕적인 자세로 급히 내달려 도망쳤다. 흰 말이 관목 덤불을 뛰어넘을 때 발굽이 어떤 여자아이의 견갑골을 걷어찼다. 아이는 너무 아파서 풀밭 위를 데굴데굴 굴렀다. 갈색 말이 물웅덩이를 뛰어넘을 때 고삐가 어떤 남자아이의 가면을 퍽 하고 쳤다. 아이들의 총알은 더 사정없이 말들을 향해 날아갔다. 띠풀 숲속에는 왜목과 가시나무 덤불이 도처에 널려 있었고, 간간이 작은 나무와 물웅덩이도 흩어져 있어서, 말들은 제대로 달리지 못하고 돌멩이 탄환을 열 발이 넘게 맞았다. 띠풀 숲 밖으로 뛰어나와 평평한 풀밭 비탈로 나온 후, 말들은 네덜란드 혈통 암말의 듬직한 풍채를 드러내며 눈 깜짝할 사이에 아이들과 거리를 벌렸다.

마씨 할머니는 새빨간 파리와 벼룩 같은 빛, 그리고 축축하고 창백한 개미 같은 빛이 비탈 위에 모여 밤색과 흰색의 눈부신 두 줄기 광채로 변하는 걸 보았다. 저녁놀 빛과 보름달의 광휘가 전부 이 두 개의 빛줄기에 모여들더니 그녀와 자전거를 향해 파도처럼 덮쳐왔다. 저녁놀은 한참 전에 물러갔고, 달빛도 갑자기 사라졌다. 들판 위의 모든 희미한 생각은 전부 두 마리 암말의 성난 얼굴 위에 모여 인상을 썼다. 자전거는 비탈길로 돌진했다. 전조등은 전속력으로 달려가는 표범의 머리 같았고, 흙받이와 체인 덮개는 마구 흔들려 덜그럭덜그럭 소리를 냈으며, 핸들은 금방이라도 빠져 버리려는 어깨처럼 떨렸다. 비탈길 위의 한 곳에 모여 있던 멧돼지 해골이 앞서 가던 에밀리의 자전거 앞바퀴에 걸리고, 뒤따라가던 관야평 자전거의 앞바퀴에도 걸렸다. 자전거 두 대와 사람 네 명이 해골 무덤 위에 큰 대자로 넘어지면서 귀기 어린 흰 연기가 피어올랐다. 마씨 할머니는 해골 무덤을 등지고 서서 큰 낫을 움켜쥔 두 손을 높이 들고, 두 발꿈치를 들고 서서 날카로운 소리를 내질렀다. 그녀는 밤색과 흰색의 빛줄기가 해골 무덤까지 다가오기 전에 스톰황새처럼 날아올라 암말 두 마리를 마주했다. 앞에서 달려가던 밤색 말은 늦지 않게 발굽을 멈추고, 몸에 붙은 벼룩과 파리 같은 빛을 털어내 버리고는 비스듬히 몸을 돌려 옆쪽의 띠풀 숲속으로 뛰어들었다. 뒤에서 달려오던 흰색 말은 힝힝거리면서 앞발을 들어 올려 축축하게 썩은 날개 달린 개미 같은 빛을 불에 쬐어 말려 버리고, 무덤 위의 풀이 묻어 도깨비불을 흘리는 마씨 할머니의 큰 낫을 막았다. 관야평과 에밀리와 아이들은 할머니가 황새처럼 두 날개를 펴고 공중으로 날아올라, 큰 낫을 발톱처럼 내리쳐서 흰 말의 한쪽 앞다리를 잘라 버리는 걸 보았다. 흰 말은 밧줄에 묶인 멧돼지처럼 쉭 소리를 내면서 땅 위에 쓰러졌다. 벼룩과 파리 같은 빛은 완전히 사라졌고, 축축하게 썩은 개미 같은 빛이 다시 달무리 속에 흐르기 시작했다. 개구리와 새와 벌레 울음소리가 뚝 끊겨 들판에는 갑자기 정적이 흘렀고, 밤색 말의 겁에 질린 울음소리와 흰 말의 고통스러운 신음 소리만이 울려 퍼졌다. 요괴들과 야평과 에밀리는 마씨 할머니와 흰 말을 둘러싸고 섰다. 아이들은 순간 할머니가 유령을 부려 양철통을 옮길 수 있다는 생각에 오싹해졌다.

2

주바 중학교 교사 린자환과 그의 큰딸 린샤오팅과 아들 린리우林立武, 푸줏간 주인 배불뚝이 리씨와 열 살이 채 되지 않은 그의 세 아이들, 인력거꾼 저우춘수周春樹와 여섯 살짜리 아들까지 어른과 아이를 합해 아홉 사람은 관목 숲과 띠풀 숲의 엄호에 의지해 들판을 크게 빙 돌아서 옥수수밭과 사탕수수밭을 하나씩 지나고, 무수히 많은 연못과 시내와 물웅덩이와 가시나무 덤불을 지났다. 오후 세 시에 출발한 그들은 가다가 쉬다가 하면서 두 시간이 넘게 걷다가 야생 잭프루트 나무 아래서 에밀리와 검은 개 바울을 우연히 마주쳤다. 에밀리는 여전히 챙이 뒤집힌 밀짚모자를 쓰고, 허리에 파랑 칼을 차고, 팔뚝에는 등나무 고리를 걸고, 양손으로 허리를 짚고서 땅 위에 새로 찍힌 돼지 발자국을 바라보고 있었다. 검은 개는 붉은 혓바닥을 내밀고 나비 날개 같은 유연한 귀를 퍼덕이면서, 네 발은 연기 위를 밟는 것처럼 몸이 살짝 떠올랐다가 가라앉았다가 했다. 잭프루트 나무 위에서 새소리가 시끄럽게 들려왔다. 파랗고 단단한 열매 몇 개가 가지 아래로 늘어져 있었고, 거대한 나무그늘이 어른과 아이 아홉 명을 뒤덮었다. 배불뚝이 리씨는 에밀리에게 인사를 했고, 린샤오팅은 친근하게 '언니'

하고 인사했다. 맨 앞에서 걸어가던 중학교 교사 린자환은 에밀리를 향해 고개를 끄덕였다. 그는 뭔가 말하려는 듯했지만 결국 입을 열지 않고, 샤오팅의 손을 끌고 잭프루트 나무를 지나쳐 갔다. 에밀리는 왜목 숲을 향해 줄지어서 몰래 걸어가는 아홉 사람의 뒷모습을 눈으로 쫓으며 배웅했다. 긴꼬리원숭이 한 마리가 두리안 나무 꼭대기에 서서, 망을 보는 것처럼 한 손으로 손차양을 하고 꼭 사람처럼 사방을 내려다보았다. 원숭이들은 요즘 곧잘 일본놈들의 유탄에 맞았기 때문에, 저 멀리 일본놈이 보이면 곧바로 둥지를 옮기라는 신호를 보냈다. 대왕 원숭이는 꼬리를 곧추세우고 나무줄기 위에 서서 열기가 끓어오르는 황무지를 바라보고 있었는데, 아주 우울해 보였다. 원숭이들은 대왕 원숭이의 엉덩이 아래쪽에 흩어져 있었다.

게으름뱅이 자오씨의 머리 없는 닭은 우물 난간 위에 올라앉아 물에 비친 자기 모습을 '응시하고' 있었다. 작은 도마뱀 떼가 들개가 물고 간 가오리네 아이의 두개골 속에서 뇌수를 파먹고 있었다. 저 멀리 주바 마을에서는 일본놈들이 두 번째 명단에 근거해 '조국 난민 구제 계획 위원회' 구성원 27명을 체포했는데, 첫 번째 체포가 있은 지 사흘 만의 일이었다. 마씨 할머니가 흰 말의 다리 한쪽을 잘라 버린 후에도 아이들은 여전히 들판에서 〈새장 속의 새〉를 불렀다. 귀신 잡는 놀이가 끝난 후에 아이들은 할머니의 작은 낫을 가지고 묘지로 가서 잡초를 뽑거나, 아니면 들판으로 가서 게나 곤충을 잡아 앵무새에게 먹이로 주거나 했다. 아이들이 묘지의 잡초를 대충 다 뽑고 나면 마씨 할머니는 앉은뱅이 걸상에 앉아서 베란다 여기저기에 앉아 있는 아이들에게 귀신 이야기를 몇 가지 들려주었다. 그리고 응접실 구석에 있던, 어른 한 명이 들어갈 관만 한 크기에 동판과 삼밧줄로 묶여 있는 대추나무 상자를 열어서 그 안에 들어 있던 중국과 서양의 갖가지 장난감을 보여주었다. 팽이, 제기, 동물 모양 피리, 딸랑이, 나무 블록, 유리구슬, 호랑이 모양 헝겊 인형, 꼭두각시, 만화경, 공기 대포, 속에 배가 들어 있는 유리병, 대나무 물총, 용수철이 달린 철제 스페인 장난감 같은 것들을 본 아이들은 입이 거위 알만 하게 벌어지고, 눈알이 튀어나와 바닥에 떨어질 지경이었다. 이 중국과 서양의 장난감들 중에서 몇 가지는 고바야시의 대나무 장대에 걸려 있는 걸 본 적이 있지만 대부분은 전에 본 적 없는 것들이었다. 마씨 할머니는 걸상에 앉아 거만하게 아편을 피우면서 아이들이 장난감을 두고 다투는 걸 바라보았다. 아편을 다 피운 할머니는 응접실 바닥에 대자로 누워서 눈을 감더니 큰 낫을 휘두를 때 나는 듯한 쉭쉭거리는 콧소리를 냈다. 저녁놀의 벼룩과 파리 같은 빛이 긴 머리를 붉게 물들였고, 날개 달린 개미 같은 달빛이 창백하지만 매끈매끈한 뺨을 밝게 비췄다. 턱에 붙은 버섯 모양의 군살과 코끝의 뱀 쓸개 모양 사마귀, 그리고 눈썹 끄트머리의 새우 수염 같은 긴 털이 보이지 않게 되자, 아이들은 젊은 마씨 할머니의 투명한 몸이 바닥에서 일어나 베란다의 나무 계단을 내려가 묘지 속으로 사라지는 걸 보았다. 하지만 채 1분도 지나지 않아 바닥에 누워 있던 마씨 할머니가 기지개를 켜고 일어나 책상다리를 하고 앉았다. 그녀의 두 뺨은 가면에 그려진 텐구처럼 붉었다. 아이들이 놀다 지친 걸 보고 할머니는 네슬레 마일로 코코아를 한 주전자 타서 열 개가 넘는 양철 컵과 법랑 컵에 따라 주었다. 아이들은 컵을 들고 꿀꺽꿀꺽 마셨다.

"할머니." 요괴 가면을 뒤통수에 매단 아이가 물었다. "앨버트가 누구예요?"

"앨버트가 누구예요? 앨버트가 누구예요?" 아편이 섞인 모이를 먹은 흰 앵무새가 아이들이 장난감 호루라기를 부는 소리를 흉내 내어 날카로운 돼지 울음소리를 냈다.

아이들은 이 질문을 족히 백 번은 했지만, 할머니는 단 한 번도 대답해 주지 않았다.

"할머니, 아편 맛있어요?" 목에 항상 구미호 가면을 걸고 있는 샤오팅이 말했다. "다음에 저도 한 모금 피우게 해주세요!"

할머니는 손톱으로 구미호 가면을 쿡 찔렀다. "너는 정말 살결이 희고 곱구나."

다음 날, 마씨 할머니는 네슬레 마일로 코코아를 한 주전자 탄 후, 뚜껑을 열고는 끓인 아편 즙을 조금 부어 넣고 휘저어 섞었다. 그리고 주전자 손잡이를 잡고 들어 올려 열 개가 넘는 컵에 가득 따르고, 그중에서 양철 컵을 하나 들고 단번에 꿀꺽꿀꺽 비워 버렸다.

"마셔라!" 마씨 할머니가 말했다. "한 사람당 한 컵이다. 세상을 한번 겪어 봐라."

"마셔라! 마셔라!" 흰 앵무새가 말했다.

아이들은 의심 어린 눈으로 김이 펄펄 나고 맛있는 냄새를 풍기는 코코아를 쳐다보았다. 차오다즈, 가오자오창, 훙마오후이, 첸바오차이 같은 대담한 아이들 몇 명은 컵을 들고 벌컥벌컥 마셨다. 여자아이들 중에서는 린샤오팅이 처음으로 꿀꺽꿀꺽 마셨다. 그러자 다른 아이들도 더 이상 망설이지 않고 컵을 비웠다. 주전자에 담긴 코코아를 다 마시고도 아이들은 성에 차지 않아 마씨 할머니에게 한 주전자 더 타 달라고 했다. 할머니는 한 달이 넘는 시간 동안 아이들에게 아편 즙이 섞인 코코아를 타 주었는데, 아편 즙의 양은 점점 더 많아졌다. 1941년 7월의 어느 날 저녁, 캐나다 산의 북부돼지꼬리원숭이 떼가 총출동해 산기슭 아래의 농가에서 소란을 피운 다음, 어느 망천수 위에 모여 펄쩍펄쩍 뛰면서 달을 향해 날카롭게 비명을 질러댔다. 납작코 저우씨네 잡화점 복도에 사는 긴꼬리코뿔새는 새장을 벗어나 밖으로 나와서 주바 마을 중국인 공동묘지로 날아가 비목 위에 홀로 앉아서 도끼로 장작을 패는 것 같은 씁쓸한 울음소리를 냈고, 흰 앵무새가 흥분해서 그 소리를 따라 했다. 농민들이 화전을 일구기 위해 냈거나 혹은 가뭄 때문에 일어난 크고 작은 몇 십 개의 들불이 강도처럼 풀숲을 돌아다녔다. 지푸라기와 나뭇잎이 불탄 재가 서남풍을 맞아 사방으로 날렸다. 간혹 불씨가 남은 재가 바싹 마른 띠풀 숲에 떨어져서 또 비적 같은 불을 일으켰다. 말라서 갈라진 작은 시내에는 새와 짐승의 발자국과 구렁이의 비늘 자국이 가득 찍혀 말썽꾸러기 개나 고양이의 얼굴처럼 보였다. 달은 마치 노란색 바나나처럼, 밤이 깊어질수록 껍질이 더 빨리 벗겨져서, 주바 마을의 긴꼬리원숭이와 북부돼지꼬리원숭이들이 군침을 흘리는 하얀 과육을 드러냈다. 바닷물이 불어나 조간대가 잠겼고, 주바 강의 수위는 거의 모든 집의 잔교 위까지 넘쳤다. 아편 즙이 섞인 코코아를 한 잔씩 마시고 마씨 할머니의 고각옥을 나왔을 때, 아이들은 요괴 가면을 가슴 앞에 매달거나 아니면 얼굴에 쓰고, 손에는 할머니의 장난감을 들고 있었다. 들판을 가로질러 마을로 돌아가던 아이들은 사람의 머리통이 부엉이처럼 띠풀 숲 위로 날아가는 걸 보았다. 목 아래로 늘어진 내장은 굳어진 핏물 같았다. 아이들이 놀라 비명을 지르자 날아다니는 머리가 아이들을 돌아보더니, 허공을 한 바퀴 빙 돈 다음 마을 쪽으로 날아가 함석지붕과 야자나무들 사이로 사라져 버렸다. 마을에서 곧바로 개 짖는 소리가 울려 퍼졌다. 그날 밤, 대왕 주씨와 중라오과이, 납작코 저우씨, 샤오진 등 마을의 남자들 대부분은 모두 하늘을 나는 사람 머리가 처음으로 주바 마을을 찾아와, 집 안으로 숨어들어 사람 피를 빨아먹을 준비를 하는 걸 목격했다. 그날 밤에는 마을 사람 중 누구도 피해를 입지 않았지만, 배불뚝이 리씨가 기르던 청장년 수퇘지 한 마리가 목을 물려 우리 안에서 처참하게 죽었다.

다음 날 점심때쯤, 대왕 주씨는 마을 사람들을 채소 시장 앞의 잭프루트 나무 아래로 불러 모았다. 날아다니는 머리에 관한 지식을 가지고 있는 말라깽이 선씨, 납작코 저우씨, 샤오진, 중라오과이, 붉은 얼굴 관씨 등은 황완푸의 달구지 위에 서서 사람들에게 그 머리를 처치하고 문제를 해결하는 비결을 전수해 주었다. 들불이 꺼지고 남은 재가 서남풍에 날려 채소 시장과 판자로 지은 가게 거리까지 날아왔다. 채소 시장 처마 위에는 백로 떼가 앉아 있었고, 요괴 가면을 등에 매단 원숭이와 긴꼬리원숭이 떼가 야자나무 위에 웅크려 앉아 있었다. 뜨거운 태양이 하늘 높이 걸려 있었고, 하늘에는 지칠 줄 모르고 사냥감을 찾는 매들이 가득했다. 잭프루트 나무 그늘에는 짙은 생선 비린내와 돼지고기 비린내가 모여서 뭉쳐 있었는데, 마치 죽은 물고기와 멧돼지의 영혼도 나무그늘 아래 모여 더위를 피하는 듯했다. 날씨가 너무 더운 나머지 마을 사람들은 날아다니는 머리에 대해 대수롭지 않게 여기는 것 같기도 했다. 시장 앞에 모인 마을 사람들은 20년 전에 멧돼지와의 전쟁 전에 모였던 사람들의 3분의 1밖에 되지 않았다. 몇몇 사람들은 모임을 저녁때로 미루자고 제안했지만, 말라깽이 선씨를 비롯한 사람들은 이미 구상을 마친 상태였다. 아이들은 9할쯤 모였는데, 요괴 가면을 목에 매달고 마씨 할머니의 장난감을 들고서 어른들보다 더 신이 나 있었다. 날아다니는 머리는 낮에는 사람의 몸에 달라붙어 있다가, 밤이 되어 그 사람이 잠들면 머리와 내장이 몸에서 분리되어 사방으로 날아다니면서 깊이 잠든 사람과 가축의 피를 빨아먹는다. 피를 배불리 빨고 나면 다시 붙어 있던 사람에게로 돌아가는데, 요괴에 쓰인 사람은 이런 것을 전혀 눈치채지 못한다. "날아다니는 머리는 거울과 날카로운 물건을 무서워합니다. 머리의 침입을 막기 위해 다들 집 안에 거울과 선인장, 판다누스 분재 같은 것들을 놓아두고, 집 밖에는 끝을 뾰족하게 깎은 대나무 장대나 말뚝, 유리조각을 세워 놓고, 파인애플이나 부겐빌레아 같은 가시가 달린 식물을 심으십시오." 대왕 주씨는 달구지 위에 서서 침을 튀기면서 손짓 발짓을 해가며 설명했다. "만약 밤에 외출할 일이 있으면 반드시 다른 사람과 같이 다니세요. 사람 수가 많을수록 좋습니다."

"밤에 옆에서 자는 사람을 주의해서 보세요. 머리가 없어졌다면 분명히 날아다니는 머리에 혼이 씌인 겁니다." 중라오과이가 목소리를 높이면서, 땡볕에 시달려 잔뜩 비틀린 마을 사람들의 얼굴을 주시했다. "만약 머리가 없어진 걸 발견하면 마음이 약해지지 말고, 몸을 거꾸로 뒤집어서 머리가 돌아올 수 없게 해야 합니다. 요술의 힘을 잃어버리면 날아다니는 머리는 죽게 됩니다. 물론 요괴에 씌인 사람도 살 수는 없습니다. 아니면 요괴에 씌인 사람의 몸을 숨겨야 합니다. 머리가 몸을 찾지 못한 채로 날이 밝아 햇빛을 받으면 바로 죽습니다."

젊은 인력거꾼 한 사람이 피식 웃었다. "겨우 돼지 한 마리 죽었을 뿐인데 뭘 그리 긴장해요?"

말라깽이 선씨를 비롯한 이들이 미간을 찌푸렸다.

"샤오양小楊, 밤에 마누라랑 사랑을 나누고 나면," 자라 대왕 친씨는 황소의 등을 만지작거리면서, 뱀을 죽이고 그 쓸개를 꺼낼 때 지을 법한 음탕한 웃음을 인력거꾼에게 지어 보였다. 그는 날아다니는 머리를 보지는 못했지만, 인력거꾼의 비웃음에 불쾌감을 느꼈다. “마누라 머리가 붙어 있는지 잘 보라고. 흡혈귀 새끼를 잔뜩 낳으면 안 되잖아?”

“그렇지, 그래도 너무 걱정할 필요는 없어.” 중라오과이도 모제르 총알 같은 쇠뿔 끄트머리를 만지작거리며 말했다. “일본놈들이 쳐들어온다고 하니까 온 마을의 여자애들이 시집을 가려고 줄을 섰다잖아. 만약 네 마누라한테 무슨 일이 생기더라도 씨를 뿌릴 여자가 없어서 걱정할 일은 없겠지.”

“중 형, 형이 결혼을 안 한 거야말로 마을 여자들한테 손해지.” 인력거꾼도 지지 않고 받아쳤다. “일본 여자들 말로는 형 좆이 모제르 총알처럼 단단하다던데.”

“이놈 못 쓰겠네.” 샤오진이 말했다. “마누라가 있는데도 일본 여자한테 가다니.”

“라오중.” 대왕 주씨가 말했다. “저놈 말은 자네 물건이 총알만큼 작다는 소리야.”

“작으면 뭐 어때서?” 샤오진이 말했다. “아무튼 일본 여자는 내 물건에 박혀서 침대 아래까지 내려가는데 뭘.”

오후 4시에 대왕 주씨와 중라오과이는 차오다즈와 아이들을 데리고 끝을 뾰족하게 깎은 대나무 막대와 말뚝 수백 개를 띠풀 숲속에 꽂았다. 막대와 말뚝은 높은 것도, 낮은 것도 있었고, 반들반들한 것도 있고 들쑥날쑥하게 가지가 난 것도 있었으며, 가시가 잔뜩 나 있는 것도 있고, 나무에서 방금 막 꺾어낸 것도 있고, 가시투성이의 두리안 껍질이 걸려 있는 것도 있었다. 들판 도처에 말뚝이 가득했다. 주씨는 날아다니는 머리가 비행하는 높이가 6미터를 넘지 않기 때문에, 머리 아래 늘어진 내장이 막대나 말뚝에 걸리면 머리가 오도 가도 못하게 될 거라고 말했다.

"왜 내장을 달고 다니는 거예요?" 아이들이 물었다.

"내장이 없으면," 대왕 주씨가 음산하게 말했다. "빨아먹은 피를 어디다 저장하겠냐?"

대나무 막대와 가지를 다 꽂고 나니 벌써 다섯 시가 넘어 있었다. 아이들이 마씨 할머니 집으로 갔을 때, 할머니는 솥에 두리안 꽃잎과 꽃판을 볶으면서 거기에 새우젓과 야자 즙을 넣어 섞고 있었다. 그걸 본 아이들은 식욕이 동했다. 마씨 할머니는 주바 마을 사람들을 대신해 공동묘지를 지키고 관리했기 때문에, 가족을 묘지에 묻은 마을 사람들은 할머니에게 한 달에 5펀씩 관리비를 냈다. 하지만 마씨 할머니는 야생 과일과 산나물만 즐겨 먹었고, 관리비는 전부 아편과 서양 담배를 사는 데 썼다. 할머니는 두리안 꽃잎과 꽃판을 한 솥 볶아낸 다음, 또 새우젓을 넣어 야생 공심채와 고사리를 볶아서 양철 접시 세 개에 각각 담아 식탁 위에 놓았다. 아이들은 짐승의 발톱 같은 지저분한 손을 뻗으며 양철 접시를 향해 들개 떼처럼 달려들었다. 아이들은 할머니의 고각옥 창가에 벌써 선인장과 판다누스 분재가 놓여 있고, 집 밖에도 파인애플과 부겐빌레아가 심어져 있는 걸 보았다. 가시가 없는 오래

된 부겐빌레아 가지는 가시가 난 덩굴을 휘감고 있었고, 끝을 뾰족하게 깎은 대나무 울타리는 바람도 통하지 않을 정도로 고각옥을 더 빽빽하게 둘러쌌다.

마씨 할머니는 또 아편 즙을 넣은 코코아를 한 주전자 끓였다. 마을 사람 몇몇은 할머니가 아이들에게 아편 즙이 섞인 코코아를 준다는 걸 알게 되자 아이들이 더 이상 할머니 집에 가지 못하게 했다. 하지만 대부분의 마을 사람들은 아편 즙을 그만큼 마시는 것 가지고는 중독되지 않을 것이고, 중독된다 해도 상관없다고 생각했다. 자신들도 아편을 피우고 있기 때문이었다. 아이들은 양철 컵을 들고 꿀꺽꿀꺽 마셨다. 할머니와 교류하는 걸 어른들에게 금지당한 아이들도 오긴 왔지만, 김이 펄펄 나는 코코아를 보면서 군침만 삼켰다. "마셔, 마셔." 차오다즈를 비롯한 아이들이 꼬드겼다. "우리가 말 안 하면 누가 알겠어?" 그래서 이 아이들도 컵을 들고 코코아를 마셨다.

"날아다니는 머리가 주바 마을에 찾아온 건 처음이 아니야." 마씨 할머니는 걸상에 앉아 램프에 불을 붙이고 환으로 된 아편을 한 개 꺼냈다. "시간이 늦었다. 빨리들 집에 가라."

"할머니." 린샤오팅이 할머니 앞에 쪼그리고 앉았다. "할머니는 날아다니는 머리를 보신 적 있어요?"

마씨 할머니는 웃기만 하고 대답하지 않았다.

"너는 정말 살결이 희고 곱구나." 할머니는 대통을 집어 들어 담뱃잎이 섞인 아편 환을 구멍 속에 쑤셔 넣고, 대통을 뒤집어 가며 아편에 불을 쬐었다. "집에 가라. 내일은 좀 일찍 와."

마씨 할머니는 갑자기 어떤 아이의 가슴 앞에 매달린 요괴 가면을 노려보았다.

"얘야," 할머니는 앵무새 발처럼 구부러진 검지를 뻗었다. "이 요괴 좀 보여 다오."

아이는 가면을 할머니에게 건넸다. 할머니는 목에서 피가 흐르는 여자의 머리를 자세히 살펴보았다. 할머니의 미간이 장구벌레 떼처럼 찌푸려졌고, 새우 수염 같은 눈썹 털은 모기처럼 서로 뒤엉켰고, 콧구멍은 피를 빨아들이는 모기의 침처럼 부풀었다.

할머니는 가면을 아이에게 돌려주었다. "밤이 됐으니 돌아가라. 돌아가. 날아다니는 머리를 보면, 새총으로 뒤통수를 쏴라."

달이 높이 걸려 풍성한 달빛이 바다와 풀숲 위를 비췄다. 마을의 개들은 드문드문 짖었고, 그 사이사이에 비브라토 연주법으로 하모니카를 연주하는 것 같은 낮은 소리가 섞여 들렸는데, 누군가는 그게 게으름뱅이 자오씨네 머리 없는 닭의 '울음소리'라고 했다. 날이 밝은 후, 찬 음료와 사탕을 파는 노점상 천융훙陳永宏의 얼룩 고양이 두 마리가 그의 집 잔교 위에서 비명횡사한 채 발견되었는데, 머리가 사라져 있었다. 대왕 주씨를 비롯한 이들과 아이들은 띠풀 숲을 순찰하고, 대나무 막대와 말뚝을 더 많이 꽂아서 띠풀 숲속을 걸어다니기도 힘들게 만들었다. 중라오과이는 고양이들이 죽은 장소를 살펴보고 날아다니는 머리가 강을 건너 침입하려 하는 것 같다고 추측하고, 마을 사람들에게 강가와 잔교 위에 대나무 막대와 말뚝을 세우라고 재촉했다. 밤이 되었다. 날아다니는 머리를 본 적이 없는 자라 대왕 친씨는 요괴를 믿지 않고, 아편 두 덩이를 피운 다음 어깨에 엽총과 끝을 뾰족하게 깎은 대추나무 몽둥이를 메고 혼자서 들판을 돌아다녔다. 하늘에는 박쥐들이 날아다녔고, 부엉이는 우는 소리만 들리고 모습은 보이지 않았다. 주바 강 위에선 새빨간 악어 눈알이 번뜩였다. 풀숲과 별이 총총한 하늘이 하나로 이어져 있었다. 서남풍이 불어와 띠풀숲에 빽빽하게 박혀 있는 대나무 막대와 말뚝이 속삭이는, 해석하기 힘든 경고의 말을 전해 주었다. 먼 곳의 들불이 풀숲을 갉아먹고 있었고, 공기 중에는 연기 냄새와 발정한 들짐승이 내뿜는 지린내가 가득했다. 자라 대왕 친씨는 대나무 막대와 말뚝이 포진해 있는 가운데서 배회하면서 사람 머리 같기도 하고 아닌 것 같기도 한 날아다니는 부엉이를 주시하고, 온 하늘에 가득한, 피를 빨아먹지만 사람 피는 빨지 않는 박쥐들을 쳐다보다가, 오줌을 누고 마을로 돌아갔다. 그는 라디오에서 들은 광둥 노래 곡조를 흥얼거리면서 걸어가서, 가게 거리로 통하는 아스팔트길을 지나 자기의 뱀고기 가게 앞으로 돌아왔다. 밤 9시가 넘은 시각이라 대부분의 가게가 이미 문을 닫았고, 아직까지 영업하고 있던 음식점과 잡화점도 문 닫을 준비를 하고 있었다. 접이식 문의 금속 자물쇠를 연 친씨는 객가식 매듭단추 반팔 웃옷과 검은색 바지를 입은 젊은 여자가 등불이 흐릿한 잡화점 문 밖으로 나와 곧장 그의 뱀고기 가게로 걸어오는 걸 보았다. 눈처럼 흰 피부에 긴 머리를 늘어뜨린 여자는 손에 작은 양철 접시를 들고 있었는데, 접시에는 여남은 개의 계란이 쌓여 있었다.

"아저씨." 여자는 자라 대왕 친씨 앞에 서서 미소를 지었다. "여기가 '라오친老秦 뱀고기 가게'가 맞나요?"

"맞아요." 친씨는 몸을 비스듬히 틀어 가게 안으로 들어가면서, 대추나무 몽둥이를 문 밖에 내려놓았다.

"문 닫았나요?" 여자는 처마 위의 간판을 쳐다보았다. "제가 늦게 왔네요."

"난 일곱 시까지만 영업해요." 친씨가 말했다. "내일은 좀 일찍 와요." 여자는 친씨 옆을 지나 가게 밖의 아스팔트길 쪽으로 걸어갔다.

"아가씨, 주바 마을 사람이에요? 본 적 없는 얼굴인데."

여자는 고개를 돌려 자라 대왕 친씨를 보았다. 얼굴 위에 여드름 몇 개가 자갈처럼 박혀 있었다. 그녀의 얼굴에 떠오른 미소는 달콤한지 쓰디쓴지 알 수가 없었다. 친씨는 여자를 예전에 어디서 본 적이 있는 것도 같다고 생각했다.

"밤길 혼자 다닐 땐 조심해요. 여기는 밤에 안전하지 않으니까."

주바 마을의 대부분의 고각옥 문가와 창문가에는 멧돼지 굴처럼 뾰족한 말뚝과 대나무 막대를 잔뜩 박아 놨는데, 자라 대왕 친씨의 가게만이 예외였다. 친씨의 아내는 일찍 죽었고, 열두 살짜리 외동아들이 위층에서 혼자 자고 있었다. 친씨는 문을 닫고, 램프를 켜서 무명실로 된 심지를 최대한으로 높였다. 그런 다음 뉴유마가 구운 빵을 한 덩이 먹고, 기네스 맥주 한 병을 마시고, 555 상표 담배를 두 대 피우고, 참지 못하고 또 아편을 한 덩이 피웠다. 자라 대왕 친씨는 마을 사람들 중 아편중독이 제일 심한 사람이었다. 그는 하루에 아편 서너 덩이를 피우지 않으면 피 속에 진흙이 흐르고, 머릿속에는 개똥이 가득 차고, 시야는 하늘과 땅이 뒤집힌 것 같아 좌우를 구분하지 못했다. 아편을 다 피운 친씨는 침대식 의자에 벌렁 드러누워 『주바민중일보豬芭民眾日報』를 좀 넘겨 보다가 쿨쿨 잠이 들었다. 개 짖는 소리가 점점 커졌고, 그 사이에 마을의 고양이와 도마뱀과 개구리 울음소리가 섞였고, 간혹 저 멀리서 게으름뱅이 자오씨네 머리 없는 닭의 '울음소리'가 한 번씩 들려왔다. 서북쪽에서는 남중국해의 평온하고도 규칙적인 파도소리가 이따금씩 전해져 왔고, 돌고래가 일으키는 파도소리인지 아니면 돌고래의 웃음소리인지 모를 소리가 오랫동안 울려 퍼졌다. 이 소리는 주바 마을 사람들의 자장가였다. 판자로 된 가게 벽은 방음효과가 좋지 않아서 밤이 되면 항상 이웃집인 음식점의 부부가 사랑을 나누는 소리가 들려왔는데, 열두 시 종이 울릴 때 고조에 달했다. 그 소리에 커다란 고래가 숨구멍으로 수증기를 뿜어내는 느릿한 소리 혹은 성탄절의 복음 소리가 뒤따랐다. 자라 대왕 친씨는 종소리에 잠이 깼다. 석유램프에서 뿜어져 나온 한 줄기 검은 연기가 똑바로 천장으로 올라갔다. 램프의 유리 덮개의 위쪽 가장자리는 검은 머리칼 같은 그을음에 가득 덮여 있었고, 심지는 새빨간 불혀를 토해내며 집 안을 유약이 발린 도자기처럼 밝고 반드르르하게 밝히고 있었다. 천장에서 떠다니던 램프 연기가 꿈틀거리며 기어 내려오더니 구름표범의 반점을 걸친 거대한 뱀의 몸을 토해냈다. 뱀의 머리는 긴 머리칼이 흐트러져 있는 여자의 머리였는데, 입으로 살모사의 피를 빨아먹고 있었다. 독사를 넣어 가게 안에 진열해 둔 철제 우리가 온 바닥에 흩어졌고, 바닥 위에서 피를 다 빨아 먹힌 금고리살모사 두 마리가 꿈틀거렸다. 친씨는 대추나무 몽둥이를 들고 크게 호통을 쳤다. 여자는 쉭 소리를 내며 벽의 갈라진 틈으로 기어들어갔고, 석유램프의 검은 연기만 남아 공중에 떠다녔다. 가게 밖에서는 온 마을을 다 잠기게 할 듯한 파도소리와 고래가 숨을 내뿜는 소리, 개 짖는 소리가 들려왔다. 판자벽에서는 이웃 음식점 부부의 코 고는 소리, 정자가 멧돼지처럼 강을 건너는 소리, 난자의 다 익은 열매가 땅에 떨어지는 소리가 전해져 왔다. 자라 대왕 친씨는 눈을 비볐다. 석유램프의 깜빡이는 불꽃이 수염 같은 연기를 뿜어내며 가게 안에 가지런히 진열된 뱀 우리와 탁자와 의자, 그리고 벽에 붙어 있는 가격표와 액자 속에 장식돼 있는 뱀의 뼈를 비췄다. 그는 이마에 흐른 땀을 닦고 침대식 의자에 누워 서양 담배를 피웠다. 밤에 가게 앞을 지나간 그 여자는, 음, 용모가 수려하고, 왼쪽 뺨에 개미 모양의 점이 있었다. 그녀는 20년 전에 죽은 붉은 얼굴 관씨의 아내 예샤오어를 연상시켰다. 친씨는 온몸이 부들부들 떨렸다.

다음 날, 자라 대왕 친씨는 하품을 하며 뉴유지 다방으로 아침을 먹으러 갔다. 대왕 주씨와 샤오진, 말라깽이 선씨, 중라오과이 등 몇몇 사람들이 가게 안에 있었다. 뉴유마는 계산대에 앉아 조간신문을 읽고 있었다. 그녀는 아는 글자가 많지 않아서, 이따금 큰아들의 어깨를 툭 치고 신문에 적힌 한자를 설명해 달라고 했다. 큰아들은 생긴 건 돼지 같지만 지능은 마을의 다른 아이들보다 떨어지지 않았다. 아이는 샤오 선생과 쩌우 신부에게 글을 배웠다. 『서유기』와 『봉신방』을 읽으면서 한자를 익혔으며, 『성경』을 읽고 주일학교에서 공부해서 영어 단어도 익혔다. 아이는 동생과 함께 마씨 할머니의 공기 대포를 들고 대리석 원탁과 조각으로 장식된 네덜란드산 의자 사이를 뛰어다니며 전쟁놀이를 하고 있었다. 뉴유마는 입술을 쭉 내밀고 더듬거리며 신문을 읽었다. 스무 살 남짓 된 벌목공 두 명이 차시우바오를 씹으면서 뉴유마 가슴팍에 난 젖 얼룩과 양쪽 젖가슴을 빤히 쳐다보고 있었다. 다방의 손님들과 대왕 주씨 일행은 예외 없이 다들 어젯밤에 일어난 의외의 사건에 관해 얘기하면서, 날아다니는 머리가 사람을 공격한 게 아닌지 의심했다. 석유회사의 백인 석유 탐사 기술자 한 사람이 저녁에 배를 타고 바다로 낚시를 하러 나갔다가 밤새 돌아오지 않았다. 날이 밝은 후에 마을 사람들은 그가 부두에 세워진 지프차 옆에 쓰러져 있는 걸 발견했다. 땅에 낚시 도구와 깨진 맥주병 조각이 흩어져 있었고, 기술자의 목에는 상처가 나 있었다. 급히 병원으로 옮겨진 그는 수혈을 받아 다행히 목숨을 건졌다. 선씨와 중라오과이는 백인들은 술을 좋아하지만 주량이 크지 않기 때문에, 기술자가 술에 취해 넘어지면서 깨진 맥주병 조각에 목을 베인 거라고 추측했다. 하지만 병원의 여자 간호사는 상처가 불규칙적이고 찢어진 흔적이 있다고 말했다. 점심때가 지나서 경정서에서 중국어와 영어로 된 대자보를 붙여서 마을 사람들에게 밤에 외출을 삼가고, 잠자리에 들 때는 문과 창문을 꼭 닫고, 만약 잠든 가족의 머리가 사라졌거나 언행이 이상하면 반드시 경찰에 신고하라고 당부했다. 밤이 되자 식민정부에서 위장복을 입은 해안 경비대원 스무 명을 파견했다. 그들은 오른쪽으로 기울어진 베레모를 쓰고 어깨에 카빈총을 메고 마을을 순시하면서, 집 밖으로 고개를 내밀고 두리번거리는 마을 사람들에게 큰소리로 호통을 쳤다. 10시가 좀 넘어서 야펑은 차오다즈, 가오자오창, 훙마오후이를 데리고 마씨 할머니의 집을 살펴보러 갔다.

그날 밤엔 별빛이 찬란했다. 오리온자리는 모습을 감췄고, 북두칠성이 한쪽 하늘을 독차지하고 있었다. 운석이 추락해 대기층으로 떨어지면서 띠풀 숲에 꽂힌 뾰족한 말뚝과 가느다란 막대, 그리고 마씨 할머니의 고각옥으로 통하는 좁은 오솔길을 밝게 비췄다. 야펑은 엽총을 메고, 손에는 뾰족한 말뚝을 들고 세 아이들의 뒤에서 걸어가면서, 줄곧 고개를 들고 하늘 위로 날아가는 커다란 부엉이를 살펴보았다. 가오자오창은 삼첨양인도를 메고 있었고, 훙마오후이는 화첨창을 휘두르고 있었으며, 차오다즈는 멀바우 나무로 된, 끝을 뾰족하게 깎지 않은 여의봉을 쥐고 있었다. 아이들은 들판을 워낙 익숙하게 다녔기 때문에 걸음이 하도 빨라

야펑이 따라잡기 힘들 지경이었다. 아편 한 덩이를 피운 야펑은 귀와 눈이 밝아져서 소리를 거의 내지 않고 날아다니는 부엉이의 날개 소리를 듣고, 별빛에 반사된 어두운 깃털 색까지 볼 수 있었다. 차오다즈와 가오자오창과 훙마오후이는 저녁이 되기 전에 마씨 할머니가 끓여 준 아편 즙이 섞인 코코아를 마셔서, 손오공과 이랑진군과 삼태자가 쓰인 것처럼 몸에 힘이 가득했다. 눈 깜짝할 사이에 마씨 할머니의 고각옥이 밤안개 속에서 드러났다. 밤안개가 끝이 뾰족한 대울타리와 처마 없는 회랑을 뒤덮고 있었다. 앵무새는 횃대 위에 웅크려 앉아 깊이 잠들어 있었다.

차오다즈가 울타리 문을 밀어 열었다. 고각옥의 벽 없는 아래층에 다다른 네 사람은 바닥 틈새를 통해 들려오는 마씨 할머니의 코 고는 소리를 들었다. 야펑은 손짓으로 차오다즈와 훙마오후이에게 회랑을 통해 집 안으로 잠입하고, 가오자오창에게는 회랑을 지키라고 지시하고, 자기는 앞쪽 베란다를 지키고 섰다. 차오다즈와 훙마오후이는 여의봉과 화첨창을 내려놓고 손과 발을 모두 써서 회랑 위로 올라갔다. 아이들은 할머니의 고각옥을 이미 환히 알고 있어서, 눈을 감고도 회랑에서 응접실로 통하는 문을 지나갈 수 있었다. 개구리와 새의 울음소리는 들리지 않았고, 집 안에는 할머니의 코 고는 소리와 괘종시계의 시계추 소리만 울려 퍼졌다. 차오다즈와 훙마오후이는 살금살금 응접실 안으로 들어가 반쯤 닫힌 침실 문 앞에서 멈춰 섰다. 마씨 할머니는 흰색 매듭단추 반팔 웃옷에 검은 바지를 입고 판자로 된 침대 위에 똑바로 누워 있었다. 머리카락이 늘어져 바닥 틈새로 빠져 있었고, 새우 수염 같은 눈썹털은 코 고는 소리에 맞춰 꿈틀거렸는데, 그 중에서 몇 올은 모공에서 빠져나왔는지 천장 위에서 떠다니고 있었다. 두 아이는 침실 입구에 서서 30초 정도 할머니를 살펴봤지만 이상한 점을 찾지 못했다. 다시 30초 정도 더 지켜봤지만 별다른 문제를 찾지 못해, 조용히 나와서 고각옥 아래층으로 돌아왔다. 아이들은 할머니의 집 안팎에 선인장과 판다누스와 부겐빌레아 분재가 놓여 있고, 끝을 뾰족하게 깎은 대울타리로 둘러싸여 있는 걸 보았다. 아이들은 마씨 할머니가 주바 마을을 멋대로 돌아다니는 날아다니는 머리라고 생각하지 않았지만, 대왕 주씨에게 각자 상금으로 1위안씩 받았기 때문에 반드시 새벽 세 시까지는 감시해야 했다. 그래서 야펑과 가오자오창은 베란다를, 차오다즈와 훙마오후이는 회랑을 지켰다. 고각옥 아래층에는 이마 높이까지 우물 정# 자로 쌓인 십여 개의 장작더미가 있었고, 걸상 여러 개가 서 있거나 쓰러져 있었으며, 부겐빌레아를 심어 놓은 커다란 도자기 항아리가 즐비했다. 숯나무 기둥에는 삼태기, 등나무 바구니, 갈퀴와 크고 작은 낫이 걸려 있었고, 빨랫줄에는 할머니의 흰색 매듭단추 웃옷과 검은색의 긴 바지가 널려 있었다. 부겐빌레아는 대울타리에 둘러싸여 있었고, 대울타리 틈새는 별이 빛나는 밤하늘과 도깨비불이 점점이 흩뿌려진 무덤들에 둘러싸여 있었다. 야펑과 아이들은 걸상 위에 앉거나 숯나무 기둥에 기대어 쪼그려 앉아서, 끝이 뾰족하거나 뾰족하지 않은 말뚝 네 개를 어깨에 기대어 세워 놓고, 여덟 개의 눈으로 고각옥의 앞문과 뒷문을 주시했다. 차오다즈는 저녁때 코코아를 마시고 할머니 집을 나왔을 때 베란다에 양철통 다섯 개가 놓여 있었던 걸 기억했는데 지금은 두 개가 늘어나 있었다. 그는 훙마오후이에게 작은 목소리로, 아깝다, 너무 늦게 와서 할머니가 유령을 부려서 양철통을 옮기는 걸 못 봤구나라고 말했다. 저 양철통들은 녹이 슬고 페인트 자국이 얼룩덜룩해서 도대체 언제 만들어진 건지 모르잖아. 고바야시가 그랬는데, 만들어진 지 백 년이 지나면 스스로 영적인 힘과 원한을 흡수할 수 있게 돼서, 얼굴이랑 사지가 생겨서 마음대로 움직일 수 있게 된다고 했어. 훙마오후이가 말했다. 어른들이 쓰는 파랑 칼 중에서 만들어진 지 백 년이 넘은 게 적어도 몇 백 자루는 되는데, 그 칼에 얼굴이랑 팔다리가 생겨나서 자기가 알아서 장작을 패고 돼지를 죽인단 얘기는 못 들어 봤는데. 차오다즈가 말했다. 파랑 칼이 요괴가 되면, 피가 묻으면 자기가 빨아들여서 말려 버리고, 날이 부러지면 스스로 자라나게 하고, 사람은 볼 수 없는 구렁이나 원숭이 요괴를 보면 스스로 베어 죽인대. 훙마오후이가 말했다. 헛소리 하지 마. 차오다즈가 말했다.

괘종시계가 땡땡 하고 열한 번 울렸다. 네 사람은 속으로 종소리를 세면서 서로를 마주보았다. 눈빛으로 다들 "시간 진짜 느리게 간다"라고 같은 말을 하는 듯했다. 시간은 1분 1초씩 흘러갔고, 얼마 지나지 않아 땡 하는 종소리가 한 번 울려 11시 반을 알렸다. 거센 서남풍이 고각옥에 한바탕 불어와, 제대로 묶어 두지 않은 울타리 문이 갑자기 열렸다 닫혔다 하면서 녹슨 이음새에서 멧돼지가 나무를 갉는 것 같은 소리가 났다. 소리가 한참 나다가 바람이 그친 후, 부엉이 한 마리가 장작더미 근처의 오래된 부겐빌레아 가지 위에 앉아서 귓가의 덥수룩한 깃털을 높이 세운 채 장작더미 속에서 쥐가 뛰어다니는 소리에 귀를 기울이고 있었다. 도마뱀이 바닥과 벽의 틈새를 통해 집 안팎을 드나들다가, 모기를 잡으려고 발을 헛디디는 바람에 아이들의 등과 머리 위에 툭 떨어졌다. 얼룩고양이 한 마리가 울타리 문 안으로 들어와 고각옥 아래층으로 들어오려다가 야평과 아이들을 보더니, 몸을 둥글게 말고 털을 바짝 세우고 어둠 속으로 사라졌다. 대울타리 밖의 별빛은 점점 더 밝아졌고, 유성우가 자전거의 바퀴살처럼 하늘가를 선회했다. 땡땡땡 종소리가 열두 번 울렸을 때, 흐트러진 긴 머리칼을 늘어뜨린 날아다니는 머리가 울타리 밖을 배회했다. 목 아래로 늘어진 내장은 거꾸로 매달린 박쥐 떼처럼 한데 모였다가 흩어졌다가 했다. 고각옥의 앞문이 쾅 하고 열리더니 마씨 할머니가 큰 낫을 휘두르며 베란다 밖으로 나와 대울타리를 뛰어넘었다. 큰 낫이 천 갈래 만 갈래의 철사 칼날로 변해서 날아다니는 머리를 혼천의처럼 에워싸고 회전하면서 머리를 철사 칼날 안에 가두고, 긴 머리칼과 내장을 잘라 버렸다. 할머니는 대울타리에서 손에 잡히는 대로 뾰족한 막대 하나를 뽑아 날아다니는 머리의 정수리 한가운데에 박아 넣었다. 머리는 구슬픈 비명을 지르는 듯하더니 움직임을 멈췄다. 마씨 할머니는 날아다니는 머리가 꽂혀 있는 대나무 막대를 높이 쳐들고 묘지 위의 상공을 한 바퀴 선회하고는 울타리 안으로 날아 들어와 고각옥으로 돌아갔다. 앵무새가 걸걸 하며 탄식했다.

3

"마씨 할머니 집에 다 왔어요." 린샤오팅이 까치발을 하고 턱을 들고, 땀이 잔뜩 맺힌 초록색 눈썹을 찌푸리고 대울타리와 부겐빌레아에 둘러싸인 고각옥을 가리켰다.

석양이 풀숲 속에 높이 솟아 있는 몇 그루의 망천수를 붉게 물들여서, 나무들이 키가 자기의 반밖에 안 되는 다른 나무들의 꼭대기를 수줍게 바라보게 만들었다. 석양은 마씨 할머니의 함석지붕도 붉게 물들였다. 제비 떼가 지붕 가장자리의 서까래에 있는 둥지를 한시도 쉬지 않고 오르락내리락하고 들락날락했다. 문 앞의 처마 그늘에서 할머니가 직접 소금에 절인 여남은 마리의 생선과 도마뱀을 말리고 있어서 공기 중에 썩은 고기 냄새가 가득했다. 울타리의 일부분이 들불에 타서 개구멍이 몇 개 생겨 있었다. 마씨 할머니의 고각옥은 혼자서 우뚝 솟아 있는 망천수처럼 들판과 띠풀 숲 가운데 홀로 서 있었다. 주위에는 인적이 드물었고, 빽빽하게 서 있는 묘비와 비굴하게 먹이를 찾는 멧돼지와 위풍당당하게 사냥감을 찾는 맹금류뿐이었다. 주바 중학교 교사 린자환과 그의 큰딸 린샤오팅과 아들 린리우, 푸줏간 주인 배불뚝이 리씨와 열 살이 채 되지 않은 그의 세 아이, 인력거꾼 저우춘수와 여섯 살짜리 아들이 말라 버린 시내를 건너 고각옥을 향해 걸어갈 때, 할머니는 벌써 베란다에 서서 그들을 기다리고 있었다. 린샤오팅이 제일 먼저 울타리 문을 밀어 열고 베란다로 올라가서 할머니의 손을 잡고, 작은 주인처럼 베란다 아래의 아버지와 다른 사람들을 향해 어서 오라고 손짓했다.

"너는 정말 살결이 희고 곱구나." 앵무새가 괴상한 소리로 말했다.

사람들은 베란다로 올라가 응접실로 들어갔다.

"마씨 할머니, 수고를 끼치게 됐네요." 서른이 좀 넘은 린자환이 검은 뿔테 안경을 벗고 이마에 맺힌 땀을 닦았다. 그는 바쁘게 오느라 옷을 잔뜩 싼 보따리 하나만 메고 왔다. 린자환은 여섯 아이들을 앞으로 불러 모았다.

"얘들아, 잘 들어라. 다시 한 번 얘기할게. 당분간 할머니 댁에서 지내라. 우리는 숲으로 들어가서 주씨 할아버지랑 중씨 아저씨를 찾으면, 지낼 곳을 마련해 준 뒤에 다시 데리러 올게."

"만약에 일본인이 오면," 배불뚝이 리씨는 엄한 눈빛으로 딸과 두 아들을 응시했다. "할머니 말씀 잘 들어라!"

"할머니 말씀 잘 들어!" 저우춘수가 땀에 푹 젖은 아들의 머리를 툭 쳤다.

"할머니 말씀 잘 들어!" 앵무새가 말했다.

아이들은 억울하고 두려운 마음을 내비치면서, 나무 인형처럼 서서 어른들의 훈계를 들었다. 린샤오팅만이 동생 린리우를 이끌고 가서 응접실 구석에 놓인 나무 상자 속의 장난감을 뒤적거렸다.

"아빠." 배불뚝이 리씨의 여섯 살짜리 딸이 아버지의 손을 잡으며 말했다. "우리 언제 데리러 올 거예요?"

"난 아빠랑 같이 갈래요." 저우춘수의 아들은 눈가에 눈물이 그렁그렁했다.

"날이 어두워졌어. 숲에는 밤을 보낼 만한 곳이 없고, 일본놈들은 벌써 우리를 찾으러 숲으로 들어갔다는구나." 린자환이 말했다. "여기는 마을에서 멀리 떨어져 있어서 일본놈들이 자주 오지 않을 거야. 내일 아침 일찍 데리러 오마."

어른 세 사람은 베란다 아래로 내려가 울타리 문을 열고 나가서 아득한 황혼 속으로 사라졌다. 괘종시계가 땡 하고 한 번 울리며 여섯 시 반을 알렸다. 제비들은 여전히 대들보 아래에서 선회하면서 솜털과 침으로 된 걸쭉한 소용돌이를 만들었다. 석양이 창틀과, 부정교합 때문에 아주 기형적으로 자라난 앵무새의 윗부리를 붉게 물들였다. 마씨 할머니는 주방에서 새우젓과 야자 즙을 넣어 볶은 야채 세 접시와 수이주러우(돼지고기를 매운 소스에 끓인 음식), 조린 돼지고기, 뱀고기, 그리고 김이 펄펄 나는 흰 쌀밥 한 솥을 날라 왔다. 오후 내내 고생을 해서 배고프고 목말랐던 아이들은 할머니가 부르기도 전에 스스로 탁자 앞으로 가 앉아서, 각자 양철 접시를 하나씩 가져와서 밥을 덜기 시작했다. 밥을 먹을 때,

평소에 말이 많던 아이들은 말이 없어졌고, 린샤오팅조차 아무 말도 하지 않았다. 린리우는 밥을 먹으면서 계속 훌쩍거리며 울어서 다른 아이들도 눈물을 흘리게 만들었다. 할머니는 아편 즙을 넣지 않은 코코아를 한 주전자 타서 아이들에게 한 잔씩 따라 주었다. 여섯 명의 아이들 중에서 린샤오팅이 제일 나이가 많았다. 그녀는 큰누나 노릇을 하려는 듯이 아이들에게 고기와 야채를 덜어 주고, 할머니에게 이 돼지고기와 뱀고기가 어디서 난 건지 물어보았다. 린자환 일행이 어젯밤에 마씨 할머니를 만나고 간 후에, 할머니는 동이 트기도 전에 대나무 광주리를 메고 큰 낫을 들고 풀숲을 돌아다니면서 육식이 습관이 된 여섯 아이들을 위해 사냥감을 찾았다. 띠풀 숲에는 일본놈들의 위협 폭격 탓에 생긴 구덩이가 여기저기 흩어져 있었는데, 구덩이에 금세 들풀이 무성하게 자라나 발견하기 힘든 천연 함정이 되어서 자칫 잘못하면 발을 헛디디기 십상이었다. 할머니는 큰 낫 끄트머리로 들판을 뒤적거리고 풀숲을 헤쳤다. 이슬이 할머니의 윗옷과 긴 바지를 적셨고, 백발에는 마른 풀과 거미줄이 붙었으며, 나막신은 새로 싸 놓은 돼지 똥을 두 번이나 밟았다. 그녀는 있는 듯 없는 듯 이어지는 멧돼지 발자국을 쫓으면서 손으로는 야채를 뜯어서 대나무 바구니에 던져 넣었다. 할머니의 기운과 들고 있는 낫만 보면 그녀는 보호색을 벗지 못한 새끼 멧돼지를 잡을 힘밖에 없었다. 왜목 덤불 아래에 호저 두 마리가 서로 배를 딱 붙인 채로 검고 흰 고리 무늬가 난 가시를 부르르 떨면서 서로 싸우는 건지, 아니면 교미하는 건지 모를 큰 소리를 내고 있었다. 사방에 가득 퍼진 맵고 지린 냄새가 코를 찔렀다. 할머니는 왜목 덤불을 지나가면서 마음속에 불길한 예감이 들었다. 대왕 주씨는 들판에 자주 소금을 뿌려서 호저를 유인했다. 그런 다음 호저를 죽여 배를 갈라서 값비싼 호저 대추를 모았다. 이 호저 두 마리는 만약 주씨 눈에 띈다면, 귀신이 되어서도 그 짓을 할 것이다. 하늘가에 들쑥날쑥한 가지가 달린 햇빛이 자라났다. 큰 낫의 날에 마른 풀 부스러기와 풀물이 묻어 번뜩이는 빛이 한참 약해졌다.

"할머니!" 마씨 할머니는 등 뒤에서 누가 부르는 소리를 들었다.

에밀리는 챙이 뒤집힌 밀짚모자를 쓰고 있었는데, 모자에는 일본놈들의 철모처럼 종려나무 잎사귀가 꽂혀 있었다. 그녀는 칼집에서 뽑은 큰 파랑 칼을 들고 있었다. 등 뒤에는 검은 안개가 모여 있어서, 땅을 거의 밟지 않고 걸어다니는 검은 개는 보이지 않았다.

"이렇게 일찍 야채 뜯으러 나오셨어요?" 에밀리가 든 파랑 칼의 칼날에도 마른 풀과 풀물이 묻어 있었다. 어두운 녹색의 풀 부스러기는 달빛으로 반짝였고, 호박색 수액은 아침 햇살을 흘렸다.

"야채만 먹었더니 질려서," 할머니는 망설이며 말했다. "고기를 좀 먹어 보려고."

"애들한테 고기반찬 해주시려고요?" 아침 햇살이 에밀리의 수려한 얼굴을 붉게 물들였다.

고각옥으로 돌아온 마씨 할머니는 아래층의 장작더미 안에서 깊이 잠들어 있는 굵기가 팔뚝만 한 구렁이를 발견해서, 큰 낫을 휘둘러 머리를 짓이겨 버렸다. 점심때 에밀리가 자전거를 타고 배가 갈라진 보르네오수염돼지 한 마리를 날라 왔다. 할머니는 아이들이 저녁을 다 먹고 나서 풀이 죽은 채로 한동안 장난감을 가지고 노는 걸 지켜보았다. 아편을 한 덩이 피우고 나서, 할머니는 응접실 바닥에 멍석을 몇 개 깔아 놓고 아이들에게 빨리 자라고 재촉했다. 지친 아이들은 자리에 눕자마자 크게 코를 골았다. 할머니는 베란다에 놓인 앉은뱅이 걸상에 앉아 서양 담배를 열 대가 넘게 피우다가 괘종시계가 열두 번을 울리고 나서야 잠들었고, 다음 날 새벽 네 시가 좀 지나 베란다에 앉아서 동이 트기를 기다렸다.

"앨버트, 앨버트……."

앵무새는 홍채가 수축된 채 발톱으로 횃대를 긁으면서 귀를 찌르는 날카로운 울음소리를 냈다. 마씨 할머니는 계단을 내려가 고각옥 주위를 한 번 빙 돌아보고, 다시 베란다로 돌아와서 대울타리 밖의 캄캄한 들판과 주바 마을을 바라보았다. 마을은 여기서 너무 멀어서, 환한 대낮에도 높고 낮은 함석지붕과 몇 백 그루나 되는 야자나무가 보이지 않았다. 괘종시계가 다섯 번을 울린 후에 할머니는 맨발로 응접실을 가로지르고 회랑을 지나 주방으로 가서 죽을 한 솥 끓이고 어제 먹다 남은 돼지고기를 데웠다. 그녀가 베란다로 돌아왔을 때는 하늘가가 벌써 호박색의 아침 햇살에 물들어 있었고, 점점 히비스커스 꽃잎 같은 붉은색으로 변해 갔다.

앵무새의 커다란 날개덮깃 같은 구름이 울퉁불퉁한 들판을 뒤덮어 들판이 갑자기 작아진 것처럼 보였다. 들새가 시끄럽게 울어댔고, 매들이 주바 마을에서 손쉽게 잡을 수 있는 사냥감을 찾으러 일제히 같은 방향으로 날아갔다. 마을이 너무 멀어서 그녀는 지금껏 마을의 개 짖는 소리와 닭 우는 소리를 들은 적이 없었다. 하지만 일본놈들이 상륙한 후로는 낮부터 밤까지 총소리, 대포 소리, 비행기 엔진 소리가 들렸고, 화약 연기 냄새도 들판의 썩은 내와 함께 고각옥의 단열층으로 흘러들어와 오랫동안 흩어지지 않았다. 매 한 마리가 마을 쪽에서 날아와 둥지로 돌아갔다. 발톱으로 움직임이 멈춘, 깃털이 달린 커다란 동물을 붙잡고 있었는데, 생기를 잃은 동물의 머리와 꼬리가 어렴풋이 보였다. 더 많은 매들이 새해의 사육제라도 하듯이 마을을 향해 날아갔다. 괘종시계가 여섯 번 울렸다. 아이들은 일찍 잠든 만큼 일찍 일어났다. 돼지고기를 섞은 죽을 다 먹은 다음, 할머니는 아이들의 활동 범위를 응접실 안으로 제한했다. 대소변까지도 침실에 있는 양철 요강에 해결해야 했다. 아이들은 유난히 말을 잘 들었고, 대화할 때도 작은 소리로 말했다. 마씨 할머니는 응접실 바닥에 쪼그리고 앉아 여섯 아이들을 자기 앞에 불러 모아서, 일본놈들이 집 안에 들어와 수색을 하면 아이들이 숨어야 할 곳을 보여주었다.

괘종시계가 일곱 번 울렸다. 베란다로 돌아가 보니 날은 이미 환하게 밝아 있었다. 마씨 할머니는 저 먼 들판을 바라보았다. 마음속에 호저가 교미하면서 가시가 쓱쓱 소리를 내며 비벼지는 듯한 날카롭고 불길한 예감이 가득했다. 할머니는 뒤통수가 쿡쿡 쑤시는 걸 느꼈다. 손으로 만져 보니 뜨끈뜨끈하게 늘어진 주먹만 한 혹이 만져졌다. 그녀는 베란다에 놓여 있는 양철통 중 한 개의 앞으로 가서, 백발을 걷고 목을 비스듬히 기울이고 물에 비친 자기 모습을 곁눈질로 살펴보았다. 혹은 바로 목 뒤쪽에 자라나 있었는데, 만져 보니 마치 작은 생명 같았다. 갓 부화해 아직 깃털이 자라지 않은 분홍색의 큰까치 새끼처럼, 부드러운 작은 발톱이 그녀의 목의 혈관을 계속 긁어 대서 따갑기도 하고 가렵기도 했다. 그녀는 침실로 돌아와서 거울을 들고 자세히 보았다. 어제 아침에 사냥감을 찾으러 나가기 전에 나무빗으로 머리를 빗었는데, 빗살이 뒤통수를 빗어 내릴 때는 이 혹이 없었던 게 분명히 기억났다. 혹은 몰래 생겨나서 한 번의 낮과 밤 동안 자란 듯했다. 그녀는 한동안 혹을 쳐다보면서 몸을 부르르 떨고, 눈물과 콧물을 조금 흘린 다음, 침대에 누워 아편을 한 덩이 피우면서 혹의 따갑고 가려운 느낌을 좀 덜어 보려 했다. 백발이 혹을 완전히 뒤덮었으니, 따갑고 가려운 감각만 사라지면 혹의 존재를 전혀 느낄 수 없을 터였다. 할머니는 베란다로 가서 걸상에 앉아 계속 풀숲을 바라보았다.

베란다에 희미한 새벽빛이 비쳐와 양철통 속의 물결이 반짝거리며 빛났다. 암컷 구피 한 마리가 양철통 밖으로 뛰어나와 베란다 바닥에서 몸부림쳤다. 배 속에 든 노란 알이 수천 마리의 개미를 끌어들였다. 마을로 날아가는 매들의 수는 줄어들고, 마을 쪽에서 풀숲으로 돌아가는 매들이 늘어났는데, 발톱으로 무거운 사냥감을 들고 있었다. 마씨 할머니는 나이가 많이 들었지만 시력은 여전히 좋았다. 그녀는 또 한 번 몸이 부르르 떨렸고, 눈물과 콧물이 더 많이 흘렀고, 목 뒤의 혹이 따갑고 가려웠다. 할머니는 침실로 가서 아편을 한 덩이 더 피웠다. 아편을 다 피우고 나서 거울을 통해 본 혹은 모양이 달라진 것 같았다. 혹의 모양은 병충해를 입어 갈색의 딱지 모양 반점이 잔뜩 생긴 구아바 같았고, 감촉은 껍질을 벗긴 삶은 달걀 같았다. 베란다로 돌아온 할머니는 마을 사람들 몇 명이 황완푸네 황소가 끄는 달구지와 함께 묘지를 향해 걸어오는 걸 보았다. 참매 한 마리가 이상할 정도로 낮게 날아 그들의 머리 위를 스쳐 지나갔다. 매의 두 발은 저울대처럼, 사냥감을 움켜쥐고 있는 발톱의 각도를 쉬지 않고 조정했다. 발톱에 각도를 표시하는 눈금이라도 그려져 있는 듯했다. 반바지 차림에 웃통을 벗은 젊은이가 고개를 들어 하늘을 올려다보더니 돌멩이를 집어 매를 향해 던졌다. 돌멩이는 매가 움켜쥐고 있던 사냥감을 스쳐 묘지명을 빽빽이 새겨 놓은 비석 위에 떨어졌다. 더 많은 사람들이 걸음을 멈추고 돌멩이나 마른 나뭇가지를 집어 들어, 점점 더 멀리 날아가는 참매를 향해 던지면서 악독한 저주의 말을 퍼부었다. 마씨 할머니는 목 뒤의 혹이 또 따갑고 가려웠다.

십여 명의 사람 가운데 대부분은 나이가 든 노인이었고, 젊은 벌목공은 몇 명뿐이었다. 그들은 어깨에 삽과 괭이를 메고 있었고, 양손은 피투성이였다. 매를 공격하는 걸 멈춘 후, 사람들은 슬픈 표정과 엄숙한 걸음걸이로 달구지를 따라 묘지 안으로 들어갔다. 황소는 깨끗했지만, 고삐와 수레 난간은 마을 사람들이 붙잡고 끈 탓에 피 묻은 손자국이 잔뜩 찍혀 있었다. 달구지 위에는 머리가 없는 남자의 시체 열한 구가 팔다리가 서로 뒤엉킨 채 누워 있었고, 주바 마을 채소 시장에서부터 들판을 지나 묘지까지 핏자국이 끊이지 않고 쭉 이어져 있었다. 사람들은 낫과 괭이를 내려놓고 열한 구의 시체를 내렸다. 젊은 벌목공 두 사람과 노인 두 사람이 다음 시체들을 나르기 위해 달구지를 몰고 마을로 돌아갔다. 웃통을 벗은 남자 둘은 커다란 구덩이를 파려고 했지만 대부분의 사람이 반대해서 논쟁이 벌어졌다. 하지만 논쟁은 금세 끝났고, 각자 흩어져서 삽과 괭이를 들고 무덤 열한 개를 팠다. 사냥감을 움켜쥐고 있지 않은 참매 두 마리와 스톰황새 한 마리가 그들의 머리 위 상공에서 선회하다가, 다리를 덮은 깃털이 서남풍을 받아 뒤섞이는 게 또렷하게 보일 만큼 점점 더 낮게 내려왔다.

4

동이 튼 지 얼마 되지 않아 마을의 모든 사람이 채소 시장 앞의 광장에 소집되었다. 말라깽이 선씨네 잡화점의 귀 먹은 점원이 호루라기 소리를 듣지 못하고 혼자서 잔교에 남아 낚시를 하다가, 일본놈의 자전거 부대 대원들의 총검에 찔려 가슴에 열 개가 넘는 구멍이 났다. 점원의 머리는 베어져 주바 다리에 세워진 장대에 높이 걸렸고, 시체는 걷어차여 주바 강에 빠졌다. 파도처럼 광장으로 몰려든 마을 사람들은 싱민, 치민 형제와 황완푸, 가오리의 온 가족이 처형될 때와 거의 비슷한 광경을 보게 되었다. '조국 난민 구제 계획 위원회' 명단에 근거해 체포된 남녀노소의 마을 사람들 27명이 두 무리로 나뉘어 광장에 발 디딜 틈 없이 꿇어앉아 있었고, 그 앞에는 참모장 요시노 마키, 헌병대 조장 야마자키 겐키치, 통역사 두 명, 셰퍼드 두 마리, 남부 13식 권총을 찬 헌병대원 열 명과 96식 경기관총을 든 1등병 기관총 사수 열 명이 그들을 마주보고 있었다. 지난 두 번과 다른 점은 요시노 옆에 나무 의자가 하나 놓여 있고, 의자에 보르네오 수비군의 제2대 사령관인 야마와키 마사타카山脇正隆 중장이 완전군장을 하고 앉아 있다는 것이었다. 날씨가 너무 더워서인지, 아니면 채소 시장 주위에 가득 찬 썩은 내 때문인지, 그는 대부분의 시간 동안 정신 수양이라도 하는 듯이 눈을 감고 있었다. 황완푸와 가오리 사건을 겪으며 마음이 답답해진 요시노는 이번에는 부주의하게 굴지 않고, 96식 경기관총을 든 기관총 사수 30명이 광장 주위를 지키게 하고, 열 명으로 구성된 자전거 부대 네 조를 파견해 주바 마을을 순시하게 했다. 야마자키는 말가죽에 싸인 박달나무 칼자루를 꽉 쥐고 등 뒤에 서 있는 마을 사람들을 자꾸 둘러보았고, 더 이상 눈에 익은 얼굴이 보이지 않는 걸 확인한 후에야 눈앞에서 처형을 기다리고 있는 죄인들에게로 눈길을 돌렸다. 두 차례의 체포를 통해 창칭 합판공장 사장 린완칭, 주바 중학교와 소학교 이사장 천자츠, 주바일보 발기인 류중잉, 수입품 도매상 장진훠, 난궈 양조장 사장 왕차오양 등 반란조직의 주요 인물들을 체포할 수 있었지만, 대왕 주씨, 중라오과이, 말라깽이 선씨, 샤오진, 납작코 저우씨, 자라 대왕 친씨, 게으름뱅이 자오씨, 관야펑 등의 성가신 인물들은 달아나 버려서 그들의 부인과 아이들만 체포할 수 있었다. 며칠 전의 황완푸와 가오리 사건도 틀림없이 대왕 주씨를 비롯한 불량배 무리의 짓일 터였다. 그는 양쪽 발목에 족쇄를 차고, 양손은 소진배검蘇秦背劍(중국 전국시대의 병법가 소진蘇秦이 항상 장검을 등에 메고 다닌 것을 형상화한 방식으로, 한 손은 아래로, 한 손은 위로 해서 두 손을 등 뒤로 모아 묶는 방식) 방식으로 묶여 있는 린완칭, 천자츠, 류중잉, 장진훠, 양차오양을 보면서, 코로는 으흠 소리를 내고 입으로는 자기 귀에만 들릴 만한 소리로 달밤에 울부짖는 이리처럼 냉소했다. 이 다섯 사람은 지위가 높고 사치스러운 상인이거나 아니면 가난하고 나약한 서생이었지만 목은 대포의 포신처럼 뻣뻣해서, 아무리 가혹한 형벌로 죽도록 고문을 해도 방귀 한 번 안 뀌고, 쇠똥 덩어리처럼 입을 열지 않고, 파리마냥 왱왱거리는 신음 소리만 낼 뿐이었다. 그는 갑자기 무슨 생각이 난 것처럼 달밤에 울부짖는 이리의 의지를 끌어올려, 풍성한 눈썹이 빈틈없이 맞닿도록 이마를 찌푸리고, 쓸데없는 걱정거리들을 털어냈다. 이목구비가 뚜렷한 그의 얼굴에는 나뭇가지를 짓눌러 구부리는 듯한 대동아의 영광이 드러났다.

잭프루트 나무의 가지에는 여전히 거꾸로 매달린 박쥐와 백로가 앉아 있었고, 여자 요괴 가면을 등 뒤에 매단 긴꼬리원숭이는 엉덩이를 치켜들고 채소 시장의 함석지붕 위를 배회했다. 일본놈들이 주바 마을의 수탉들 중 대부분을 죽여 버려서, 닭 우는 소리가 사라진 후로는 매들이 제멋대로 울어댔다. 정신이 번쩍 들고 기운이 나게 해 주는 엽총 소리가 더 이상 들판에 울리지 않게 되었고, 일본놈들이 횡포를 부리는 도둑놈 소굴에 돼지 울음소리가 울려 퍼졌다. 들불은 계속해서 풀숲과 들판에 만연해 검은 연기가 주바 마을까지 날려 왔다. 연기가 드리운 검은 그림자가 황토길 위에서 흙먼지를 일으키며 지나가는 일본군 자전거 부대원들 위로 폭탄이 터질 때의 충격파와 복사열처럼 떨어져, 전투복과 전투모, 모자 뒤의 차양, 각반, 그리고 음울하고 기름기가 흐르는 일본놈들의 얼굴에 그늘을 드리웠다. 엄니가 없는 보르네오 수염돼지의 머리가 황토길 위로 떠올랐다. 돼지의 사지와 몸통이 모래먼지에 파묻혀서 마치 헤엄쳐서 강을 건너는 것처럼 보였다. 모래로 된 소용돌이 속에서 빠져나온 돼지는 배 밑에 줄지어 달린 여섯 쌍의 젖꼭지를 드러냈다. 돼지는 두려워하거나 당황하는 기색이 전혀 없이 태연하고 느긋하게 사방을 돌아보며 냄새를 맡고, 걷다가 서다가 하면서 판자로 지은 가게의 회랑에 올라갔다가 어느 잡화점을 향해 걸어갔다. 돈이 가득 든 전대를 찬 부자처럼 가게를 쏘아보던 돼지는 갑자기 수지와 원숭이 담석(猴膽石. 원숭이과 동물의 내장에 생기는 결석에 다른 약재를 배합해 가루를 낸 것), 송진, 담배 따위를 진열해 둔 진열대를 뒤집어엎고, 절인 생선, 채소 절임, 절인 오리 알, 말린 생선이 든 항아리 다섯 개를 들이받아 쓰러뜨리고,

감자, 후추, 카사바, 사고야자, 옥수수가 든 마대자루를 열 개가 넘게 물어뜯었다. 그런 다음 원판 모양의 연골로 된 거대한 코와 입을 벌리고 각질로 된 작은 꼬리를 흔들면서, 누가 먹을 것을 빼앗아 가기라도 하는 것처럼 킁킁 씩씩 하는 소리를 내며 먹었다. 연기와 모래가 가게의 회랑까지 날려 들어왔다. 회랑과 가게 안은 텅 비었고, 개와 고양이도 자취를 감췄다. 제비가 대들보 위에서 외로이 둥지를 짓고, 쥐가 사탕과 비스킷이 든 유리병과 양철통 위에서 이를 갈았다.

수척한 노인 한 사람이 모여 있는 사람들을 뚫고 지나가, 무리의 바깥쪽 테두리에 멈춰 서서 멧돼지가 짓밟은 잡화점을 걱정스럽게 바라보았다. 기관총 사수가 그를 노려보자 노인은 몸을 부르르 떨었다. 노인은 입을 벌리고, 시선은 기관총 사수가 팔뚝에 찬 계급장을 넘어 뒤쪽을 보면서, 오른손을 천천히 들어 잡화점을 가리켰다. 기관총 사수가 눈을 더 크게 부릅뜨고 노려보자 노인은 깜짝 놀라 손을 움츠렸다. 기관총 사수는 노인이 가리킨 방향을 바라보고 그 행동의 의미를 이해하게 되었지만, 여전히 무표정하게 노인을 노려보았다. 한 소년이 일본놈들 앞으로 다가가 정확한 동작으로 허리를 숙여 절한 다음, 뭐라뭐라 듣기 거북한 소리로 일본말을 몇 마디 했다. 일본군은 주바 마을을 점령한 후에 마을의 중국인들이 설립한 '화교 학교'를 다시 열어 일본어를 가르쳤기 때문에, 마을의 젊은이와 어린아이는 다들 우스꽝스러운 일본말을 몇 마디 할 줄 알았다. 일본말을 좀 잘 하는 젊은이는 일본놈들의 황토색 군복을 입고 일본군과는 다른 파란색 군모를 쓰고서, 헌병대가 주바 마을의 질서를 유지하는 데 협조할 수도 있었다. 그 소년은 더듬더듬 일본말을 하면서 고개를 들어 기관총 사수를 한 번 쳐다보았다. 깃털을 곤두세우고 몸집을 크게 부풀려 적을 위협하는 앵무새처럼 기관총 사수의 얼굴 근육은 온통 팽팽하게 당겨져 있었다. 참매가 하늘 위를 두 바퀴 도는 만큼의 시간이 흐르고 마침내 기관총 사수의 찌푸린 미간이 쳐졌다. 소년은 노인과 잡화점을 한 번씩 바라보았다. 그들은 사람들의 바깥쪽에 서 있어서 사람으로 이루어진 벽의 안쪽에서 무슨 일이 일어나는지 잘 알지 못했다. 기관총 사수는 또 다른 기관총 사수에게 다가가 뭔가 말을 했다. 다른 기관총 사수는 약간 주저하더니 뭔가 알 수 없는 말을 했다. 기관총 사수는 소년에게로 다가와 고개를 끄덕였다. 소년은 노인에게 몇 마디 말을 했고, 두 사람은 기관총 사수에게 아주 공손하게 절을 한 다음 잡화점 쪽으로 걸어갔다. 등 뒤에 요괴 가면을 매단 원숭이가 야자나무에서 내려와, 모래먼지가 날리는 황토길을 가로질러 와서 가게 회랑에 놓인 걸상 위에 웅크리고 앉아 소년과 노인을 쳐다보았다. 원숭이가 등 뒤에 매단 가면은 햇볕을 쬐고 비를 맞아 그려져 있던 그림이 완전히 지워져 버리고 작은 구멍 두 개와 큰 구멍 한 개만 남았는데, 구멍에 담뱃진과 기름때가 잔뜩 끼어서 가면처럼 보이지 않았다.

소년이 작은 소리로 말했다. "저 어미돼지가 누구네 건지 아세요?"

노인은 고개를 저었다.

“게으름뱅이 자오 삼촌네 거예요.” 소년은 고개를 숙여 자기 발가락을 내려다보았다. 일본놈 옆을 지나칠 때마다 소년은 노인과 함께 멈춰 서서 정확하고 엄숙하게 허리를 숙여 절을 했다. 일본놈들은 마을 사람들에게 자신들의 계급에 따라 어떻게 인사를 다르게 해야 하는지 가르쳤다. 하지만 마을 사람들은 그렇게 여러 가지를 기억하지 못하고, 더 비굴하고 공손해 보일수록 좋은 거라고 생각했다. 그러나 비굴하고 공손한 태도가 너무 지나쳐서 일본놈들은 마을 사람들이 진지하지 못하고 경솔하다고 생각해, 잘못이 가벼운 이들은 뺨을 때려 눈앞에 별이 번쩍거리게 만들었고, 잘못이 무거운 이들은 목을 베어 주바 다리에 걸어 놓고 사람들에게 본보기로 보여주었다. “자오 삼촌네 닭이랑 오리는 일본놈들이 벌써 다 죽여 버렸어요. 이 어미돼지는 에밀리가 자오 삼촌한테 준 거라는데, 일본놈들이 아까워서 아직 안 죽였대요. 새끼를 낳은 다음에 죽일 거라서, 다치게 하면 안 된대요.”

노인은 회랑으로 올라가 어미돼지 뒤에 섰다. 어미돼지는 머리를 항아리 속에 완전히 집어넣고 안에 든 말린 생선을 먹고 있었다. 잡화점의 상품들은 가지런히 진열돼 있었는데, 대부분은 어미돼지가 먹어 버렸거나 발로 짓밟아 버렸고, 선반 위의 양철통에 든 비스킷과 유리병 속의 사탕, 그리고 과일 통조림만 남아 있었다. 노인은 어미돼지의 커다란 배와 엉덩이를 보면서 벽에 걸려 있는 대저울을 집어 들고 막대 부분으로 돼지 엉덩이를 두 번 때렸다. 항아리 속의 말린 생선을 이미 다 먹어치운 돼지는 뒤로 두 걸음 물러서서 고개를 들고 노인과 소년을 쳐다보았다. 돼지는 새끼 때부터 게으름뱅이 자오씨에게 길러져서 사람을 겁내지 않았다. 두어 번 흥흥거리더니 고개를 숙이고 바닥 위에 남아 있는 절인 채소를 먹기 시작했다. 바닥에 돼지 발에 밟히지 않은 감자, 옥수수, 카사바, 수지가 제법 많이 남아 있는 걸 본 노인은 다시 막대로 돼지 엉덩이를 더 세게 세 번 때렸다. 돼지는 반응하지 않고 꼬리를 흔들면서 계속 미식을 즐겼다. 노인은 노끈을 움켜쥐고 막대로 저울판을 세 번 두드려 동전 두 개가 서로 부딪치는 듯한 답답한 소리를 냈다. 노인은 저울판을 더 빨리, 더 큰 소리로 두드렸다. 기관총 사수 한 명이 빠른 걸음으로 회랑을 가로질러 와서 총자루로 노인의 관자놀이를 세게 쳤다. 노인은 신음을 내뱉으며 바닥에 쓰러져서 원망이 가득 담긴 눈으로 기관총 사수를 올려다보았다. 기관총 사수는 군홧발로 노인의 가슴을 몇 번 짓밟고, 96식 기관총에 꽂힌 총검으로 노인의 배를 찔렀다. 노인은 말없이, 소금에 절여 말린 생선처럼 바닥 위에 나자빠졌다. 소년은 허리를 굽혀 절하고, 뭐라뭐라 일본말을 했다.

모래먼지와 연기가 홍수처럼 마을을 뒤덮었다. 자전거 부대가 가게 앞을 지나갈 때, 전투모와 언제나 하늘을 향해 우뚝 서 있는 96식 보병총의 총열이 모래먼지와 연기 위로 떠다녔다. 대원들의 얼굴에는 흙먼지가 가득했고, 모자챙 양옆으로 모래 두 줄기가 흘러 떨어지고 있어, 땅속에서 솟아난 괴물들처럼 보였다.

주바 채소 시장 광장에 꿇어앉은 22명의 남자 중 발목에 족쇄를 찬 이들은 무릎걸음으로, 족쇄를 차지 않은 이들은 두 발로 걸어서, 헌병대의 구령에 맞춰 두 사람이 한 조가 되어 요시노와 야마자키 앞까지 와서 무릎을 꿇고 앉았다. 팔뚝에 흰 바탕에 크고 붉은 글씨로 '헌병'이라고 수놓인 완장을 차고 목이 긴 황토색 군화를 신은 왜소한 헌병대원 두 명이 무릎을 꿇은 두 사람 옆으로 다가오더니, 손에 든 95식 군도를 들어 휙 하고 그들의 목을 베었다. 쌀알만 한 핏방울이 두 헌병 중 한 명의 옷깃에 달린 천황의 국화 모양 휘장에 떨어졌다. 헌병은 흰 장갑으로 그 핏방울을 가볍게 닦아냈다.

남자 22명의 머리가 광장에 작은 산처럼 쌓였다. 남은 다섯 명의 여자 중 세 명은 임신부였는데, 꿇어앉거나 바닥에 나자빠져서 귀신처럼 낮은 소리로 오열하거나 아니면 귀를 찌를 듯이 큰 소리로 울거나 했다.

의자에 앉은 사령관은 여전히 두 눈을 감고 있었다.

요시노가 통역사에게 일본말로 몇 마디 호통을 쳤다.

"황군 대인께서 물으신다." 통역사가 세 명의 임신부 옆으로 걸어갔다. "너희 배 속의 아이는 남자아이인가, 아니면 여자아이인가?"

다섯 여자는 귀신 같은 낮은 울음소리와 귀를 찌르는 커다란 울음소리를 냈다.

통역사는 다시 한 번 질문한 다음, 요시노를 보았다. 요시노는 고개를 끄덕였고, 통역사는 재빨리 뒤로 물러섰다.

대오에서 헌병대원 두 명이 튀어나와 임신부들 중 한 명을 똑바로 쳐다보았다. 헌병 한 명이 그녀의 한쪽 발목을 붙잡고 그녀를 나무토막처럼 내팽개쳤다.

참수를 집행하는 헌병이 선혈이 묻은 군도를 들어 여자의 배를 갈랐다.

가게 앞에 선 기관총 사수는 소년에게 두어 마디 호통을 쳤다. 소년은 다시 허리를 숙여 절하고, 곱사등이처럼 거의 허리를 펴지 않은 채로 모래먼지를 뚫고 사람들 무리 속으로 돌아갔다. 소년은 발뒤꿈치를 든 채 쌓여 있는 사람 머리를 지나고, 일본놈들의 전투모와 모자 뒤의 차양을 지나고, 언제나 하늘을 향해 서 있는 96식 경기관총의 총열을 지나서, 군도 두 자루의 칼날이 들어 올려졌다가 내리쳐지는 걸 보았다. 사람들 무리 속에 여자의 처량한 울음소리가 울려 퍼졌다. 마을 사람들 중 몇몇은 눈을 감고 생각에 잠겼고, 몇몇은 눈에 눈물이 고였고, 또 몇몇은 낮은 소리로 흐느꼈고, 몇몇은 비분에 찬 얼굴로 하늘을 올려다보았다. 참매가 위풍당당하게 하늘 한쪽을 차지하고 하늘의 냉담한 얼굴을 도려냈다. 참매의 크기와 비행하는 높이도 땅과 하늘 사이의 간극을 강조했다. 참매가 급강하해 사냥감을 낚아챌 때면 하늘과 땅 사이의 거리가 야자나무 한 그루의 높이만큼 줄어든 듯했고, 참매가 하늘 위를 높이 선회할 땐 하늘이 1만 광년 밖으로 물러난 듯했다. 소년은 시선을 가게 쪽으로 돌렸다. 엄니를 드러낸 검은 수돼지 한 마리가 황토길 위를 한가롭게 걸어다니면서 어미돼지가 남긴 발자국을 하나하나 냄새를 맡더니 가게의 회랑 위로 가볍게 올라섰다. 비뚤어지고 찌그러진 나선형의 엄니는 목 뒤까지 뻗어 있었고, 귀 속에 난 털이 커다란 귀를 가리고 있었다. 등에 난 갈기가 꼬리를 덮었고, 코 아래에 난 수염은 검은 앞발까지 늘어져 있었다. 수돼지는 커다란 입을 벌려 남아 있는 카사바 두 개를 먹고, 혀를 내밀어 바닥에 흩뿌려진 노인의 피를 따라 쭉 핥다가 노인의 시체 앞까지 다가갔다. 수돼지는 고개를 들고, 전혀 망설이지 않고 사납게 노인의 가슴을 파먹기 시작했다. 이미 포식을 한 어미돼지는 수돼지를 보더니 냄새를 맡고, 수돼지의 몸에 제 몸을 비비고, 정욕으로 가득한 낮은 울음소리를 내더니 뜨거운 오줌을 쌌다. 노인의 가슴을 깨끗이 파먹은 수돼지는 배가 공처럼 부풀었다. 수돼지는 반쯤 피투성이가 된 머리를 들어 어미돼지의 냄새를 맡더니, 어미돼지의 엉덩이에 몸을 세게 부딪치고, 입에서 흰 거품을 토하며 어미돼지의 환심을 사려는 듯 끙끙거리는 소리를 냈다. 그러다가 갑자기 앞발을 높이 들고 상반신으로 어미돼지 몸 위에 올라탔다…….

그날 아침에 주바 마을 남자들 22명, 즉 창칭 합판공장 사장 린완칭, 주바 중학교와 소학교 이사장 천자츠, 주바일보 발기인 류중잉, 수입품 도매상 장진훠, 난궈 양조장 사장 왕차오양 등 '조국 난민 구제 계획 위원회'의 발기인들이 채소 시장 앞 광장에서 일본놈들의 칼에 목이 잘렸고, 머리는 주바 다리 어귀에 세워진 여섯 개의 장대에 걸렸다. 임신 9개월째인 뉴유마, 8개월째인 저우차오차오, 그리고 5개월째인 린후이칭을 비롯한 다섯 명의 여자는 배가 갈라진 후에 목이 베였고, 잘린 머리는 주바 다리 어귀의 장대에 걸렸다. 일본놈들은 아침 내내 시체를 뜨거운 햇볕 아래 내버려둔 후에야 마을 사람들이 달구지로 운반해 가도록 했다. 매가 대부분을 차지하는 갖가지 육식성 맹금류가 마을 사람들이 시체를 처리하기 전에 죽은 이들의 눈알과 내장을 파먹고, 탯줄이 달린 태아를 물고 갔다.

5

마을 사람들이 27구의 시체를 매장하고 오후 두 시 좀 넘어 달구지가 묘지를 막 떠났을 때, 야마자키는 이미 마씨 할머니의 고각옥에 와 있었다. 야마자키는 묘지를 흘끗 보고는 마씨 할머니 집의 울타리 문을 발로 차서 열었다. 그를 따라온 통역사 한 명과 헌병대원 다섯 명은 흙먼지에 뒤덮이고 긁힌 자국이 잔뜩 난 목이 긴 군홧발로 나무 계단을 올라와 베란다 위에 섰다. 베란다 창가의 처마 그늘 아래에는 높이가 가슴까지 오는 200리터들이 양철통 세 개가 놓여 있었다. 수면에는 끊임없이 작은 보조개가 일었고, 서남풍이 불면 보조개와는 다른 모양의 비늘무늬나 줄무늬가 생겼다. 버려진 원두막에서 뜯어낸 널빤지 두 장이 양철통 위에 가로놓여 있었고, 그 위에 놓인 세 개의 우유 깡통에는 모두 부겐빌레아가 심어져 있었다. 수면에 흩어진 부겐빌레아 잎을 구피들이 뜯어 먹었다. 흰 앵무새는 횃대에 앉아 발톱을 갈았다.

마씨 할머니는 입구에 놓인 앉은뱅이 걸상에 앉아 왼손에는 서양 담배를 쥐고, 오른손은 목 뒤로 뻗어 점점 더 따갑고 간지러워지는 혹을 어루만졌다. 할머니는 거울을 일곱 번이나 보았다. 혹의 모양과 크기는 변하지 않았지만 색깔은 점점 더 짙어져서, 큰까치 새끼 같은 분홍색에서 원숭이 엉덩이에 박인 굳은살 같은 진홍색으로 변했고, 메뚜기의 겹눈 같은 커다란 검은 반점도 몇 개 생겼다. 할머니는 이미 가지고 있던 아편 다섯 덩이를 다 피워 버렸다. 말라깽이 선씨와 납작코 저우씨가 아편과 무기를 가지고 풀숲으로 도망친 후로 주바 마을에서는 더 이상 아편을 살 수 없게 되었다. 할머니는 첫 아침 햇살이 비치자마자 베란다에 앉아 마을로 통하는 들판 위의 오솔길을 주시했다. 그녀는 마을 사람들이 달구지로 머리 없는 시체를 실어 오고, 탐욕스러운 참매들이 마을에서 묘지까지 쫓아와 살점을 몇 조각 더 뜯어 먹을 기회를 호시탐탐 노리는 걸 보았다. 할머니는 문득 대울타리 틈새로, 호저 한 마리가 고개를 숙이고 멧돼지 뼈를 뜯어 먹으며 작지만 귀를 찌르는 씩씩거리는 소리를 내는 걸 보았다. 할머니는 어제 아침에 에밀리와 헤어져 집으로 돌아오는 길에, 교미를 끝낸 몸집이 작은 암컷 호저가 한참 동안 그녀의 뒤를 쫓아왔던 게 기억났다. 만약 에밀리가 돼지 한 마리를 준다고 말하지 않았다면, 그녀는 분명히 큰 낫으로 그 어미 호저를 죽여서 호저 고기를 삶아 아이들에게 주었을 것이다. 할머니는 아마도 암컷 호저가 또 다른 수컷을 찾고 있는 거라고 추측했다. 발정기의 암컷 호저는 성욕이 왕성해져서 수컷 한 마리로는 욕정에 붙은 불을 끌 수 없었다. 그녀가 고각옥으로 돌아온 후에야 암컷 호저가 풍기는 수컷 호저의 지독한 지린내가 점점 흩어졌다. 지금 그녀는 대울타리 틈새 밖의 암컷 호저의 몸에서 풍겨 오는 수컷 호저의 지린내를 다시 맡았다. 목 뒤의 혹이, 그 안에 오줌이 묻은 갈고리 모양의 호저 가시가 든 것처럼 다시 따갑고 가려워졌다.

야마자키 일행이 저 먼 풀숲에 나타났을 때, 96식 경기관총의 총검이 번쩍거리는 빛이 할머니의 시선을 가렸다. 할머니는 응접실로 가서 아이들에게 알렸다. 일본놈들이 베란다로 올라왔을 때, 할머니는 머리가 사라진 고바야시를 떠올렸다.

"앨버트, 앨버트……."

야마자키는 눈앞의 왜소한 노파와 외따로 떨어져 있는 이 고각옥을 훑어보았다. 마씨 할머니의 눈썹에 난 거의 머리카락만큼이나 긴 털 몇 가닥과, 코끝에 난 뱀 쓸개 모양의 사마귀, 그리고 턱에 붙은 버섯 모양 군살이 그를 불편하게 했다. 통역사의 말로는, 산송장같이 생긴 이 노파는 말레이시아의 흑마술을 수련해서 혼령과 요괴를 부리고, 독을 다루고, 귀신을 기르고, 주바 마을에서 횡포를 부리던, 사람 피를 빠는 날아다니는 머리를 죽인 적도 있다고 했다. 그는 차양 달린 전투모를 벗고 이마의 땀을 닦고, 이제는 머리칼을 길게 늘어뜨리지 않고 앞가르마를 탄 머리를 한 번

문지른 다음 모자를 다시 썼다. 날씨가 너무 더워서 그는 노파를 괴롭힐 만한 인내심이 없었다.

“황군 대인께서 물으신다.” 통역사가 말했다. “앨버트가 누구인가?”

마씨 할머니의 새우 수염 같은 털이 들판의 마른 풀처럼 8월의 건조한 열풍에 휘날렸다. 할머니는 손에 쥐고 있던 담배꽁초를 버리고, 바지주머니에서 서양 담뱃갑을 꺼내 담배를 한 대 뽑아 입에 물었다.

“황군 대인께서 물으신다.” 통역사가 말했다. “앨버트가 누구인가?”

할머니는 바지주머니에서 성냥갑을 꺼내 느릿느릿 담배에 불을 붙였다. 오랫동안 큰 낫을 들고 풀을 베다 보니 그녀의 오른손 엄지와 검지는 심한 건초염에 걸려서 사마귀 앞다리처럼 구부러져 있었다.

“앨버트는,” 할머니는 담배연기를 내뿜었다. “내 전남편인 셈이지.”

“그는 어느 나라 사람인가?” 야마자키가 한 마디 할 때마다 통역사는 그의 매서운 말투를 따라 하려고 노력했다.

“영국인.”

“지금은 어디 있지?”

“영국으로 돌아갔소.” 할머니가 말했다. “돌아간 지 50년이 됐지. 그 사람은 나이가 나보다 열 살 넘게 많아. 내가 아흔이 넘었으니, 그 사람은 아마 죽었겠지."

야마자키는 마씨 할머니를 아래위로 훑어보았다.

"이 집에 너 말고 다른 사람이 있나?" 통역사가 말했다.

"앵무새 말고는," 할머니는 육식을 즐기지 않아 골다공증에 걸린 연기를 토해내고 고개를 저었다. "다른 사람은 없소."

"앵무새는 어디서 났지?"

"앨버트가 외국에서 가져왔소."

야마자키는 양철통 옆으로 다가가 목을 길게 빼고 구피와 수초를 응시하다가, 부겐빌레아와 흰 앵무새를 흘끗 보았다.

"너는 정말 살결이 희고 곱구나."

야마자키는 통역사에게 앵무새가 한 말을 통역하라고 명령했다. 통역사는 야마자키에게 뭐라뭐라 말했다. 야마자키는 마씨 할머니를 노려보고 응접실로 들어갔다. 괘종시계가 땡 하고 한 번 울렸다. 야마자키는 냉담하게 괘종시계를 쳐다보았다.

"황군 대인께서 물으신다." 통역사가 말했다. "서양에서 수입한 이 시계는 어디서 났지?"

"앨버트 거요." 할머니가 말했다.

야마자키는 장난감이 든 나무 상자 앞으로 가서 군홧발을 뻗어 상자를 툭 차고, 군도의 칼집으로 상자 안을 뒤적거렸다. 그는 용수철이 달린 기관차 모양 장난감을 집어 들고 눈앞에서 흔들었다.

"이 장난감들은 어디서 났나?"

"앨버트 거요."

"앨버트는 왜 이 장난감들을 가지게 된 거지?"

"군대에서 공을 세워서," 마씨 할머니가 말했다. "상사가 상으로 줬소."

"누가 이것들을 가지고 놀았지?"

"주바 마을 애들이."

"할머니 말씀 잘 들어!" 앵무새가 깃털이 위로 솟아 있는 커다란 머리를 위아래로 흔들었다. "할머니 말씀 잘 들어!"

다섯 명의 헌병이 고각옥을 앞뒤로 수색하기 시작했다. 야마자키는 통나무집으로 연결된 회랑으로 갔다. 회랑은 지붕이 없었고, 8개의 양철통 위에 널빤지 몇 개가 가로놓여 햇빛을 가리고 있었다. 널빤지 위에는 열 개가 넘는 우유 깡통이 놓여 있었는데, 부겐빌레아, 히비스커스, 치자나무, 벌레잡이통풀 분재가 심어져 있었다. 마룻바닥 틈새에는 왕바랭이 몇 포기가 자라 있었다. 야마자키는 치자꽃을 한 송이 꺾어 코앞에 대고 향기를 맡았다.

"황군 대인께서 물으신다." 통역사가 말했다. "네가 기르는 구피는 왜 이 지역의 구피와 다르게 생겼나?"

"전남편이 외국에서 가져온 거라 그렇소."

"황군 대인께서 물으신다." 통역사가 말했다. "왜 이렇게 구피를 많이 기르는 거지?"

"나도 이렇게 많이 기를 생각은 없었소." 할머니가 말했다. "이 놈들이 알을 하도 많이 낳아서 그런 거지."

"황군 대인께서 물으신다." 통역사가 말했다. "이 양철통은 주바 마을에선 거의 못 본 건데, 어디서 났지?"

"앨버트가 가져온 거요." 마씨 할머니가 말했다. "그 사람은 영국군 장교라, 필요한 건 다 얻을 수 있었소."

헌병들은 고각옥 아래층의 장작더미를 발로 차 뒤엎고, 대울타리 안팎에 덩굴이 아주 무성하게 자란 부겐빌레아를 향해 96식 기관총의 탄창 한 개를 전부 쐈다. 총알은 부겐빌레아를 뚫고 울타리 밖의 띠풀 숲과 관목 숲 쪽으로 날아가 야생 바나나 나무 한 그루를 끊어 쓰러뜨려 버리고, 아주 멀리까지 날아가서 무수한 들새를 놀라게 했다. 헌병 두 명이 집 근처 띠풀 숲을 순시하면서 무성한 관목 숲에 대고 탄창 한 개를 다 쐈다. 헌병 한 명이 단열층으로 기어 올라가서 어둡고 뜨겁고 건조한 단열층에도 마찬가지로 탄창 한 개를 전부 쏴서, 함석판에 빛이 들어오는 작은 구멍이 열 개 넘게 생겼다. 헌병은 심지어 우물에도 총을 두 발 쐈다. 일본놈들은 사람이 숨어 있을 만한 모든 곳에 총알을 먹였다. 고각옥을 떠날 때, 헌병들은 괘종시계를 가져갔다.

마씨 할머니는 걸상에 앉아 야마자키 일행이 뒤도 안 돌아보고 마을 쪽으로 가는 걸 지켜보았다. 앞장서서 가는 키가 크고 체격이 좋은 일본놈은 말 한 마디 한 마디에 살기가 등등했다. 그녀가 대답할 때마다, 그리고 앵무새가 말을 할 때마다 그는 점점 더 눈썹을 찌푸렸고, 안색은 더 음침해졌고, 그 다음 질문은 더 매섭고 날카로워졌다. 그가 부하들을 이끌고 풀숲을 지날 때 그의 발걸음은 앞쪽을 향하고 있었지만, 역류 속에서 아무리 헤엄쳐 가려 해도 점점 더 뒤로 밀려나는 물고기처럼, 어떠한 힘이 그의 뒷모습을 고각옥에 점점 더 가까워지게 하는 것 같았다. 일본놈들이 고각옥을 수색할 때는 혹이 따갑고 가려운 느낌이 사라졌는지, 아니면 긴장해서 아픔도 잊었는지 모르겠지만, 놈들이 떠나자마자 따갑고 가려운 감각이 마치 땅벌이 목 뒤에 집을 짓는 것처럼 집중되어 왔고, 대울타리 밖에서 풍겨 오는 짙은 지린내가 뒤따랐다. 울타리 틈새로 내다보니 그 호저는 그대로 그 자리에서 부드럽고 즙이 많은 나무껍질을 우물우물 씹어 먹고 있었다. 지금 풍겨 오는 지린내는 어제 아침에 암컷 호저의 몸에서 풍기던 지린내와 같았다. 그녀는 오십 몇 년 전에 비정한 영국인 남자의 몸에서 나던 땀내와 그녀의 불두덩에서 넘쳐흐르던 정액 냄새를 떠올렸다. 그녀는 이미 앨버트의 얼굴을 거의 기억하지 못했다. 앵무새가 아니었다면 그의 이름조차 잊어버렸을 것이다. 나무껍질을 다 먹은 호저는 울타리 틈을 보더니, 가시를 움츠리고 빠르게 울타리 틈을 통해 안으로 들어와서는 안쪽에 부겐빌레아가 심어져 있는 낡은 지프차 타이어를 물어뜯기 시작했다. 호저는 땀이나 페인트, 기름때가 묻은 신발, 옷, 서랍장, 나무 손잡이 따위를 물어뜯는 걸 좋아했다. 이 호저가 만약 할머니의 고각옥에 침입한다면 온 집을 전부 뜯어 먹히고 함석지붕만 남게 될 것이다. 할머니는 갑자기 아이들 생각이 났다. 그녀는 일본놈들의 모습이 사라진 풀숲을 주시하다가, 앞쪽 베란다에서부터 회랑을 지나 주방에서 지붕 없는 우물로 통하는 나무 계단으로 갔다. 할머니는 걸어

가면서 풀숲을 둘러보고, 문제가 없다는 걸 확인한 후에 다시 회랑으로 돌아와서 여덟 개의 양철통 속의 수초와 구피들을 응시했다. 수면에는 수컷 구피의 배지느러미가 변형된 체외 생식기가 흩어져 있어, 살을 떠난 무수한 화살이 수컷 구피의 생식공을 향해 쏘아진 것처럼 보였다. 마씨 할머니는 양철통을 두 번 두드리고 말했다. "애들아, 나와도 된다." 할머니는 귀를 기울여 소리를 들어 보고, 다시 양철통을 세게 두 번 두드리고 말했다. "애들아, 나와도 돼!" "할머니, 빨리요." 양철통을 통해 린샤오팅의 목소리가 들렸다. "더워 죽겠어요!" 할머니는 손잡이를 잡고, 구피와 수초가 담긴 위쪽의 작은 양철통을 가슴 위로 높이 들어 올렸다. 아래쪽의 큰 양철통 안에 쪼그리고 앉은 린샤오팅이 새까맣고 또렷또렷한 커다란 두 눈을 깜빡였다. 그녀는 장난감 상자 속에 든 용수철 달린 어릿광대 인형처럼 갑자기 일어서다가, 땀에 푹 젖은 작은 머리를 작은 양철통 바닥에 부딪쳤다. 할머니는 작은 양철통을 바닥에 내려놓고, 두 손으로 린샤오팅의 겨드랑이 아래를 붙잡고 그녀를 큰 양철통 속에서 끌어올려 주었다. 그리고 나머지 다섯 개의 작은 양철통도 들어 올리고 린리우를 비롯한 다섯 아이들을 끌어올려서, 린샤오팅까지 여섯 명을 응접실로 보냈다. 양철통은 크고 작은 개방형 양철통이 겹쳐진 형태로, 위쪽 통은 용량이 약 40리터, 아래쪽 통은 약 720리터였다. 작은 통에는 수초와 구피가 가득했고, 물이 탁해서 바닥이 보이지 않았다. 마씨 할머니는 두 양철통의 연결부위에 수지를 바른 다음 모래와 톱밥을 뿌려 두었다. 아이들은 어제 저녁에 할머니가 큰 양철통 여덟 개를 베란다에서 회랑으로 옮기는 걸 보고서야 마침내 할머니가 유령을 부려 양철통을 옮긴 비밀을 알게 되었다. 아래쪽 양철통 바닥에 구멍이 여남은 개 뚫려 있긴 하지만 8월의 무더위에 양철통이 뜨겁게 달아올라서, 한 시간 넘게 그 안에 갇혀 있었던 린샤오팅은 온몸이 땀투성이가 되어 씻어야겠다고 소란을 피웠다. 작은 양철통 여섯 개를 다시 큰 양철통 위에 겹쳐 올려 둔 다음, 마씨 할머니는 숨을 헐떡이며 집 앞뒤를 오가면서 사방의 들판을, 특히 주바 마을로 통하는 오솔길을 감시했다.

서남풍이 창문과 바닥 틈새를 통해 집 안으로 불어 들어와 아이들의 땀을 조금 식혀 주었다. 마씨 할머니는 아이들이 돌아다닐까 봐 걱정되어 낮잠을 자라고 명령했다. 평소에 까불고 말썽을 피우던 아이들도 황완푸와 가오리네 아이들의 최후에 관한 얘기를 듣고는 사리를 분별하고 영리하게 행동했지만, 배불뚝이 리씨네 아이들 중 나이가 어린 두 아이만은 울면서 아빠를 찾았다. 하지만 린사오팅을 비롯한 나이가 좀 많은 아이들이 달래 주자 다들 바닥에 누워 조용히 잠이 들었다. 일본놈들의 총소리에 놀라 도망갔던 제비들이 다시 천천히 처마 아래를 맴돌면서 솜털과 침으로 된 걸쭉하고 위태로운 소용돌이를 만들었다. 흰 앵무새는 일본놈들의 말을 배워 따라 하기 시작했는데, 한 글자 한 글자에 사기邪氣와 병균이 가득해 할머니의 혹 속에 깊이 잠들어 있던 세포를 깨웠다. 할머니는 베란다에 놓인 걸상에 앉아 서양 담배를 피웠다. 목에 난 혹이 마당으로 들어온 그 호저처럼 할머니의 신경을 갉아먹었다. 할머니는 부드럽고 뜨거운 혹을 살살 어루만졌지만, 거울을 통해 혹을 관찰할 만큼의 흥미는 잃었다. 그녀의 시선이 부겐빌레아가 심어져 있는 타이어로 옮겨 갔다. 두 개의 타이어는 모양이 온전했고, 호저가 뜯어 먹은 흔적이 별로 보이지 않았다. 암컷 호저는 사라졌지만 지독한 지린내가 고각옥 앞뒤에 자욱했다. 일본놈들이 미친 듯이 쏘아댄 총알에 맞은 부겐빌레아는 푸르고 힘차게 뻗어 나가던 힘을 잃고 덩굴이 반쪽도 안 남게 쪼그라들었고, 총알에 맞아 터진 베짜기새의 둥지가 밖으로 드러났다. 부겐빌레아 덩굴에 안팎으로 휘감겨 서 있던 대울타리는 허리가 끊어져 요凹자 모양으로 틈이 생겼다. 할머니는 아마 지금 시간이 세 시 반쯤 됐을 거라고 추측했다. 괘종시계가 아직 있었다면 아마 진짜 종소리와 가짜 종소리가 한 번씩 났을 것이다. 한 번은 괘종시계에서, 한 번은 앵무새에게서. 멀리 주바 마을의 하늘에서 희미한 총소리가 들려왔다. 마씨 할머니는 새우 수염 같은 눈썹털을 걷어내고, 색깔이 서로 다른 다섯 대의 전투기가 참매처럼 하늘 위의 좁은 범위 안에서 선회하며 서로 공격하는 걸 보았다. 너무 멀어서 전투기의 엔진 소리는 들리지 않았지만 들새의 울음소리에 섞인 총포 소리가 들려와서, 싸움닭의 호승심과 고집이 느껴졌다. 거리가 너무 멀어서 전투기는 파리였다가 모기가 되었고, 토끼처럼 달리다가 거북이처럼 기어가게 되었고, 슝 하고 날아가다가 천천히 흘러가게 되었다. 평소였다면 할머니는 벌써 한참 전에 아이들을 깨웠을 것이다. 아이들은 참매만큼 시력이 좋아서 전투기가 연합군 것인지 일본군 것인지 정확히 구별할 수 있었고, 전투기들이 하늘 위에서 서로 격추하는 걸 구경하는 것을 제일 좋아했다. 전투기 중 한 대가 꽁무니에서 한 줄기 닭털 같은 연기를 내뿜으면서 들판을 향해 날아가 보이지 않게 되었다. 마씨 할머니는 시력이 아이들만큼 좋지는 않았지만, 전투기 세 대가 남은 한 대를 일제히 공격하는 건 보였다. 다다다, 다다다, 마치 수캐 세 마리가 발정난 암캐 한 마리를 쫓는 것처럼, 총포 소리가 더 음란하게 집중되었다.

"할머니." 저우춘수의 여섯 살짜리 아들이 눈물을 흘리며 마씨 할머니 등 뒤로 다가왔다. "저 꿈 꿨어요."

할머니는 아이의 조그만 손을 잡고 응접실로 들어갔다. "할머니가 베란다에 나오면 안 된다고 했잖니. 왜 그래?"

아이는 손으로 눈물을 닦았다. "꿈에 아빠를 봤어요."

마씨 할머니는 아이의 덥수룩한 머리를 쓰다듬었다. "그래, 착하지."

"아빠가 돌아올까요?"

"돌아올 거야." 할머니가 말했다. "곧 올 거야."

"꿈에 아빠가 일본인한테 잡혀갔어요."

"아빠는 숲속에 있어서 일본인이 못 잡아가." 할머니가 말했다. "얘야, 좀 더 자라. 밤이 되면 아빠가 오실지도 몰라."

마씨 할머니는 베란다로 나갔다. 세 대의 전투기에 일제히 공격당한 전투기도 닭털 같은 연기를 내뿜으며 풀숲으로 떨어졌다. 남은 전투기 세 대는 하늘을 한 번 선회한 다음 서남쪽으로 사라졌다. 저우춘수의 아들 때문에 잠이 깬 아이들은 응접실 구석의 장난감 상자를 뒤적거렸다. 자전거 타는 원숭이 인형과 용수철 달린 나무꾼 인형이 작동하는 소리가 들려왔다. 괘종시계가 아직 있었다면 분명히 네 시 정각을 알리는 종소리가 한바탕 울렸을 것이다. 마씨 할머니는 들판에 야생 잭프루트 나무가 한 그루 있었던 게 생각났다. 할머니가 마대자루로 싸 놓은 잭프루트 열매를 이제 딸 때가 되었을 테니, 아이들에게 먹여 줄 수 있을 것이다. 하지만 거기까지 다녀오는 데 30분이 넘게 걸렸다. 할머니는 고각옥을 떠나기가 불안했다. 제일 나이가 많은 린샤오팅이 열한 살이었다. 주바 마을에서는 열한 살이라면 한 사람 몫을 할 수 있었다. 혼자서 배를 저어 고기를 잡고, 혼자서 들판에 채소밭을 일구고, 혼자서 들판으로 나가 야생 과일을 따 올 수도 있었다. 하지만 일본놈들이 주위를 감시하고 있어서, 할머니는 안심이 되지 않았다.

들판으로 잭프루트 열매를 따러 갈 수 있다는 말을 들은 아이들은 이미 질리도록 가지고 논 장난감을 내던지고, 큰 낫을 든 마씨 할머니 뒤를 따라서 나는 듯이 고각옥 밖으로 달려 나가 울타리 문을 지나서 띠풀 숲속으로 뛰어들었다. 할머니는 트여 있는 들판을 걸어갈 엄두가 나지 않아 좁은 오솔길로만 가거나 때때로 큰 낫으로 풀을 헤치고 가면서, 20분 넘게 걸려서 잭프루트 나무 아래에 도착했다. 상록교목인 잭프루트 나무는 가지가 크고 잎이 넓고 뿌리가 구불구불해서 마치 커다란 발이 잔뜩 달린 거인이 꿇어앉아 있는 모습처럼 보였다. 나무줄기에는 크고 작은 잭프루트 열매가 일고여덟 개 열려 있었는데, 할머니가 마대자루로 싸 놓은 열매 외에는 대부분 아직 다 익지 않았다. 초록색 열매 껍질과 파초 잎 같은 초록색의 넓은 잎, 그리고 초록색 이구아나 같은 나무줄기가 교활한 뱀이나 원숭이 같은 그늘을 드리워 마씨 할머니와 아이들을 뒤덮었다. 할머니가 큰 낫으로 자루를 씌워 둔 잭프루트 열매의 꼭지를 베자 열매가 쿵 하고 땅에 떨어졌다. 자루를 열어 보니 잭프루트 열매는 등나무 바구니만큼 커다랗고, 사방에 향기가 퍼졌다. 할머니는 천천히 껍질을 벗기고 열매를 자를 겨를이 없어서 큰 낫을 휘둘러 열매를 여섯 조각으로 잘랐다. 섬유질에 싸여 있는 2백 조각이 넘는 오렌지색 과육이 드러나자, 아이들은 열 손가락을 뻗어 과육을 파내어 빠른 속도로 입속에 연달아 쑤셔 넣었다. 열매를 다 먹은 후, 할머니는 오래 머무를 엄두가 나지 않아서 아이들을 데리고 왔던 길을 되짚어 고각옥으로 돌아갔다.

고각옥에는 여전히 암컷 호저의 지린내가 자욱했고, 거기에 아이들이 토해낸 잭프루트 열매 향기가 섞였다. 아이들은 덜 익은 잭프루트 열매가 그늘에 덮인 나무줄기를 빙 둘러싼 것처럼 어두운 구석에 모였다. 할머니는 베란다를 천천히 거닐며 풀숲을 응시했다. 들판이 더 조용해져서 앵무새가 발톱을 갈고 부리를 여닫는 소리, 용수철 달린 장난감의 톱니바퀴가 돌아가는 소리, 새끼제비의 울음소리와 나막신 소리가 더 시끄럽게 들렸다. 고각옥으로 돌아올 때마다 할머니는 습관적으로 앵무새가 내는 소리를 주의 깊게 들었다. 동물 울음소리나 말소리를 잘 따라 하는 앵무새는 고각옥 주위에 나타나는 매나 큰까치나 들고양이 울음소리를 자꾸 따라 해서 이런 동물들이 숨을 곳이 없게 만들었다. 앵무새는 이번에는 다다다 하는 이상한 소리만 냈는데, 용수철 달린 장난감의 톱니바퀴 소리 같기도 하고, 나막신 소리 같기도 하고, 전투기의 총포 소리 같기도, 사라져 버린 괘종시계의 시계추 소리 같기도 했다. 앵무새가 잡음이나 낯선 소리를 내지 않는다는 건 그들이 고각옥을 떠나 있던 동안 아무 일도 없었다는 뜻이지만, 다다다 하는 소리를 들은 마씨 할머니는 이상하다고 느꼈다.

땡-땡-땡-땡-땡- 앵무새는 횃대 위에서 이리저리 뛰어다녔다. 일본놈들이 괘종시계를 가져간 후로 앵무새는 시간을 알리는 종소리를 듣지 못해, 조금 덤벙거리며 괘종시계 소리를 흉내 내어 다섯 번 울었다.

괘종시계가 아직 있었다면 마찬가지로 지금쯤 다섯 번 울렸을 것이다. 마씨 할머니는 횃대 앞으로 가서 앵무새의 발목을 묶은 줄을 풀어 주었다.

베란다와 회랑을 돌아보던 할머니는 갑자기 걸음을 멈추고 풀숲을 주시했다. 할머니는 응접실로 돌아와 아이들을 불러 모아 곧장 회랑으로 가서, 작은 양철통을 들어 올리고 아이들이 큰 양철통 속에 들어가게 했다. 그녀가 베란다로 돌아가서 걸상에 앉아 서양 담배를 피울 때, 울타리 문 밖에 한 무리의 일본놈들과 마을 사람 세 명이 나타났다.

야마자키가 문을 밀어 열었다. 그의 뒤로 오후에도 왔던 헌병 다섯 명과 통역사, 양손을 뒤로 묶인 주바 중학교 교사 린자환, 푸줏간 주인 배불뚝이 리씨, 인력거꾼 저우춘수, 그리고 자전거를 밀며 걸어오는 열 명의 자전거 부대 대원들이 따라왔다. 야마자키와 헌병 다섯 명의 목이 긴 군홧발이 나무계단을 오를 때 터벅터벅 하는 발소리가 지난번보다 더 크게 났다. 린자환을 비롯한 세 사람은 베란다 아래에 한 줄로 나란히 섰고, 그들의 등 뒤에는 자전거 부대원들이 섰다. 황토색 전투복을 입고 전투모 혹은 차양이 달린 모자를 쓴 자전거 부대원들은 어깨에 96식 보병총을 메고, 허리에 수통과 단도를 차고, 목에는 땀 닦는 수건을 두르고, 다리에는 각반을 차고서, 온 얼굴에 수염 자국과 땀이 흥건한 채 멍한 얼굴을 하고 있었다. 그들의 자전거에는 흙먼지가 단단하게 한 겹 덮여 있었다. 짐받이에는 보자기가 묶여 있었고, 전조등에는 철모가 걸려 있었다. 린자환은 코와 입에서 피를 흘렸고 걸음걸이는 반쯤 절룩거렸다. 배불뚝이 리씨는 이마에 칼에 베인 지 얼마 안 된 상처가 있었고, 양쪽 눈에 피가 고여 있었다. 저우춘수의 러닝셔츠에는 군화 발자국이 잔뜩 찍혀 있었다.

"앨버트," 앵무새가 날개를 퍼덕이며 베란다 난간으로 날아갔다가 다시 횃대로 날아왔다. "많이 여위었네."

"황군 대인께서 물으신다." 통역사가 말했다. "이 집에 너 말고 다른 사람이 있나?"

"앵무새 말고는," 할머니가 말했다. "다른 사람은 없소."

야마자키의 목이 긴 군홧발이 마씨 할머니의 얼굴을 호되게 걷어찼다. 할머니는 바닥에 벌렁 나자빠졌다. 누가 혹을 칼로 도려내기라도 한 듯이 아팠다. 뒤통수를 만져 보니 혹은 그대로 있었다. 불에 타는 듯이 따갑고 가려운 감각이 온 팔에 번졌다. 꼭 성난 벌떼가 가득한 땅벌의 집을 건드린 것 같았다.

"황군 대인께서 물으신다." 통역사가 말했다. "아이들을 어디에 숨겼지?"

"앵무새 외에 다른 사람은 없소." 마씨 할머니는 바닥에 책상다리를 하고 앉았다. 고개를 드니 눈앞에 야마자키의 바짓가랑이가 보였다. 방금 뒤로 세게 자빠졌을 때, 순간적으로 혹이 오줌 묻은 갈고리 같은 수십 개의 호저 가시에 찔린 것처럼 아파서, 목에 감각이 없어져서 머리가 몸과 분리된 것만 같았다. 할머니는 바닥 틈새로 그 암컷 호저를 보았다. 호저는 일본놈들이 발로 차서 뒤집어엎은 장작더미 속에서 튀어나와 숯나무 기둥에 기대고 삼태기를 물어뜯었다. 호저의 가시에는 마른 나뭇잎과 풀과 선홍색 히비스커스 꽃 한 송이가 꽂혀 있었다. 가시가 부르르 떨리면서 쓱쓱 하는 마찰음을 냈다. 요강에서 풍기는 아이들의 오줌 냄새와 암컷 호저의 지린내가 고각옥을 가득 채웠다.

"지지-구구-리리-" 앵무새가 사기와 병균이 가득한 울음소리를 냈다.

야마자키가 말가죽으로 된 총집을 열고 남부 13식 권총을 뽑아서 앵무새를 흘겨보며 총을 한 발 쐈다. 총알이 횃대를 부러뜨렸다. 앵무새는 베란다 밖으로 날아 나가 대울타리 위에 앉아서, 머리 위의 깃털을 곤두세우고 두 눈으로 고각옥을 노려보면서 계속해서 사기와 병균이 가득한 소리로 울었다. 야마자키는 마씨 할머니의 가슴팍을 걷어차고, 베란다 밖의 마을 사람들을 보았다. 세 명의 자전거 부대원이 보병총의 총자루로 세 사람의 등을 세게 내리쳤다. 세 사람은 아무 소리도 내지 않고 땅 위에 꿇어앉았다. 린자환의 코와 입에서 흘러나온 핏방울이 가슴에 떨어져 가지와 잎과 꽃잎을 전부 갖춘 핏빛 꽃을 피워냈다. 배불뚝이 리씨는 눈을 크게 뜨고 베란다 위의 양철통을 곁눈질로 흘끗 보았다. 저우춘수는 그대로 버티고 서 있을 수 있었지만, 다른 두 사람이 무릎을 꿇는 걸 보고 따라서 꿇어앉았다. 그는 무릎을 꿇지 않는다면 일본놈이 분명히 한 대 더 때릴 거라는 걸 알았다. 울타리 문을 지나온 후로, 그의 시선은 양철통에 머물렀다가 마씨 할머니에게로 옮겨갔다가 했다. 할머니가 두 번째로 자빠진 후로 그의 시선은 할머니와 양철통 사이를 더 자주 오갔다.

야마자키는 리씨와 저우춘수의 시선을 따라가서 베란다 위에 놓인 세 개의 양철통을 보았다. 양철통에는 탁한 물이 가득 담겨 있어 바닥이 보이지 않았고, 수면에는 구피와 수초가 빽빽하게 떠 있었다. 양철통 표면에는 녹이 슬어 있을 뿐만 아니라 바싹 말랐거나 축축한 때가 잔뜩 묻어 있었고, 무슨 성분인지 모를 액체가 흘러 있기도 했다. 야마자키는 양철통 앞으로 다가가서 손가락 관절로 양철통 위쪽을 두드려 보고, 군홧발로 양철통 아래쪽을 툭툭 차 보다가, 갑자기 세 개의 통 중 한 개의 아래쪽에 대고 총을 두 발 쐈다. 총알이 구멍을 두 개 냈고, 수면에는 작은 물결이 일었다. 야마자키는 꿇어앉아 있는 세 사람의 얼굴에 두려운 표정이 떠오르는 걸 보았다.

야마자키는 헌병에게 눈짓을 했다. 헌병 세 명이 양철통 앞으로 와서 손잡이를 잡고 위쪽의 작은 양철통을 들어내자 텅 빈 커다란 양철통이 드러났다. 작은 양철통은 베란다에 뒤엎어져 바닥 틈새로 물이 줄줄 흘렀고, 바닥 위에 수초와 크고 작은 구피들이 잔뜩 흩어졌다.

야마자키와 헌병은 응접실을 가로질러 회랑으로 갔다. 야마자키가 남부 13식 권총을 들어 양철통 중 하나를 겨눴을 때, 마씨 할머니는 날카로운 비명을 질렀다.

6

대들보 위에는 제비집이 세 개 있었다. 총성이 제비집 아래의 솜털과 침으로 된 걸쭉한 소용돌이를 흩어 버렸다. 새끼제비 두 마리가 둥지 안에 웅크리고 앉아 아직 깃털이 듬성듬성한 날개를 퍼덕였다. 함석지붕을 타고 아주 큰 소리가 몇 번 전해져 왔다. 커다란 날짐승이 발톱으로 지붕을 치는 소리 같았는데, 그 소리를 들은 마씨 할머니는 아이들이 새총을 쏴서 함석지붕을 맞히던 일이 떠올랐다. 여덟 개의 양철통은 일본놈들의 발에 차여 회랑에 엎어졌다. 물총새 두 마리가 바쁘게 구피를 쪼아 먹었다. 거대하고 뾰족한 부리가 수컷 구피의 알록달록한 꼬리를 물고, 암컷 구피의 비대한 배를 찔러 꿰뚫었다. 물총새는 닭이 쌀알을 쪼아 먹듯이 구피를 쪼아 먹었다. 용수철 달린 오리 모양 장난감의 태엽이 갑자기 돌아가기 시작했다. 오리는 목을 아주 길게 빼고 거북이처럼 한동안 기어가다가 가슴팍이 할머니의 엄지에 부딪쳐 멈췄지만 태엽은 멈추지 않았다. 야마자키는 텐구 가면을 하나 집어 들어 심드렁하게 한 번 보고 휙 던져 버렸다. 가면은 날개라도 달린 것처럼 허공을 한 바퀴 돌더니 장난감들의 무덤 같은 더미 속에 떨어졌다. 응접실 창틀에 놓여 있던 분재 화분 네 개 중에 지금은 열매가 열리지 않은 파인애플 화분 한 개만 남아 있었다. 아이들이 어디서 주운 건지 모를, 껍질을 벗기지 않은 오래된 야자열매를 연화좌 같은 칼날 모양 잎 가운데에 올려놓았다. 겉껍질이 깨져 섬유질이 튀어나온 야자열매에는 제비 똥이 한 겹 덮여 있어, 꼭 얼굴에 수심이 가득한 노인의 머리처럼 보였다. 전설 속의 요괴 잡는 무기로 불리지만 사실은 그저 풀을 베는 도구일 뿐인 큰 낫은 파인애플 분재 아래에 걸려 있었는데, 낫자루가 마치 할머니의 손목에서 길게 늘어난 것인 듯했다. 이 낫은 고각옥 전체에서 유일하게 살상력을 가진 물건이었지만, 어째서인지 일본놈들은 낫을 한번 거들떠보지도 않았다. 부겐빌레아와 판다누스가 야마자키 대인의 시선을 가렸던 모양인지, 헌병들이 밀어서 엎어버렸다. 마씨 할머니는 바닥 틈새로 암컷 호저가 날카로운 가시가 난 판다누스의 혁질 잎을 갉아먹는 걸 보았다. 그녀는 이미 암컷 호저의 몸에서 풍기는 지린내를 맡을 수 없었다. 야마자키에게 두 번째로 걷어차여 자빠진 후에 몸을 일으키려 할 때, 야마자키가 그녀의 얼굴을 다시 걷어차서 들쑥날쑥하고 흐물흐물한 이 몇 개를 부러뜨렸다. 할머니는 부러진 이 중 한 개를 삼켰는데, 이는 위장까지 내려간 것 같기도 하고, 도중에 목 뒤에 난 혹에 걸려서 완전히 소화된 것 같기도 했다. 혹 속의 큰까치 새끼는 발톱이 더 단단하게 자랐다.

야마자키는 응접실 안을 이리저리 돌아다녔다. 목이 긴 군홧발이 바닥을 밟는 소리에 마씨 할머니는 태엽이 돌아가는 소리 같기도, 전투기의 총포 소리 같기도 한 앵무새 울음소리가 생각났다. 야마자키는 언제라도 폭발할 듯한 분노를 억누르고 있었다. 그는 몇 번이나 거짓말을 한 이 노파가 무슨 불공대천의 원수라도 되는 듯이, 머릿속으로 그녀를 괴롭힐 갖가지 방법을 생각했다. 그는 할머니의 침실 입구에 서서 린샤오팅을 비롯한 아이들의 동변(12세 이하 어린아이의 오줌을 약재로 이르는 말)이 가득 담긴 요강을 노려보았다. 야마자키는 한 헌병을 향해 소리를 질렀다. 헌병이 마씨 할머니의 침실로 가서 그 요강을 들고 할머니 옆으로 오더니 요강에 든 오줌을 전부 할머니에게 쏟아 부었다. 요강에는 아이들이 하루 종일 싼 오줌이 담겨 있었다. 할머니는 그걸 저녁때 고각옥 주위의 꽃과 나무에 부어 줄 생각이었다. 그녀는 이미 코를 찌르는 아이들의 오줌 지린내에 익숙해져서 더러움을 느끼지 못했고, 심지어 그 속에서 향기로운 잭프루트 냄새와 야채의 싱그러운 향기, 그리고 돼지 족발의 비릿하면서도 단 냄새를 맡았다. 부러진 이빨을 삼킨 것처럼, 그녀는 저도 모르게 오줌을 한 모금 삼켰다. 오줌은 위장까지 내려갔다가 혹으로 흘러들어간 것 같았다. 오줌은 바닥 틈새를 타고 고각옥 아래로 흘러내려 판다누스 잎을 갉아먹고 있는 암컷 호저의 가시 위로 떨어져서, 호저의 몸에서 풍기는 수컷 호저의 지린내를 희석시켰다. 할머니는 발정기의 호저가 풍기는 지린내를 맡지 못하고, 아이들의 순수한 동변 냄새만 맡았다. 혹은 할머니의 목에 짓눌려 바닥 위에 납작하게 눌린 채 오줌 속에 잠겼다. 따갑고 가려운 느낌이 점점 사라지고, 시원하고 상쾌한 감각이 목에서부터 온몸으로 퍼져나갔다. 그녀는 더 이상 혹의 존재도, 혈관이 파파베린과 모르핀에 대해 느끼던 굶주림과 갈증도 느껴지지 않았다. 오줌은 소독과 살균을 할 뿐만 아니라 맥을 통하게 하고 어혈을 삭일 수도 있다. 야외에서 상처에 독이 침투했을 때 상처에 오줌을 누면 통증과 상처가 반으로 줄어드는데, 아이들 여섯 명의 동변이라면 말해 무엇할까. 그녀는 두 눈을 감고, 온몸의 힘을 빼고, 여섯 아이들의 오줌이 전신에 흐르게 두었다. 온몸에 젊음 같기도 하고, 풍을 맞아 마비된 것 같기도 한 행복감이 가득 퍼졌다.

"앨버트, 앨버트……."

앵무새가 고각옥 주위를 돌며 울었다. 울음소리는 더 이상 사기와 병균으로 가득 차 있지 않았다. 할머니는 앵무새가 어느 백인 장교의 어깨 위에 앉은 걸 보았다. 장교는 흰 셔츠에 연푸른색 긴 바지의 세일러복 차림이었다. 목에는 네모진 옷깃에 검은색 나비 넥타이를 맸고, 뒤통수에는 머리를 묶고 있었는데 머리카락이 덥수룩했다. 얼굴에는 수염과 구레나룻이 빽빽이 나 있었으며, 눈썹은 바다 냄새가 가득한 갈매기 날개 같았다. 풍성한 가슴 털 아래서는 톡톡 하고 규칙적인 심장의 시계추 소리가 울렸다. 그녀와 장교가 크고 작은 양철통처럼 결합할 때, 수컷 물고기의 배지느러미가 변형된 그의 체외 생식기가 태엽이 단단히 감긴 용수철 장난감처럼 변했다.

"앨버트, 앨버트……."

앵무새는 계속 고각옥 주위를 빙빙 돌며 울었다. 눈을 뜬 마씨 할머니는 린샤오팅을 비롯한 여섯 아이들이 여섯 조각으로 나뉜 잭프루트 열매처럼 베란다 구석에 기대서 훌쩍훌쩍 울고 있는 걸 보았다. 아이들의 얼굴은 눈물과 공포로 일그러졌다. 린자환, 배불뚝이 리씨, 저우춘수는 문 맞은편의 베란다에 서 있었다. 그들의 앞에는 야마자키가, 뒤에는 헌병 다섯 명이 서 있었고, 헌병들 뒤쪽에는 자전거 부대 대원들의 전투모와, 총열이 언제나 하늘을 향해 우뚝 서 있는 보병총이 떠 있었다. 서남풍이 구름을 엄습했고, 석양이 구름 위에 흩뿌려졌다. 하늘은 한 무리의 새빨간 다람쥐 머리와 꼬리를 쫓고 있었다. 띠풀 숲을 비추던 벼룩과 파리 같은 저녁놀은 점점 옅어졌고, 썩은 버섯과 날개 달린 개미 같은 달빛이 밤의 살결을 갉아먹기 시작했다. 야마자키의 군홧발이 베란다의 오래된 마룻바닥에 부딪쳐 빽빽하게 구멍을 냈다. 구멍에는 산산조각 난 물고기 시체가 남았다. 린자환을 비롯한 세 어른은 괴상한 표정으로 서로를 마주보다가, 때때로 구석에 서 있는 아이들과 그들의 앞뒤로 돌아다니는 야마자키 대인을 흘끔거렸다.

"황군 대인께서 말씀하시길, 아이들은 죄가 없으니 살려줄 수 있다. 조건은……." 통역사가 말했다. 야마자키의 발소리와 갑자기 들려온 사기와 병균이 가득한 앵무새 울음소리에 통역사의 말소리가 가려졌다. 그의 말투와 표정으로 보아 같은 말을 벌써 두 번이나 한 듯했다. "이봐, 들었나?"

헌병 두 명이 총을 뽑아 아이들의 발치에 네 발을 쐈다. 총알은 마룻바닥을 뚫고 고각옥 아래의 검은 흙에 푹푹 박혔다. 나이가 어린 아이들이 린샤오팅을 비롯한 나이 많은 아이들 뒤에 숨어 처량한 울음소리를 냈다. 자전거 부대원이 차갑고 건조한 소리로 웃더니, 통역사가 통역할 필요 없는 일본말을 했다.

야마자키가 참지 못하고 포효했다.

"황군 대인께서 말씀하시길……."

통역사의 말이 채 끝나기 전에, 배불뚝이 리씨가 벌벌 떨며 말했다. "제발 부탁합니다. 대인, 약속은 지켜 주십시오."

"시끄럽다!" 통역사가 호통을 쳤다.

"린 선생님, 라오저우老周," 리씨가 옆에 선 동료들을 곁눈질했다. "애들을 위해서……."

린자환과 저우춘수는 고개를 숙이고, 오줌에 젖어 응접실 바닥에 누워 있는 마씨 할머니의 골격이 울퉁불퉁한 몸을 망연히 내려다보았다. 배불뚝이 리씨는 머뭇거리는 걸음으로 할머니를 향해 한 발씩 다가갔다.

앵무새는 고각옥을 빙 돌며 날다가 창문이 보일 때마다 잠시 멈춰 앉아서, 창틀에 발톱으로 움켜쥐고 부리로 쫀 초조한 듯한 흔적을 남겼다. 큰까치 한 마리가 대울타리 밖에서 처마 아래로 날아 들어와 발톱으로 대들보를 움켜잡더니, 거대한 검은색 부리를 제비집 속으로 뻗어 새끼 한 마리의 목을 물고 풀숲을 향해 날아갔다.

석양이 창문을 통해 천장까지 비쳐 들어와 거미줄이 만든 나방과 나비의 무덤을 밝게 비췄다. 둥지로 돌아가는 들새의 시끄러운 울음소리에 참매의 우렁찬 울음소리와 앵무새 울음소리, 그리고 아이들이 우는 소리가 섞였다. 돌멩이가 함석지붕에 떨어져 탕탕 하고 부딪치는 소리를 냈다. 마치 또 웬 무서움을 모르는 개구쟁이들이 새총으로 마씨 할머니의 고각옥을 공격하는 것 같았다. 배불리 먹은 암컷 호저가 고각옥 아래층에서 튀어나와 잽싸게 대울타리의 갈라진 틈을 통해 빠져나가 울타리 밖의 띠풀 숲속으로 사라지면서, 오래된 부겐빌레아 가지에 고리가 달린 가시 자국을 남겼다. "앨버트, 앨버트," 앵무새가 다시 집 안으로 날아 들어와 장난감 상자 위에 앉더니, 기형적으로 크게 자란 윗부리로 상자

속에서 대나무로 만든 매미 모양 장난감을 찾아 물어서 장난감이 쓰르르 하는 소리를 내게 만들었다. 마씨 할머니는 온 얼굴에 수염 자국이 가득하고, 머리가 덥수룩하고, 몸이 뚱뚱한 앨버트가 응접실 입구에서 그녀를 향해 다가오더니, 갑자기 그녀 앞에 무릎을 꿇고 오줌에 푹 젖은 그녀의 검은색 긴 바지를 잡아당기고, 태엽이 단단히 감긴 용수철 장난감처럼 그녀의 몸을 내리누르는 걸 보았다. 뚱뚱한 앨버트가 가 버리고, 응접실 입구에 피부가 까무잡잡하고 키가 큰 앨버트가 나타나더니 용수철 장난감처럼 동변에 젖은 그녀의 몸 위로 무너져 내렸다. 까무잡잡하고 키가 큰 앨버트가 가 버리고, 검은 뿔테 안경을 쓴, 유난히 교양 있어 보이는 앨버트가 그녀의 가랑이 아래에 꿇어앉았다. 그들은 머리를 묶고 있지도, 세일러복을 입고 있지도 않았고, 말쑥한 구레나룻과 바다 냄새가 가득한 갈매기 날개 같은 눈썹도, 두툼하고 탄력 있는 가슴 털도 없었지만, 다들 용수철이 달린 듯한, 수컷 물고기의 배지느러미가 변형된 체외 생식기는 가지고 있었다. 할머니는 암컷 호저의 가시에서 풍기는 수컷 호저의 지린내를 맡았고, 60년 전에 그녀의 불두덩에서 넘쳐흐르던, 테스토스테론과 질 분비물이 뒤섞인 더러운 사랑의 액체 냄새를 맡았다. 베란다 위에서 한바탕 총소리가 들려왔다. 뚱뚱하고, 까무잡잡하고 키가 크고, 교양 있는 앨버트가 피바다 속에 쓰러졌다. 린샤오팅은 자전거 부대원 두 명의 손에 들려 침실로 옮겨졌다. 자전거 부대원과 헌병들이 연이어 침실로 들어갔고, 침실을 나올 때는 가랑이 아래의 양물이 피로에 젖어 말가죽 허리띠처럼 흐물흐물해져 있었다. 베란다에 있던 다섯 아이들은 응접실로 내몰려 바닥에 웅크리고 엉엉 울었다. 아이들의 얼굴은 흉악하고 두려움에 찬 요괴 가면에 부식된 것 같았다. 고각옥 아래층에 흩어져 있는 장작더미에 불이 붙었다. 큰 불은 아주 빠르게 고각옥의 마룻바닥으로 번졌다. 서남풍이 불의 기세를 키워, 거대한 불길이 고각옥을 집어삼키기 시작했다. 아이들이 문을 향해 달려갈 때, 총성이 울렸다. 불꽃이 마씨 할머니를 덮쳐 할머니의 긴 머리와 새우 수염 같은 눈썹 털, 혹, 뱀 쓸개 모양 사마귀와 버섯 모양의 군살이 차례로 크고 작은 불덩이로 변했다. 그녀의 불두덩에서 새까맣게 타고 바싹 마른 죽은 태아가 흘러나왔다. 마씨 할머니는 바닥에서 벌떡 일어나 창가 아래 걸어 둔 큰 낫을 쥐고, 여섯 아이들의 시체를 끌어안고 높이 날아 고각옥 밖으로 나가 대울타리를 넘어서, 쉬지 않고 우는 흰 앵무새와 함께 풀숲 속으로 사라졌다.

강을 건너는 멧돼지 1

1판 1쇄 찍음 2024년 10월 30일

지은이 장구이싱
옮긴이 박희선
편집 김효진
교열 이수정
디자인 최주호
펴낸곳 마르코폴로
등록 제2021-000005호
주소 세종시 다솜1로9
이메일 laissez@gmail.com
페이스북 www.facebook.com/marco.polo.livre

ISBN 979-11-92667-62-1 03820

책 값은 뒤표지에 있습니다. 잘못된 책은 교환하여 드립니다.